U0825954

魅丽文化　花火工作室

小月牙

SMALL CRESCENT

姜之鱼 / 著

百花洲文艺出版社
BAIHUAZHOU LITERATURE AND ART PUBLISHING HOUSE

图书在版编目（CIP）数据

小月牙 / 姜之鱼著 . -- 南昌 : 百花洲文艺出版社 ,
2020. 1
ISBN 978-7-5500-3615-4

Ⅰ . ①小… Ⅱ . ①姜… Ⅲ . ①长篇小说—中国—当代
Ⅳ . ① I247. 5

中国版本图书馆 CIP 数据核字（2020）第 003403 号

小月牙

XIAO YUEYA

姜之鱼 著

责任编辑　蔡央扬 程慧敏
特约编辑　喻 戎 苏 婷
封面设计　ABOOK 壹书工作室 芬文布织 956642057
内页设计　刘 阳
出版发行　百花洲文艺出版社
社　　址　南昌市红谷滩新区世贸路 898 号博能中心 A 座 20 楼
邮　　编　330038
经　　销　全国新华书店
印　　刷　湖南天闻新华印务有限公司
开　　本　880mm×1230mm　1/32　印张 11.5
版　　次　2020 年 4 月第 1 版第 1 次印刷
字　　数　451 千字
书　　号　ISBN 978-7-5500-3615-4
定　　价　39. 80 元

网址 http：//www.bhzwy.com
图书若有印装错误，影响阅读，可向承印厂联系调换。

C O N T E N T S 目录

第一章

被资助的人

1

语文考试结束时，窗外的天空积了一大片乌云。

“上一场考试隔壁班有个学生被抓到作弊。”

“真的吗？那岂不是要零分处理了？”

“当然了，在老师的眼皮子底下还敢抄，听说监考老师是……”

乐芽抱着水杯经过，听到几句讨论。

进入高三后，每一分每一秒都被老师抓紧，就连今年的国庆都只有三天假期，纵使学生抱怨也没用。

今天是九月末的月考，是乐芽在这个校区的最后一次考试。

乐芽去了开水房，心里想着一中本校区改建的事，他们国庆节后就都得搬去新校区，未来一年将要在那里上课。

接完水，乐芽转身准备回去，却被一个短发女生拦住，堵在了开水房里。

乐芽想起来她是这次考试坐在自己后面的同学，也不认识：“有什么事吗？”

短发女生笑嘻嘻地道：“听说你学习成绩很好，下一场是数学考试，把你的试卷让我抄一下呗。”

因为这是开学后的第一次月考，座位和考场重新打乱了，混杂了成绩好的和成绩差的。

乐芽慢吞吞地提醒道：“学校不……不准作弊。”

一中对学习作风的管理非常严格，学生作弊被抓到将会进行全校通报，成绩也将以零分处理。

短发女生引诱道：“你不说我不说，谁知道啊。只要把你的试卷摊开让我瞄几眼就行了，很简单的。”

见乐芽仍然一脸茫然的模样，短发女生有点烦躁：“跟你说话呢，你是不是听不见？”

她伸手要碰乐芽的耳朵。

乐芽下意识地用手挡住耳朵，她从小就有轻度听力障碍，必须戴助听器才能听清楚声音，否则就是模糊不清的。她莹白圆润的耳郭外戴了一个助听器，被乌黑的头发遮住了一点，露出小巧的耳垂，一点也不违和，还很漂亮。

外面响起考试铃声。

短发女生也不想耽误时间，她眼里闪过一丝不快，临走前丢下一句话："行了，就这么说定了。"

乐芽想了想，也跟着走回教室去考试。

考场的监考老师是自己本班的数学老师，这次月考不难，她很顺利就写到了最后。

就在这时，乐芽的椅子被踢了一脚，女生压低的声音传来："把试卷给我看看。"

乐芽不想给，于是把椅子往前移了移。

短发女生没想到这个小聋子居然会这样，又踹了一脚椅子："给我。"

乐芽捂紧试卷，摇着头不吭声。

短发女生的动静太大，数学老师听到声音再看到这一幕，立马叫道："第三排第五个，你刚刚在做什么？"

所有人都看向她，短发女生的脸一下子爆红。

"两个人都来我的办公室一趟。"

乐芽站起来的时候被短发女生狠狠地瞪了一眼，她还警告道："小心点说话。"

她们俩一起进了办公室。

不过因为乐芽什么都没做，对方反而强词夺理："我没抄，不信你去看我的试卷，都是空白的呢。"

数学老师姓周，被气得不行。他直接叫来对方女生的班主任，强硬地要对方班主任给出一个处理方案。最后，短发女生被她的班主任领回去教训了。

天气已经转凉，教师办公室里没开空调，只有头顶的一台吊扇慢悠悠地转动着。

等人走后，周老师放柔了声音："乐芽，你以后别搭理她们，有事告诉老师就行。"

云城一中是这里的老牌名校，设施好，师资力量强，几乎每家都挤破脑袋想把孩子给塞进来。

乐芽成绩优异，她是从初中部直升上来的。

周老师一开始接手这个班，还怕有钱人家的孩子脾气会差，没想到乐芽不仅长得白嫩，性格也是文静乖巧，一看就知道是家里教得好。

乐芽听力不好，所以周老师一直叮嘱班里的同学别把人小姑娘给欺负了。

周老师没想到那个外班女生居然这么大胆。

乐芽也不是第一次来办公室了，这里面的老师基本都是本班的任课老师，也都认识她。

乐芽乖乖巧巧地应道："好。"

周老师说："你先回去吧，把这事给忘了，好好准备接下来的考试，争取更进一步。"

乐芽点头："谢谢老师。"

因为有老师的特别关注，下午的理综考试很安静。

乐芽将课桌里的东西收拾好，还没离开就听见身后两个女生刻意放大的声音。

"一个小聋子长得一副白莲样，不就是想看一下试卷嘛，还被老师警告，又没抄到。"

"清高得不行，学习再好、老师再喜欢又有什么用，不还是个残疾人。"

短发女生拔高音量："说得对。"

另外一个人阴阳怪气道："话可不能这么说，人家爸爸可是给学校捐建了一栋教学楼呢，咱们有这资本吗？"

乐芽入学那年，新校区有一栋教学楼就是她爸爸捐建的。

她抿了抿嘴唇，看了她们一眼，假装没听见，抱着书本离开了这个教室。

两个女生站在原地，恨得咬牙切齿。

乐芽一路上楼回了一班。

外面正在下雨，走廊上满是焦急的同学们，尖叫着庆祝即将开始的假期。

走廊外的雨飘了进来，其他人奔跑间带起些许泥水，溅到了乐芽的小腿上。她今天穿的是小白鞋，现在鞋尖也有点黑了。

乐芽秀气的脸皱成一团，她心里有点烦躁。

进了教室以后，她从桌肚里抽出纸巾，慢吞吞地擦着鞋尖的泥水，动作十分斯文。

乐芽的座位在窗边，刚好能听见外面豆大的雨滴打在玻璃上发出如豆子落地般的声音。等她擦干鞋，终于松了一口气的时候，教室里只剩下几个打扫卫生的同学，而外面的雨还没停。

坐在乐芽后桌的同学谢轻语此时已经收拾完东西，对乐芽道："走吧。"

虽然在下雨，但谢轻语走在路上还是在玩手机。不知道她在看什么，时常能听到她的笑声。一中的学生是可以带手机的，不过不允许在教室里使用。但是他们在其他地方偷偷用的话老师们也无可奈何，只能睁一只眼闭一只眼。

乐芽也带了手机，只不过平时她很少用。

谢轻语不知道今天考试时发生的事，所以还在想其他的事。

雨小了点，两个人在校门口买了一杯奶茶。

谢轻语像是想起什么，问："乐芽，乐叔叔真的资助了一个和你差不多大的学生吗？"

乐芽点点头："是真的呢。"

宽大的校服套在她的身上显得她整个人十分娇小，谢轻语一看到她那双黝黑清亮的眼睛就觉得心情很好。

乐芽的声音随母亲，软糯温婉，听着就很舒服。

谢轻语好奇地问："你见过吗？"

乐芽回忆道："没有。我只知道他是个男生，我爸爸资助他已经有五年了，这还是昨天我爸爸和别人通话时我偷偷听到的。"

五年时间虽说不短也不长，却足以影响人的一生。

谢轻语猜测道："贫苦人家的孩子自尊心一定很强，穿的衣服肯定也不好，再加上生活艰苦，恐怕还会营养不良。"

听她这么一形容，乐芽随即想象出一棵豆芽菜的形象，一时间心里满是同情。

乐芽咬着吸管道："那我让爸爸多给他点吃的。"

谢轻语被她的样子逗笑，揉了揉她的脸。然后谢轻语看了一眼手机："下雨了，我哥会来接我，今天我就不和你一起走了，你回家要小心啊。"

乐芽点头道："好。"

两个人分开，刚好驶来了一班公交车，乐芽小跑着上了公交。

车上人不多，乐芽找了一个座位坐下，收好的伞放在一旁。她的身上落了些雨水，额头上的碎发也贴在脸颊上。她一边擦头发，一边拿出手机玩。大概是昨天睡得太晚，没过几分钟她开始眯了眼，然后靠着车窗慢慢睡着了，不知过了多久才被提示音惊醒。

"第一中学临水校区到了，下车的乘客请从后门下车，注意安全，下一站……"

外面的雨这时已经停了，乐芽感觉车里有点闷，甚至还感觉有点晕车，干脆背起书包下了公交车，准备走路回去。

她一下车就看到了马路对面金灿灿的校门。

几个男生正站在马路对面。

乐芽别的没看见，就看见了两个男生，一个满头黄发，一个满头红发。要不是他们身上还穿着校服，她会以为他们是那种摇滚乐队的成员。

新校区她早就知道，只是以前她基本不坐公交车，所以没来过，没想到新校区这边对学生管得这么宽松。

就在这时，她看到了另外一个发色正常的男生。和那两个染发男生不同的是，这个身材颀长的男生低着头靠着站牌，他双手插兜，身上穿着蓝白校服。

大概是距离放学时间过去了很久，这边马路上人不多，乐芽能听到他们在大声说话，偶尔还会往她这边看，不过距离有些远，她听不清他们在说些什么。

乐芽看见中间那个男生抬起头看向这边，刚好与她对视上。

他长得很好看，眼睛里仿佛盛了亿万星河，黑色的瞳孔幽深，摄人心魄。

校服穿在他身上十分契合，衬出他清瘦的身形。他的上衣拉链拉到胸口处，袖子微微地卷到了手肘处，看起来懒散又轻狂。

乐芽还看到对方锁骨处一抹反光的银色。

她收回视线，转身进了身后的一家小店，买了几颗薄荷糖，打算一会提提神。

公交车站牌下。

赵明日挠了挠自己的黄毛，问："漾哥，国庆出来玩吗？广场那边新开了一个滑冰场，有一群小姑娘在那儿，偶遇一个也是好的。"

陈漾头也没抬："没兴趣。"

赵明日踢了踢梁千："两千块，你在发什么呆？"

"两千块"是梁千的外号，他还在回想刚刚马路对面的那个姑娘，她长得乖巧白嫩，一双眼睛看着水灵灵的，可真漂亮。

梁千说："刚刚那个女生穿的是和我们一样的校服哎。"

赵明日说："我没在咱们这儿见过她，不过从那个方向来的，估计是本部的吧，看着个子小小的。"

本部和新校区离得很远，平时两个校区的学生基本不会碰面。

梁千感慨道："有点好看啊，而且那模样一看就是三好学生。"

本部改建的事在新校区这边也通知了，他们都知道国庆节过后本部高三年级的学生都会搬到新校区来就读。

梁千想了想，张开手比了比，大惊小怪道："哇，那姑娘的脸还没我的巴掌大。"

他和赵明日聚在一起又惊叹了一会儿，却发现陈漾一点搭理他们的意思都没有。

于是梁千凑过去问："漾哥，看什么呢？"

陈漾顿了一下。

娇娇小小的女孩被宽大的校服包裹着，还有耳郭处的助听器，这一切都清晰地浮现在他的眼前。尤其是她最后吸鼻子的动作，让她整个人看起来像只乖巧的小兔子。

陈漾一抬头就看到穿校服的女孩进了对面的小卖部，于是他直起身，朝着对面走去。

梁千叫道："漾哥，你去哪儿啊？"

陈漾头也没回："买糖。"

素来懒散的陈漾是老师们眼中的好学生，但新校区这边的学生都知道他私底下乖戾又心狠。至于糖，和他应该属于两个世界。

梁千吹了一声口哨：“我认识你这么久就没见你吃过糖，上次不还扔了女生向你告白时送的一盒糖吗？”

陈漾掀了掀眼皮，没搭理他。

直到陈漾进了小卖部，遮住了那个娇小的身影，梁千才反应过来。

2

小卖部是开了十几年的老店，一直都是老式装修。

乐芽对着分成一个个小格子的零食柜瞅了半晌，伸手拿了几颗薄荷糖。

老板在看电视剧、嗑瓜子，随意地看了她一眼：“五块五。”

乐芽很少自己买东西，心里想着好便宜。她现在基本不用现金了，取下背包从里面拿出手机，准备打开微信扫二维码付账。与此同时，她的身旁多了一道阴影，男生弯腰随手拿了一袋东西，老板说了价格，他跟着付账。

老板有些纳闷：“多了五块五？”

一个清冷的声音在乐芽耳边响起：“一起的。”

乐芽扭过头去，发现是刚才那个在马路对面的男生。她被他这么直勾勾地盯着，心里都有点发怵，一时之间连钱都忘了给，只想赶紧离开。

她刚转身准备走就听见对方喊道：“喂。”

乐芽的耳朵有点麻，感觉他刻意压低了声音，嗓音里压抑着一种莫名的东西。

她回头看了看，只见他一只手紧紧地抓着手机，一只手有些不羁地插兜里，手指骨节修长分明，露在外面的手腕上还系了一根红绳。

乐芽这才想起他刚刚替自己付钱的事。

她眨巴眨巴眼，小声道：“谢谢……不过我是有钱的，我发微信还给你吧。”

陈漾漫不经心道：“好啊。”

他拿着手机点了两下，然后朝她伸出手。

乐芽莫名松了一口气，她往前一看，看到屏幕上是二维码，也没仔细看便直接扫了。然而跳出来的却不是输入密码的界面，而是申请加好友。

乐芽的心跳漏了一拍，准备点返回，没想到对方半弯下腰，伸手在她的手机屏幕上点了一下，添加成功。

淡淡的清香萦绕在她的鼻尖，她忍不住吸了吸鼻子，却不小心看到陈漾似笑非笑的表情，立马红了脸。

正在这时，外面有男生扯着嗓子在喊：“哥你快下来，别买糖吃了，糖有什么好吃的！”

乐芽听得不清不楚，只隐约感觉对方可能不是好人。

陈漾没搭理外面的人，他想了想，低头说了几个字。

乐芽没听清，张了张嘴，却又觉得不太好意思：“你刚刚说……说了什么？”

她捏了捏耳朵上的助听器，显得有点不安。

陈漾听着她的声音，轻轻柔柔的，就像洁白的羽毛轻轻飘落在他心上，有些痒痒的。他掀了掀嘴皮子，换了个想法，贴到她的耳边：“我说让你记得还钱，还要再听一遍吗？”

乐芽的脸红了，后退一步。她的背包还抱在胸前，就这么惊慌失措地看着陈漾。

陈漾站直了，仿佛刚才那句话不是他说的。

乐芽含混不清道：“我会还你钱的。”

说完，她连忙跑出了小店。

陈漾停在原地，看她的背影就像一只受到惊吓的小兔子，忍不住低笑出声。

他之前说的那句话根本就不是让她还钱。

赵明日和梁千在外面叫了半天，就看见小姑娘慌慌张张地跑了出去，长发在空中摇摆，看起来像一只蹦蹦跳跳的小兔子。

梁千惊讶道：“哇，她怎么了啊。”

赵明日咋舌：“是不是被漾哥吓到了。”

公交车没来，乐芽也不想在这里多停留。

天色渐暗，依旧有不少学生在外逗留，对面是一些小摊，到处是热热闹闹的样子。

乐芽听得不真切，但能闻到各种香味。这时肚子也饿了，她一边剥了颗糖放进嘴里，一边吸了吸鼻子朝前走去。

薄荷糖入嘴一阵清凉，乐芽将糖攥在手心里，然后拿出手机准备把钱还了。

她微信页面的第一个对话框就是刚刚加的那个男生。

乐芽看他的微信头像是白色的，好像什么东西也没有。不过她也没仔细看，直接点进去发了个五块五的红包。想了想，她又“啪啪”备注上“还钱”两个字。

一路上，乐芽几乎把糖都吃完了。

她住的小区是高档小区，安保很严格，即使没有门禁卡她也不用担心会有陌生人闯进去。

她正想着，谢轻语的电话就打来了：“月牙，你到家了吗？”

因为乐做姓氏时一般读第四声，所以乐芽的小名就是月牙，熟悉的人都会这么叫她。

乐芽说：“快到了，正在小区门口。”

谢轻语在那头问：“你今天怎么这么慢？这都放学多久了，不会是在路上遇到什么事了吧？”

她这个好友长得这么乖巧，要是遇到坏人还真怕出事，早知道自己就应该送乐芽回家才对。

乐芽迟疑了一下，回道：“我中途下车去买了点东西，所以是走路回来的，没遇到什么事。”

谢轻语从不怀疑她的话，只是叮嘱道：“那你快点回去吧，待会儿我找你打视频电话，我有好东西给你看。”

乐芽的耳朵动了动，虽然没听全，但她知道肯定不是什么坏事，于是轻声应道：“好。”

她得回去换助听器，现在这样听不清楚别人说话让她很难受。

3

天快黑的时候，乐芽才回到家。

张姨出来叫住她：“今天回来得有点晚呢。”

乐芽“哎”了一声：“今天是走路回来的。”

地上没有男士皮鞋，乐芽再往客厅里张望一圈，偌大的房子里除了她和张姨好像没有其他人影。

看乐芽情绪还行，张姨想到今天下午打过来的电话，当时家里没人，是她接的。

她犹豫着说：“太太从医院打了电话回来，说好像恢复了许多，想要回来……”

她的话还没说完就被人打断。

乐芽猛地抬头，低声央求道：“张姨，不要提这个好吗？我不想听……”

张姨屏住呼吸，看到小姑娘漆黑的眼睛里满是惊疑，像一只受惊的小兽。

这还是她这么久以来第一次见到乐芽这个样子。

张姨自觉说错了话，连忙说：“好好好，是张姨不好，不说了……今晚想吃什么我都给你做。”

乐芽深吸一口气，低下头换好鞋，含混不清道：“爸爸说了什么时候回来吗？”

张姨递给她一杯水：“说了，今晚先生有事，恐怕要半夜才会回来，所以不能和小姐一起吃晚饭了。”

乐芽抿了一小口水：“好吧。”

她早已经习惯了。

乐父管理着一个公司，有很多事要忙，一周也就两三天能和她一起吃晚饭。

乐芽说：“张姨，我先回楼上了。”

张姨在她家待了差不多十年，可以说从当年那件事发生之后就一直待在乐家，像个长辈一样疼爱她。

她趿拉着拖鞋跑上楼，经过书房的时候，乐芽才停了下来。

书房的门今天竟然没关，虚掩着露出一条缝，大概是爸爸出门的时候忘了关上。

乐芽突然想起自己昨天听到的对话，是乐父在和别人通话："成绩单我收到了，我看过了……"

既然是资助人，那应该是有资料的。

乐芽在门口磨蹭了半天，然后才推门进去。

书房没开灯，窗帘紧闭，乐芽走进去后感觉一阵阴凉，脚踩在地毯上也没声音。

乐芽一边打开台灯，一边轻声念着"成绩单"。书桌上的文件资料不多，大部分都被乐父锁了起来，只留了几本在书桌上。

乐芽抽出一个有点像成绩单的文件夹，打开后却满脸失望，她用手捶了捶自己的脑袋，唉，这不是成绩单。不过她运气好，她把文件夹放回去的时候看到了另外一张纸。

乐芽将那张纸拿了出来，发现正是成绩单。上面的名字她都不认识，但最上方一行写着"云城一中临水校区高三（十七）班九月月考成绩"。

被资助的学生和她是同校的？

乐芽的脑袋瞬间有些混沌，她下意识地想到了今天看到的那位男生，随即连忙晃了晃脑袋。不过既然是新校区的，她过两天就会搬到那里去，这么说岂不是很容易就能知道是谁了？

成绩单上的名字后面是各科成绩与排名。有个显眼的名字排在第一名，他是班级第一，也是年级第一，所以特意用红线给圈了出来。

乐芽一边翻看成绩单一边惊叹分数。

她盯着成绩单看了一会儿，又在书桌上找了找，另一个文件夹进入她的视线。打开文件夹后一张旧的成绩单映入眼帘，有一个名字也被用红笔圈了出来。

这个名字，和之前那张成绩单里的第一名一模一样。

乐芽念出声："陈漾。"

名字还挺好听的，这应该就是那位被爸爸资助的学生吧？成绩居然这么好。

乐芽抱着文件夹，心里想着他要真是营养不良，那就买点好吃的给他送过去，再顺便看看他长什么样。

国庆三天过得很快，回校后一中本部高三的十六个班就准备搬迁了。

仅有的一节课成了班会课。

乐芽才坐到自己的座位上，就听见周围的同学全都在热烈讨论待会搬去新校区的事情。

因为今天就要搬到新校区去，再加上高三的时间非常紧张，所以上课铃一响，班主任蒋老师就来到教室里。她说了几个需要注意的地方，又叮嘱道："新校区那边我们会在一栋新的教学楼上课，和那边的高三年级是同样的作息时间。”

本部校区的高三生都是从初中部直升上来的，但新校区那边不同，是新招的学生。

新校区的教学楼结构也和这边不一样，是“回”字形的楼。两栋楼面对面，两侧的走廊连接着，可以从这栋楼去往另一栋楼。

有男生问：“老师，那边几个班？”

蒋老师说：“和我们一样，十六个班，我们这里是一班到十六班，他们那边是从十七班开始计算。”

一直认真听着老师解说的乐芽捕捉到“十七班”这三个字，下意识地想到了前两天看到的成绩单。

陈漾也在十七班呢。

蒋老师一走，学生们就再没有了任何顾忌，教室里的议论声一下子变得嘈杂起来。

高三所有的书都放在课桌上，加上各种学习资料，足足有几十本书，现在得一趟一趟搬过去。

男生们有力气还好，女生们可就吃亏了。

谢轻语拍着胸口：“幸好公交车能直达，咱们只要来回两趟就可以搬完了。”

乐芽摸了摸自己的书：“快收拾吧。”

虽然所有人嘴上都抱怨来抱怨去的，但实际兴奋得不行，才收拾了一会儿就高声歌唱起来。

乐芽抱着教科书走出教室，还听到了从楼上传来的尖叫声，大家像是比放假还要开心。

谢轻语和她一起上的公交车，大多数人这个时候都还在收拾，所以第一趟并不算挤，就是下了点小雨让人有点烦。

一路上，车里的同学都在讨论新校区。

公交车开了半小时后便到达了新校区。

大家纷纷抱着书下车，雨越下越大，没带伞的同学开始一路小跑着进去。

谢轻语下车后不禁感叹：“新校区就是新。”

本部因为建的时间太长，连墙壁的颜色都变了，更别提其他设施了。

新校区这边不管是教学楼还是绿化都相当漂亮。

乐芽身后的书包里装了好多书，手上还抱了不少，再加上要打伞，她忍不住嘟囔：“不喜欢下雨。”

进校后，地上竖了块牌子，写着“高三年级的教室在右侧”。

大概因为是上课时间，外面没有人，除了他们这些来自本部的学生。

雨“哗哗”地下着，地上很快就积了一层水。

前方的同学撑着各式各样的伞，还有没带伞的同学在一路狂奔。乐芽抱着书，有些慢吞吞地走在后面，撑着的一把小兔子雨伞也格外引人注目。

谢轻语撑开伞往前走，忍不住道：“月牙，你这伞也太可爱了吧。”

伞面是一只巨大的兔子也就算了，上面还撑起两只长耳朵，随着乐芽的走动上下摆动着。

乐芽嘟着嘴：“之前去迪士尼，爸爸非要买。”

“看来乐叔叔非常了解你啊，哈哈哈。”谢轻语狂笑不止，“超适合你，太可爱了，我都想捏耳朵了。”

乐芽不想理笑疯了的谢轻语，一个人径直往前走去。

突然，后面一个没打伞的女生抱着书从她和谢轻语之间跑过去，然后撞到了她。

乐芽整个人被撞得一歪，她本来就在苦苦支撑，现在被人这么一撞，伞歪了不说，书也歪歪斜斜的，最上面的数学书还掉在了地上，被雨水淋得湿漉漉的。

乐芽惊呼出声，眼睁睁地看着其他书也晃晃悠悠要掉到地上。就在这时，旁边伸过来一双手，抱住了她所有的书。随后，之前掉到地上沾了水的数学书也被那个人捡了起来，他的手在雨中迅速被打湿。

谢轻语回头叫道：“乐芽，你没事吧？”

乐芽的手冷不丁就空了，呆了几秒才反应过来，一抬头就对上一道视线，对方乌黑宁静的瞳孔里看不出任何情绪。

她在心里惊讶，竟然是他。

陈漾语气平淡，好像刚刚抱走她的书的人不是自己一样：“不好好撑伞等着淋雨吗？”

乐芽回过神，连忙把雨伞扶正。

前方的谢轻语狐疑地看着两个人，从她的角度看不到人长什么样，只觉得这人还挺绅士的。

乐芽结结巴巴道：“谢……谢谢。”

陈漾说：“没事就继续走。”

乐芽小鸡啄米似的点头，细声细气道：“你……你是要帮我拿书吗？那我……我帮你打伞吧。”

陈漾挑了挑眉：“好啊。”

得到对方肯定的回答后，乐芽松了口气，露出一抹微笑，洁白的贝齿若隐若现。

两个人开始并行往前走，乐芽心想自己的运气真好，要是没遇到他，恐怕书都会被雨打湿，就连自己也要被雨淋湿。

没想到这个男生还是个好人。

然而这个想法才刚冒出来，乐芽的头顶就响起他低沉的声音：“你确定要离得这么远？”

陈漾停下来，眼睛一眨不眨地盯着她。

乐芽被这猝不及防的提醒吓了一跳，抬头就看到他肩头的校服已经被雨打湿了。

她微微睁大眼，有点羞愧。

乐芽看了看他们之间的距离，好像是离得太远了。她想了想，跟蚂蚁挪步似的撑着兔子伞往陈漾身边靠近了一点。怕够不着，她又将伞举高了一点。

两个人就这么沉默地走着，陈漾没听到什么新的动静，开始不动声色地侧过头来打量她。小姑娘憋红了一张脸，正费力地踮着脚给他撑伞，手紧紧地攥着伞柄处的胡萝卜。

陈漾明知故问：“你在干什么？”

乐芽仰头“啊”了一声，连忙解释：“我……我怕你被雨淋湿了。”

虽然不知道这个男生是谁，但自己的书还在他手上，可不能淋湿了，于是她又把伞往他那边送了点。

陈漾沉默半晌，腾出左手圈住她的手腕，将一脸蒙的乐芽往身边一带。

“那就再靠近点。”

4

下课铃陡然响起。

另外一栋教学楼从安静变为吵闹，学生们也从教室里出来，占据了走廊。

梁千趴在走廊上，惊讶道：“本部妹子这么多啊。”

他在四楼，能将对面的一、二、三、四层楼看得一清二楚，直线距离也不过十几米而已。

赵明日一会儿叫一次，说这个好看，又说那个好看，直到看到二楼转角的地方。

他瞪大眼，推了推梁千：“你看那是不是咱们国庆放假前看到的那个姑娘？”

梁千打起精神看过去：“还真是。”

实在太好认了，因为她正对着这边，拎着一把伞，而旁边拿着书的人正是陈漾。

乐芽个子本就不高，现在还被挡住了一小半，整个人小小的，跟松鼠似的。

赵明日瞪大了眼，指着对面问：“那是不是咱漾哥？”

梁千看过去：“大清早的过去给人搬书，他怎么不记得给自己搬书？”

刚刚考完试，书还没从宿舍搬回教室里。

说话间，走廊对面的陈漾已经走到了四楼。

乐芽本以为自己是一班，应该在一楼，可没想到这里的教室不是这么分的。

这边的教学楼有五层，一层四间教室，一班在四楼的角落里，临近通往对面那栋楼的走廊。这栋楼就是一班到十六班，对面那栋楼则是十七班到三十二班。

一班的正对面刚好是十七班。

乐芽到达四楼的时候，忍不住看了一眼对面。有很多学生趴在走廊上看这边，基本都是男生。进教学楼后她就将伞收了起来，然后忍不住看向自己面前的男生。

他的背影很直，看起来矜贵自持。

乐芽回想起昨天，虽然他的行为好像比较奇怪，但今天看起来人还不错的样子。

她注意到他身上的衣服湿了，应该是后来雨下大了被淋湿的。

谢轻语走在后面，小声问："他是谁啊？"

乐芽说："不认识。"

她怕前面的陈漾听到，特意小声了许多。

谢轻语颠了颠怀里的书，猜测道："不认识还这么给你搬书，一定是看你太可爱了。"

乐芽连忙做了个噤声的手势。

"好好，我小声点。"谢轻语点点头，"说实话，这人长得挺帅啊，应该也是高三的吧。"

乐芽说："我也不知道。"

教室的后门就在楼梯边上。

三个人一进教室，里面原本吵闹的声音就停止了，所有人的目光都集中到后门处。

乐芽看见上一秒还在打闹，下一秒便变成淑女的两个同学在小声地讨论。

"这人不是我们班的吧？"

"咱们班怎么可能有这么帅的，我们班就十五个男生你忘了啊。"

"会不会是对面的？"

乐芽听得清清楚楚，忍不住去看陈漾的神色，发现他好像习惯了一样，无动于衷。

"你的座位。"陈漾突然转身。

乐芽连忙停下脚步，发现和他离得太近了，又退后一步。

谢轻语提醒道："人家在问你座位呢。"

乐芽指了指靠窗的地方："就那个。"

陈漾腿长，两三步就跨到那边，然后将书放在桌上，再斜靠在后排的桌边看她。

他微眯了眯眼："你不过来？"

乐芽挪动步子走过去，柔声道："谢谢。"

她的身高只到陈漾的肩膀下，必须仰着头才能和他对视上。

一摞书放在桌上，陈漾的手搭在最上面那本沾了水的数学书上。

他尾音微扬："怎么谢我呢，嗯？"

乐芽思考了一会儿，想出一个最普通的答谢方法："我……请你吃饭？"

陈漾失笑："可以。"

他盯着乐芽看，目光逐渐移到她的耳侧，助听器换了个不一样的，小巧又漂亮。但即使再小巧，也不及她的耳垂精致。

陈漾鬼迷心窍，朝着乐芽的耳朵伸手而去。

乐芽看到，连忙侧了一下头，躲开那只修长的手。

陈漾顿在原地，故作镇定地收回手，有些不好意思地低笑出声，然后起身离开了座位。

乐芽追上去："喂。"

"嗯？"陈漾在门口停下。

乐芽的声音和蚊子声差不多大，她把伞递过去："我看你没带伞，你要不用我的吧。"

陈漾心想：这伞有什么用，那么小一把，还是兔子造型的。

不过他还是一把就拿走了，伞还在往下滴水，顺着伞尖一路滴到地面上。

乐芽看他朝着走廊走去，转过身准备回座位。

周小青直接拦住她，眼睛却一直盯着窗外："乐芽，刚刚给你搬书的是你什么人啊？"

她以前坐在乐芽的前面，后来因为换了座位就和乐芽没什么交集了。

乐芽想了一下，说："一个好心人？"

周小青被她的回答弄得发蒙，追问道："你们认识吗？他单身吗？能介绍一下吗？"

谢轻语上前拉过乐芽说："就是在路上碰见的，其他信息一概不知，要问你自己去问。"

乐芽看向外面，陈漾已经离开了。她露出不好意思的表情，好像忘了问他的名字。

周小青失望地离开了。

谢轻语说："咱们还得回本部呢，顺便吃个饭，下午再来上课好了，我们俩共用一把伞。"

乐芽点了点头。

路过走廊的时候，谢轻语突然道："这样咱们岂不是可以在走廊上看那边的小帅哥，还可以对唱山歌？"

乐芽被她的脑洞逗笑，乖巧地道："老师应该不会允许吧，学生手册上写明了不许谈恋爱。"

本部的教学楼就是单独一栋楼，现在越来越满足不了整个高中部的需求，所以重心就都转到了新校区。

谢轻语爆笑："谁还管学生手册啊，就你一天到晚记着。"

乐芽摇了摇头。

谢轻语无语，"两耳不闻窗外事"真的很可怕。

刚好上课铃声跟着响起了。

十七班，梁千和赵明日是坐最后一排的，这节是数学课，也是他们俩最听不懂的一节课。

数学老师推门而入，看到后面有个位子空着，便问："陈漾不在教室？"

梁千举手回答："他生病了。"

听到自己的得意门生生病了，数学老师关心地道："严重吗？严重的话就……"

他的话还没说完就被打断了。

"报告。"

数学老师一转头，看到陈漾正站在教室门口。

他眉目精致，个子又高，背光站在教室门口，整个人都像在发光，班上的小女生都偷偷盯着他看。

看见他来了，数学老师自动放柔了声音："快进来吧。"

陈漾懒洋洋地将伞挂在桌边，因为这把伞不是折叠伞，是长柄的，伞柄还是个胡萝卜造型。

陈漾拿手撑着脸，耳边是上次月考试卷的讲解，枯燥又无味。

陈漾的目光落在伞柄上，他蓦地伸手握住，那颗小胡萝卜被他的手给遮了个严严实实，好像上面还有乐芽的体温。

中午上课前，乐芽和谢轻语将剩下的几本书带到了新校区。至此，她们所有的东西就全搬过来了。距离上课还有半小时，很多同学都还没来。

外面的雨这时已经停了，甚至还出了一点太阳。

谢轻语趴在栏杆上："还是不下雨好。"

乐芽附和道："是啊。"

谢轻语突然扭过头："月牙，乐叔叔为什么从来都不跟你说他资助了人？"

这都五年时间了，怎么着第一年不说之后也是会说的吧。况且她知道乐叔叔和乐芽的感情很好。

乐芽说："我也不知道。"

这次要不是她刚好听到了，恐怕一直都不会知道。

谢轻语猜测道："五年时间还挺长的，可乐叔叔一个字都没提，肯定是不想你接触那个被资助的学生。"

乐芽想起自己偷看到的成绩单，说："爸爸还不知道我已经知道了。"

谢轻语说："你看，他就是不想让你知道。"

乐叔叔就这么一个女儿，防备着点也算正常。

闻言，乐芽说："那我就假装不知道好了。"

“让乐叔叔以为你不知道就行了。”谢轻语说，“其实我也想知道他长什么样。”

其实乐芽也想知道，只是她不好意思说出来。

谢轻语手摸着下巴，提议道：“我们要不就过去问问，然后偷看一下，要是人不在就赶紧回来。”

乐芽狠狠地点头，她想着只看一眼就回来，绝对不会去打扰对方。

谢轻语看了一眼时间，还早得很。

趁着这边人不多，乐芽和她从这边的走廊直接穿过去，高三（十七）班的门牌就正对着走廊。

5

到达十七班时，透过窗户，乐芽看到有几个同学正趴在桌上午休，还有的女同学在看书学习。

梁千和赵明日打打闹闹地从旁边的楼梯间上来，就看到乐芽和另外一个女生站在那儿。

梁千转了转眼珠子，凑过去问：“新同学，偷偷摸摸在这儿做什么呢？”

乐芽被他冷不丁的出声给吓了一跳。

“干吗吓人家小姑娘。”赵明日拍了他一巴掌，然后笑嘻嘻地问，“有什么事啊？我们一定帮忙。”

梁千说：“是不是初来乍到不认识路啊？你要去哪儿我都可以带你去。”

“就你那路痴属性。”赵明日拆他的台，转向乐芽说，“要是有什么需要帮忙的，你可以和我说，哥哥帮你。”

乐芽听着他们俩你一言我一语地唱双簧，她虽然对他们的印象不太好，但一想到今天搬书的那个男生好像也不算太差，这两个和他一起的应该也差不到哪里去。

她轻声问：“你们认识陈漾吗？十七班的。”

走廊瞬间安静下来。

半晌，梁千以为自己听错了：“你问谁？”

“陈漾。”怕他们不认识，乐芽又说道，“耳东陈，荡漾的漾。”

怕他们不知道，她还将这两个字直接拼了出来。

梁千愣了一下，眼泪都快要笑出来，他揉揉自己的红头发：“你不认识十七班的陈漾？”

乐芽虽然心有疑惑，但还是“嗯”了一声。

谢轻语拽了拽她，小声说：“怎么着，好像还挺有名的样子，难道是做了什么事？”

乐芽摇摇头。

赵明日问：“你是真不认识啊？”

梁千也纳闷，咋回事儿，不是都说过好几回话了，今天还帮忙搬了书，结果搞半天连名字都不知道？

漾哥做人这么失败吗？

赵明日虽然不知道这其中发生了什么，但这并不妨碍他搭腔："你确定是荡漾的漾？"

那可真是够荡漾的。

漾哥知道他自己的名字被人这么解释吗？

乐芽不怎么喜欢他们奇奇怪怪的语气，再加上他们看上去本就一副混混的模样，她以前从未接触过，于是轻声说："轻语，我们回去吧。"

"好。"谢轻语和她一起转身准备离开。

"陈漾啊，"梁千轻咳一声，"不好意思啊，他现在不在教室里，你要找就晚自习的时候……"

乐芽看他一眼："谢谢，我知道了。"

梁千笑眯眯的："慢走啊。"

听见这话，乐芽走得更快，拽着谢轻语一起回了教室。此时班上的同学已经来了大半，都在看书。

谢轻语失望地道："没想到陈漾竟然不在，唉。"

听乐芽说起的时候，她就特别好奇到底是什么样的人才会被乐叔叔选中。想来必定是家庭条件比较困难的，很有可能是贫困生。另一个让她百思不得其解的问题就是，乐叔叔不想让乐芽知道这件事到底是为什么？乐芽以前在本部上学，陈漾在新校区就读，虽说是同一个学校，但完全是不同的校区。这么远的距离，按道理而言，乐叔叔也犯不着担心才对啊！

谢轻语猜测道："难道乐叔叔怕你认识那个学生？怕你被拐跑了？"

乐芽摇头："怎么会呢？"

谢轻语越来越觉得自己这个想法很正确："你是不知道，有很多凤凰男啊，就是借着白富美上位，然后再夺取家产，最后抛妻弃子，重新娶个小娇妻。"

乐芽被她说得感觉自己像是在听八点档电视剧的"狗血"剧情。

"我随口说着玩的，你可别当真。"谢轻语摆摆手，"谁敢对我们乐芽这样，我一定让他好看。"

闻言，乐芽抿着嘴唇笑了。

下午第一节是生物课。

上了高三后，课程都改成连续的了，同一科目每次都会把两节课排在一起。就是这样老师们还不满足，体育课直接取消，就连班会课也基本被占用了。

乐芽将无关的事情抛在脑后，专心听课。

直到晚自习快要结束了，她才想起那个男生说的“可以晚自习时去找陈漾”。

十七班的教室一向是晚自习结束后最后一个关灯的。

乐芽想着能不能再去问一下，看一眼陈漾是谁。

靠近十七班教室的时候，她放轻了脚步，生怕再遇见今天中午那两个男生。

教室里只剩下零星的几个学生在整理东西，其他人好像都走了。

没等乐芽转身离开，旁边的楼梯间就传来了一丝奇怪的声响，但声控灯没有亮。

她想了想，还是决定过去看一眼。

楼梯间没有亮灯非常昏暗，只有走廊的灯光刚好照亮了一点。下面的平台上站了两个人，其中一个是她见过的，就是帮她搬书的那个男生。此时他正趴在楼梯栏杆上往下看，手里似乎拿了什么东西。

女生烫了大波浪卷，披散在背后，背对着乐芽说：“我给你写的你都没看见吗？”

她的声音很诱人，引得人嗓子发痒。

乐芽是第一次听到这种声音，脸不禁一红。

女生伸手过去，挨到男生的衣服：“你考虑一下我不好吗？难道我不漂亮吗？”

陈漾的眉宇间透出不乐意：“离远点。”

从外面透进来的灯光照出了他冷淡的表情。

女生动作一僵，脸色不太好看，但还是忍不住在心里想：陈漾真好看啊。

陈漾显得有些不耐烦：“滚啊！”

波浪卷女生被他这么一吼，顿了一会儿，最后终于选择了离开，从楼梯间走下去，消失在转角处。

乐芽忍不住蹙眉，这是第一次听墙角，看到这里才猛然回神。她准备离开时却看到一张过分精致的脸。阴影挡住了所有，在灯光的一明一暗中，他的眉毛越显紧皱，看起来多少有些阴郁，但转瞬间这一切便归于平静了，就好像刚刚说话的人不是他一样。

乐芽看到他在解衣服扣子，一点也没把那个女生当回事，大概是之前扣得太紧了。

没过多长时间，衬衫扣子就解开了三颗。他每解开一颗扣子就释放一分阴郁，扑面而来的暴躁气息清晰可见。到最后，他的胸膛若隐若现。

乐芽小心地眨眨眼。

陈漾突然抬头，正对上楼梯口一双惊诧的眼，挑眉道：“我很好看？”

乐芽猝不及防被发现，她小脸一红，飞快地转过身，下意识地否认道：“我……我什么也没看见。”

她不由得恼怒自己刚刚就应该走的，反正楼梯间这么黑，有谁会看见呢？

身后没有声响，乐芽开始怀疑那个人是不是已经走了，正准备转身的时候就感觉耳边一痒。

“怎么不继续看？”他的声音很低，微微有些嘶哑。

6

楼梯口这边的灯光暗了下去。

因为教学楼里的人已经走得差不多了，所以这一声显得无比清晰，仿佛就连对方呼出的温热气息都能感觉到。乐芽往旁边让了一点，拉开一点距离。

陈漾饶有兴致地看着她，觉得她这个模样有点像是偷偷做了坏事，然后被人发现的心虚的小朋友。靠他这边的耳朵精致又可爱，助听器也挡不住，甚至刚刚还动了动，实在太可爱了。

乐芽鼓起勇气否认道：“看什么？我没看什么。”

陈漾“嗯”了一声：“你什么也没看见。”

听他这声调侃就知道他是故意的，乐芽伸手抓紧衣服：“我就是路过。”

她转过身准备走。

陈漾扯住她书包的带子，目光闪了一下：“别急着走啊。”

乐芽猝不及防往后一倒，又被一双手撑住肩膀。

长这么大，她还是第一次和陌生男生靠得这么近。

乐芽扯出自己的书包带子，央求道：“我真的什么都没看见……我要回家了。”

陈漾看到她红润的嘴唇，在灯光和阴影下显得极为诱人，饱满又鲜艳，因为说话而开开合合。

他移开了视线。

乐芽等了半晌终于听到对方冷淡的一句“行吧”，她立刻松了一口气。

她觉得这个男生有点不太好惹。

正当乐芽准备离开，陈漾转回视线道：“送你回家。”

乐芽一惊，拒绝道：“不要。”

陈漾压根不当回事：“你走你的，我送我的。”

乐芽想说话却又不知道说什么好，她觉得自己今晚就不应该来这里。那个传说中的“陈漾”没见到，反而见到了这个神经病。

至于请他吃饭的事已经被她忘到了脑后，哪天会想起来还是个问题。

两个人一前一后出了校园。

出了校门以后，陈漾手插在兜里走在乐芽旁边，从教室里拿回的校服搭在肩膀上，看起来是一副斯文书生的模样。

乐芽不知道为什么他人长得这么好看，但性格这么奇怪，一会儿晴一会儿阴的。

就拿之前楼梯间的那个波浪卷女生来说吧，被他拒绝了竟然也没有生气，他到底有什么魅力能让女生这样心甘情愿？

乐芽现在连他的名字都不敢问。

一路相安无事地走到小区门口，门卫室的大叔看到她还打了一声招呼。

乐芽还没走进去，就被人挡住了路。

陈漾站在她面前，居高临下地看着她，挑眉道："你就这么把我给删了？"

乐芽提起一颗心，不知该怎么回答。

人的确是她删的，那天回家之后她就删了，因为怕出什么事，万一再被骚扰可怎么办。

虽然她没有遇到过，但听人说过有些人会往微信里发一些不堪入目的图片。

乐芽的脸红了红，快步绕开他跑到小区里面。

陈漾转过身，看着那个娇小的身影像兔子似的跑得飞快，一眨眼就没影了。

他一直看着，眼中闪过无数情绪，最后都化为笑意。

你跑得再快又能怎样？

乐芽一口气跑出去很远，停下来已经看不到那个男生的身影，这才松了口气。

她整了整助听器，幸好没掉。

乐芽打开门，换上鞋，张姨正好把菜一样一样端上来，空气里都弥漫着一股浓浓的饭菜香。她现在还真有点饿了。

乐家在吃饭的时候不兴说话，所以大大的实木餐桌上只有碗筷碰撞发出的声音。

吃完饭后，张姨收走了碗筷。

乐芽擦干净嘴，犹豫着问出口："爸爸，你以前是不是资助了一个学生？"

"你是怎么知道的？"

乐芽低头说："我上次听到你打电话了。"

乐易健的神色恢复镇定，想起自己之前在电话里提到的内容，确定没有关键信息后才说："嗯，是有几个，不过都比你小很多，还没上高中呢，这件事你就别关注了。"

乐芽听得有些糊涂。

还没上高中，那她发现的陈漾又是怎么一回事呢？

乐易健继续说："你现在上高三了，虽然家里不强求你一定考上什么好的学校，不过你的心思还是要放在学习上，你从没让我失望过。"

他知道自己女儿的性格，他说什么就是什么，从来不会去怀疑，对于话的真假也不会去求证。

乐芽点点头："嗯。"

"对了。"乐易健又说，"过两天我给你配个司机，晚上一个人走路不安全。"

乐芽下意识地拒绝道："不用了吧爸爸，我和轻语一起回来，没事的。"

"你就别管了，我自有分寸。"乐易健看了一眼手表，"时间不早了，快点上去洗漱，明天还要早起呢。"

乐芽张了张嘴，最后还是什么都没说。

第二天一大早，外面下起了蒙蒙细雨。

乐芽从家里重新拿了一把雨伞，这把伞没上次的兔子伞那么夸张，是透明的花伞，很小清新的风格。

她出门的时候看到司机等在外面，愣了一会儿才坐上去："今天不送爸爸吗？"

司机笑道："还有两个小时。"

乐芽听完便不再问。

到达学校已是十几分钟后，外面原本下着的小雨开始变大，教室里的同学都在自习。

学校规定是六点半开始早读，实际上六点就有学生来教室里自习了，然后再早读。晚上也是，很多同学都自觉自习到十点半，不放过一分一秒。

乐芽将伞放在桌边，拿出书本开始自习。

离六点半还差五分钟，十七班教室就已经坐满了。

班主任会在六点半准时进教室查看，一旦有人迟到了就会被罚站，即使再皮的学生也不想被罚站。

外面的雨越下越大，哗啦啦的声音很有节奏感，随后陈漾的身影便出现在走廊里。

梁千吹了声口哨："漾哥来了，今天踩点啊。"

陈漾进教室后，手上拿着的东西吸引了不少女生关注的目光，过道边的女生忍不住惊呼"好可爱"。

她们还是第一次发现陈漾居然会用这么可爱的东西。

陈漾个高，一直坐在教室最后排，身后很宽敞，他将滴水的伞撑起放在身后。

一时间，全班同学的注意力都被吸引了。

梁千瞪大眼，忍不住怪叫道："漾哥今天开始打兔子伞了吗？"

妈呀，他不会是眼瞎了吧？

赵明日从作业中抬头，一回头就看到两只竖起来的兔耳朵，哈哈大笑："从哪儿淘来的宝贝啊，哈哈哈——”

他们都以为陈漾不会给出什么反应，没想到两个人的椅子直接被蹬歪了：“要笑出去笑，笑够了再进来！”

梁千注意到陈漾的脸上没什么表情，也看不出来在他们的调侃下，他到底是开心还是不开心，但显然不能再说了。

梁千悻悻地道：“哪能、哪能。”这一出去可就进不来了。

梁千忍不住看了看那把撑在教室后面的伞，难以想象陈漾一路撑着兔子伞穿过校园，接受所有人目光洗礼的画面。

这把伞怎么看都觉得是女生才会用的。

7

和梁千想的一样，同学们都在讨论这件事。

他打开手机，看到好几个群里都有女孩在发问：“这个男生是谁？有人认识吗？”

配图正是陈漾的背影，被伞遮住了一部分。

底下一群哈哈大笑的人，梁千不嫌事大地在群里回复：“咱漾哥啊。”

这个群里没有老师，都是新校区这边的学生，偶尔也有几个外校的美女。

“@（网络上呼叫他人的方式）梁千，你骗谁呢，你以为我没见过陈漾吗？”

“就是，我看这个人指不定就是你。”

“我只想知道这把伞是在哪里买的，看起来很可爱的样子。”

“家里有矿才敢买这么一把伞，迪士尼的周边好贵的呢。”

“……”

梁千从头刷到尾，感觉非常气愤。然而他也没有什么办法，因为没人相信他。

赵明日转过头来问：“漾哥，你从哪儿弄来的伞啊？”

陈漾正在看书，头也没抬：“我自己的。”

自己的？谁信啊。

“这么可爱的伞，伞的主人肯定也很可爱。”赵明日想着先吹捧一番再说，“和漾哥也很搭。”

虽然陈漾没理他，但他能感觉得出陈漾的心情很不错。

赵明日正准备继续说，头突然被打了一下，窗外是班主任注视的目光。

班主任不知什么时候站在了窗外。

“赵明日你早读就好好读，不要打扰陈漾学习。”班主任没好气地道，“成绩这么差还不想着好好学习，怎么和陈漾坐得这么近却一点也不知道上进呢。”

赵明日受不了班主任啰唆，连忙转过身翻开书大声朗读起来："大江东去，浪淘尽，千古风流人……"

班主任盯了他一分钟，然后才离开。

赵明日悠悠地叹了口气，心想：成绩好的学生在学校里真的很吃香，老师们从来不会认为陈漾会做什么不好的事。哼！真不公平。

一班上午第三节课是数学课。

谢轻语最不喜欢数学这门课了，就像听天书一样，干脆撕了一张纸写字。

乐芽正听得好好的，桌子上落下一个纸团，打开后是谢轻语的字："你买了什么啊？"

她问的是给陈漾买的零食。

乐芽提笔写上："我还没想好，打算多买点，一起送过去。"

这件事还得瞒着爸爸才行，并且她也不知道陈漾的手机号码，只能填班级和名字。因为学校不允许外人进来，所以快递一般都会放到门卫室，最后才通知该同学去领。

所以乐芽完全不担心陈漾会收不到。

谢轻语又传了字条回去："肯定是要补充营养的，我今天在走廊上看到一个很瘦很矮的学生进了十七班，我怀疑他就是。"

主要是当时她听到了有人喊"陈漾"，刚好又看见了那个长得像一棵豆芽菜的男生。

乐芽一听，豆芽菜？这么瘦弱，那还真是要补一下。怎么着都是她家资助的，不能让人觉得她家亏待了人家。再说了，她偷偷送点吃的也不会有人知道。

她回道："我知道了。"

谢轻语正要接过字条，突然有一只手拿走了字条。她一抬头，正看见周老师的脸。

周老师最不喜欢学生上课做小动作了，奈何乐芽是自己最得意的学生，十分乖巧，他也不想生气。

他沉声道："下了课你们俩去我办公室一下。"

谢轻语低头应道："哦。"

周老师的话说完没几分钟，下课铃就响了。他把手背在身后，对着谢轻语和乐芽说道："你们俩一起过来。"

乐芽叹了口气，和谢轻语一起去了办公室。

第三节课后，十七班众人终于发现群里的那张图还真是陈漾本人。

趁着陈漾出去了，大家纷纷围观兔子伞。

有几个人更是拿出手机一顿猛拍，说："真不敢相信，这把儿童伞竟然是陈漾打的。"

梁千跷着腿："你们不相信的事多了去了。"

正说着，陈漾面无表情地从前门进来了。

班上的同学早习惯了他这般冷漠，原本围观兔子伞的同学瞬间如惊弓之鸟一般跑得没了影，教室里瞬间安静了下来，就连说话声都没了。

陈漾一脸无所谓地坐下，他的桌上都是书籍资料，第一眼看过来的人绝对会把他当成一个书呆子。

第三节课后是大课间，有二十分钟时间，很多人都去了学校的小超市，教学楼空了一大半。

从对面教室走出来一个人，穿着校服的可爱少女拿着一个水杯，看上去小小的，嫩白的肌肤远远看过去像是在发光，小巧的耳朵露在头发外面。

陈漾的目光幽深，起身直接从后门出去。

乐芽打好水一转身就看见水房门口堵了个人。

她警惕地看着他，见他的表情好像没什么恶意，就想从他的身侧走出去。

没等她走出几步，陈漾就伸手抓住她的手腕，又将她挡回了水房内。

乐芽瞪他一眼，问："你想干什么？"

"我想干的事很多。"陈漾意味深长地说了一句，"你怎么不找我要伞？"

闻言，乐芽问："那你什么时候把伞还我？"

她抬起精致的小脸微微仰头看他，露出细白的脖颈，像天鹅似的。

陈漾顿住，看了一眼她的皮肤。小姑娘有一股从小被娇养出来的娇贵，和指腹上微微起茧的他有着鲜明的对比。

乐芽被他的眼神吓到，连忙甩开他的手，往后退了一步。

陈漾若无其事地收回手，勾了勾嘴角："伞丢了。"

话题陡然被转开。

乐芽气急，她明明听说今天有一个男生打着兔子伞进的学校，怎么可能才一上午的时间就弄丢了，他肯定是在说谎。眼瞅着对方并没有还给她的意思，她也不敢追问，怕对方一生气就会动手，她可打不过他。

"你能让开吗？"乐芽低声问，又嘟囔了一句，"快上课了。"

陈漾说："不能。"

乐芽抱着水杯不知所措，低下头。她又没有得罪他，况且她还借伞给他了。他怎么非要对她这么不友好？新校区的学生都这样吗？

从上往下看，陈漾只能看到她秀挺的鼻尖，也不知道她是不是被吓着了，还出了一点汗。

他缓缓道："想出去？"

乐芽没抬头，蚊子哼似的"嗯"了一声。

她的声音很轻，带了点鼻音，哼得人心里痒痒的。

陈漾无声地笑了笑，刻意压低了嗓音，带着一股诱惑：“行啊，你叫声哥哥。”

乐芽不敢相信地抬头，脱口而出：“你变态啊！”

8

大概是她家教良好，以前从没骂过人，就连说出来的这四个字都是软绵绵的，让人听着还挺舒服。

陈漾被她骂得一愣。

乐芽以为自己骂得有点狠，伤到了他的自尊心，不知该说点什么才好：“你让开。”

陈漾轻舔嘴唇，看起来有些不羁：“不让。”

乐芽怎么也没想到眼前的这个人会这么厚脸皮，都被骂了竟然一点反应都没有。

她想把这个水杯砸到他的身上，但想想还是算了。万一水杯破了，这个人被烫坏了还得她出医药费，她才不要给他出医药费呢。

外面的预备铃突然响了，预备铃和上课铃之间有三分钟的时间差。她瞅准了机会，打算从陈漾胳膊下的空隙逃过去。

陈漾怎么可能让她如愿，胳膊一伸就挡住了，笑着说道：“你投怀送抱吗？”

乐芽羞愤交加：“你快放开！”

陈漾倒是听话地放开了她，说：“我刚才说的话你没听见？”

闻言，得到自由的乐芽脑海中闪现刚才的对话，这才反应过来他指的是那句话——叫哥哥。

但她是怎么也喊不出哥哥来的。

乐芽没哥哥，即使有也是家里不怎么来往的表哥，都已经很久没见面了，更别提称呼了。

眼看着时间一分一秒地过去，对方仍无动于衷，她捂住了耳朵说：“哥……哥哥……”

她的声音很低，不仔细听压根听不见。

陈漾没想到她就这么屈服了。

她的嗓音绵软得像一团棉花，偏偏里面又带了钩子，让人的心酥麻。

乐芽提醒道：“我说了，你该让开了。”

陈漾伸手碰了碰自己的耳朵：“刚刚没听见，你再说一次。”

乐芽又想骂他变态了，但一想到这话对他没什么用就委屈得想哭，从来没人这么对待过她。

她的个子娇小，被陈漾堵得严严实实。

乐芽用纤细白嫩的手捂住脸。

变化来得太快，陈漾冷不丁被吓了一跳，微微弯腰皱眉道："真哭了啊？"

捂着脸的小姑娘没理他，发出轻轻的抽泣声。

陈漾烦躁地舔了舔嘴唇，犹豫着是不是自己做得过了火。正当他准备让路的时候，原本还在哭的小姑娘突然踢了他一脚，趁着这个空当飞快地跑出了水房。

她这一脚踢得没什么力气，但这个变化让陈漾感到十分惊奇。

他转身去看，小姑娘脸上哪有哭过的痕迹，之前分明是假装的。

乐芽对着他做了个鬼脸。

陈漾站在水房门口，愣生生被气笑了。

他竟然被乐芽给骗了。

不过……想到那声"哥哥"，陈漾溢出一声笑，真是要人命啊。

雨连着下了一个周末，直到星期一才放晴。

今天也是举行升旗仪式的日子，早自习后大家就全被赶去了操场，一眼看过去全是人。

新校区的操场比本部的要大很多，从操场这边看过去，最大最高的那栋教学楼就是乐易健捐建的，乐芽每次路过都发自内心地为爸爸觉得自豪骄傲。

这次是三十二个班一起举行升旗仪式，乐芽十分庆幸自己在一班，不用和十七班靠得很近。

已经七点了，温暖的阳光照在人的身上一点也不热，反而将人衬托得更明媚。

前方有红色的国旗在飘扬。

教导主任说了一些鼓励的话，然后就宣布仪式结束，每个班再按顺序离开操场。

一班是第一个，要从操场最里面的角落走到教学楼另一边的门，可以说是跨越了大半个操场，必须经过十七班。

谢轻语就站在乐芽后面，问："你的零食送出去了吗？这都几天了哎！"

乐芽说："已经买了，还没发货。"

"那过两天应该就能到了。"谢轻语摸了摸下巴，"你写了什么备注吗？"

乐芽摇摇头："没有。"

谢轻语拍手："怎么什么也不写呢？这可不行，万一人家当成是诈骗的给扔了可怎么办？"

她之前就在网上看到过类似的新闻。

乐芽软绵绵地"啊"了一声，说："可我不知道该填什么，并且我又不能让他知道是我送的。"

"这很简单啊，回去之后我帮你想一个。"谢轻语揽过她的肩膀，"他肯定想不到是你。"

升旗仪式后还有一段时间才上课。

乐芽和谢轻语一起先去了一趟小卖部，然后才回教室，这时路上已经没多少人了。

之后两个人就在楼梯的转角被一个男生给拦住了。

男生说："我找乐芽有事。"

谢轻语狐疑地看了看他，说："那我去上面等，乐芽你和他说完了再叫我。"

乐芽认识这个男生，当初在办公室里和他一起批改过试卷，是四班的，她礼貌地问道："你有什么事吗？"

说实话，她已经不记得这个男生的名字了。

男生有点局促，但一想到自己前几天看到的事情，便豁出去了："有件事……就是学校不允许谈恋爱。"

乐芽一脸茫然："你和我说？"

男生说："我……我上次看到了，在水房。"

乐芽瞬间想起被她刻意遗忘的事情，白皙的脸微微泛红，辩解道："我没有。"

那么糗的事，她没想到会被人看到。

正在这时，身后突然响起敲击栏杆的声音。

男生和她面对面，正好能看到楼梯下方的人是谁，就是上次和乐芽一起在水房的男生："是你！"

陈漾平静地道："你挡路了。"

楼梯间只有他们仨，男生看了看，没好气地说："你不是这边教室的，就不能从另一边的楼梯走吗？"

陈漾冷笑："我乐意，路是你家开的？"

男生被气到，看了乐芽一眼："乐芽，你离他远一点。"然后他就离开了楼梯间。

自打听到这个低沉的嗓音，乐芽就认出了他来。她深吸一口气，转身就看到陈漾站在台阶下，整个人颀长瘦削，十分显眼。

两个人之间差了一两级台阶，刚刚好平视上。

陈漾有些玩味地道："你看，他跑了。"

第二章
偷偷送给你

1

自从上次的事情过后，乐芽这还是第一次看见陈漾，对这个恶趣味的声音记忆深刻。

她“噔噔噔”地上了几级台阶：“别人要学习。”

陈漾点点头，对她的话不以为意。

乐芽顿了顿，然后大声说道：“我也要学习。”

陈漾又点了点头，一脸若无其事的模样。

乐芽觉得他脸皮挺厚的，不说别的，就说他之前这样那样的行为，还和那两个不良少年混在一起，一看就不是好人的样子。

她转念想起陈漾刚才说的话，开口道：“这路……是我家开的。”

陈漾“嗯”了一声，扬着尾音：“然后呢？”

来不及思考，乐芽已脱口而出：“你的教室在另一边，应该从那边走。”

陈漾皱了皱眉，突然上了一级台阶。

乐芽吓了一跳，眼睁睁看着他迈着大长腿不过一步就跨到了她面前，心里涌上一股畏惧。

她有点委屈，怎么三番两次碰上这个人？

乐芽眼中泛起水光，也不敢直接跑，害怕像上次那样她刚准备跑就被他牢牢抓住。

陈漾没想到她真要哭了，她秀气的鼻子微微吸在一起，一直在不停地眨眼，就差掉下泪珠了。

他和她距离很近，近到少女的馨香他都能闻到，陈漾有一瞬间出了神。

他说：“我又没碰你。”

乐芽偷偷抬头看他，见他眉头微皱，好像不太开心的样子。

陈漾转过身下了台阶：“我不走这边了行吧？”

他一离开，乐芽浑身的压迫感就消失了，只是心仍跳得飞快。

上课铃适时地响起。

谢轻语在上面叫她："乐芽，你在下面磨磨蹭蹭干什么，怎么还不上来？上课了。"

乐芽这才反应过来："来了。"

她偷偷看了一眼下面的陈漾，然后轻哼了一声，抬腿就跑上楼去，快到顶时还忍不住低头看。

直到看不见他了，她才说："我又没说你一定不能从这边走，上次怎么不这么听话？"

之前她和他各种狭路相逢，叫他让开都不让开，这次倒是直接让开了。

没想到她的话音刚落，就看见陈漾又回来了。慢条斯理的，好像一点也不急。

乐芽怎么也不相信这样的学生会是好人。

乐芽更没想到自己刚才说的话会被他听见，赶忙跑开了。

从楼梯栏杆的缝隙中，陈漾对上了一张刚刚缩回去的脸，长长的马尾带出一个漂亮的弧度。

陈漾勾了勾嘴角。

"我看人家都上来好久了，你怎么还在下面？"谢轻语说，"是在思考吗？"

乐芽说："就是在想事。"

谢轻语挽住她的胳膊："那个男生找你什么事？让我猜猜啊，是不是表白？"

闻言，乐芽摇了摇头："他就是说了一些不要谈恋爱的话，没表白。"

"不会吧？"谢轻语狐疑道，"你谈不谈恋爱和他有什么关系啊？这人管得可真宽。"

一个班的说说也就算了，这都不知道是哪个班的，竟然就说这样的话，也真是脸大。

乐芽说："没有，他说的是实话。"

好在老师还没来，教室里很安静，不过大家纷纷在做自己的事，她们偷溜进去的时候都没人抬起头来。

这节是化学课，依旧是复习。

到了高三，除了考试就是复习。上次的月考试卷已经在上个星期就讲解完了，这次是开始复习新的知识点。

一中的考试很频繁，老师们都说现在天天考试，就当锻炼一下，习惯了以后高考也会被当成平常的考试。

虽然大家都唉声叹气，但还是要考的。

自从知道那个小姑娘的名字叫乐芽后，梁千就沉迷其中，多方打听与她相关的消息。比如之前本部的试卷，还有以前和乐芽走得近的同学是男是女，包括她经常吃的东西，他全都要知道。

讲台上的老师见陈漾回来得这么迟，也没问什么，反而还关心了他一下，然后才让他回了座位。

梁千啐了一口："这要是换了我，铁定得站一会儿。"

高三的书本来就多，再加上各种资料，在桌上堆得很高。

尤其是最后一排，都看不到学生的脸。

梁千凑过来，悄悄问："哎，漾哥，你今天看到小可爱了吗？"

陈漾头也没抬："小可爱？"

梁千拿起一本书挡在自己面前："就是乐芽小可爱啊，她那个样子不可爱吗？"

听他这么一说，陈漾手上的动作停下来，心想：哭唧唧的样子是挺可爱的。

"不过我听说人家可是老师的心头宠，估计漾哥你是没机会了。"梁千又继续说，"她家一定看得很严的。"

陈漾面无表情。

梁千就不要命地尝试着调侃——

"漾哥，你看这作业像不像乐芽？

"漾哥，你看这试卷像不像乐芽？

"漾哥，你看这……"

就这样不厌其烦地周而复始。

几天后，讲台上的生物老师正专心致志地写板书，丝毫没有听见下面的动静。

陈漾不耐烦地吐出一个字："滚。"

梁千"嘿嘿"地傻笑着。

每周五的晚上没有晚自习。

傍晚天还没黑，却也暗了下来，谢轻语和乐芽在校门口分开："你今天是不是要去学画画？"

乐芽点点头："我都有两个星期没去了。"

自从暑假报了那个绘画班以后，她才学了一点点。

因为这学期上高三，她去学画的时间也就改了。本来乐易健是想给她请个私人老师的，但被她拒绝了。

谢轻语说："那你自己注意安全。"

"你也是。"乐芽上了自家的车。

画画的地方离这里大概十分钟车程，乐芽到画室的时候里面已经有几个人了，因为她来上课的频率不高，所以位子被安排在了角落里。

她没想到刚坐到自己的座位上，就看见了一个脸熟的人。

是那晚在楼梯间看到的波浪卷女生，当时她还因为向陈漾表白失败哭着跑了。

“你好，我是林心乔。”林心乔和她打了声招呼，手上动作没停，不知道在画什么。

乐芽从愣怔中回过神来：“你好，乐芽。”

“你的名字这么可爱啊！”林心乔有些惊讶，微微一笑，“我是刚加进来的艺术生，也是一中的，我们俩还是校友，你是几班的？”

一中的艺术生在另外一栋教学楼上课，和乐芽他们不在一起，并且艺术生的课程也和他们不一样。

乐芽说：“你的名字也挺好听的，我是一班的。”

她对那天的画面实在是记忆深刻，纵然现在的林心乔和当时不太像，她也不会认错。

听到对方来自一班，林心乔的兴趣就没那么大了，一班距离十七班那么远，又是刚从本部搬到新校区来的。

乐芽见她态度一般，也没什么其他想法。幸好这时老师来了，也就缓解了她的尴尬。

这个小班也才十个人，乐芽学的是素描，虽然才学了一点，但自己还是挺喜欢的。本来她是准备学乐器的，可最后还是选了画画。

林心乔倒是整节课都没找乐芽搭话，于是乐芽专心画了一整节课，虽然最后也只画了一半。

一个小时后，老师宣布课程结束。

乐芽站起来收拾画板的时候被林心乔拉住，问：“乐芽，你觉得我画得怎么样？”

她都这么问了，乐芽也不好忽视。

乐芽顺着她的画板看过去，突然发现上面的人有点眼熟。电光石火间，就和陈漾那张脸对上了。她有点不解，这个姑娘上次都被他说哭了，怎么还画他？不过有一说一，她的确有些天赋，画得挺不错，甚至称得上惟妙惟肖。

乐芽夸奖道：“画得很好。”

林心乔笑了笑，满怀憧憬地道：“这是送给别人的生日礼物，希望这份礼物他会喜欢。”

乐芽慢吞吞地“哦”了一声，没继续问。但她对那个男生的印象又差了点，觉得他还真够拈花惹草的。

两个人因为说话耽误了点时间，最后离开教室时已经八点多了。

不过外面依旧灯火通明，街道两旁的树上挂了很多小灯，闪着五颜六色的光。

下楼后，林心乔和乐芽走的是完全相反的路。

马路上车水马龙，乐芽找了一会儿才想起自己忘了提醒司机几点来接。

干脆自己回去好了，反正现在还有公交车。

陈漾和梁千从一家店里出来。

“八点多了，得，各回各家。”梁千拍了拍衣服，然后就看到了对面的人，眼珠子一转。

他往后一退，看了一眼正低头摆弄手机的陈漾，提醒道：“漾哥，你看对面。”

闻言，陈漾掀了掀眼皮。

绿化带后的乐芽孤零零一个人抱着一堆东西往前走，被灯光映出单薄纤细的小身板，远远看去像一盆小盆栽。

他们正看着，就见对面的人不知道被什么东西绊了一下，怀里的东西掉了一地，随后她便蹲了下去。

“掉了……”梁千话音未落，就看见陈漾如疾风闪电般地过了马路，说都没说一声。

2

梁千只转个头的工夫，陈漾就已经到了对面。

“咱漾哥真的动心了吗？”赵明日把手搭在他的肩膀上，疑惑道，“这也太快了吧，真的是一见钟情？”

乐芽这个小可爱说漂亮也的确是漂亮，但一中的漂亮妹子很多，之前那个林心乔也不差啊，但就是入不了陈漾的眼。

难道他真的是喜欢这种类型的？

梁千挥开他的手：“你想想这都多少次破例了，又是送回家又是搬书，你以为是他没事找事啊，肯定是有意思啊！可我又觉得不只是一见钟情那么简单。”

他的直觉是这样，至于是不是真的那就不能问了。

“行了行了，赶紧跟过去。”

“我要围观一下，撩到现在连自己的名字都没告诉人家。”

“你不懂，这是情趣。”

临近初秋，外面的天已经开始转凉，风一阵阵吹来，还带着点凉意。

乐芽没想到自己走平地都能差点摔倒，幸好现在只是东西掉了一地。

她正想着，就看见面前有一只手捡起了一张画纸。

乐芽开口道：“谢谢。”说完才发现居然是他。

陈漾看到画纸上画的是一个苹果，还没画完，但形状已经出来了。

他随口问道：“想什么呢，走在大马路上也能差点摔倒？”

乐芽反驳道："我没有。"

陈漾点头："你没有。"

乐芽怎么听他这句话都像是敷衍，想反驳却又找不出词语，干脆不说话。

她将东西收好，重新站起来，看到陈漾手里的画纸，提醒道："你还给我。"

陈漾漫不经心地弹了弹纸，然后递给她。

乐芽伸手去接，没想到她还没碰到那张画纸，她怀里抱着的东西就被对方整个捞走，吓得她惊呼出声："你干什么？"

对上陈漾那双摄人心魂的眼睛后，她又连忙移开视线。

乐芽小声问："你想要做什么？"

她怀里的东西对于她来说有点重，可对陈漾来说不算什么，他显得十分轻松。

陈漾语气淡淡地道："把包给我。"

乐芽愣了一下，先是抓紧了包，看他皱着眉的样子，又犹豫着取下来递给他。结果却不小心碰到了他冰凉的指尖，乐芽像是被烫到了一样，连忙收了回来。

陈漾手一钩，将差点掉下去的包给带了上来："你是以为我能隔空取物吗？"

乐芽被调侃得红了脸，不知该说什么好。

她干脆往前走，还没走出一步，校服衣领又被人扯住了。

陈漾轻轻钩住她的衣领，侧耳道："你还欠我一顿饭。"

乐芽挣脱开他的手，捂住自己有点发热的耳朵："你说话不要靠这么近。"

陈漾笑笑："怕你听不见。"

闻言，乐芽松开手，指了指自己的助听器，认真地道："我能听见的。"

她侧面对着他，捋开了一侧的头发，露出洁白莹润的耳郭，还有嵌在耳朵里的助听器，看起来小小的。

小姑娘干干净净的一张脸，丝毫没有防备心理，她嘴唇微张，白皙的皮肤上还能看到细小的绒毛。

乐芽听见旁边的人突然叹了口气。

她不懂这声叹息是为何，想了想说道："我要回家吃晚饭，我请你喝奶茶行不行？"

陈漾没回答。

乐芽又琢磨了一下："如果你不喜欢奶茶的话，那你说你喜欢吃什么，我……"

话还没说完，陈漾便打断她："就奶茶。"

乐芽仰头看他一眼，又飞快地转过头去："对面有家奶茶店，你要过去吗？"

陈漾似笑非笑："不，今天不喝。"

乐芽一愣，下意识地问："那什么时候喝？"

“等我想喝了再找你。”陈漾说。

既然他都这么说了，乐芽当然不能拒绝，毕竟他当初的确帮了很大的忙，虽说后来的行为有点恶劣。

陈漾将东西拢好：“你再不走，车就要来了。”

乐芽“啊”了一声，看着他一点也没有把东西还给自己的意思，也不好提醒，只能跟着他一起往前走去。

公交车站离得不远，到站台时刚好有一班公交车进站。

车里人不多，乐芽转过身，犹豫着说：“你……你把东西给我吧。”

陈漾没说话，只是看了她一眼，然后任由小姑娘把他怀里抱着的东西给拿了回去。

乐芽上了车后将东西放在一旁的空位上，转头看了看窗外的人。

她揉了揉手，刚才不小心碰到了他的手。

男生的手都这么凉的吗？

公交车开始往前开，乐芽将窗户打开，柔声道：“谢谢。”

陈漾有些意味深长地回道：“不客气。”

一句话的时间，公交车已经加速驶离了站台，乐芽关上了窗户。

乐芽八点半才到家。

正在做饭的张姨从厨房出来接过她怀里的东西，十分关心地问：“怎么今天回来得这么迟？”

乐芽说：“我自己坐公交车回来的。”

“拿这么多东西快累死了，早就应该打电话让司机去接你才对。”张姨又说，“快洗洗手，过一会儿就能吃饭了。”

乐芽应了一声，将东西拿回楼上，画画课要两个星期后才上，这些绘画工具也都要到那个时候才能用上。

她最后拿的是那张画纸。

乐芽将画纸展平在桌面上，想到今晚发生的事，她用手托着脸叹了口气：“帮了自己两次。”

这两次的人情得还了才行。

这么一想，乐芽才突然想起自己从没问过对方的名字。她拍了拍头，只知道他是十七班的。

她皱了皱眉，又想到之前在水房的事。

乐芽还记得他把自己堵在里面，非逼着她说那句话，感觉这个人太可怕了。所以她还是不知道名字为好，等她把奶茶请了以后，和他就可以不用有其他交集了。

她将画纸收好，打开手机，查了一下快递。总共有五个包裹，商家均显示发货了，算算时间的话，最晚下周应该就能收到。

到时候也不知道那个“陈漾”会不会被吓到。

周末下了两天雨，周一上学时又突然放晴了。

为避免淋雨，乐芽临走时还是带了一把雨伞。

每次下雨都会想起那把有去无回的兔子伞，这时她总要咬牙切齿一番。

上课前，谢轻语和她抱怨：“我哥好像谈恋爱了，我听到他打电话的声音很不对。”

乐芽说：“你哥哥都上大学了，这很正常啊！”

谢轻语感慨道：“正常啊，我只是感慨一下，我竟然还在读寂寞的高中，我也想去谈恋爱。”

乐芽笑了笑，眼睛弯成了月牙儿。

谢轻语还想再说点什么，就看见数学老师已经拿着书进来，两个人连忙坐好。

数学周老师将资料放下：“上次的月考，我们本部没有打满分的，但新校区这边有。我向他们借来了试卷，你们传阅一下。”

一听到这个成绩，大家先是惊呼了一下，然后十分好奇那个学生是谁。

听到数学满分，乐芽下意识地就想起在爸爸书房看见的那张成绩单上的名字。

如果她没记错的话，陈漾就是拿的满分。

周老师把试卷递下去：“你们看看别人是怎么考满分的？整个年级就我们班有十个不及格的，最低分还有十几分的，我就是蒙也蒙不出这个分数来。”

被点了名的不及格的同学小声地反驳：“您是老师，当然蒙的都比这个成绩要好了。”

周老师冷笑道：“还敢贫嘴。”

教室里安静下来。

试卷很快就传到了乐芽这里。

“你们传阅完后把试卷给课代表，然后由课代表把试卷还到十七班去，不要忘了。”周老师说，“现在把书拿出来，我们开始讲解上次讲了一半的题目。”

谢轻语在后面小声说：“你看，我们没说错吧，字迹这么工整，一定是像咱们班学习委员一样。”

学习委员是一个戴八百度近视眼镜的男生。

乐芽恰好是数学课代表，她点点头，摊开试卷，看到左侧一栏横着写了“陈漾”的名字，和后面解题时写的工整字迹不同，这个名字写得有些狂野，但非常漂亮。

古话说字如其人，乐芽对写字好看的人很有好感。

虽然数学试卷上要写的字不多，但看得出来对方书写时很认真，一笔一画都很工整，每个字都棱角分明，像是练习了多年的书法。

从字迹上离开，乐芽的目光就被解题思路吸引了。她很喜欢数学，最喜欢与几何相关的题目。

对方的解题思路简洁却恰到好处。

思维严谨的人逻辑自然也好，散发着无与伦比的魅力。

这张试卷在上周就已经讲解过了，她也扣了几分，所以特地翻到自己错的那一题。

乐芽看得入神，不自觉地就顺着对方的解题思路写起来。等反应过来后，她连忙又找来橡皮擦干净。幸好刚才手上拿的是铅笔，不然可就擦不掉了。

不知不觉，下课铃声响起。

后排的谢轻语十分激动地拍了拍她的桌子："都一节课了，你还没看完试卷啊？"

乐芽将试卷折好，红着脸道："看完了。"

"看完了就好啊！"谢轻语凑近道，"赶紧的，咱们去还试卷，这样就能正大光明地看看他长什么样了。"

这都一个星期过去了还没看到人，她都快急死了。

3

谢轻语一直想确定她之前看见的那个"豆芽菜"是不是"陈漾"，以及乐叔叔为什么不让乐芽知道这件事。

说完这句话，她又想起一件事："只有九分钟就要上课了，还是不去了吧。"

乐芽不免想笑："明明是你风风火火的，怎么现在才刚下课就说不去了？"

谢轻语没好气地道："我是想着要不我们等到大课间，你懂吗？大课间再过去。"

大课间有二十分钟，她们还能多聊一会儿呢。

乐芽想了想："好吧。"

"对了，你那个快递什么时候到啊？"谢轻语回到自己的座位上，手托着下巴说，"这也太久了吧。"

乐芽摸出手机看了一眼："快到了，大概明天就能拿到，主要是有好几个快递。"

她不是买的同一家，所以发货时间有快有慢，还有一个前两天才刚刚发货。

谢轻语摆摆手："那就等着吧。"

下一节是语文课，主要是复习文言文。

乐芽听了一半，重新将陈漾的试卷拿出来，她有点好奇对方其他科目的试卷，特别是语文。如果全是这样的字迹，卷面分应该会很高，并且她十分好奇他写的作文。

第三节课下课铃声响起，老师才刚离开，谢轻语就已经迫不及待地朝乐芽挥手了。

乐芽将试卷整理好，和她一起走出教室。

现在是大课间，外面有很多学生，从走廊往下看，还能看到一些在下面打闹的男生。

走廊的栏杆处也三三两两趴着一些有说有笑的学生。

谢轻语挽着乐芽的胳膊："待会你记得不要说自己的名字，万一被乐叔叔知道可就糟了。"

乐芽点点头："嗯。"

走廊不过十几米，眨眼就到了。从后窗这里看过去，十七班的教室里还有一半人。

谢轻语说："我去敲窗子问问。"

她们靠近前门的窗户，乐芽跟在谢轻语旁边，看她敲了敲窗子，然后一个女生打开窗户："有事吗？"

谢轻语问："你们班陈漾在吗？我们班数学老师之前借了他的试卷，课代表拿过来还他。"

她说着指了指乐芽。

乐芽将试卷折了折，只露出"陈漾"的名字给女生看。

女生回头看了一眼教室，然后转过头笑了笑："陈漾不在，你直接把试卷给我吧，我会给他的。"

闻言，乐芽有点犹豫。

谢轻语没想到竟然这么不凑巧，这个男生不应该天天待在教室里学习才对吗？到处跑是怎么一回事？

乐芽说："那等他回来了我再给他吧。"

女生的脸色变了一下，说："我说……你们两个人不会是想借试卷的缘由来看陈漾吧？"

还不让她把试卷还给陈漾。

乐芽说："还给本人很奇怪吗？"

谢轻语碰了碰她的手，对女生说道："陈漾有什么好看的，试卷不给本人我们不放心。难道你不知道有些同学会因为嫉妒别人成绩好而把好学生的试卷给撕掉吗？"

她随口举了一个例子。

虽然她们的确是想趁机来看陈漾，但坚决不能承认。

乐芽拽她，怎么突然说起这个。

"撕陈漾的试卷？那你去撕了看看？！"女生一脸冷笑，伸手想把乐芽手中的试卷拿走。

乐芽让开一点，女生生气了，直接将窗户关上，乐芽的手差点撞到玻璃上。

这转折快得让两个人都没反应过来。

谢轻语有些蒙："她为什么那么说啊？"

乐芽猜测道："可能以为你刚才说的人是她，你刚刚那么说是有点不好。"

谢轻语转过身说："我就是找个借口，不然我们怎么能看到人？"

好不容易有这么个官方的机会，可不能放过了。

紧接着，窗户又被推开，一个戴眼镜的男生伸手过来："把试卷给我吧。"

乐芽和谢轻语一起看过去。

谢轻语和她咬耳朵："这个人就是那天我看到的。"

乐芽飞快地打量一眼，瘦瘦高高的，面色苍白，身上的校服有点发白，想必是洗过很多次了，还挺符合她想象中"陈漾"的模样。

见两个女生都看着他，男生有点羞赧，说："你们把试卷给我就行了。"

乐芽回过神，这么说的话他应该就是陈漾了吧，不然怎么会来要试卷。

她将试卷递过去："你是陈……"

话说到一半，手中的试卷突然被人抢走了。

乐芽转头就看到旁边站着一个人，俊朗的五官就在眼前。他眉梢微扬，看起来有些清俊疏淡，还有一丝未曾收敛的乖戾。

她反应过来："又是你？"

陈漾展开手中的试卷，说："这试卷好像有点眼熟。"

乐芽伸手去拿，陈漾往后一让，轻飘飘地就躲开了，压根不给她机会。

陈漾懒散地靠着墙，他从头看到尾，确定是自己的试卷无误："你从哪儿拿到的试卷？"

窗户不知何时被打开，女生眨着眼提醒道："听说是她们老师借走的。"

陈漾毫不留情地把窗户给关上。

里面的女生差点撞到脸，有些气急败坏。她刚刚就想把陈漾的试卷给要过来，然后再拍个照，回头怎么着也能和室友们吹一吹，谁知那两个女生就是不肯给。

看形势不妙，谢轻语小声道："我们还是跑路吧，同班同学怎么都不可能私吞试卷吧？"主要是她觉得这个男生不太好惹。

乐芽微微咬着嘴唇，仰着头说："你不能这样，数学老师让我必须还回去。"

陈漾点头："嗯，我知道，现在你已经还了。"

乐芽伸手去拿，陈漾把手一抬。

他本来个子就高，现在再这么一抬手完全是她够不着的高度，除非蹦起来才行。

乐芽气急，戳了他一下，轻手轻脚的，就连戳都不敢用力。

陈漾没忍住笑出声，勾了勾嘴角，开口道：“还了，你回去跟老师就这么说。”

乐芽正要说什么，就看到从那边楼梯口走上来染着黄毛和红毛的男生，他们也往这边看了过来。

谢轻语拉了拉乐芽：“就让他还呗。”

陈漾看了一眼面前气得不行的小姑娘，垂眸柔声道：“乖，回去上课。”

他说话的声音很好听，低沉悦耳，像丝滑柔软的天鹅绒划过乐芽的耳朵，带来一丝酥麻。

乐芽的脸有点发烫，表面却不为所动，说：“你先把试卷给我。”

陈漾将试卷随手一折，夹在两根手指之间，动作有些轻佻。

这个举动把窗户边上的女生看得脸又红又热。

陈漾低头：“你要收藏吗？”

收藏试卷做什么，乐芽快被他气死了。她又不是有什么特殊癖好的人，一张试卷而已，再怎么喜欢也不可能偷偷私藏啊。

谢轻语在一旁耳朵都要炸了，推了推仍一本正经的她，连忙把她给拉走。

一直到离开十七班，乐芽还想倒回去，一脸倔强地吐槽道：“试卷还在他那里。”

谢轻语说：“我的大小姐，你觉得他会给你吗？他说还了，咱们就这么和老师说就行，应该不会有什么问题的。”

乐芽悻悻地道：“好吧。”

谁让他是十七班的呢？

谢轻语很快便转了话题：“你看到陈漾了吧，一棵小白杨似的，还真得好好补补。”

乐芽想了一下：“东西过两天就能到了。”

只要她经常偷偷买营养品送他，几个月过去，相信小白杨也能被补成参天大树。

下午，一班进行了一次英语小考。

大家早已习惯了考试，所以这次考完试也就和平常一样假哭两声，之后一如既往。

最后一节课下课后就放学了，因为晚上还要上晚自习，中间也就隔了一个半小时，所以很多学生都不准备回家。

乐芽和谢轻语在食堂吃过饭后，就一起去操场散步。

操场的外面一侧是篮球场，里面是跑道，有不少学生在跑道上走着，剩下的三三两两聚在一起聊天。

乐芽和谢轻语坐在操场的草地上闲聊。

跑道上有体育生，也有想减肥的妹子，三五成群地不时从她们身边跑过去，一圈之后又一圈。

拿出手机，将好几样东西加入购物车后，谢轻语才说：“哎，咱们也跑跑吧，你看看你这小身板。”

乐芽拒绝：“不跑。”

梁千拎着两杯奶茶，嘴里哼着歌。

赵明日在发语音消息：“漾哥，你人在哪儿呢？”

陈漾：“操场。”

两个人正好距离没多远，一眼就看到陈漾在操场边上。

梁千将奶茶递过去：“喏。”

他再往操场上一看，哎哟，熟人。

梁千自己也有一杯奶茶，看着乐芽也在这儿，又想起上次问陈漾的事，心里只想笑。

这件事他和赵明日都瞒着，没敢让陈漾知道。

不过梁千怎么都觉得糊里糊涂的乐芽连陈漾名字都还不知道的事，陈漾自己心里应该有数才对。

陈漾接过奶茶，但没有喝。

三个人站在这里吸引了操场上不少人的目光，有的女生也不跑步了，就坐在不远处傻傻看着。

初秋的天黑得很早，才六点钟就已经黑透了。

路灯也已经打开，散发一阵阵暖黄色的光。

乐芽碰了碰自己热乎乎的脸：“我们回去吧。”

谢轻语从地上起来，拍了拍身上的草屑：“这种天气晚上还真有点冷，不像刚刚跑完步时那么热。”

“回教室就暖和了。”乐芽刚要起身，从前面跑来一个女生，将一杯奶茶递到她面前。

女生的动作让两个人都蒙了。

乐芽左右观望，发现女生真的是给她的。

她疑惑道：“给我的？”

女生直接把奶茶塞到她手里：“就是你的。”

谢轻语凑过来问：“你请她喝？妹子，我们好像都不认识吧？你是哪个班的呀？”

女生笑着摇摇头：“不是我请的。”

闻言，乐芽轻轻地“啊”了一声，心想：外面的奶茶店推销奶茶都推销到学校里来了吗？不过人家都已经塞到她的手上了，她也不好拒绝。

乐芽将手机从口袋里掏出来，准备扫微信付款，问：“那这杯奶茶多少钱？”

女生被她的动作逗得“扑哧”一声笑出来：“虽然不是我请的，可这是另外一个人让我送给你的。”

她伸手指向操场的出口处。

4

操场外的栏杆处靠着几个人，最左侧的那个人尤其出众。明明穿的是同样的校服，却显得身姿格外挺拔。即使隔得远，也能看出对方的轮廓完美。

陈漾也在看向这边，刚好和乐芽的视线撞上，乐芽连忙移开视线，有些尴尬地摸了摸手里的奶茶，是常温的。

“喏，所以奶茶不是我买的，任务完成，我先走了。”女生说完这句话就打算离开。

乐芽拦住她：“你帮我还回去吧，”

女生连忙摆手：“要还你自己去还吧，我可不敢。”

她的教室虽然和十七班离得远，但陈漾这个人她还是知道的。

她刚刚在路上被几个男生拦住，然后拜托帮忙送奶茶都快激动死了，虽然她也不知道面前的这个女孩是谁。

女生怕乐芽真的会把奶茶给她，直接脚底抹油走了，临走时还忍不住给乐芽比了个“加油”的姿势。

乐芽又悄悄看了一眼，然后低下头看着手中的奶茶。

“要去还吗？”谢轻语问，“那个男生是谁啊，长得还挺帅的，要我说不会是看上你了吧？”

乐芽犹豫道：“我怕他又……”

剩下的话她没说出来，毕竟他之前三番两次堵她，有事没事就找碴，怎么说都不像是个好相处的人。

谢轻语仔仔细细地看了看乐芽，这副乖巧的模样，连声音都轻轻柔柔的，的确很容易让人产生好感。

她提议道：“要不这样，你就从他们面前经过，直接塞到人家怀里，他总不可能让它掉下去吧？然后你再和我一起走。”

乐芽思考了一下：“就这样。”

虽然她心里有点没底，但她不可能无缘无故接受对方的礼物，尤其还是奶茶这种东西。

乐芽站起来拍了拍身上的草屑，抬头看了一眼那边的陈漾，然后往那边走去。

操场上有微风吹过，夹杂着一丝凉意。

乐芽站在陈漾的身侧，脸颊微红，她把奶茶塞到他怀里："还你的。"

陈漾细碎的黑发被风吹动，他用小拇指钩住装有奶茶的袋子，歪了歪头："请你的。"

他的手指很好看，乐芽的注意力几乎全被吸引。

回神后听到这句话，她摇了摇头："不用。"

她认真地道："是我应该请你，我还欠了你的。"

一旁的梁千在心里鼓掌，怎么才几天没关注，漾哥就能让人小姑娘欠一顿奶茶？这漾哥的社交能力，真厉害啊。

陈漾随口胡诌："当上午的谢礼好了。"

乐芽蒙了："谢礼？"

上午明明是他抢走了试卷，怎么说都应该赔礼才对，怎么会安上"谢礼"二字？难道是自作多情？

陈漾琢磨了一下自己的话，又想了想今天上午乐芽的反应，认真地道："那是我的试卷。"

乐芽瞪大眼，片刻后又恢复原样，她轻轻地"哦"了一声，心想：鬼才信。

一直在旁边听墙角的梁千忍不住大笑："哈哈哈——哈哈哈——这大概是漾哥做人最失败的一次了。"

就连他都能听出乐芽的怀疑。

陈漾也被乐芽敷衍的语气逗笑，感觉头有点疼，开口问："你不信我是陈漾？"

乐芽眨巴着眼睛："信。"

她现在在人家面前，当然只能说信了。不然能怎样？

"陈漾"明明是那个戴眼镜的瘦弱男生，眼前这个人怎么看都不像营养不良的模样。

乐芽莫名觉得他很幽默。

听着她不走心的回答，陈漾反而笑了。

"我要回去了。"乐芽离开栏杆，准备从他旁边走过去，"快上课了。"

每次都是这个借口，陈漾一副玩世不恭的样子看着她。

突然，好像想到了什么，他勾了勾嘴唇，用薄凉的语气道："不要就扔了。"

他的语气平淡，像是突然生气了，这让乐芽有点不知所措。

一旁的梁千看不下去了，提醒道："你就拿走呗，不然他待会真会扔掉，浪费多不好啊。"

他一听就知道陈漾是心里不爽了。

闻言，乐芽低下头，沉默了半晌，最终小声道："那你下次不要这样了。"

她伸手去拿挂在他小拇指上的袋子。

就在这时，旁边突然伸过来一只白皙的手。

林心乔碰到装奶茶的袋子时心跳都漏了一拍，此刻，她已经能想象到自己拿走陈漾手中的奶茶，然后喝下去的甜蜜模样。

她刚刚从朋友那儿得知陈漾在这里，想着正好可以把生日礼物送给他，这么一个好机会可不能浪费了。没想到她才和朋友走到这里，就看到了这种画面。于是她想也没想，直接走过来想拿那杯奶茶。

任谁都没想到的一幕发生了。

陈漾的手一收，直接将袋子扔到了不远处的垃圾桶里。他的动作轻而易举，仿佛做的不过是一件小事。只是那重物砸进垃圾桶里的声音格外清晰。

乐芽眨了眨眼睛，睫毛轻颤，“啊”了一声。

陈漾单手重新插回裤兜里，对着乐芽说：“下次请你。”一副轻描淡写的语气。

刚才还好好的，怎么突然就发起脾气来？那杯还没喝的奶茶就这么被扔了怎么说都有点遗憾。

乐芽觉得陈漾有点奇怪。

林心乔的脸一白，陈漾的这句话听在她的耳朵里再清楚不过，奶茶被扔的唯一可能就是因为她刚才碰到了。

只是因为她碰到就不要了？

陈漾摸了摸乐芽的头，她的头发软软的，头顶有个旋，即使隔着头发，他的掌心都能感觉到一股温热，和自己手掌的冰凉形成鲜明的对比。

乐芽猝不及防，没料到他会做这个动作。从小到大，只有家里人才会这样摸她的头，陈漾亲密得让她觉得十分羞赧。

乐芽有些不自在地晃了晃她的小脑袋。

陈漾若无其事地收回手，慵懒地靠着栏杆。

见乐芽用防备的目光看着自己，他故意挑眉道：“嗯，快上课了。”

果然，乐芽被转移了注意力。她捏了捏自己的手说：“那我先走了。”

她的声音和她的脸一样软，像是含了水果糖一样，怎么听都带着一股甜味。

陈漾轻飘飘地“嗯”了一声。

听到这一声，乐芽就像是解放了一样，脸上的笑容不由自主地放大，然后大步向前地离开了这里。

谢轻语在前面对着她招手。

距离晚自习还有十几分钟，操场上的人已经走了不少。

林心乔一直在听陈漾和乐芽的对话，嫉妒得手心掐出了红印。

一直等到乐芽离开，林心乔的脸色才好看了点，她轻轻呼出一口气，然后扬起一抹微笑，转头将礼盒递过去，腻着声音说：“提前送你的生日礼物。”

陈漾一脸淡漠：“不用。”

林心乔还想说些什么，可陈漾看都没看林心乔一眼，直接起身便离开了。

一直等到所有人都消失了，蒋媛才走过来，她看了一眼林心乔手中的礼盒，问：“怎么回事？陈漾没收你的东西？刚刚他好像还扔了什么。”

林心乔说：“没什么，垃圾而已。”

蒋媛若有所思道：“刚才陈漾还摸了那个女生的头，不知道是不是妹妹，关系可真亲密。”

林心乔的脸色更难看了，一句话也说不出来。什么妹妹，听对话压根就不是那样。

“等生日时再送。”蒋媛露出一个微笑，“你这么用心准备的礼物他肯定会喜欢。”

林心乔面无表情，只是在心底冷笑一声。

操场上都是急着赶回教学楼的学生。

地上不知是谁扔的易拉罐，陈漾直接踢走。一个弧度过后，易拉罐完美地进入了垃圾桶。

梁千吹了一声口哨。

临近教学楼时，他把手中的奶茶喝得一干二净，感觉快要齁死了，出声问：“哎，漾哥，你以前见过乐芽吗？”

这个问题他老早就想问了。

陈漾敛眉：“有事？”

“没事啊，没什么事。”梁千叫了两声，“我就是觉得你们应该没见过，但是……”

但是又不太像啊！

他一看就知道乐芽不认识陈漾，因为陈漾都在她面前报名字了她还不相信。

只是这个操作梁千有些看不懂。

陈漾只深深地一笑，没直接回答他的问题。

没见过？

怎么会没见过？

都见过多少年了。

5

晚自习时，突如其来的手机振动声打断了梁千和赵明日的谈话。

梁千咳嗽了一声。

半分钟后，陈漾安静地起身，将手机拿出来看了一眼，直接挂断。

没过几秒，电话又打了过来。

陈漾再度挂断，旁边的人都能感觉到他身上的低气压。

电话又打过来后，隔了许久陈漾才接通，里面传来一个中年男声：“小兔崽子，还不快回来！”

陈漾面无表情：“我要上晚自习。”

电话那头的人可不管什么晚自习，直接就骂起来，各种脏话不绝于耳。

一旁的梁千和赵明日都没说话，一看这架势就知道肯定是陈漾他爸又来电话了。

他们虽然不是非常清楚陈漾家以前到底发生过什么事，但都知道陈漾他爸不是个好人。整天混日子，还喜欢动不动就对陈漾呼来喝去的，一点也不尊重孩子。

陈漾直接挂断电话：“我回去一趟。”

梁千“哎”了一声：“我去和班主任请假。”

陈漾随意地“嗯”了一声，然后便离开了教室。

赵明日这才出声道：“漾哥怎么就摊上了那么个老爸呢？简直不把他当人看。”

梁千说：“谁知道呢。”

楼道里只有暗黄色的灯，并不是声控的，灯光闪烁，看起来有点摇摇欲坠，甚至还有即将熄灭的迹象。

陈漾拿钥匙打开门，才刚一打开，有人就从里面扔出来一个杯子。他往旁边一躲，那杯子就撞到门上，发出“砰”的一声，然后掉下来碎了一地。

陈漾的眼神晦涩，从碎片上踩了过去。

没等他走几步，又有人从里面扔出来一样东西，并伴着怒骂声：“你竟然还敢躲？”

这次陈漾没来得及躲开，被那东西擦过脸颊，刚开始还没感觉，随后就有点火辣辣的疼。

他用食指摸了一下，指腹上有血。

出血了啊，陈漾盯了半晌，将手指放入嘴里，一丝铁锈味。

客厅里的男人坐在轮椅上，气喘吁吁，脸上满是怒容。

陈漾停在原地：“说吧，叫我回来什么事？”

听见这句问话，中年男人这才舒服了一点，但怒气未消：“你饭做了吗？我生你就是让你一天到晚出去玩的？养了个废物！”

陈漾停顿了一瞬间，忽然溢出一声笑。

中年男人听出他笑声里的嘲讽，又开始怒骂道：“你笑什么？滚去做饭！”

陈漾慢条斯理地擦干净手，一直到对方快要忍不住，他才说：“生我的是你没错，”

他放慢语速说，“至于谁养的我……陈明武，你自己最清楚。”

说完，陈漾便转身去了厨房。

“谁养的你！”陈明武恼羞成怒，将自己手边仅剩的另一个杯子扔了过去，砸在紧闭的厨房门上。

陈明武被说中心事，两眼发红。如果能从轮椅上站起来，他此刻肯定直接进厨房开始大打出手。

厨房里没多少东西，上次陈漾已经整理好了，现在又乱了，不用问也知道是谁弄的。

他撸起袖子，一言不发。

几分钟后，陈漾从厨房里出来，语气冷淡地道：“饭在锅里。还有，你是腿瘸了，但不是手断了，下次自己做饭。”

陈明武轻而易举地又被激起怒气，他移动轮椅就要过去：“老子生你出来，你就得做一辈子饭！”

陈漾这次没回话，而是直接走到门边，摸了摸右脸上的伤口：“你先活一辈子再说。”

他丢下这句话便离开了。

狭小的房间里只剩下喘着粗气的陈明武一个人，还能听到房间里钟表的走动声。

“活一辈子？我肯定比他活得久！”

怒吼声回荡在房间里，除了他，无人知晓。

第二节晚自习是数学老师负责的。

谢轻语还在给乐芽传字条：“我刚才路过办公室看到虞酒和苏颂还在里面，这都说了一个多小时了，我估计可能要被处分了。”

毕竟闹得这么大。

晚自习前，虞酒在校广播站唱了一首《小风情》送给苏颂，就因为这件事他们被叫到了办公室。

乐芽还在听周老师讲习题，随口回道：“不会的。”

因为现在是高三，苏颂的成绩那么好，学校怎么可能忍心让他背处分。就算现在背了，也肯定会在毕业前取消的。

习题讲到一半，周老师突然想起自己的教案在楼下十五班的数学老师那儿：“课代表，你去十五班数学老师那儿拿一下我的教案。”

乐芽刚把字条传回去就被吓了一跳，连忙站起来应道：“好。”

周老师没察觉，又叮嘱道：“在张老师那里，你下去直接和他说，然后拿上来就行了。”

他是和张老师一起租的房子，算是室友，这件事在班上是公开的，所以十五班的老师他们都认识。

乐芽点头道："好。"

现在正是晚自习时间，一间间的教室亮着灯，外面一个人也没有，只有老师们抑扬顿挫的讲课声。她从楼上下去，不自觉地加快了步子。

哪曾想才到三楼，她就看到了一个熟悉的背影，一双长腿慵懒地搭在楼梯上。

陈漾正坐在台阶上。

她现在已经快到目的地了，除非重新上楼从另一边下去，不然肯定要从他旁边经过。

犹豫了几秒，乐芽还是决定走下去。

毕竟傍晚在操场上他们的相处还算愉快，他应该不会突然再为难她了吧。

听到动静，陈漾抬起头，透过扶手看到她的身影。

小姑娘看到他还有点胆怯，要不是只有这么点路，他都觉得人可能会直接跑掉。

乐芽贴着栏杆扶手，路过他的时候忍不住提醒道："这里地上不干净的。"

陈漾被她的话逗笑，一本正经地问："你在关心我？"

乐芽摇头否认："不是。"

她直接转身就往楼下走，拿教案的事可不能耽误了。

陈漾扯住她的校服衣角。

乐芽气急败坏地转过身："你松开。"

陈漾舔了舔嘴唇："临走前借张纸啊。"

也就在这时，声控灯突然亮了，乐芽这才注意到他的右脸好像受了伤。

6

怕是自己眼花，乐芽仔细看了一眼，还真是伤口，而且伤口还不小，从眉眼处一直划到右脸。伤口虽然不深，但隐隐有血渗了出来，尤其这伤口还在脸上。

乐芽看得触目惊心，这么大的伤口，要是她，为了防止感染，恐怕早已经去医务室检查了。

乐芽的注意力被直接转移，提醒道："你受伤了。"

陈漾侧过脸去："没事。"

乐芽问："你不去医务室处理一下吗？"

陈漾的视线从台阶上移开，重新转回她的脸上，对方的担忧清晰可见。

他忽然觉得这伤口好像也不是没什么用。

陈漾斜斜地靠着墙壁："起不来了。"

楼梯间的灯光下，他的面部轮廓非常清晰，鼻侧处是一片阴影，像是造物主精心雕刻的作品，没有一点瑕疵。

乐芽怀疑道："你摔伤了？"

她的小脑瓜里想象的是，陈漾下楼梯一不小心给摔了，结果脸摔破了，腿也摔伤了，所以起不来了。

陈漾看了看自己，一点也不嫌事大，故意逗她："啊，对，要亲亲抱抱才能起来。"

闻言，乐芽目瞪口呆。

她的表情就像是见到了什么可怕的事情一样，都快要竖起尾巴冲着人龇牙咧嘴了。

陈漾抑制不住地低笑出声。

乐芽反应过来，脸红了一片："你真是变态。"

明明她骂的人是自己，陈漾却半点反应都没有，眼底反而闪过一丝晦暗："你继续。"

乐芽词穷，不知道该怎么说才好，于是转移话题道："你要是真摔伤了就去医务室看看。"

陈漾没回答她的这句话。

见自己的问题没有得到回应，乐芽绞了绞手指，一溜烟跑到楼下去，眨眼间就消失在楼梯处。

陈漾没想到乐芽跑得这么快。她刚才的关心难道只是表面的客套？

没过一分钟，前方又传来脚步声。乐芽从楼梯间跑了上来，手里拿着教案说："你等我一下。"

陈漾看着她又跑上去，有点莫名其妙。他摸了摸脸上的伤口，十几分钟前还有点疼，现在已经没感觉了。和以前受的伤相比，这次太小儿科了。

陈漾已经习惯了受伤，小时候会被伤得很深，一次又一次，他也是会疼的，也是会躲的，也会趋利避害。

傻子都知道成长。

乐芽回到教室把教案给了周老师，然后小声地找了个借口说肚子不舒服，向他请假。

周老师也没怀疑，立马就同意了，还说："真不舒服就去医务室看看，不要硬撑着，把人撑坏了不好。"

乐芽乖巧地应了声，回到自己的座位上，从里面拿出之前张姨准备好的创可贴，还剩下了两个。

后排的谢轻语问："你哪儿受伤了吗？"

她看着乐芽，不就是出去了一趟吗，怎么还受伤了？

乐芽摇摇头，小声说："我回来再和你说。"

闻言，谢轻语倒是没再问，不过还是提醒道："你注意安全啊，别受伤了。"

乐芽“嗯”了一声，将创可贴捏在手心里，然后从后门偷偷地溜了出去。临走前，她刚刚看了一眼教室里的钟，还有十分钟才下课。

外面的冷风吹得人清醒了很多，乐芽回到二楼的楼梯上，本以为陈漾还在，结果没看到人，她捏着创可贴，有点不知所措。

盯着空无一人的楼梯口看了半天，她失望地准备回去，一转身就看到陈漾站在身后。

乐芽被吓了一跳：“你怎么在这儿？”

陈漾面上没什么情绪：“你回来了。”

他的语气平平，说完又回到原来的地方坐下，甚至还拍了拍旁边，让她也坐下来。

乐芽正要拒绝，就看到陈漾忽地眯起了眼，伸手就要过来拉她。

她心一紧，连忙坐了下去。

陈漾懒洋洋地道：“这才乖。”

乐芽此刻才反应过来自己此行的目的，她乖乖说道：“我带了创可贴，你要是不想去医务室，就贴一个吧。”

她伸手递过去，小小的创可贴就放在手心里。

陈漾瞥了一眼，凑到她的面前，低声说：“我看不到伤口在哪儿，你帮我贴呗。”

离得太近，他的呼吸都喷在了乐芽的脸上。

乐芽连呼吸都开始放慢，脸憋得通红，她从没和男生这么亲密过。

陈漾发现她没有呼吸了，他有些好奇地伸手捏了捏她的鼻子，提醒道：“你不呼吸是想因为窒息进医院吗？”

乐芽瞬间清醒，张开嘴大口大口地呼吸，这副傻愣愣的可爱模样看得陈漾直想笑。

乐芽气得脸红，要不是他突然离自己这么近，她怎么可能呼吸不过来？

陈漾知道逗女生不能逗得太过，他笑笑后指了指自己的伤口。

乐芽有点不愿意，但想想现在没镜子，他还真看不到伤口。

她犹豫了几秒：“好吧。”

陈漾把脸凑过去。

离得近了乐芽才看清伤痕，像是被刮出来的，伤口很流畅，也不知道是什么东西，再深点就该破相了。

她伸出手，小心翼翼地撕开创可贴，贴在他的伤口处，又用小指轻轻地按了按，覆盖住那道伤痕。

陈漾突然说：“啊，好疼。”

乐芽“啊”了一声，收回手，担忧道：“我……对不起，我是第一次帮人贴……”

陈漾转过头和她面对面，女生一双温柔的眼睛仿佛看到了他的心底。

他慢吞吞地吐出三个字：“骗你的。”

乐芽一愣，随即推了他一下。

陈漾任由她推，反正也推不动，他伸手碰了碰贴在脸上的创可贴，似乎被主人攥的时间太久，还留有她的余温。

乐芽看着他的侧脸，叮嘱道：“不要碰水，每天要换，我这里还有一个。”

她把仅剩的一个塞到他的手里。

陈漾把创可贴拿到自己面前看了一眼，捏在手里，忽然问：“你真的不信我是陈漾？”

乐芽没想到他突然会把话题转移到这上面来，眨了眨眼说：“我信啊。”

陈漾盯着她：“你的表情可不是这么说的。”

乐芽平时基本不撒谎，也不知道自己撒谎时会露出马脚，此时被陈漾点破后还真有点尴尬。

她说：“你自己是不是，你不是最清楚吗？”

陈漾说：“所以我是啊。”

他越是这样，乐芽反而越充满怀疑。

陈漾看她的表情就能猜到她的心思，这丫头一点心机都没有。

他目光微闪：“你说不是就不是吧，随你怎么想。”

乐芽听他这意思像是承认了，遂接着问：“你跟他同班，你知道他平时是怎样的吗？”

陈漾还是头一回这么和别人讨论自己，用了一个“他”字，感觉十分奇妙：“别的不清楚，反正他的听力很好。”

乐芽蒙了：“啊？”

陈漾一脸意味深长：“所以……你说话他一定听得见。”

乐芽被他的眼神盯得耳朵发热。

她微微有些羞赧，用手遮住耳朵和助听器，质问道：“你是故意的吗？”

陈漾睁眼说瞎话：“不是。”

乐芽冷哼了一声，不过碍于面前的人，她不敢哼得太大声，也就自己听一听出出气。

可惜楼梯间里太静了，静到对方的呼吸声都能听见，更何况是一声轻哼。

“这么关心他？”陈漾眼含笑意，低声道，“你下次来就能看到陈漾了。”

闻言，乐芽的眼睛瞬间晶晶亮，嘴上却否认：“没有，我没有关心他。”

她无时无刻都彰显一股生动蓬勃的朝气，而这恰恰是陈漾所没有的。

晚自习还没有下课，整个教学楼都静悄悄的。声控灯不知什么时候暗了下去，只有教室门口和走廊的灯光照着。

陈漾勾起嘴角：“好，你没有关心他。”

乐芽这次没回答他，而是站了起来，说：“我得回教室了，你也不要老是逃课，给老师留下的印象会很不好。”

“嗯。”陈漾随意地应了一声，双手撑在地面上，仰头看她，那双大眼睛里映出他的身影。

真好，要是以后这双眼里只有他一个人就好了。

他的眼神不知不觉发生了变化。

乐芽一直注意着他，下意识地后退一步，直到后背抵住楼梯的栏杆扶手才反应过来。

“我回去上晚自习了。”她迫不及待地离开了，一直走到三楼还能看到陈漾斜靠在楼梯上看着她，目不转睛。

乐芽刚回到教室，下课铃就直接响了。

“你干什么去了？”谢轻语问道，“我刚才没看错吧，你拿的是创可贴？是哪儿受伤了吗？”

乐芽说：“看到一个同学受伤了，就送了创可贴过去。”

谢轻语没怀疑什么，听到不是她后松了一口气说：“我还以为是你，吓我一跳。”

乐芽笑了笑：“我没事。”

“你上课出去一趟都能碰见受伤的人，我怎么出去一趟连个人影都看不到。”谢轻语手托着腮吐槽，“我怀疑都是有预谋的，就是在等着你。”

乐芽否认：“怎么可能。”

谢轻语哼哼唧唧：“不可能就不可能咯。”

很多同学都已经出去了，只余几个女同学还在。

周小青顺势走过来：“乐芽，你真不知道当时给你搬书的男生叫什么名字吗？”

乐芽回道：“不知道。”

周小青央求道：“你就告诉我一声嘛，他是哪个班的？我请你喝东西行不行？”

谢轻语不胜其烦：“你自己不会去问吗？又不是没长腿，自己想追人还要问来问去的。”

周小青瞪她一眼：“我要是能见到他还用问你吗？”

乐芽不喜欢她的态度，再想到今晚陈漾受伤的事情，鬼使神差地说：“我也不知道他是哪个班的。”

见乐芽油盐不进，周小青被气走了。

谢轻语开心地鼓掌：“干得好，就应该这样。”

乐芽说：“我……”

谢轻语体贴地道：“你不是故意的，我知道。”

乐芽是第一次这样拒绝人，刚才被周小青瞪两眼还有点虚，连心跳都加快了。

她其实是故意不说的，不过她也是真不知道对方叫什么呀。

要说名字，乐芽甚至也开始怀疑自己是不是认错人了，但对方后来说的话好像又承认了他不是陈漾？

唉，她现在完全分不清了。

7

第三节晚自习还没打铃。

十七班的男生都在最后一排玩手机、看视频，最近正好有游戏比赛直播，大家一起看最爽了。至于流量，那都不是事。

陈漾推开教室的后门，径直走进去，坐在自己的位子上，翻开写了一半的试卷。

“谁啊？这是你能坐的位子……”

梁千在打游戏，正是灭对方全队的关键时刻。他感觉身边坐下了人，直接头也不抬就出声阻止。

没听到对方离开的声音，他不耐烦地抬头，竟意外地看到了陈漾。

他收声，转而问：“漾哥，你回来了啊，没事吧？”

说实话，今晚他还真怕会发生点什么。

陈叔叔的性格太极端了，一天到晚就知道骂人。

陈漾说：“没什么。”

梁千听他语气还挺正常的，也就没再怀疑。

他一边低下头继续打游戏，一边说：“今天玩游戏碰上小学生，气死我了，‘猪队友’一次一次地送……”

一次两次也就算了，一直送，真的令人暴躁。

梁千怀念和陈漾打游戏的日子，他不管是技术还是战术，永远都吊打对方。就算本队有“猪队友”，陈漾也会带着他们，赢得胜利。

前排的吴亚蜜听到动静，她将手中今晚刚发的试卷拿起来，再转过身。

“陈漾，这道题我不会，能不能请你给我讲解一……”她的话只说到一半。

吴亚蜜吃惊道：“你受伤了？”

她正好看到陈漾的正脸，他右脸的创可贴清晰可见，靠近眼睛处还漏出一点点伤口。

梁千一下子抬起头：“受伤了？”

一旁的赵明日也凑过来，关心地道：“漾哥哪里受伤了？要不要去看看？”

他们俩都坐在左侧，陈漾不转头，他们压根就看不到他右脸上的伤口。

陈漾淡定地回他们："小伤口，明天就好了。"

他稍稍侧过头，让他们两个人看了一会，然后又转回去，挑着试卷上的大题准备写。

梁千和赵明日松了一口气。

看陈漾的确不像是很严重的样子，而且他脸上贴着的是创可贴而不是医用纱布，就目前而言，他的情况还算好。

等等……创可贴？

赵明日率先反应过来，问："漾哥从哪儿买的创可贴，还带小花纹的？"

他记得医务室的创可贴可没这么"少女心"，这创可贴上面还有两只抱着面包的大白熊……

赵明日现在才发现，这创可贴贴在陈漾的脸上实在太违和了，但违和的同时又莫名地让他觉得没有任何毛病。

这大概就是大佬的缘故吧。

梁千说："要不我去医务室拿点碘酒给你擦擦？"

陈漾漫不经心地将卷子翻了一页："不用。"

梁千耸肩，行吧，大佬说不用就不用。

吴亚蜜深吸一口气，又问了一声："陈漾，这道题我不会做，你能不能给我讲解一下？"

陈漾抬头看了看她，又垂下眼帘。

吴亚蜜见他这样，咬了咬嘴唇，转过头去。其实她早料到会是这种结果，但总会心存侥幸。

坐在他的前桌这么久，怎么一点用都没有呢？

她的眼神闪了闪，从口袋里摸出手机，给林心乔发了一条消息："陈漾受伤了。"

对方秒回："哪里受伤了？"

吴亚蜜微微一笑，怎么说也不能让自己一个人这样，反正林心乔不是也很喜欢他嘛，就让她来试试好了。

她回："脸上。"

林心乔："我知道了。"

吴亚蜜和林心乔其实也不熟，只是因为她坐在陈漾的前桌，之前林心乔为了追陈漾，送了她一个包，两个人这才加为了好友。

她家境普通，林心乔送的那个包虽然不是很贵，却也要好几百块，偶尔给林心乔通风报信就当回报了。

第三节晚自习刚下课，林心乔就出现在十七班的后窗外，她轻轻地敲了敲窗户。

吴亚蜜随手打开窗户。

林心乔今天穿的是连衣裙，天再冷也挡不住她把胳膊露在外面，十分吸引人的目光。

她直接看向最后一排，发现陈漾不在，便问："梁千，陈漾人呢？"

梁千随口说："不知道啊！"

下课后的这种自由时间陈漾去哪儿又不会和他们说。

林心乔没继续问，就等在外面，偶尔吴亚蜜会和她说两句话。

等了几分钟，等到快要上课了陈漾还没回来，林心乔有些等不及了。

她将口袋里的东西拿出来，放在陈漾的桌上，然后叮嘱道："梁千，陈漾回来了和他说一声，这是我放的。"

梁千放下手机看过去，桌上放了创可贴和碘酒，还有棉签什么的，反正都是简单处理伤口时要用到的医用物品。

梁千看了一眼林心乔："不行。"

他将东西重新放回窗台上，要是让陈漾回来看到他的桌上多了些别人的东西，还是他不喜欢的女生送来的，他可是会发火的。

林心乔的脸色有些不太好看。

上课铃声刚好响起。

梁千看到陈漾从走廊那头出现，他直接笑着说："你这创可贴不可爱、不'少女'，我们漾哥是不会用的。"

他指了指陈漾脸上的创可贴。

林心乔顺着他手指的方向看过去，陈漾刚好双手插兜从她旁边经过，进了教室。

"看到没，那才是'少女心'的创可贴。"赵明日说，"林姑娘，你一点也不'少女心'啊！"

林心乔不想搭理赵明日，她拿起窗台上的东西，放柔了声音："陈漾，我听说你受伤了，所以来给你送点东西。"

陈漾掀了掀眼皮，没说话。

林心乔还以为自己有希望了，正准备把东西从窗外递进来。突然，陈漾那只骨节分明的手直接将窗户关上，瞬间隔绝了外面所有的声音。

说实话，他这样很不礼貌，但梁千和赵明日早就料到了林心乔会是这种结局。

谁让陈漾就是这样的人呢？喜欢就是喜欢，不喜欢就是不喜欢。

就这种情况下，林心乔也有点难堪，待了半分钟后，她带着东西离开了原地。

梁千看了看，然后说："她是来送创可贴的，漾哥你还缺不？"

陈漾斜倚着墙："不缺。"

他从口袋里拿出另外一个创可贴，这个是黑色的，和脸上白色的不一样，但却是同一个系列，上面只有一只熊。

梁千摸摸下巴，心想：这可真是厉害啊，不知不觉就让陈漾接受了，对方到底是谁……

一个名字骤然浮上他的心头。

最后一节晚自习是班主任的课。

蒋老师有事情要宣布，还带了文件过来："这周开始选贫困生，每个寝室先出一个人加入评选小组，想申请的先提交申请书，到时候会全班投票，然后再评选。"

贫困生是每个学期都会选的。

高一刚开始时，还有穿一身名牌的学生去申请的，申请书写得倒是像模像样，但其实都是假的。后来情况好了点，因为要加上材料，申请的人数少了很多。

乐芽一向不参与这些活动，也从来没有提交过申请。虽然她从未说明，但大家都知道她家境不错。

谢轻语碰了碰她的后背，小声道："周小青肯定又要去交申请书了，她都交了两年了，心里难道没点数吗？"

周小青家境不错，却伪造资料去申请贫困生。

谢轻语不耐烦说这件事，想到了另外一件事："对了，那个男生还不知道名字啊？你居然什么都没问？"

那个男生可是帮过她的忙的，她居然还没问。

乐芽有点羞愧："每次都忘了。"

话音刚落，前面不远处的周小青就转过头来，咬牙道："谢轻语，你是不是又在说我的坏话？"

谢轻语说："你就别自恋了，我说的可都是实话。"

教室里议论纷纷，盖住了她们两个人的说话声，直到蒋老师敲桌子："安静。"

乐芽说："你就别管了。"

周小青愿意去申请是她自己的事，选不上也是她自己的事，评选人和周小青心里应该都有数才对。

下课铃声一响，教室里一下子就乱了。

蒋老师也不留人，直接拿着书就离开了。她刚出教室，就有人在喊着"快点"。

周小青背着包过来："你刚才是不是在说我？"

谢轻语翻了个白眼："谁在说你。"

上课时周小青问起过这个问题，她们都已经把话题给转移了。她要是前一刻问那还真是在说她，但下一刻已经不是了。

乐芽说："她没有说你。"

"你们俩一伙的谁不知道啊！"周小青没好气地道，"下次让我听见，让你们好看。"

谢轻语嗤笑一声，心想：谁让谁好看还不一定呢，就知道逞口舌之快。

周小青正要说什么，身后一个女生说："啊，快看，那边有帅哥。周小青，你在干吗？"

一听这话，周小青的注意力就被吸走了。

她们走得太快，谢轻语有点好奇到底是什么样的帅哥了："我们也去看看。"

乐芽连书都没来得及收拾就被她给拉走了。

周小青此时已经占据了最好的位置，她们一伙人围在一起正盯着那边看。

还真是他。

乐芽虽然早猜到了，但真正看到时还真有点惊讶。因为离得不是很远，乐芽还能看到他右脸上她帮忙贴的创可贴，这种感觉有点奇妙。

也许是被大家盯着的感觉太过明显，陈漾直接转过头看向这里，瞬间捕捉到了她的身影。

即使脸上贴着创可贴，他也很好看，在朦胧的灯光下如隔云端看美人，有种令人惊艳的美。

乐芽没想到偷看人家被抓了个正着，脸微微有些发热，赶忙转移了视线。

周小青脸红了："啊，他在看我们这边。"

她之前还准备偶遇帅哥一下，再顺便问问班级和姓名的，只是一直没碰上，没想到今天晚上就看到他了。

谢轻语"扑哧"一声笑出来："搞笑呢，谁看你啊，对方估计连你长什么样都不记得了。"

乐芽拉了拉她，等她再次抬头的时候，那边的人已经不见了，仿佛刚才的一瞥只是幻觉。

乐芽回去收拾书包，然后和谢轻语一起走出教室。

谢轻语还在想着刚才的事，不停地吐槽周小青，过一会儿又开始说其他的八卦。

絮絮叨叨了半晌，只听她大叫一声："刚刚那男生脸上的东西怎么瞧着这么熟悉呢？"

乐芽的心跳停了一拍，没敢出声。

谢轻语眯了眯眼，转头看向身侧低着头的人："月牙，如果我没记错的话，那是你的创可贴？"

乐芽见抵赖不了，只能轻轻地"嗯"了一声。

谢轻语说："不是吧，这么巧？"

乐芽出去拿个教案都能碰上这个男生，这三番两次的，她都怀疑对方是不是早有预谋？

乐芽"哎"了一声："不要说这个了。"

“不说，不说就是了。”谢轻语将所有疑问压到心底，然后拿出手机，“我哥来接我，你呢？”

乐芽看了看手机：“也是家里人来接我。”

一晚上没看手机，通知栏上多了很多信息，她随手准备一起删除，却在看到上面的内容后停了下来。

她拽住谢轻语的胳膊。

谢轻语狐疑道：“怎么了？这么激动干什么？”

她忽然想到什么，凑过来贼兮兮地问：“难道有什么大好事发生了？你快和我说说。”

乐芽没说话，只是将手机递给她。物流显示，所有的快递都到了。

8

乐芽一共买了好几样，不是同一家店，所以发货时间有快有慢。有的今天上午就到了，有的下午才到。

她晚自习的时候没有看手机，所以就没注意，物流那边还打了电话来，只是显示未接。

谢轻语说：“那你赶紧打电话问问快递员东西现在在哪儿，应该已经不在门卫室了吧？”

这种没有本人签收的快递应该被送到快递点那边去了，不过现在都已经十点多了，快递员估计要明天才能送过来。

乐芽“嗯”了一声，开始拨打快递员的电话。

对方很快接了电话。

乐芽说了一个大概，对面的快递员问：“我都快睡了，是什么快递？什么时候到的？”

“今天到的。”乐芽把每个快递一一报出。

快递员自然记得大件都是送到学校的，还是他亲自送的，只是当时客户电话没打通就又带回去了。

他问：“我现在下班了，明天送过来行吗？”

乐芽应道：“行，你放在门卫室就可以了，我有时间就会去拿的。”

快递员说：“好，还有什么问题吗？”

谢轻语比了比手机，乐芽想了想：“能把我的手机号给涂了吗？就是不要让它露出来。”

快递员对这个要求感到十分不解。

乐芽随意找了个借口：“因为我还是学生，怕学校知道了会查，所以麻烦您帮我处理一下。”

这么一说快递员就懂了：“好，我会把手机号码那里给涂了，明天你自己记得去门卫室取。”

乐芽松了一口气："好，谢谢。"

没想到这个快递员还挺好说话的，但愿对方会真的把手机号给涂掉。

见她挂断电话，谢轻语眉飞色舞地说道："哎呀，我还真想知道对方拿到快递时是什么样子，会不会激动死。"

乐芽说："你想太多啦，怎么可能激动死。"

谢轻语却不赞同乐芽的话，她一边往学校外面走一边说："你不记得你写的备注了吗？"

乐芽陡然想起，备注写的是——"一个暗恋你的人"。

因为怕他不收陌生人的快递，再加上其他因素，她和谢轻语聊了半天才决定写这个。

毕竟不管怎么说，如果收到的是一个暗恋自己的女生寄来的快递，他肯定不会把对方的心意给扔了吧。

"我们上次去的时候他还一副挺害羞的样子。"谢轻语回想起几天前的画面，猜测道，"所以对这种事应该也会很害羞才对。"

提起之前的那件事，乐芽就不可避免想起冒充陈漾的那个男生。

他和陈漾本人可是截然相反的性格。

教室里那个戴眼镜，看起来乖乖的男生才符合她对陈漾的想法，毕竟爸爸选人应该也会朝这方面考虑吧。

乐芽皱眉道："应该不会发现是我送的吧？"

谢轻语说："怎么会发现呢？就算手机号在上面，他也不会知道是你，你的手机号不就我们几个知道嘛！到时候你看到陌生人的电话就拒接，万一不小心接了，你就说对方打错了。"

听她这么一说，乐芽才放下心来。

两个人在校门口分开，谢轻语的哥哥已在一旁等待许久，他带着妹妹临走前还和乐芽打了招呼。

乐芽则上了自家的车。

现在已经十点多了，外面的街道上没几个人，大多都是学生和接学生的家长们。

乐芽将几个快递看了好几遍，内心有点雀跃。

她很少瞒着乐易健做什么事情，就算有也是非常非常小的小事。比如学校里有人说她聋子什么的，乐易健问她时，她都会隐瞒住。但像今天这么大的事，她瞒着爸爸偷偷摸摸做的，有种很隐晦的刺激感。大概就像是晚上躲在被窝里看言情小说，害怕被家长发现的那种紧张的心情。

到家后，乐芽问："爸爸回来了吗？"

司机说："先生还在公司。"

乐芽点了点头，估计爸爸今晚又要晚归了，只是她没想到就连张姨也不在家里。

她往里走了走，发现了张姨留下来的字条。原来是她的小孙子发高烧进了医院，所以请假回去了，今晚的夜宵已经提前做好了，还在厨房里，一直都在保温着。

张姨为她准备了养生粥，暖暖胃还是挺好的。

乐芽一边喝一边听歌。

直到家里的电话突然响了。

乐芽还以为是乐易健打回来的，也没注意号码，就直接接通："喂？"

对方是个男人，声音有点正式："不好意思，请问是乐易健先生家里吗？"

乐芽："是，我是他女儿。"

对面回："您好，这里是云城精神病医院，乐太太的精神状况恢复良好，想和家里通个电话。"

从听到那个医院的名字起，乐芽脸上的笑容就逐渐消失，甚至还有点害怕。

对方以为她没听到，又重复了一遍刚才的话，又继续问："您好，乐小姐，还在听吗？"

乐芽握紧了电话："我在听。"

"那我们就转接了。"

"好。"

乐芽低头看了看号码，的确是那家医院的电话，她很久以前就看见过，这么多年了一直记得。

对面还没声音，估计在接通中。

乐芽蹲在茶几边上，脸色有些苍白。

很快，电话那头传来一个女声："乐芽吗？"

听到这个声音，乐芽瞬间恍惚，她有多久没听到这个声音了她记得清清楚楚。

她"嗯"了一声，没说话。

对面的女人沉默了片刻，随后关切地问道："你现在过得好吗？有没有按时吃饭？有没有……"

一连几个问题抛了过来。

没等到她说完，乐芽便忍不住打断："这个问题的答案不是很清楚吗？爸爸对我很好，我也过得很好。"

对面的女人又说："好，我不问这个问题了……你爸爸有新女朋友了吗？当初他答应过我不会给你找后妈的，如果有就是他食言了。"

乐芽说："没有。"

乐芽回答得很快，快得出乎对方的意料。她顿了顿，然后又絮絮叨叨地说了一些她在医院里的生活琐事。

乐芽只在很小的时候一个人去看过精神病医院。那次只看到了外面的大门，那道门隔绝开她和里面的世界。

一晃神，对面的女人又说："妈妈已经恢复了，乐芽，我好久没有看到你了，你已经这么大了，生日也快到了，你跟你爸爸说说，让我回家好不好？"

乐芽提醒道："我的生日已经过了。"

大概是语出惊人，对面的女人有点尴尬，但还是说："妈妈在这里面见到的病人太多了，所以记混了，是妈妈的错，妈妈不该记错你的生日……你原谅妈妈吧……"

乐芽突然感觉好累，疲惫感突如其来。

她的生日是四月份，家里每个人都知道，就连司机叔叔都会在送她上学时祝她生日快乐，张姨还会准备长寿面，更不用提亲爱的爸爸，每次都请假陪她过生日。

现在都已经十月份了，和四月足足隔了六个月，有记混成这样的吗？

乐芽一直等对面的女人说完，才缓缓开口："我不会去说的，你自己和爸爸说吧。"

"乐芽，你是不是还在怪妈妈当初……"

"再见。"

乐芽猛地挂断电话，瘫倒在地板上，身后是软软的沙发，可她却一点安全感也没有。

桌上的粥早已经凉了。

距离学校不远的体育场人声鼎沸，虽然已经有点晚了，但人还挺多，因为这个体育场的后面是一所寄宿制职高，很多男生都会趁着晚自习的时候翻墙出来打篮球。

现在正好是一中最后一节晚自习的时间，职高不像一中是公立学校，他们的晚自习九点半就结束了。

一个男生坐在地上喘着粗气，然后摆手道："不打了，不打了。"

他身旁的男生也跟着瘫在一旁，附和道："对对对。"

其他人虽然没出声，却也是和他们差不多的意思，一个劲地扯着衣服散热。

他们出来玩的时候看到陈漾穿着一中的校服一个人在打篮球，看他打得还不错，就想邀请他一起玩玩，没想到被对方面无表情地拒绝了。

这一看就很傲啊，这几个人就上火了，差点打起来，最后领头的男生还挑衅了陈漾一句，大概意思是一起切磋球技，如果他们输了就给他道歉，结果没想到被陈漾"吊打"了。

陈漾看起来比他们要小一点，一张脸精雕细琢，几乎看不到任何缺点，除了脸上那个女生才会用的可爱创可贴。

职高的人都以为他技术不怎么样，结果一局比赛还没结束，他们就“凉”了。

陈漾扔了篮球，坐在台阶上。

刚打完篮球，他的黑发有些凌乱，漆黑的眼透着一股嚣张，配上运动后有些苍白的脸，整个人都透着一股病态的贵气。

他随意应了一声：“那就不打了。”

闻言，几个男生真是太开心了，直接从地上爬起来：“那就好，我们还要回去学习，就先走了，下次可以再切磋，哈哈哈——哈哈哈。”

他们瞬间就跑得没影了。

梁千坐在位子上啐道：“小崽子嚣张得很啊，还跟我们漾哥挑战。”

赵明日哈哈大笑：“还学习呢，我们学习再差也比他们要好吧。”

听见他这话，梁千想起来一件事，突然哈哈大笑起来，揽住赵明日的肩膀说：“你上次的英语作文也很壮观啊。”

赵明日一顿：“滚啊。”

梁千清了清嗓子，依旧挡不住笑意：“能那么写你也是非常厉害了，高手。”

上次的月考，英语作文是和高铁有关的，题目是：如果外国人来中国，我们该怎么介绍。

结果他不会写，就直接写这里没有火车站，后来被英语老师拎出来嘲讽了一顿。

赵明日踹了他一脚。

梁千转过头，看向坐在上面的陈漾：“漾哥，你现在回去吗？”

这都快十一点了，明天还有课。

他们无所谓，都是在外面混惯了的，回得晚家里人也不会多说什么。他是怕陈漾他爸又发神经，毕竟他爸一发神经铁定就要打人。

陈漾灌了一口水：“等一会儿。”

可能刚刚打完球实在太热了，他开始脱外面的校服，露出里面一件黑色短袖 T 恤，看起来很精神。神奇的是，经历了刚才那么剧烈的运动也没有被汗沾湿。

梁千默默地感慨，这就是为什么女生都喜欢陈漾的一个原因了——谁不喜欢干干净净、清清爽爽的男孩子呢？像他们这种一运动就出臭汗的，注定孤单没人爱。

陈漾捏了捏矿泉水瓶，瞬间就扁了。

他扬了扬下巴：“衣服给我。”

赵明日把他的校服递过去，顺口说道：“漾哥，你这创可贴可真可爱，居然还没有掉。”

陈漾敛了敛眉，“嗯”了一声，没说话。

梁千的眼珠子转了转：“说明这创可贴质量好，咱乐芽妹子买的和那些女生随随便便买的能一样吗？”

陈漾从校服里摸出手机，解锁，一气呵成。微信上没什么消息，因为他的通讯录里本来也没几个人。

只是在他打开的同时，跳出来一条新消息。

他点进去，竟然是乐芽？

他倒是没料到她这个老师眼中的好学生这么晚还在玩手机——

“对方请求添加你为朋友。”

半晌，陈漾勾了勾嘴角。

他直接从台阶上起身，夜风将他额前的碎发吹得凌乱，校服就搭在左侧的肩膀上，他径直从后面走了。

赵明日有些不明所以：“咋了？咋了？”

他怎么不打招呼就走了？

梁千也有点弄不清楚，只是刚才走的时候他看到漾哥的手机界面好像是微信，这么急着走又是怎么回事？

于是他叫道：“漾哥，你回家啊？”

陈漾已经走到了门口，距离他们有几米远，表情在路灯下显得有些看不清楚。

“学生夜晚不应该在外逗留。”

9

洗漱过后，躺在床上的乐芽毫无睡意。

房间里的灯都被她关了，乐易健还没有从公司回来，张姨也请假了，家里现在就她一个人。

一盏昏暗的小夜灯亮在墙角。

乐芽无事可做，给谢轻语发了消息，但她没回，估计已经睡了。

乐芽转头看了一会儿新闻，最后还是回到微信上。

她想找个人说说话，想把所有的情绪都发泄出来。

乐芽的通讯录里大多都是同学，有些属于只加了好友，但从没有聊过的。

最近唯一聊的人也就是谢轻语。

再近一点的就是那个空白头像的人，对方估计话很少，就连昵称都是一个 c，真的是万分省事，她好歹还是整个名字的首字母呢。

乐芽想了想，将他重新加为好友。

毕竟他没做过什么坏事，又帮过她几次，并且她还欠着他一杯奶茶。上次他说想喝了再找她，也不知道他什么时候才会想喝。

乐芽撇了撇嘴，申请添加好友之后就去刷朋友圈了。

谢轻语在半小时前还发了一条朋友圈：“为什么我不能像鹰一样，可以熬个好几天都不睡觉！”

乐芽差点笑出声来，然后给她点了个赞。

刚点完，手机突然就振动了一下。

通知栏上闪过一条消息：“没睡？”

乐芽没想到自己刚申请加好友就被对方发现了，这时她才想到添加好友有提示来着。

她退回主页面，想了想，回道：“还没有。”

乐芽双手捧着手机趴在床上，猜测对方会回什么消息，这种未知的感觉很奇妙。

c：“好学生不睡觉？”

这一看就是在嘲讽她之前说的话。

乐芽说：“你不是说你是陈漾吗？你不也没睡。”

对方过了一会儿才回道：“我在外面。”

没等乐芽回复，他又说：“会唱歌吗？”

乐芽当然不会，但这个时候气势不能弱下去，就回道：“会。”

反正他也不知道自己会不会。

c：“不睡就唱个歌吧。”

乐芽回他：“不唱，你会唱歌吗？”

c：“不会。”

乐芽哼哼了两声，还有他不会的？

她回道：“不信，你唱首歌啊。”

对面没了声音。

乐芽把这句发过去以后才觉得自己有点蛮不讲理，连忙撤回了那句话，然后说：“我要睡了。”

对面依旧没有回复。

刚才消散的低落情绪又重新涌上心头，乐芽躺在床上抬头看向天花板。

过了好久，她都准备关机了，对方才发来了一条新消息。

她一看是语音消息，总共有四十三秒。

乐芽不知道他突然发来了什么，还这么长，一直等了足足一分钟才敢点开语音。

她好怕他发过来的语音是骂自己的，那她肯定骂不过他。

她点开后，开头几秒是一段杂音，紧接着，一个低沉且有磁性的声音响起，不是说话，而是唱歌。

“我的宝贝宝贝，给你一点甜甜，让你今夜都好眠……”

也许是在外面走路的缘故，还有汽车忽然鸣笛开过去的呼啸声，他的声音有一点起伏不定，还带着轻微的喘息。

就像喘在乐芽耳朵边，像羽毛在轻轻地挠啊挠，痒痒的。

她仿佛从这段歌声里想象到了那个画面——一个男生停在路边，对着手机唱歌，眉眼微敛，薄唇一张一合，喉咙里溢出歌声。

她听过这首歌，网上也流传着很多版本，但好像都没有他唱得好听。

随着一个音节落下，乐芽的心就跳快一次。

手机突然被松开，掉在松软的床上，歌声模糊了一瞬，却也接近尾声了。

她摸了摸脸，好像有点太热了。

就在此时，好听的男声戛然而止。

床头的小闹钟还在走动，房间里静得连根针掉下来都能听到，更别说她的心跳声了。

乐芽第一次觉得耳朵能听见真好，像是整个世界都在耳朵里。

陈漾倚着路边的灯杆，周围一个人都没有，就连商场店铺都关了门，除了一些标着“二十四小时营业”的便利店。

纵使轮廓冷峻，他的眉梢却带着一点柔和，只是很快就隐匿起来。

陈漾发过去一条消息：“听完了没？”

yy：“听完了。”

真是少言少语，就连一个评价都懒得给。

陈漾的拇指拂过嘴角，心想：怕不是觉得难听吧？

yy：“这么晚了，你快回家吧。”

c：“听了几遍？”

过了好一会儿，乐芽的消息才姗姗来迟：“就一遍！很晚了，我要去睡了。”

陈漾随手从身侧的树上拽了片叶子，捏了捏又放到嘴边咬着，微微眯起了眼。

他又发过去一条消息，对方却没有回复了。

估计她是真去睡了，也不枉他唱了半天歌。

陈漾看了一眼手机屏幕，轻笑了一下，说了声“晚安”。

天气逐渐转凉，就连早晨天亮得也很迟了，大家六点多到学校时天色还有点暗。

十七班，早读课。

“我昨晚回去后一点多才睡。”梁千有点暴躁，“我好困啊，今天上课又要睡觉了。”

赵明日嘲笑道："哈哈哈——我比你早一小时。"

他们从篮球场回家已经是十一点半了，洗洗就十二点多，再逛一会儿微博、和人聊聊天，时间过得飞快。

今天早上还得早起过来上课。

梁千打了个呵欠。

后门被推开，陈漾穿着校服进来，他拖动椅子，然后一言不发地打开了资料书。

赵明日问："漾哥昨晚什么时候睡的？"

陈漾随口应了一句："不记得了。"

"你以为漾哥像你吗？"梁千翻了个白眼，"肯定很早就睡了，漾哥的作息时间可是很准的。"

他说了好几句，陈漾都没应。

赵明日本以为梁千说的是对的，直到下课后他经过窗户，刚好看到陈漾眼下有一点点黑眼圈，有一股颓废的帅气。

他默默感慨了一下人与人还是不一样的。

最后一节是英语课。

临近吃饭的时候，很少有人在听课，大家的心都飞到食堂和外面的小饭馆里去了。

下课铃声响起的时候，梁千的手机突然振动了一下。

他打开一看："我买的吃的到了。"

梁千上次买了一瓶蟹黄酱，觉得很好吃，所以又买了一瓶，放在学校的食堂配饭吃刚刚好。

他哈哈大笑："放学了，我要去拿我的蟹黄酱了。"

门卫室有保安在，来拿东西都要凭学生证，身份证也行，梁千很快就找到了自己的快递盒。

蟹黄酱的盒子不大，他正准备抱着离开，旁边的几个快递吸引了他的注意力。

"咦？"梁千特地凑过去看，发现上面真是陈漾的名字，还不止一个。

架子上满满当当放了五六个，每一个上面都写着陈漾的名字，还都不是从同一个地方寄来的。

梁千转过身问："这是什么时候到的？"

保安说："这个？今天上午到的。"

梁千点点头。

保安又说："高三（十七）班，和你一个班，提醒一下来拿走，这么多我们这儿可放不下。”

梁千应道：“好。”

他仔仔细细地观察眼前最近的一个，单子上的手机号被涂掉了一点，只是涂的人大概没用心，基本等于没涂，一眼就能看出来原号码到底是什么。

这“马赛克”打的，真是差评啊！

梁千仔细看了看，虽然手机号对不上，但名字是陈漾的，剩下的信息就是卖家的了。

他正看着，赵明日打了电话过来，怒骂道：“你拿个快递是掉进快递里了吗？”

梁千说：“你来一下门卫室，有好东西看。”

他等了几分钟，赵明日才姗姗来迟。

才进门卫室，他就被梁千给拽到了架子前面。

“看什么啊，有什么好看的？”

梁千说：“漾哥的快递。”

“谁送的啊？”赵明日上上下下瞅了好几眼，“做好事不留名？有这么追人的吗？”

谁都知道陈漾从不网购，更别提一下买这么多了，一点也不符合他的性格。

梁千指了指备注：“暗恋啊。”

上面可是写着一个暗恋陈漾的女生送的，估计是从网上买了直接送到这里来的。

赵明日说：“那结果很惨了。”

以陈漾这种傲娇冷淡的性格，就算是暗恋对象本人亲自来送礼物都不会收，更何况是匿名赠送，就更不可能收了。

梁千问：“能查到电话号码是谁的吗？”

赵明日摸了摸下巴：“好像不能，给漾哥打个电话吧。”

梁千听话地摸出手机，找到陈漾的手机号打过去，响了十几秒后才接通。

他说：“漾哥，门卫室有你的快递。”

陈漾：“什么？”

梁千说：“门卫室有好几个你的快递，上面还备注了是一个暗恋你的人送的。”

他特地说出了这个备注。

不知道陈漾在做什么，梁千只听到他平淡的声音：“我没买东西，你们自己处理了，要么退回去。”

“这上面……”梁千的话还没说完，电话就被挂断了，毫不留情。

他举着手机，抱着自己的蟹黄酱，苦恼地道：“这咋办，咱们真扔了？”

主要是东西太多了，要是就随便一个小东西还能扔了，这么多，估计对方也花了不少钱。

“这么多东西呢。”赵明日拍了拍快递盒，“要不按照这上面的地址退回去？”

梁千说：“退回去能成吗？”

“怎么不成？”赵明日说，“不过她们追人不都是直接写自己的名字的吗？这个竟然还不写名字。”

就拿林心乔来说，肯定会写是她送的，因为这样才好让陈漾知道她的心意。

哪个暗恋陈漾的女生会这么写备注？还把手机号给涂掉，显然是不想让陈漾知道。

谁会这么做呢？

梁千晃了晃自己的快递，凑过去看了看每个快递是什么东西后，更摸不着头脑了。

这要是真喜欢陈漾的姑娘送的，估计得送很多流露心意的礼物才对吧，比如巧克力、玫瑰花什么的，怎么说也得很有含意才对。

这几箱怎么全是一些奶制品和吃的……

赵明日一边凑近看一边说：“漾哥的生日不是快到了吗？应该是给他的生日礼物吧。”

但这个学校，知道陈漾的生日的人其实很少。

梁千掰着手指数了数，绝对不超过十个，就算是漾哥的狂热粉丝林心乔，也是费尽心思才打听到的。

他还是想知道是谁送的，然后再退回去。

梁千琢磨着实在太不对劲，说：“你等等，我突然有个想法，我得去查查。”

赵明日十分纳闷：“什么想法？”

梁千没说出来，主要是他也觉得自己的这个想法太过匪夷所思。如果答案正确，他觉得他会为自己的聪明才智激动死。

问一问又不会掉块肉，退回去之前问一声也安心点，他记得自己有几个大群来着。

梁千直接蹲在门卫室外，他翻了翻上面的列表，想起有一次聚会时，有一个说起自己有同学在本部的男生，他点了进去，直接给他发消息：“哥们儿，你同学在本部高三？”

男生受宠若惊，很快就回了：“是啊，是啊，就在本部高三，有什么事吗？”

梁千：“认识一班的人吗？”

对方回：“我去问问，应该认识的。”

梁千有点急，挠了挠头发，一头耀眼的红发乱糟糟的。等了一会，终于等到了对方的答案：“认识他们班班长。”

认识班长好啊！

就是班长才知道每个人的手机号，梁千眼睛一亮：“问一下他们班数学课代表的手机号是多少，不要打草惊蛇，小心点。”

五分钟后，那个男生发来一串数字。

梁千起身，走过去和快递盒上涂抹失败的手机号一对，立马化身土拨鼠尖叫：“啊啊啊——我破案了！”

10

梁千的土拨鼠式尖叫让保安想撵他走。

赵明日和他一起蹲在门卫室外，问：“破案了，是谁送的，说吧。”

梁千把手机给他看，低声道：“本部的那个一班数学课代表知道吧，她送的。”

一班数学课代表？

赵明日想了一下，没什么印象：“谁啊？”

“你真是蠢到家了。”梁千万分鄙视，“就是乐芽啊！我跟你说，漾哥脸上的创可贴绝对是她送的。”

所以他才会突然想到这一茬，在这个学校，能和陈漾走近的女生实在没几个，乐芽更是首屈一指，独占鳌头。

当时他就怀疑了。

这几天的事情他们都看在眼里，在认识乐芽之前，陈漾哪有这么逗过人？况且之前也没见陈漾逗过其他任何女生。

梁千摆摆手说：“我先去吃饭，漾哥肯定也在吃饭，等吃完饭再说。”

他存心要憋一憋。

两个人也没回教学楼，而是直接去了外面的小饭馆。

吃了半个小时，他们才慢悠悠地晃回学校。

门卫室现在只剩一个保安在，看到他们又进来便催促道：“赶紧把快递拿走，不然就退了。”

赵明日说：“别急别急，今天肯定拿走。”

梁千发了条消息过去：“哥，我可是查到了送快递的人是谁，你想知道吗？”

对方没有回复。

赵明日拍了他一巴掌，有些恨铁不成钢：“你是闲着没事干，就不能直说吗？”

依照陈漾的性格，怎么可能反问他们。

梁千哼哼了两声，就不能让他嘚瑟那么一下下吗？

不过他还是“啪啪”打了几个字过去。

梁千：“快递盒上的手机号是一班的。”

梁千：“刚好是乐芽的。”

发过去后，梁千就等着回复。

还没等他转头和赵明日吹，对方就回了信息过来。

c：“啊？”

赵明日凑过来看，一拍大腿：“我就知道漾哥肯定在看手机，让你直接说的，你看他这不就回了。”

梁千说：“秒回啊。”

虽然回的是个问句，但这说明他已经看到了自己发的内容，同时也是在询问包裹到底扔没扔、退没退。

赵明日说：“咱们要回‘还没退’吗？”

他突然想恶作剧怎么办？

梁千瞥他一眼：“你怕是不想活了。”

赵明日耸耸肩：“这可是漾哥自己选的让我们处理了，他让我们退回去，这可不是我说的。”

梁千叹了口气，拒绝讨论这个话题：“行吧，等漾哥过来，应该不会要很久。”

估计待会儿就能看到人了，要是没看到，恐怕就是让他们处理的意思了。

赵明日正要说话，一抬头，就看到从教学楼出来的那个身影，他偷笑道：“来了。”

学校食堂里的人已经少了很多。

乐芽和谢轻语吃完饭后又从小卖部买了点零食，然后便回了教学楼。

中午很多人都去外面吃，学校里的人就更少了。

谢轻语一边吃一边问：“你昨晚怎么睡得那么迟？大半夜的还给我的朋友圈点赞，我那时都睡了。”

“昨晚爸爸回来得迟。”乐芽小小地撒了个谎，“后来点完赞没多久就睡了。”

谢轻语也没怀疑：“真羡慕你的皮肤。”

睡得晚不会长痘痘，也没黑眼圈，皮肤光滑得跟剥了壳的白鸡蛋似的，这是她做梦也想要的。

乐芽没回答，心早就飞了。

昨晚她回了一句话后就关了手机假装睡觉，没有再搭理对方，实际上她心慌意乱，压根就没睡着。

从来没有人给她唱过这样的歌曲，从来没有。

乐芽心里闹得慌，转移话题道：“不说昨晚了，还有半小时就上课了，我们快回去吧。”

谢轻语点点头：“好啊。”

一路无话，乐芽不知不觉又走了神。

“哎，门卫室在那儿。”谢轻语的话打断了她的思绪，“我们去看看快递还在不在。”

乐芽回神：“快递员说已经送到了。”

谢轻语还没说话，就看到了门卫室里的梁千和赵明日，好奇道：“他们也买东西了啊，几个好大的箱子。”

闻言，乐芽也看过去。

门卫室外堆积了两三个快递盒，而一个高大的身影正倚着门框，背对着她们。

乐芽看了一下手机，里面有快递员发的图。

梁千把最后一个快递盒搬出来，然后才看向门口的陈漾，说：“因为快递员涂手机号码失败了，哈哈哈，所以我就去问了一下，没想到还真给问着了。”

一想到快递员的失误他就觉得好笑。

他自己都觉得神奇，这次能破案，完全是因为他凭空联想到乐芽身上去了。要不是这个联想，他还破不了案。

陈漾淡淡地道：“这么巧。”

梁千“嘿嘿”一笑：“对啊，就是巧啊。”

陈漾没说话，看向地上堆着的三个最大的快递盒，它们垒在一起刚好到他的腰间，快递单正对着他。

他的视线所及之处，清晰地写着一行字——“一个暗恋你的人”。

陈漾弯了弯眼睛，一想到昨晚像兔子一样的小姑娘，就想知道她到底是怎么想出来送自己东西的。

身后猛地传来一个声音：“你们在干什么？”

听到这个软绵绵的声音，梁千一回头，发现乐芽就站在不远处，他一脸蒙：“来了？”

正主来了，是要亲自过来拿吗？

乐芽看到陈漾手里还拿着一个盒子，气得不行，只觉得他们想偷偷取走别人的快递。

她小跑过去：“你们为什么要拿别人的快递？”

梁千一脸蒙，喃喃道：“别人的快递？”

这不是漾哥的快递吗？怎么就成别人的快递了？梁千怀疑自己今天出门是不是不清醒？

赵明日凑过去小声说：“这是咋回事儿？”

梁千看了一眼陈漾，摇摇头，做出“嘘”的手势。

陈漾转过身，和她正对上。他点了点快递盒，问：“这和你有什么关系？”

乐芽听他一脸轻描淡写的语气，一点也没有把这些快递放在眼里的意思，气得她的眉瞬间拧在了一起。

她特别气，尤其这件事还关系重大，就说：“就算和我没关系，你也不能拿别人的快递。”

陈漾挑眉，别人的快递？

他顿了一下，索性故意说：“既然和你没关系，就别多管闲事。”

听他这么说，乐芽更气了。

她虽然畏惧，但一想到他们的行为如此张狂就完全接受不了：“你为什么要扔别人的快递？我没想到你是这种人，你……”

陈漾把玩着手上的东西：“我这种人？”

看乐芽怒气冲冲地盯着自己，陈漾的眼神有些晦暗。

他笑出声：“嗯，我这种人做这种事，不是很正常吗？”

乐芽发现和他讲道理根本讲不通。

半晌，陈漾出声说道：“想留下这些快递？”

乐芽点了点头。

陈漾微微弯腰，向她那边倾了倾身子，故意说：“也不是不可以。”

“哥。”梁千想出声阻止。

这好歹也是她买的，怎么就吵起来了呢？他真是想不通为什么乐芽还不知道陈漾的名字，总把气氛搞得这么紧张。

梁千继续道：“要不……”

陈漾有些不耐烦：“梁千，你话这么多？”

被点名的梁千一看他这样，只能选择闭嘴。他又看了看被蒙在鼓里的乐芽，悠悠地叹了一口气。

这俩人可真有趣。

乐芽狐疑地看了看他：“你想干什么？”

今天的阳光很好，暖洋洋的。她整个人沐浴在金色的阳光下，头发柔软地贴在耳朵旁边，眼睛上像停了一只蝴蝶。

陈漾动了动胳膊，盯着她看了半天，然后缓缓道：“就和上次一样。”

怕她不记得，他又提醒道：“水房里。”

乐芽微微瞪大眼，像是不敢相信。

他又要让自己叫他哥哥吗？

陈漾歪了歪头，对着她勾起嘴角：“不想？”

他就站在门口，门框勾勒出他的整个身形，眉眼清亮得根本让人移不开眼。

后面的梁千完全搞不清楚现在是个什么情况，更不知道“水房”又是什么暗号，只是觉得情况好像有点不对劲。

赵明日明显是在看戏，一脸跃跃欲试，就差拿出手机拍下来欣赏了。

梁千抬手："说……"

才蹦出来一个字，陈漾就扭过头来看他。

梁千对上他的眼神，剩下的话全堵在了喉咙口，觉得自己还是安静一点好。

安静了几秒后，只听陈漾说："你们先出去。"

一直偷偷看戏的赵明日"哦"了一声，拽了拽梁千，两个人从他旁边侧身过去，准备待会儿再回来，毕竟待会儿还要帮忙拿快递呢。

陈漾这才重新看向乐芽，静静地等着。

乐芽的脸涨得通红，憋出来三个字："你做梦。"

闻言，陈漾也不生气："真不说？"

乐芽上次是被逼着说的，这次一点也不想顺他的意。因为这人就是个变态，哪有人逼着自己让叫哥哥的。

乐芽低头看地上，她憋着一股气，一脸倔强："我不要说。"

陈漾抬了抬下巴，一边假装站起身准备走，一边说："行吧，那我就把快递带走了。"

这快递有好几个，要一下子全带走还真是不容易。

乐芽连忙抬起头，看他这样子，还以为他真要拿快递走了，忙拽住他的衣服，着急地道："你不能走。"

陈漾停下脚步，目光随后落在自己的腰上。她白皙的手指搭在衣角，莹润细腻。

他的舌头抵了抵牙齿，从喉咙里溢出一声。

乐芽被吓了一跳，缩回自己的手，怯怯地看了他一眼，眼眶都有些湿润了。

陈漾对上她的眼，愣了几秒。

乐芽不知道他在想什么，只是有点委屈，重复道："你不能带走。"

陈漾重新转过身，弯腰和她平视，面对面不过几厘米的距离，连呼吸都清晰可闻。

猝不及防，乐芽的睫毛颤抖了一下。

真可爱，陈漾心想。

他想了想，说："你给个理由。"

乐芽抬头看过去，撞进陈漾幽深的眼睛里，她咬了咬嘴唇说："这是我送的。"

她的声音很小，不仔细听根本听不见。

见陈漾无动于衷，乐芽索性豁出去："你不能拿走，这是我送的。"

陈漾哑然失笑，站直了身子，居高临下地看着她，随手拿过最小的一个快递盒。

他慢悠悠地念道："这上面的备注是—— 一个暗恋……"

他的声音嘶哑，却十分诱人。

乐芽此时此刻，觉得自己整个人都像是煮熟的虾一样，完全忍受不住那几个字从他的嘴里说出来。

她双手垂在身侧，攥紧了衣服，直接说：“就是我送的，我暗恋陈漾，我喜欢陈漾，难道不行吗？”

然后乐芽就看到面前的人笑了。

第三章

奶茶有点甜

1

乐芽看着陈漾，不知道他在笑什么。

她松开手上的衣服，这才感觉到刚刚都有点出汗了，手心开始发热。

见面前的人还在笑，她小声道：“你不要笑了。”

笑得她瘆得慌。

闻言，陈漾停下来，半蹲在地上，仰着头看她，说：“你喜欢……陈漾？”

从他嘴里说出这个名字，听上去十分诱惑。

乐芽脸上刚褪下去的红又爬了上来，衬得人更白皙。

她瞪了他两眼：“关你什么事？”

陈漾懒洋洋地道：“你不说我怎么知道你说的是真的，还是骗我的。”

他用手托着半边脸，一副“你快说”的表情。

乐芽看向他身侧的包裹，退后一小步，背着手说：“我是不会说的。”

谁会把自己暗恋的事和别人说啊，更何况她还是随口胡诌的。

僵持了许久，陈漾主动站了起来。

行吧，不说就不说，反正他已经听到想听的了。

一想到刚才她脱口而出的那句话，陈漾就忍不住轻笑，事实上他也这么做了。

她用力瞪他他非但不生气，反而还挺开心的。

乐芽就是不说，漂亮的眼睛一会儿看他，一会儿又看那些快递，摆明了就是想拿走。

陈漾的手机振动了一下。

梁千：“保安要回了。”

梁千：“漾哥，快点，抓紧时间啊。”

之前保安被他们支走去检查消防安全了，这会儿也该回来了，毕竟快到上课时间了。

陈漾恢复了正经的表情，他转了转手机，然后转过身去拿快递盒，动作迅速且流畅。

见状，乐芽叫了一声。

少女的脸很小，就这么站在他身侧，干干净净的一双眼盯着他。

这让陈漾觉得自己像是在干坏事，好像这么逗她还真有点恶趣味。

他舔了舔嘴唇，转过身去，从口袋里掏出一样东西，放在两个人之间。

是一本学生证。

一中的每个学生都有，很多时候都要用上，比如考试，老师需要对着学生证核对学生的姓名、学号等重要信息。

他手里的学生证很新，像是从来没用过一样。

陈漾将暗红色的学生证夹在手指间，似笑非笑地问："要不要看看？"

乐芽摇头，她没事看别人的学生证干什么。

陈漾意味深长地道："你喜欢的人的，不想看？"

这话明显是调侃，乐芽又想说他，犹豫了几秒后，接过他手中的学生证。

说实话，她不知道翻开学生证后会看到什么。

陈漾抬了抬手，示意她翻开。

乐芽看了他一眼，缓缓打开，随后整个人都呆住了。她长这么大，从来没有这么丢脸过，这么一看，就好像她之前全在说假话。

她忍不住"啊"了一声。

学生证上明明白白地贴着一张蓝底的证件照，照片下方是"陈漾"两个字。

照片上的人就是站在她面前的这位。

乐芽不信邪，又重新打开看了一遍。

陈漾就看着她，低笑了一声。

她怎么这么好笑呢，还有点可爱。

乐芽一连看了三遍，终于不再心存幻想，确定陈漾就是自己面前这位。

她想起自己之前说的话，那句暗恋和喜欢……

乐芽只想找条地缝钻进去，最好再不要出来了。

不远处的谢轻语一直没见她回来，叫了一声："乐芽，你还没好吗？"

乐芽飞快地偷瞄陈漾，恰好对上一双漆黑的眼睛。

陈漾看见少女的脸一瞬间通红，她嘴唇微张，只是半天也没说出一个词来。

他"嗯"了一声："想说什么？"

闻言，乐芽的耳朵已经红得快要滴血了，浑身的热气直往上冒，最后只能落荒而逃。

陈漾："……"

他的学生证还没还回来呢。

半晌，陈漾靠回门框，什么也没说。

她认为自己不是陈漾，那她认为谁是呢？

梁千叫了几个人过来，一人一个箱子给搬回教室。

他们刚好坐在角落里，这样放着正好。

他们的队伍浩浩荡荡，教室里早到的同学一眼就看到了，纷纷好奇地看过来。

吴亚蜜中午是在食堂吃的，刚好提前来了教室，问："你们拿回来的是什么？"

梁千说："你猜？"

吴亚蜜骂道："猜你个头啊。"

梁千耸耸肩，不准备回她，将快递盒放到地上，又按大小垒好，然后伸了个懒腰。

陈漾走在最后，慢慢地晃了回来，显得有些漫不经心。

等人都坐回自己的位子上，梁千才兴致勃勃地道："我想想有什么啊。"

赵明日开始没注意里面的东西，现在干脆跑到后面去看，对着单子上的信息一一瞅着。

旁边一个男生好奇地凑过来问："你们买这么多东西干吗？是要请客吗？"

梁千说："你怕是在做梦吧。"

他撇了撇嘴，还想拿漾哥的快递去请客，是不要命了吗？

男生继续问："那这里面都有些什么东西？"

主要是这箱子有点大了，并且还好几个，让人忍不住好奇。

听到这里，吴亚蜜也悄悄看过来。

梁千想了想，突然想起自己之前在门卫室查东西时看到过上面的快递单，于是答道："学生奶粉。"

男生一愣："什么？奶粉？"

梁千点点头说："怎么？不准喝奶粉？你别跟我说你从小到大没喝过奶啊？"

男生尴尬地笑笑，说："喝过、喝过，这不是没想到会是这种东西嘛！"

赵明日跟着说："早餐奶！"

梁千继续说："麦片。"

这次是最后一箱，赵明日蹲在地上看了半天才"嘿嘿"地笑出声："维生素片。"

每一样都不像是暗恋的女生会送的礼物，倒像是关心孩子的家长赠送的营养品，用来补身体的。

梁千笑出声："漾哥，这些你得吃到什么时候啊？以后每天都喝奶粉吗？"

梁千一想到这里就乐得不行。

乐芽的脑回路怎么这么正？好歹也送点零食啊什么的，送学生奶粉和维生素片是怎么回事？

陈漾瞥他一眼，淡漠地道：“滚啊。”

见状，梁千连忙闪开。

高三（一）班。

教室里已经来了一半学生，有的在午睡，有的在写试卷，剩下的就是在聊天。

“你们……然后就这样了？”谢轻语听得一脸目瞪口呆，她再怎么想象，也没料到会是这样的结果。

乐芽默默地点头。

谢轻语跟着沉默了半天，然后才开口道：“那现在怎么办啊？这么尴尬。”

写着暗恋对方，结果连对方是谁都没认出来。

哪个暗恋者会有这么糗的时候，连暗恋对象的名字都搞错，说出去恐怕都没人信。

乐芽捂住脸：“我也不知道。”

“唉。”谢轻语也觉得这件事巧合得太荒唐，“都怪我，我不应该让你那么写的。”

但她真的好想笑啊，哈哈哈——

谢轻语从没想过这个乖乖巧巧，从不和男生有过多交流的好友会对人说出喜欢对方的话。虽然是故意的，却也弄巧成拙了。

谢轻语转了转笔：“要不实话实说？”

乐芽坐在自己的椅子上，身子趴在谢轻语的桌上：“不能说，说了会很麻烦的。”

当初写暗恋对方，她同意的原因是因为只有这样她资助人女儿的真实身份才不会暴露，不会有施舍的意思，更不会打击到对方的自尊心。

谁知道会变成现在这样。

“这个陈漾和我们认识的不一样啊！”谢轻语从口袋里摸出一颗糖递给她，“说好的谦逊有礼，还得过三好学生呢？”

乐芽说：“他的成绩是很好啊。”

只是她们的思维固定了。

她剥开那颗糖，塞进嘴里后又叹了一口气，心里乱成一团，完全不知道该怎么办。

谢轻语双手捧脸：“月牙，你说他是不是对你有意思啊？故意瞒着你这件事，是想勾搭你？”

乐芽连忙摇头：“你在说什么呢？”

谢轻语越说越觉得有道理，猜测道：“你说会不会是这样？他是故意接近你，很有可能他已经知道你是乐叔叔的女儿了。”

乐芽打断话题："这些都只是猜测。"

这么匪夷所思的想法，她觉得不太可能。

"不说了，不说了。"谢轻语哼了一声，"一说你就说不是这样、不是那样，还维护他呢！"

乐芽刚想说没有，就被她挡住了嘴。

随后上课铃响了，这一节是英语课。

英语老师很温柔，以前在国外留过学，她结合了国内外优秀的教学方法，每次上课都很吸引学生。

一中的主科老师都是教两个班，比如英语老师就带了一班和二班。每次大考过后，一班的英语平均分数都是年级第一，二班紧跟其后。

英语老师讲了一会课本之后，布置了几道题让他们做。

乐芽摊开资料书，眉眼有些倦怠。

今天的事情对她的冲击有点大，等她回过神，才发现英语老师就站在自己旁边。

英语老师弯下腰问："怎么这么久还没写出来，是不懂吗？"

她开始给乐芽讲解了这里面包含的知识点。

"知识点在这里。"英语老师主动伸手翻开她的资料书，"你可以看一下。"

书被挪开，压在下面的学生证掉到了地上。

英语老师没察觉有什么异常，她弯下腰去，伸手捡起来，然后看到里面的照片："这不是你的？"

她好像见过这个学生。

乐芽看过去，心里一惊，下意识地"啊"了一声。

她想了想说："这是我在路上捡到的。"

英语老师也没怀疑什么，柔声道："那得赶紧还回去才行，再过不久期中考试就要到了，我记得他是十七班的学生。"

乐芽轻轻"嗯"了一声："我知道了。"

英语老师放下学生证，从她的课桌边离开。

半个小时后，下课铃声响起。

英语老师一离开教室，班上的同学就放飞自我了。

乐芽低着头，手撑着半边脸，看着资料书上才写了一页的题目，叹了口气。

这以后要是见到他可怎么办啊？

回过神后，乐芽才打起精神，将学生证放进口袋里，准备去十七班还给他，然后就再也不管他的事了。

没准她运气好，陈漾不在教室里，直接让他同学转交给他，那就更完美了。

她想得挺好，但现实却是有差距的。

乐芽怎么都没想到会在走廊上碰到陈漾。

一堆吵吵闹闹的人中间，陈漾正倚着栏杆，漫不经心地看着下面的四方形草地。

乐芽慢吞吞地挪过去。

她才到边上，陈漾就扭过头来，上下打量她两眼，视线才从她脸上转移到她手中的学生证上。

他挑了挑眉："不收藏了？"

乐芽憋着一口气，将学生证递了过去。

在一旁看戏的梁千在心里吆喝了一声，和赵明日对视两眼，心里憋着笑。

万万没想到，连学生证都给她了。

陈漾的脸上还贴着创可贴，只是不是乐芽上次帮他贴的那个，而是她塞给他的另外一个。

过了好一会儿，乐芽手上的学生证也没被接过去，她终于忍不住了："还给你。"

陈漾伸手去拿。

也不知他是不是故意的，两个人的指尖刚碰到，乐芽的心一紧，飞快地收回手。

她低着头想了想，轻声道："我今天中午说的都是假的，你别当真。"

陈漾故意问："什么？"

乐芽咬了咬嘴唇："我中午说的不是真的。"

陈漾侧过身子，上前一步，居高临下地看着她，眯着眼问："你不喜欢陈漾？"

乐芽憋红了脸，这人怎么这样啊？！

她不想认输，干脆直接说："我喜欢上别人了。"

陈漾一愣，复又笑出声，调侃道："你这移情别恋……速度还挺快。"

中午才说喜欢他，下午就改别人了，他就没见过这么快的。

乐芽气急败坏，干脆顺着话题说："我就移情别恋了，难道你还不许？"

陈漾弯腰贴近她的脸，闭上眼笑了一下。

乐芽正准备骂他变态，就看到他睁开眼，眉眼冷冽，声音低沉："我不许啊！"

2

"我不许啊！"陈漾说话的声音很低，几乎只有她一个人能听见。

乐芽有些不适，轻轻地眨了眨眼睛，连呼吸都放缓了很多。

这句话让她有些喘不过气来。

虽然声音低沉，却让乐芽产生一种如果真的不合他意，就会死得很惨的感觉。

她皱了皱眉，刚要说话，面前的人就退了回去，脸上恢复到淡然的神情。

他身后围观的好几个人都抻长了脖子，兴致勃勃，甚至还准备起哄。

梁千双手环胸说："漾哥一天到晚欺负人家小姑娘，没见人家眼睛都红了，哎哟！"

赵明日撞了他一下："你这么幸灾乐祸，当心待会红眼的会变成你自己。"

到那时可没人同情你。

闻言，梁千耸耸肩，没再继续说话。

陈漾一个人站在走廊上，单手插在口袋里，校服的拉链斜斜地拉到胸膛处，露出领口黑色的衣服，皮肤有些病态的苍白。

他这么一站，本部这边来打水的又以女生居多，个个都忍不住放慢速度，偷偷地看他。

梁千他们就在那儿吹口哨。

乐芽长这么大还是第一次见到陈漾这种思维奇特又不讲理的男生。

早知道这样，她就不该买什么东西，亏她还以为人家营养不良。现在看他这模样，活蹦乱跳的，哪里有营养不良的样子。

陈漾目不斜视："怎么不说话了？"

被陈漾这么一说，乐芽就想到了今天中午的事，脸又红了点。

乐芽别过脸去："反正不是你。"

陈漾站直了一点，勾了勾嘴角，慢条斯理地说："好歹我也算是前暗恋对象吧。"

他没降低音量，身后瞬间响起起哄声。

梁千突然想起快递盒上的那行字，直接笑出声："前暗恋对象？哈哈哈！"

赵明日靠在他的肩头，笑得乐不可支："这么快就成前暗恋对象了，漾哥真惨，真的惨。"

乐芽压下心头的各种想法，把学生证胡乱地往他身上一拍："给你的。"

她这么一拍过去，碰到了对方的胸口。

学生证马上要掉下来，陈漾伸手捞住，然后微弯了身体说："好疼啊。"

乐芽是真的要被气死了。

她又不是大力士，怎么可能递一个学生证会把人打疼？一看他就是装的，偏偏还挺像真的。

乐芽抿了抿嘴唇，转身就走。

快走到教室的门前，她听到黄头发男生和红头发男生在叫漾哥的声音。

乐芽不经意地侧过头，正对上陈漾似笑非笑、意味深长的目光。她深吸一口气，然后走进教室。

谢轻语站起来询问："怎么了？还个学生证都被气成这样，又出什么事了？"

乐芽摇摇头："没事。"

见她不想说，谢轻语也没再追问，只说："快上课了，下节是物理老师的课。"

乐芽"嗯"了一声。

话音落，打铃声刚好响起。

上课铃声一响，外面的人就都加快速度准备回教室。

"看什么呢？"李由由拍了拍吴亚蜜的肩膀。

没听到回答，她就顺着吴亚蜜的视线看过去："陈漾在对面啊，隔得这么远都能看出来，真帅！"

说实话，十七班以陈漾为荣。

外班的人不知道多羡慕，陈漾不仅外表帅气，考试还回回第一，老师们也都非常喜欢他。在学校粉丝众多，人气高到每天假装偶然路过十七班的女生超过几十人。

李由由对陈漾没什么别的心思，以崇拜居多，每次都以看热闹为主："快上课了，你还站在这里，快走吧，可别迟到了。"

吴亚蜜回神："哦，好。"

吴亚蜜被前桌挽着胳膊回了教室，坐回座位上时清清楚楚地看到自己颤抖的手。

她小心翼翼地拿出手机，屏幕上是远景拍摄，画面刚好是陈漾弯下腰凑近乐芽的脸的那一刻，动作显得有点亲密。

吴亚蜜盯着看了半天，深吸一口气。

她的手指戳了戳屏幕，一个从没用过的新账号一下就跳了出来。她通讯录里的电话号码很少，只有零星的几个，班主任恰好在其中。

吴亚蜜一咬牙将照片发了过去，然后便关了手机，抬起头时就看到同桌在盯着自己。

同桌是个戴眼镜的男生，一位长相普通、成绩普通的男生。

吴亚蜜没好气地道："看什么看？"

同桌扶了扶眼镜："你这样子挺心虚的。"

正好老师从前门进来了，吴亚蜜瞪了他一眼，将手机塞回口袋里，然后翻开书本。

她的心跳得飞快，感觉非常刺激。本来她是想发给林心乔的，可还是忍住了，过段时间再说，先让林心乔吃点亏也好。她长得漂亮又怎样，还不是被别人捷足先登了。

吴亚蜜想到后面的人，虽然被高高的书本挡住了，但她依然想回头看，不过最后还是忍住了。如果自己坐在他后面该多好，但转念一想，每次陈漾抬头都会看到自己，那样也很好，她就忍不住笑了。

数学老师刚站上讲台，一眼就看到后面的快递盒，问："那是谁的东西？堆了这么高。"

教室里所有人的视线都跟着转过来。

大家议论纷纷一会儿后，梁千举手叫道：“老师，是陈漾的，买来补身体的。”

闻言，教室里响起零星的笑声，陈漾还需要补身体？只是大家都不敢笑得太大声，毕竟老师们都以为陈漾是个乖巧的学生。

可他们清楚地知道陈漾生气时有多狠，所以没人敢得罪他。

数学老师一听，点头道：“嗯，是要补补……好，大家把昨天晚上的试卷拿出来，我们先讲后面的大题……”

讲台上的老师已经转了话题。

后排的梁千和赵明日笑成一团，一想到陈漾以后要喝那么多东西就乐得不行。

梁千甚至都给陈漾规划好了：“漾哥，你就这样，周一、周三、周五喝早餐奶，周二、周四、周六喝麦片，周日喝奶粉，刚好每天都不落下，哈哈哈。”

他们把这一个星期排得满满的，保证不辜负乐芽的期望，把漾哥喂得胖胖的。

赵明日轻轻地拍桌子，捂着嘴狂笑。

陈漾瞥他一眼：“你就这么闲？”

梁千感觉后背一凉，连忙转身坐正：“忙忙忙，我很忙，我要好好听课。”

他才不想听课，他只想八卦。

转眼到了周四下午的最后一节课。

下课后，老师临走前布置了一道单独的题，乐芽才解到一半，准备写完了再去吃晚饭。

谢轻语就坐在后面一边等她一边玩手机。

反正谢轻语是写不出来的，就等着晚自习前来看乐芽的答案了，顺便听她解说一下。

窗外人来人往，天色已经暗下来，教室里的灯开始一一点亮。

乐芽低着头，算到了最后一步，将草稿纸上的正确步骤圈出来，准备吃完饭回来再重新抄到试卷上去。

她头上的马尾从一侧滑下去，细碎的头发用发卡工工整整地别住，白皙的脖颈露在外面，引人无端遐想。

窗户突然被推开，冷风一下就吹了进来。

乐芽不由得缩了缩，侧过头去看，却看到陈漾把手搭在窗台上，正看着她。

她愣了一下，打算把窗户关上。可对方的手放在那里，她不想说话，却也不想伤到他，干脆转过头不去看他。只是被他这么一干扰，她的题就做不下去了。

半晌，试卷下面也只写了几个数字。

陈漾挑了挑眉，然后抽走她桌上的草稿纸。

乐芽站起来伸手去拿，却没想到他从头到尾粗略地看了一遍，提醒道：“第五步错了。”

她的脸一下红了，错了也就算了，还被人指了出来。

乐芽拽走草稿纸，塞到书里夹住，然后盖住：“你都不知道题目，怎么就知道我做错了？”

陈漾慢条斯理地说了一串，居然和老师临走前说的一模一样。显然他是知道题目的，并且也是做过的。

乐芽抿着嘴唇，脸上的热气直往上涌，每次碰到他都这样，这样让她尴尬。

陈漾轻笑出声：“还有问题吗？”

乐芽经不住逗，假装淡定地哼了哼，看了他一眼后问：“你来干什么？”

陈漾倚在窗台处，敲了敲瓷砖，发出清脆的声音。

他淡定地道：“我要喝奶茶。”

乐芽愣了一下，突然想起之前的承诺。他说什么时候想喝了再来找她，她当时还应了下来，只是谁知道最近会发生这么多事。

乐芽今天压根就不想看见他。

眼看着气氛突然尴尬起来，一直没出声的谢轻语眨了眨眼：“乐芽，我们去吃晚饭吧。”

陈漾看谢轻语一眼：“今晚她归我。”

这话很有歧义。

乐芽瞪他一眼：“你别听他瞎说。”

谢轻语被陈漾盯得后背发凉。

乐芽叹了口气，低声跟她解释：“我上次欠他一顿奶茶，今晚你等了这么久……”

谢轻语小声说：“既然你觉得没事，那我就先去吃晚饭了，要是有什么事你打电话给我。”

乐芽点点头。

等谢轻语的身影消失在走廊里，一班就只剩下乐芽还在，灯也关了一半。

陈漾盯着她，眼睛一眨不眨：“不想请我喝了？”

乐芽说：“没有……你等我先收好东西。”

外面的走廊安安静静，只有零星几个人经过。

乐芽转头收拾起桌上的东西来。

陈漾微眯了眯眼，目光从她的身上转到侧脸。

她的小脸绷着，一看就知道不开心。校服有点大，空空荡荡地挂在她的身上，好看的同时又显得很瘦弱。她白皙的脖颈就这么对着他，好像一折就会断。

她这一收拾就收拾了半天。

陈漾也不急，在一旁饶有兴致地看着她磨磨蹭蹭。

乐芽能感觉那道视线一直没移开过，她后背紧绷着，把东西收拾好后，视死如归地道：“我好了。”

两个人一前一后走出了学校。

乐芽气鼓鼓的，也不想说话，她闷头跟在陈漾后面，心里说了好多声“神经病”。

不过这话她可不敢当着他的面说。

正想着，前面的人突然停了下来，她一下就撞了上去，硬邦邦的，额头一疼。

头顶响起他的声音：“走路也不看路。”

乐芽实在太尴尬了，感觉这辈子的糗都出在陈漾一个人身上了。

她催促道：“你快走。”

陈漾低头看她的额头，只这么轻轻一撞，额头就红了。

他皱眉，她怎么就这么娇气呢？

乐芽见他不动，手揉着额头说：“再不走就没多少时间了，晚自习可不能迟到。”

陈漾“嗯”了一声，转过身继续往前走，但明显放慢了速度。

学校外面的奶茶店不少，这里又是新校区，马路两边开了足足有三四家，竞争还挺激烈。

不过常喝的人都知道哪家的奶茶好喝。

乐芽被陈漾带去了马路对面的一家奶茶店，店子是浅绿色的装修，很小清新。

这家店的店主是个刚毕业的妹子，很温柔。因为刚放学没多久，店里还有其他学生在。

乐芽不认识这里面的人，但他们都在陈漾进来的一瞬间盯着陈漾和她看，看她的尤其多。

这让她有点不安。

店主姑娘刚做完一杯奶茶，看了一眼陈漾：“稀客啊，今天怎么有空来这里喝奶茶？”

陈漾“嗯”了一声，侧过身子，低头问乐芽：“你要喝什么？”

乐芽“啊”了一声，声音软绵绵的，小声说：“是你要喝什么才对，你自己选，选好了我去付账。”

她偷偷瞄了一眼四周，发现女生都在看着他们。

临近的一桌是两个女生，一边偷看，一边在议论：“我没看错吧，陈漾带了个女生过来，她是谁啊？”

“没见过啊，不认识。”

“是不是小学妹啊，看着这么小。陈漾变态吧，还招惹高一的小学妹？”

“要是我我也愿意被他招惹啊……”

议论声传入乐芽的耳朵里，她才刚换新助听器没多久，听得一清二楚。

虽然她表面还算淡定，但耳垂已经红了。

这些人怎么只会往这方面想，明明他们什么关系都没有，而且高中生谈什么恋爱啊！

果然人人都喜欢长得好看的，乐芽不禁想，陈漾这张脸到底迷惑了多少女生？

陈漾没听到她的回答，又问了一句："想喝什么，嗯？"

乐芽回神，含糊道："我不喝。"

两个人僵持了几秒。

店主姑娘打量了两个人一眼，笑着说："可以一起的，店里有优惠，第二杯半价。"

说完她又补充了一句："专门为情侣准备的。"

3

店主叫梁晨，已经在这儿开了一年的店，认识很多一中的学生，就连陈漾也不例外。

她竭力推荐自己店里的奶茶："这两种是情侣款，但颜色和口味是不一样的，你们要不要试试？"

乐芽连忙摆了摆手："我不喝，他点就行。"

陈漾还没说什么，她就点了海报上的两杯，然后说："就这两杯，都给他好了。"

店主姑娘愣了一下："好。"

陈漾问："你让我喝两杯？"

乐芽说："你可以和别人分着喝。"

陈漾被她气笑："你还挺大方。"

乐芽眨了眨眼，也没听懂他的嘲讽，柔声说："我有钱的，你别担心。"

两杯奶茶的钱她还是付得起的，冲着第二杯半价的优惠，她觉得不能浪费了。

梁晨忍不住笑出声。

乐芽看了她一眼，耳朵更红了。

她随意一瞥，发现店里的墙上贴着很多便利贴，她有些好奇地走了过去观看，发现这些便利贴都是之前的顾客写了贴上的，随便写什么都可以，整整一面墙都是。

见乐芽去看便利贴了，梁晨一边做奶茶一边问陈漾："你的脸又受伤了？"

陈漾伸手碰了碰创可贴，应了一声。

梁晨说："你这几天没来，我都不知道。不过你这个创可贴够可爱啊，我都没用过这样的。"

陈漾扬了扬眉："别人送的。"

闻言，梁晨惊讶了一下，突然就想到什么，笑了笑，朝着前方努了努嘴："你从哪儿认识的萌妹子？"

陈漾倚着柜台："怎么了？"

梁晨说："没什么，就是觉得她很可爱。"

乐芽刚才那句"有钱"差点没让她笑死，现在的学生怎么都这么可爱？

陈漾看了几步之外的乐芽背影一眼，他眉目低敛，有些神秘地说："那还真是个'小富婆'。"

乐芽从小被娇养着长大，是乐家所有人掌心里的小公主，什么都不用愁，也不知人间疾苦，可以说是十分天真了。但这种天真有时会让人有想破坏的欲望。

暖色的灯光下，陈漾半边脸映在阴影里。他张开双手，又缓缓合上，眼中思绪不明。

梁晨"哟"了一声，将第一杯奶茶放在柜台上说："看你这样子，还真的用心了？"

陈漾没回答。

梁晨继续说："现在是高三，还挺关键的，你可别搞出什么意外，这是你目前唯一的机会了。"

陈漾懒洋洋地"嗯"了一声。

听见陈漾这声完全敷衍的应答，梁晨不由得翻了个白眼，然后就自顾自地低头做奶茶。

等她做好奶茶抬起头的时候，就看到高大的男生站在娇俏少女的身后，一言不发地盯着她看便利贴的样子。

梁晨这么看着竟然觉得他们俩还挺搭。

她认识陈漾是一次偶然，因为陈漾平时不怎么喝奶茶，一个月也就两三次，还是一堆人一起，她能记得完全是因为陈漾那张脸。

俩人真正熟识还是某天晚上，她那天关门有点晚，出门后看到陈漾坐在不远处的马路边上，不仅受了伤，还流了血。

她返回店里拿了点纱布和碘酒想帮他消毒，但被对方拒绝了，他一句话也不说，一脸冷酷地自行处理伤口。

梁晨看着都觉得疼，可对方偏偏没有哼一声。

梁晨不知道陈漾遇到了什么，在她看来，当时陈漾不过是一个才上高二的学生，她作为年长一点的姐姐看他受伤都心疼不已。

不过陈漾自己反倒不觉得什么，好像受伤对他而言是特别稀疏平常的一件事。

自那以后，陈漾来她店里的次数就多了一点。每次他一来，很多女生也跟着一窝蜂赶来，她的生意也会好点。

梁晨不会去特意打听什么，所以她和陈漾的这种友好关系一直持续至今。

不过认识这么久了，她还是第一次看他带女生过来，像乐芽这样的女生，娇娇小小的，让梁晨都有一种保护欲，而且一看就知道对方家境不错。

更何况是陈漾。

比起其他的，梁晨很希望有个人能把陈漾从淤泥里给拉出来，远离之前的一切。用一个词来形容，那就是拯救。

随着时间慢慢过去，店里的人越来越多。

乐芽看了墙上的便利贴好久，转身准备看奶茶好了没，刚一转身就对上陈漾的视线，猝不及防。

她吓了一跳，后退时不小心碰到桌子，她有点不满地嘟囔道："你怎么突然站在这里？"

"这里又不是你买的位子。"陈漾的校服松松垮垮地挂在身上，看起来有些漫不经心的感觉，他的目光从她的身上转到墙上，问，"你想写？"

乐芽摇摇头："不写。"

陈漾的嘴角微勾："我不看。"

他说完就转过身去，背对着乐芽，挺直的脊背像是松树，笔直修长。

乐芽的心痒痒的，因为家庭的缘故，她很少来这样的地方，也是认识了谢轻语以后才偶尔光顾。

乐芽看了他几秒，抽出一张纸，想了一会儿，写下几个字。然后她又看了看陈漾，确定他没有偷看，才借着身子挡住，把便利贴贴在了一个密集处。

贴完后，乐芽满意地看了看，要不是自己贴的，她几乎不知道这上面哪张是自己的。

她弯了弯眼睛，心情好了不少，又抬头看陈漾，提醒道："我好了。"

这个软软的声音听着很舒服。

陈漾把手插在兜里，转过身来，他随意往墙上瞥了一眼，乐芽莫名地紧张起来。

不过陈漾很快就移开了视线，也没问她到底写了什么，她这才松了一口气。

过了这么长时间，奶茶该做好了吧。

乐芽走到柜台边问："你好，奶茶好了吗？"

闻言，梁晨看了一眼后面的陈漾，然后点头道："好了，我给你们分开装。"

她将两杯奶茶放在柜台上。

乐芽正要付款，却见梁晨挡住了她的动作。

梁晨不动声色地道："今天做活动，你们是第九百九十九位客人，所以免费请你们喝。"

乐芽震惊了一下，放轻音量："一中有这么多人喝奶茶吗？"

站在后面的陈漾轻笑出声。

梁晨也有点尴尬，想了想说："这是一周的总数。"

乐芽点点头："谢谢。"

梁晨真没想到这一茬，一般人不都是会非常开心地拿走奶茶就完事吗？怎么这位还关心真假？早知道她就说九十九了，省得太夸张。

从柜台边离开，乐芽将两杯奶茶递过去。

“喏，给你。”她站在陈漾面前也就到他肩膀的位置，所以就连说话也都要仰着头。

半天没看到他伸手，她的手臂也有点酸，缓缓收回来后又伸出去，问：“你还要不要了？”

陈漾这才将其中一杯拿走。

因为是大杯的，还挺重，乐芽刚才的动作被他尽收眼底，他低声说了一句：“这么弱。”

店里在放音乐，乐芽没听清：“你说什么？”

陈漾淡淡地道：“没什么。”

乐芽“哦”了一声。

她手里还有一杯，看他没有要拿走的意思，就说：“我先帮你拿着，等你要了再给你。”

陈漾没回应。

邻桌的女生还在讨论：“都买情侣款奶茶了，要说没关系我都不信。”

另一个女生回答：“真没想到，高三才开学一个多月，陈漾这朵高岭之花就被一个小学妹给摘走了……”

乐芽好想反驳：我不是学妹，我看起来就这么小吗？

乐芽气鼓鼓地揉了揉耳垂，跟在陈漾身后，垂头丧气地走出了奶茶店。

此时天已经黑了，外面比店里还要冷。

远离了店里一些女生的视线，乐芽感觉整个人轻松不少，耳边也听不到议论声了。

她抬起头问：“要回去了吗？”

陈漾“嗯”了一声，突然想起什么，饶有兴致地问：“你很怕我？”

冷不丁被问到这个问题，乐芽十分讶异，抬头见他正看着自己，又低下头盯着手上的奶茶看。

犹豫了一会儿，她才压低声音说：“谁让你……谁让你之前那么变态……”

听到“变态”这个评价，陈漾挑了挑眉。

“变态？”

“不是……就是很……”乐芽皱了皱眉，半晌才想到用一个词来形容，“恶劣。”

陈漾没忍住，溢出一声笑，大概之前被欺负怕了。

乐芽觉得他得到这个评价还能笑出声，是真的有点奇怪，可能这样的评价以前听得太多了。

这么一想，她竟然还有点同情他。

不过这个想法转瞬就被取代了，他之前做过的恶劣事情实在是太多了，一桩桩、一件件，简直令人发指。

空气里飘着不明的香味，乐芽深吸了一口气，舔了舔嘴唇。

陈漾一乐，问："你还没吃晚饭？"

乐芽"啊"了一声，摇摇头说："没有，不过我晚上回去会吃的，你要不要先去吃？"

她一双眼睛亮晶晶的，十分期待此时能和陈漾分开。

陈漾有些玩味地笑了笑："我也不吃。"

乐芽的肩膀塌下来，她皱了皱秀气的鼻子，显然对这个回答有点失望。

到了马路对面，两个人正好停在一家书店门口。

乐芽又说："要不你先回去，我还要去书店。"

陈漾说："我也去。"

乐芽想问他去干什么，想了想还是什么都没问，自顾自地掉头就往前走。

书店就在奶茶店的对面。

现在正是晚上，书店里没多少人，资料书早已经有了，乐芽想买几本文笔好的散文书回去看看，练一练作文。

她很喜欢看这种书，家里专门有一个书架收纳各种文豪大家的经典散文集。

书店里的灯光是冷白的，正在播放《小幸运》，曲调轻缓。

一楼是各种文具，二楼则是资料和小说。

乐芽问了一下店员散文书的位置，然后直奔二楼。

她刚来新校区没多久，不知道散文区域在哪儿，看了一会儿书架上的标签才确认。她开始挑挑拣拣，不知道买哪本好。

陈漾靠着书架，看她这个看看，那个又摸摸，便问："你看了半天，一本都没看中？"

他的语气轻飘飘的，视线扫过她手里的每一本书。

乐芽冷哼了一声，说："你管我呢！"

陈漾说："我是担心你一本也买不到。"

乐芽有些气急败坏，随手抽了一本书，看也不看就塞到他怀里："你就应该多看看书。"

陈漾伸手接住书，将薄薄的书放平了，看到封面上的几个字时他眉毛一动，抬头再看乐芽，一副毫不知情的样子。

他勾了勾嘴角，突然俯身道："原来你想亲我啊？"

乐芽的脸涨得通红，脱口而出："神经……"

书店里不允许喧哗，她连声音都放小了，听起来就跟做贼似的。

闻言，陈漾从喉咙里溢出一声笑，然后将书的正面对准她，一脸无辜地道："这是你自己给我的。"

他也学她刚刚做贼似的声音。

看到书名，乐芽更气了。

没想到这本她随手抽出来的书，书名竟然是这样的——

《我想亲你一下，可以吗？》。

第四章

只听你声音

1

书名的确太有意思了。

陈漾怕她没看到，还举着书，认真地给她读了出来："《我想亲你一下，可以吗？》。"

乐芽真想找条地缝钻进去，她一只手直接抽走了陈漾手里的书，重新放回书架上，假装这件事没有发生过。

陈漾任由她把书放回去，他嘴角勾着，悠悠地叹了一口气，颇为遗憾的样子。

书架与书架之间的空隙不大，只够一个人通过。这种狭窄的空间目前只有他们两个人，四周萦绕着一种让人脸红耳赤，奇奇怪怪的气氛。

乐芽臊得慌，半晌才生硬地转移话题道："我好了，可以回去了。"

她刚才已经看中了一本，现在也没心情继续找其他的书了，打算以后有机会再说。

没等他回答，乐芽转身拿过那本书就往收银台走去。

陈漾看着她的背影，以及一甩一甩的马尾，抽出了被她放回去的那本书，跟在她后面走过去。

书店二楼和一楼都有收银台。

乐芽付过款后没要书店的袋子，而是直接把书抱在怀里，右手还拎着一杯奶茶。

没等她转身，就听到陈漾的声音："这个。"

乐芽侧过头去看，见他手里拿着书，有点狐疑。她觉得他实在不像一个爱看书的人，可偏偏人家的成绩就是比自己要好很多，这就很让人生气了。

距离期中考试还有一个星期，她得再加加油、努把力才行。

乐芽心中突然冒出这样的想法，不禁让她有点小开心。

陈漾将书放到桌上，是她刚刚放回去的那本书。

乐芽问："你怎么买这本书？"

"当然是因为它好看呀，买回去陶冶一下情操。"陈漾回答，"还是你觉得有什么问题？”

没等乐芽回答，他又说：“只有我女朋友才可以决定让我买什么，你还有问题吗？”

乐芽想反驳却没理由，只小声地“哼”了一声。

她歪了歪头：“你喜欢就好。”

收银的姑娘刚毕业没多久，一看这两个人就知道关系不简单。她会心地一笑，收了书款。

为什么那么多青春校园电视剧能火，就是因为每个人都经历过学生时代，甚至也都有过喜欢的人。

而且……她觉得这两个人也太好看了，男生看起来酷酷的，女生看起来软软的，好想捏一把。

“好了。”她把书递过去。

陈漾伸手接过书，问乐芽：“不走吗？”

乐芽回神，“哦”了一声。

从书店出去后，刚才那种古怪的气氛散了不少。

此时，很多学生都已经吃过晚饭了，正三五成群地赶回学校。

校门口的灯很亮，有些人认识陈漾，他们会时不时好奇地看过来。

乐芽下意识地走快一点。

一直走到高三的教学楼，陈漾才伸手钩住她的衣领：“走这么快不累吗？”

乐芽扯出自己的校服，转身面对他，认认真真地道：“当然不累了。”

陈漾点点头。

乐芽说：“我要回教室了。”

陈漾说：“巧了，我也要从这里上去。”

这里没有灯，只靠着校门口那边的一点灯光照到这边。因为背着光，乐芽看不清陈漾脸上的神情，她想了想，没再说什么。

她的身边时不时有同学打闹着走过去。

一直走到四楼，旁边就是一班的后门，乐芽才开口说：“你还不回教室吗？”

陈漾说：“你这么急？”

乐芽没听懂他这句话是什么意思，茫然地看着他，然后像想起什么来似的，将手里的奶茶递过去：“喏，给你。”

陈漾揉了揉眼角：“送你了。”

乐芽说：“这怎么行，说好的我请你，两杯都是你的。虽然我没有付款，但我是第九百九十九位顾客，也就等于是请过了。”

听她这么掰着手指算，陈漾觉得她真是傻，哪来的什么九百九十九位不要钱。

他抬了抬右手："我没有手可以拿了。"

正说着话，从楼梯间走上来一个同学，跟她打招呼："乐芽，你这么早就回来了？我正好有道数学题要问你，你现在有空吗？"

乐芽"嗯"了一声，又飞快地抬头看了陈漾一眼。

等同学走后，她已经忘了奶茶的事。

陈漾突然伸手揉了揉她的头发，声音低低地提醒道："回去吧。"

乐芽被他这么一弄，愣了一下。

等她回过神来时，陈漾已经不在了，应该是走了。

之前那个要问问题的同学正走过来。

乐芽盯着手里的奶茶，有点苦恼，自己到底是喝还是不喝，又或者是再送过去？

晚自习开始后，这个问题就被她抛到了脑后。

第二节晚自习下课后，乐芽对谢轻语说："还有几分钟，我们去洗手间吧。"

女生喜欢成双成对地去洗手间，谢轻语很快应了声。

回来时已经快上课了，两个人从后门一进来就看见乐芽的桌上放着一个纸袋子。

谢轻语左右看了看："这是什么时候放的？"

她们刚刚离开的时候还没有呢。

乐芽愣了愣，摇摇头，猜测道："我也不知道，我没买东西，会不会是有人送错了？"

周围的同学都不在，问了其他人都说没注意。

谢轻语说："打开看看不就知道了。"

乐芽有点犹豫，看实在问不出什么，这才打开纸袋，里面放了一张卡片和一个盒子。

她将盒子拿出来，里面的卡片也顺着钩在了上面。

她连忙拿起来，看到上面的字，心漏跳了一拍，马上就将卡片放到了桌肚里。

乐芽感觉自己像是在做什么不可告人的事情一样，紧张得要死，深深地呼出一口气。

谢轻语在后面根本看不到她的动作，只是催促道："快打开看看呀，月牙！"

乐芽"嗯"了一声，打开盒子，里面是一个套在透明套里的红丝绒蛋糕，奶黄色和红色的奶油一层层交织，上面还缀了几颗小果子，颜色鲜艳，香味浓郁。

没有哪个女生不喜欢吃这样的甜品。

谢轻语说："原来是蛋糕啊！"

前桌的苏慧刚回来，看到这边时"哇"了一声："这蛋糕颜值够高啊，肯定好吃。"

乐芽将桌上的资料放进桌肚里，免得碰到了蛋糕。

苏慧欣赏了一会儿，然后说："乐芽，你不介意我看看这是哪家的吧？"

乐芽摇头："你看吧。"

苏慧欢呼了一声，一般蛋糕盒子上都有写名字，她一翻过来就看到了，上面还有熟悉的标志。

她的眼睛立刻就亮了。

“这家店我知道啊。”苏慧说，“我去逛过，可是只敢买里面的蛋挞，因为实在是太贵了……让人望而生畏。”

都是普通家庭的孩子，哪里来的那么多零花钱。

苏慧家不算穷，却也不会花上百块就为了吃一个比巴掌大那么一点的蛋糕。

乐芽皱眉：“是吗？”

苏慧点头：“是啊，那家店挺漂亮的，服务也特别好，估计价钱高也有这个原因吧。”

明码标价，也没什么好骗人的。

乐芽也看了一眼，确认自己没去过这家店。

过了一会儿，苏慧突然诧异地道：“这上面没卡片吗？我记得好像每份蛋糕都会配有一张好看的卡片来着。”

她转了一圈也没看到。

闻言，乐芽将手伸进桌肚里，碰到了那张卡片，棱角分明，刚刚一瞥而过的名字再清晰不过。幸好没让谢轻语和苏慧看到，不然又要八卦很久，到时候有嘴都说不清。

陈漾怎么会突然给她买这个？难道是上次的原因？她买给他那么多营养品，所以他干脆一次性买个蛋糕送过来？就当回礼？

乐芽不由得看向自己书边的那杯奶茶，粉红色的，还放在那里，一直没喝。

看着蛋糕，苏慧和谢轻语两个人的眼睛都在发光。

甜品的诱惑力实在是太大了，尤其是外表好看，闻起来又特别香的，杀伤力简直爆表。

谢轻语说：“像月牙就不用担心长胖，哈哈，我们可就不能吃了，只能干看着，假装自己也吃过了。”

她是喝凉水都会长胖的体质，最近天天在喝柠檬酵素，就指望着一星期后能瘦了。

苏慧转向乐芽：“乐芽，你爸爸对你可真好，我怎么就没有这么关心我的爸爸。”

乐芽一阵茫然：“啊？”

苏慧没有察觉，继续羡慕地说：“你爸爸这么晚了还怕你饿着，看得我都流口水了。”

乐芽张了张嘴，半天也没说出话来。

这哪是她爸爸送的啊……

2

同学们陆续回来了。

上课铃响后，苏慧也不好再回头，她在转头前又夸了一句："乐叔叔可真好。"

乐芽哑口无言，但她也没再解释什么，这种事情一旦说出来，反而会引起她们的好奇心，就让她们误会好了。

乐芽叹了口气，将蛋糕放回纸袋里，然后再放进桌肚里，那张卡片被她拿了出来。

和苏慧形容的一样，卡片很精致，上面没写什么，但是有落款人，也没写真正的名字，就是陈漾的微信名，所以她刚才一眼就认出来了。

因为她的微信好友里就只有他微信名是这样的，而且班上的同学是不会这么做的。

晚自习科目的老师此时已经在讲台后坐着了。

乐芽想了想，将奶茶给打开了。

今晚的作业不多。

乐芽的试卷已经写了一半，这次和上次月考的题型很相似。

她不由得想起那次数学老师借来的陈漾的试卷，当时她就是用铅笔写的，虽然之后擦了，但不知道陈漾有没有注意到。

乐芽抿了抿嘴唇，大概是今晚发生的事情太多了，她连做题的心思都少了一点。

半晌她才叹了口气，摇了摇脑袋，继续做题。

第三节晚自习下课后，乐芽口渴，因为奶茶完全不解渴，又是甜的，她喝了大半杯，现在嘴里全是奶茶味。

谢轻语问："去打水吗？"

乐芽应了声："去。"

学校的水房一年四季都有冷热水，每个楼层也都有冷热水机，就是为了方便学生们使用。

乐芽喜欢喝热水，所以下课后一般会去接一杯水。

她的杯子是兔子造型，杯身圆圆的，灌满热水后，只要拎着两只粉红的耳朵就可以了。

水房里的人有点多，还要排队。

乐芽不认识她们，大概有三四个女生排在前面，她们凑在一起兴奋地聊天。

短发女生说："她最近没动静了，不知道是不是挫败了。毕竟都两年了，如果再继续坚持的话我还真是对她刮目相看。"

长发女生说："人家长得那么漂亮都没用，我们就只能看一看了，偏偏人还不在我们班。"

"铁石心肠啊。"

乐芽莫名觉得她们说的人可能是自己认识的那位。

"所以一天到晚就见你去人家的走廊上晃。"短发女生调侃道，"看到人了吗？"

长发女生说：“我那是路过，又不是故意的。”

短发女生说：“你自己信吗？哈哈哈，每天路过四五次，这次数有点多了吧？不是看陈漾，谁信啊？”

短发女生和长发女生都是十九班的，和十七班中间隔了个十八班，距离另一边的走廊很近，但更多女生都愿意从十七班旁边的走廊下去。

乐芽一听，她们果然是在说陈漾，她怎么也没想到打个水还能听到这些八卦！

乐芽在后面等了半天，终于轮到短发女生打水。这要是再待下去，可就要上课了。

几个女生打完水刚准备离开，结果转身看到乐芽时都愣了一下。

见她们都看着自己，乐芽不好意思地笑了笑。

她笑得浅，对方反而一愣。

话题戛然而止，短发女生也笑笑，只是在准备离开时好像被什么东西给绊了一下，往前面猛地一栽。

乐芽猝不及防被撞得一个踉跄，要不是谢轻语扶住她就倒下去了，耳朵上的助听器也掉到了地上。

短发女生也站稳了，急忙道歉：“对不起、对不起，我不是故意的，你没事吧？”

她在说什么？

乐芽的耳朵嗡嗡的，感觉不对，伸手摸向耳朵，刚刚还在的助听器这时已经掉了，她现在什么都听不清。周围的声音就像是蒙上了一层纱，还很嘈杂。

这种感觉已经很久很久没有过了，她的脸色瞬间变得苍白。

乐芽连忙低头看向地面，四处寻找。她再抬头看到短发女生还在说话，忍不住抓紧了谢轻语的手。

谢轻语问：“怎么了？”

乐芽听不清她在说什么，声音沙哑地道：“助……助听器……掉了……”

闻言，谢轻语一惊。

她连忙推开短发女生，说：“麻烦你先让开一下，我找点东西，有事待会再说。”

乐芽也蹲下身来寻找，她就怕助听器从走廊的栏杆那里掉了下去，她已经很多年没有这种无助的感觉了。

大概是戴助听器的时间太长，她完全接受不了没有助听器的世界，也害怕没有声音。就连谢轻语说的话，她现在也听不见。

短发女生蹲下身来：“你们是在找什么吗？我可以帮忙吗？我刚才真不是故意的。”

谢轻语说：“一个助听器。”

地上不知是谁洒了水，一摊一摊的，乐芽怕助听器掉在了水里，那可就糟糕了。

大概是东西小，已经弹出很远了。

乐芽看了一圈，在不远处看到了。

她的眼睛一亮，连心跳都加速，正要伸手去拿，一只修长的手捡走了那个助听器。

她一抬头，是陈漾。

陈漾和她离得很近，半蹲在她的对面。

乐芽只看到他的嘴唇开合了几下，似乎是说了什么，但她完全听不见。

陈漾摊开掌心，把手伸到她的面前。

他的身后是无数亮着灯的教室，像是绚丽的灯光，四周好像安静下来。

乐芽回神，伸手拿走他掌心里的助听器，指尖碰到他的掌心，感觉烫得厉害。

她低声说："谢谢。"

乐芽连自己的声音都听不见，这种感觉很糟糕，忙把助听器放在衣服上仔细擦了擦后戴上，然后她才听到身后短发女生的道歉声。

各种各样的声音又进入了她的世界，纵使纷纷杂杂，她也愿意听一辈子。

陈漾问："能听到我说话吗？"

乐芽松了一口气："能。"

所有的感官突然汇聚到耳朵里，声音格外清晰，甚至还有种很特殊的感觉。

陈漾看着她泛白的脸上重新恢复了血色，这才慢慢地站起来。

身后的谢轻语听到声音，转过身："找到了吗？"

"嗯。"乐芽一边站起来，一边应道。

短发女生完全没想到还有这一茬，又看到陈漾站在一旁，话都说不全了。

乐芽说："没事了。"

对方的确不是故意的，她能感觉到，指不定对方现在都吓了一跳。

水房本来就小，里面的人要出来，外面的人想进去，大家聚集在一起，很容易就会被绊到。

短发女生松了一口气："真不好意思。"

她看了陈漾一眼，然后赶紧拖着自己的好姐妹一起走了。一直到走出一段距离，她又忍不住回头看。

乐芽也转过头，发现陈漾已经走了。

"看什么呢？"谢轻语摸了摸她的耳朵，"怎么样，刚刚没吓着你吧？"

乐芽摇摇头："还好。"

谢轻语拍了拍胸口，她也吓了一跳，真怕助听器被人踩坏了，还好现在已经找到了。

她又问："刚才那个人是陈漾吗？"

乐芽正弯腰打水，闻言“嗯”了一声。

谢轻语说：“没想到真是他，以前我都不信。上次认错人也有我的原因，还误导了你。”

听乐芽之前说起门卫室那次的事情，她就觉得十分戏剧性。

等打完水后，两个人才一起回去。

临上课，同学都回了教室。

陈漾也推开后门进来了。

听到窸窸窣窣的动静，吴亚蜜咬了咬唇，转头问：“你们这么快就把蛋糕吃完了？”

梁千一直在玩手机。

听见问话，他看了一眼低头做题的陈漾，应道：“对啊，吃完了，蛋糕就那么一点点大，能吃多长时间。”

吴亚蜜想说她压根就没看见他们吃。

但梁千都这么说了，自己的问题肯定是得不到回答的，所以她还是别问了。

生物老师从外面走进来，吴亚蜜连忙转过头去。

梁千想问陈漾之前拎着的蛋糕去哪儿了，却又极力忍住。不过他转念一想，就知道蛋糕是送给谁了。

听到蛋糕，赵明日凑过来问：“一个蛋糕买那么贵干什么？”

他就算花钱大方，也很少这样消费。一个蛋糕那么点大，他三两口就吃完了，一点也不划算，有这点钱都可以买好多好吃的了。

梁千挤挤眼：“你话怎么这么多？”

他看向自己身侧，陈漾正在看题，但嘴唇紧抿，可见的心情不太好，透着一股烦躁感。

赵明日撇了撇嘴。

梁千掐了他一把，在纸上写了一行字给他看：“漾哥买这么贵的蛋糕肯定有他的道理。”

赵明日不说话了，虽然他还是不太懂。

讲台上的生物老师突然看过来，梁千和赵明日也没再继续说话，干脆借着书的遮挡开始玩起了手机。

一直到晚自习上到一半，两个人才开始做作业。

梁千不会写，央求陈漾借试卷给他抄：“这道题好难啊，漾哥，我不会写，你就给我看一眼呗。”

陈漾头也没抬：“书上有公式。”

闻言，赵明日吐槽道：“谁让你不听课。”

梁千没好气地道：“说得好像你听课了一样，不和我一样，有本事你别……”

他话还没说完，窗户突然被打开了。

班主任周鸣春不知什么时候站在了外面，也不知注视了多长时间，他们之前的行为可能全被看光了。即使他们再浑，也还是有点紧张的。

梁千闭紧了嘴，低头翻书。

周鸣春盯着他们看了一会儿，面无表情，然后才看向陈漾，他眉头微微皱起。

他的声音有点低沉，说："陈漾，你出来一下。"

前排的吴亚蜜顿时紧张起来。

梁千翻着书，有点诧异怎么是陈漾被老班叫了出去，而且听着这声音有点不对劲啊！

3

梁千感觉自己不会出错，通常每一科的老师叫陈漾出去基本都是好事，但这次给他的感觉就像是发生了什么事一样。

梁千想了一会儿，琢磨着是不是他们做了什么坏事被班主任给发现了，但他实在想不起最近做了什么。

陈漾放下笔，从后门走出去。

门一打开，就有冷风吹进来，和教室里的温暖形成鲜明的对比，也将昏昏欲睡的同学刺激得一个激灵，随后门又被关上。

赵明日碰了碰梁千的胳膊："漾哥这是咋了？"

梁千说："我怎么知道？"

他自己还好奇呢！

隔着一个过道的男同学也伸头过来打听："漾哥怎么被班主任叫出去了？有什么坏事吗？"

"坏事你个头。"梁千低声说，"漾哥能做什么坏事，老师爱他还来不及呢！"

男同学一想也是，在这个班级里，论老师好感度排行榜，陈漾绝对排第一。因为成绩太过优秀，每个任课老师都对他格外重视。

外面的脚步声已经消失了。

吴亚蜜心跳加速，她不知道班主任找陈漾是不是因为那件事。

吴亚蜜从包里摸出手机，然后偷偷摸摸地解锁，登录自己的小号，随后就看到了聊天记录。

班主任回了她！

吴亚蜜的心都快蹦出来了，这是不是代表刚才他叫陈漾出去就是因为这件事？

"你在干什么？"

旁边突然响起一声，将吴亚蜜吓了一跳，她手忙脚乱地收好手机，这才发现是同桌。

她松了一口气："有事吗？"

看她这副模样，再听到她的声音，同桌推了推眼镜："我又不打小报告，你紧张什么？"

他越是这么说，吴亚蜜就越紧张。

他说的恰好是自己偷偷做过的，现在一听见"小报告"这三个字她就心虚。

她坐好，重新拿起笔，装模作样没好气地道："别打扰我写作业。"

同桌看了她一眼，低下头写自己的试卷。

一班的晚自习秩序很好。

习题写到一半时，谢轻语有些昏昏欲睡，总感觉越来越冷，穿着校服都不管用。

她一抬头："谁把窗户打开的？"

乐芽刚好在窗边，说："我关上。"

都不记得是谁开的窗了，其实只是一条缝而已。但天一冷就漏风，尤其是睡觉会觉得更冷。

乐芽推了推窗户，看到对面走廊走过去两个身影。前面一个她不认识，但后面那个她再熟悉不过了。

谢轻语小声问："你在看什么？"

乐芽回过神，不再看窗外："没什么。"

桌肚里的蛋糕还没吃，每一次她从里面拿东西时都会碰到袋子，那张卡片也在其中。

是因为知道她晚上没吃饭，所以他才买的吗？

乐芽抿紧嘴唇。

因为是晚自习时间，办公室里只有没有课的老师，加起来也不超过四个。

周鸣春的位子在进门后的第二个，他是十七班的班主任，新校区一建好就过来任课了，带了上一届的复读班，然后直接带了这一届的新生，从高一到高三。

所以每个学生他都认识，可以说他们有时候一个动作，他就知道他们在想什么。

毕竟现在当班主任也需要一定能力。而周鸣春教学多年，带过的学生无数，各种各样的情况都有，父母离异的、家里出事的、经济困难的……各种情况见过很多。

他对每个学生都很公平公正，从来不会带有任何歧视，全部严格要求，这也是为什么每次学校一有学生评价活动，他得到最多的评价就是管得太严。

周鸣春坐回自己的位子上，抬头看着站在自己面前的陈漾，问："知道我找你来是因为什么事吗？"

高一起他就带着了陈漾，一开始还以为他是个内向的孩子，因为平时也不见陈漾多说话，经常就一个人面无表情地做自己的事情。当然了，之后也有一些小道消息传到过周鸣春的耳朵里，只是没什么证据，他也信不了。再后来，周鸣春组织开家长会，陈漾的父母没有来，他自己一个人坐在满是家长的教室里显得格格不入。

那时候周鸣春没找陈漾，而是找梁千他们了解了一下情况，这才知道陈漾家里的事，以及陈漾的父亲是怎样对待他的。

说实话，那时的周鸣春很震惊。

这么听话上进，成绩又好的一个学生，怎么就摊上了这么个父亲？只是他也没有别的办法。

周鸣春想着如果陈漾能考上一所好学校，从此脱离这样悲剧的家庭环境，那是最好不过了。

陈漾站得笔直，目光落在办公桌上的一份试卷上，上面一片空白。

他语气淡淡地道："不清楚。"

周鸣春一顿，倒是没料到他会这么回答。

周鸣春想了想，说："有人给我发了一张图。"

办公室的门没关，突如其来刮起一阵风，从陈漾的脖子里灌进去，凉丝丝的。

他蹙眉，又很快展平。半晌，他才抬头看向周鸣春。

"你也想知道是什么事吧？"周鸣春对上他黑亮的眼睛，淡定地道，"但是我不能让你知道。"

陈漾心想：那就不知道好了。

周鸣春说："你一向让我很放心，现在是高三的第一个学期，也是复习的开始，是最关键的时候，不用我说你也知道这个学期的重要性。"

陈漾静静地听着。

当班主任的人总是喜欢啰唆，周鸣春也不例外。

周鸣春说："你第一次月考成绩没有下降，这很好。即将期中考，我希望也能有同样的结果。"

陈漾说："嗯。"

十八班班主任这时刚好从外面回来，就听到这句，插嘴道："怎么了啊，陈漾这成绩还用得着你操心啊，我都羡慕死了。"

周鸣春笑笑，说："正因为这样，成绩才不能下降，时时刻刻得叮嘱着。"

十八班班主任晃了晃头。

周鸣春重新转回视线，降低了音量："你这两天是不是和女生走得太近了？"

陈漾瞥了他一眼。

周鸣春背靠在椅子上："别的我不知道，但学校里男女生交往过密是绝对不允许的，尤其是上高三了。"

陈漾勾了勾嘴角："过密？"

"对。"周鸣春说，"相信不用我说你也知道这是什么意思，对吧？"

陈漾说："知道。"

隔壁班的班主任刚好准备出去，听到这里，再插嘴："陈漾还有交往过密的女生啊？那我们班的女生非得哭死。"

他年轻，喜欢开玩笑。学生之间的事也都知道一点，有时候陈漾经过十八班的教室，他们班有一半女生都情不自禁地看向窗外。

等十八班班主任离开办公室以后，周鸣春才说："你们高中结束后会怎样我不管，但这个时候是不允许的。"

陈漾定定地站在那里。

周鸣春双手交错在一起，沉声道："那个女生是谁……我就不找了，你可以转告她我的意思。"

他不想影响学生的情绪，并且那个女生他也不认识，要特意找过去也很麻烦，加上这件事其实也没闹大的必要。

闻言，陈漾露出一个极浅的笑容："好。"

周鸣春皱了皱眉，总觉得有哪里不对。但偏偏陈漾看起来很正直，他也就没再说什么，而是让陈漾回教室去。

陈漾听话地转身，离开办公室的一刹那，他莫名地笑了笑，这个笑容很快便在黑夜里消失殆尽。

晚自习下课后。

乐芽和谢轻语一起回去，顺便将那个蛋糕拎走。

"你打开吃啊！"谢轻语忍不住催促道，"你难道要等着回去吃？那乐叔叔还不如不送呢！"

乐芽默默地拿出蛋糕，刚好捧在手心，里面有两把小勺子。

打开那层透明的盖子，真正属于甜品的香气散发出来，连带着空气都甜丝丝的。

蛋糕上面是蔓越莓果酱，还有几颗草莓和树莓散在上面，虽然杂乱，但很好看。

乐芽深呼吸后舀了一点放到嘴里，蛋糕入口绵软，有种沙沙的感觉，恰到好处的甜味，一点也不腻，真好吃。

谢轻语盯着她看了半天才出声道：“妈呀，你这样子好像是要成仙了一样。”

乐芽有点不好意思：“很好吃。”

她用另一把勺子给谢轻语舀了一勺，然后递过去：“你也尝尝。”

谢轻语也不含糊，直接吃了下去。

别说，味道还真是不错，一分钱一分货，比她在奶茶店买的甜品要好吃多了。

谢轻语竖起大拇指：“好吃、好吃。”

乐芽莞尔。

两个人继续一边吃一边往前走，蛋糕不大，一会就被吃掉了一半，上面的莓果也被她一口一个解决了。

两个人走到校门口的时候已经只剩一点点了。

谢轻语看了她一眼，说：“你还真能吃，以前怎么没发现你胃口这么好？”

乐芽有些不好意思，也没法反驳。

因为蛋糕实在太好吃了，她控制不住，那还能怎么办呢？

谢轻语受不了她这种眼神：“别这么看我，我会想搓你的脸。你赶紧吃吧，我又不抢你的。”

乐芽“嗯”了一声。

最后一块她没分开，直接一勺舀了起来，然后放进嘴里，腮帮子都鼓了起来，像只贪食的小仓鼠。

谢轻语一转头看见乐芽这样，忍不住笑出声，她怎么这么可爱呢？

“乐芽。”身后有熟悉的声音响起。

乐芽听话地转过头，她嘴里还咬着勺子，然而蛋糕的美味都没有身后陈漾那张脸给她的刺激大。

谢轻语也回过头，叫了一声：“啊。”

陈漾正站在她们身后。

乐芽猝不及防，一口咽下嘴里的蛋糕，都没来得及嚼，眼睛惊得眯成一条线，连手指都忍不住蜷起来，感觉心脏要爆炸了。她惊慌失措的样子就像是一只小仓鼠偷吃被发现，然后又怕食物被拿走，干脆全部一口咽下去。

陈漾也没戳破她，只是伸出手，捏住被她咬在嘴里的勺子，两根手指捏在上面，指节分明。

乐芽的呼吸都快停止了。

陈漾挑眉道：“你再不松开，这勺子可就要被咬断了。”

刻意放轻的声音，好像只有两个人能听见，甚至还夹杂着几分若有似无的笑声。

乐芽下意识地张开嘴吐出了勺子。

4

乐芽真的很羞愤，自己的这个动作也太傻里傻气了，刚刚就不应该听他的话。

她偷偷瞄了一眼对面的陈漾。

虽然是在夜色里，但依旧能看清楚他的模样。他鼻梁高挺，轮廓俊朗，只是手里拿着一把这样的勺子，感觉有点违和。

乐芽看着这个画面有点想笑，却又怕被发现，只能强忍住，在心里偷着乐。

她一只手夺过陈漾手里的勺子。

陈漾瞥她一眼："不说声'谢谢'？"

乐芽睁大眼，轻声道："谢谢。"

陈漾发现她这么说话的时候声音真的很好听，软绵绵的。

乐芽从口袋里拿出一张纸巾擦嘴，动作迅速得连周围的人都没看见她到底做了什么。

陈漾哑然失笑。

听见脑袋上方的笑声，乐芽的耳根开始发热。

目光从她手里的纸袋上离开，陈漾的心情似乎还不错，问："蛋糕好不好吃？"

说还是不说呢？乐芽有些犹豫。

说好吃，他肯定会更嘚瑟；说不好吃，这蛋糕可是人家送的，又不太好。

乐芽只能顺从心意："好吃。"

毕竟蛋糕是真的好吃啊！

乐芽在心里吐槽自己，怎么轻易就被一个蛋糕给收买了呢？不过现在都已经吃完了，说什么也没用了。

陈漾站在她的面前，手插在兜里。

路过的同学都忍不住看向他，下一秒视线又落到乐芽的身上。

乐芽很容易能感觉到，想离开。

陈漾勾了勾嘴角，也没说什么。

身后的梁千突然蹦出来，两手空空，一身轻松："漾哥，你咋还不走呢？"

等停稳了，看到面前的乐芽，他笑眯眯地打招呼："你好呀！"

乐芽对他的一头红毛记忆可深了，再看看后面，那头黄毛的同学也过来了。

她礼貌地道："你好。"

梁千还准备说什么，就见身旁的陈漾直接离开了，他连忙追了上去。

“漾哥，你干吗不打招呼就走啊？”

余光里，乐芽还能看见那双修长的长腿从她的身侧掠过，然后消失。

她不免有点不明白，难道他就为了问这么一个问题？

看了半天的谢轻语震惊了，说：“怎么回事？蛋糕好不好吃关他什么事？还操心你吃得好不好？”

乐芽都还没来得及回答。

谢轻语又猜测说：“难道是因为刚刚他看到你在吃蛋糕，所以才来关心一下？”

看她脑洞大开，乐芽是真的忍不住了，拉住她：“不是的，不是这样的。”

谢轻语说：“那是哪样的？”

乐芽犹豫了一下后说：“蛋糕是他送的……”

“他送的干吗要问你啊？”谢轻语顺口问出来，下一刻又反应过来，惊讶得不行，“他送的？”

乐芽小幅度地点了点头。

谢轻语深吸一口气：“我还以为是乐叔叔送的。怪不得你当时没说话呢，原来是这么一回事。”

她仔细回想了一下，好像当时乐芽的表情真的有点古怪。她当时没在意，现在想来，乐芽当时大概是蒙了吧。

乐芽说：“你可别乱想啊。”

谢轻语笑道：“我没有啊，你急着说什么。”

乐芽的小脸升温，转眼瞥到家里的车，说：“不和你说了，我要回家了。”

“你这样子真像是心虚。”谢轻语出声调侃，见她要生气，忙道，“不说了、不说了，你赶紧回去吧。”

乐芽说：“你路上也注意安全。”

谢轻语摆摆手，她每天晚上都有哥哥来接，一点也不担心。

乐芽到家时已经是十点四十分了。

高三的学生都已经习惯了这种生活，每天晚上自习就得到十点，有的同学家离得远，回到家就更晚了。

家里早就备好了夜宵。

乐芽回来之前吃了那么大一个蛋糕，现在肚子都还鼓着，一点都不饿。

桌旁的乐易健见她小口小口地吃着，问：“怎么今天没胃口？不想吃？”

乐芽摇摇头：“在学校吃了零食。”

乐易健说："零食对身体不好，还是少吃。"

"嗯。"乐芽又解释道，"只是一个小蛋糕。"

蛋糕那还好，乐易健颔首，没再说什么，喝完了最后一口汤。

吃完饭，乐芽就要往楼上跑。

乐易健叫住她："月牙。"

乐芽停下，疑惑地道："怎么了？"

看着女儿这副乖巧的模样，乐易健想了想，然后才开口："这个周末是你外婆的生日。"

乐芽原本的好心情一下子跌到了谷底。

乐易健问："你想去吗？"

如果女儿不想去，他是绝对不会强求的，当年的事本身就与她无关，她只是一个无辜的受害者。

乐芽站在楼梯口，脚尖无措地对在一起。

家里足足安静了好一会儿，直到张姨出来收拾桌子，才打破了这种气氛。

乐芽说："去吧。"

听见这个回答，乐易健有点吃惊，因为同样的问题，乐芽以前的回答都是"不去"。

他上前摸了摸乐芽的头："有爸爸在呢！"

乐芽轻轻"嗯"了一声，伸手抱了一下爸爸，然后松开手说："我要回房啦！"

乐易健点点头："去吧。"

一直到回房以后，乐芽脸上的笑容才逐渐消失。

她在桌子前坐了几分钟，然后打开一个上锁的抽屉，从里面拿出一个笔记本。

笔记本很漂亮，也很可爱，是小孩子才会有的。

乐芽伸手摸了摸，然后缓缓打开。这种精美的笔记本不过只有一两百页能写字，剩下更多的是插画。前面的几十页都被她写满了，从上小学时开始，稚嫩的字迹，跳跃的语言，心情时阴时晴，想到什么就写什么。

第一次收到这个笔记本，她写了整整两页，将妈妈夸上了天。里面还夹了一张照片，这是乐芽最幸福的时候。

直到后来，她从里面撕了不少曾经写过的日记后，就再也没有写过字了。

乐芽从笔记本里找出那张照片，照片被撕坏过，是她后来用胶带粘了起来，歪歪扭扭的，一点也不好看。

上面的三个人都笑得很开心，这是她收到的妈妈送的最后一份礼物。

乐芽深吸一口气，重新合上笔记本。

周五时，一班又进行了一次周考。

这种小考都是自己班上安排的，所以在时间上非常紧，一天下来语数外几科全都能考完。

中午乐芽和谢轻语在食堂吃饭，排队时，谢轻语就给乐芽八卦今天学校里面发生的新鲜事。

两个人正你一言我一语地聊着，没注意队伍的移动，与排在前面的人之间就空出了一小段。

这时，一个平头男生突然插在了两人身前。

乐芽抬出去的脚还没放下又收了回来，心想：这个人怎么插队啊？

谢轻语本来就饿了，现在看到有人插队，自然火冒三丈，她直接拍了拍平头男生的肩膀。

男生转过头：“干什么？”

谢轻语说：“同学，你插队了！”

本来前面还有七八个同学就轮到自己了，结果现在又多出一个人，平白无故地就要多等一分钟。

男生理直气壮：“这里哪儿写着需要排队了？”

纵使乐芽脾气再好，听了这话也忍不住说：“大家都在排队，你不排队就算了，为什么要插队？”

学校是没有强制排队，但每个人基本都会自觉排队，总共十来个窗口，大家都是排成一列，已经算是约定俗成的事情了。

“他们排队关我什么事？”平头男生反驳了一句，若无其事地站好队，“我就插队又怎么了？让我插个队会死啊？”

说话间，前面的队伍又走了两个人。

谢轻语气得不行，直接骂道：“像你这么没素质的人我还是第一次见，居然还和我同一个学校。”

她的声音不小，周围的人都看了过来。只是这种事向来事不关己，高高挂起，只要不影响到自己，没有人会出头。况且男生高壮结实，一看就不是好惹的人。

男生看了一眼周围，心里也有点窝火，干脆地道：“嘿，瞧我这暴脾气，我看你们怎么办，没本事就去后面憋着。”

谢轻语要被气死了。

乐芽想骂他，可偏偏没说过脏话，只知道几个词，是她听过但说不出口的。

谢轻语直接开骂：“你是赶着去投胎吗？吃个饭还插队，你这么牛怎么不插到第一个去？”

她这话一出口，男生的脸色就不怎么好看了。

特别她还是个大嗓门，旁边的人都看着，男生脸都丢尽了，不就是插个队吗？

他伸手准备揪人的头发。

乐芽离得最近，被吓了一跳："你怎么还打人？"

她的衣领不知被谁扯了一下，整个人往后退了一步。

乐芽来不及惊呼，就看见一个餐盘突然砸了过来，前面那个插队男生的整张脸都被盖住了。

事情发展得太过迅速，很多人都没反应过来。

随后餐盘掉落在地上，男生的脸上满是汤汤水水，鼻子上还挂着两根青菜，滑稽又可笑，全然没有了刚才趾高气扬的模样。

四周诡异地寂静下来。

梁千痛心疾首的声音从后面传来："那可是我的饭啊！陈漾你这个丧心病狂的，怎么不用你自己的！"

这个名字对一中的学生们来说并不陌生。

陈漾的声音在乐芽的脑袋上方响起："这么急着吃饭，我请你吃啊！"

没等乐芽站稳，就听到旁边队伍里有女生在小声地议论——

"真是陈漾啊？"

"没听到刚才的话吗？"

"哇，我还是第一次看见陈漾这样发火，不知道待会会发生什么。"

第五章

请你一斤糖

1

周围还在排队的同学都在围观。陈漾的行为太高调了，直接将餐盘扔了过来。而刚才那个平头男生压根没反应过来，也就没躲过，现在狼狈得不行。

虽然陈漾的行为有些出格，但刚才围观了整个插队事件的女生们都非常激动，陈漾路见不平拔刀相助的行为简直太解气了。

乐芽连忙站起身，退开了一点。

刚才平头男生想打人是她完全没有想到的，幸好陈漾来了，不然她也不知道该怎么办。

她又小心翼翼地看向平头男生，他现在所在的位置四周已经没人了。

本来他前面还有一个同学的，这时也早早地打完饭跑路了，只留下他一个人。

陈漾站在他对面，身上穿着校服，领口处有一条银色的链子，坠子隐藏在衣服里，看不清下面坠着什么。

他的袖子随意地卷了起来，一截手腕露在外面，手指骨节分明，修长又性感。

难以想象刚刚就是这只手把餐盘给扔了出去。

不少学生感慨，学校这么难看的校服竟然都能穿得如此好看，陈漾简直就是优秀。

这么一对比，对面的平头男生就显得更糟糕了。

平头男生愣了大半天才反应过来，手一摸头上，不仅有汤水还有青菜。他胡乱扒拉了几下，然后摇摇头，把青菜给撸了下来，这黏腻的感觉让他都忍不住恶心。

平头男生叫钱子友，原本该是高三的学生，但因为成绩差留了一级，还插班到了一中来，现在是高二年级的学生。

至于陈漾是谁，他并不知道，可这并不妨碍他发火："你谁啊你，你有病吗？你出来干什么？这个世界的哪条法律管插队了？你还泼了我一身饭菜，你赶紧给我道歉！"

他最后一句话的声音尤其大。

此话一出，周围人看他的眼神变了，只觉得他不仅倒霉，还很蠢。

“这位插队的同学还挺有勇气的，他是我们学校的吗？不知道高三的事情吗？”

“我……其实还挺想看陈漾道不道歉的……我说得够小声吧？”

“这下戏更好看了。”

“……”

陈漾重复了他的最后两个字：“道歉？”

乐芽也有点吃惊，转头看他。

钱子友没想到这个人还挺弱，居然就这么妥协了，心里舒服了一点：“你泼我一身的汤水，你知道我这一套衣服多少钱吗？好几百，快上千了，你得赔！”

他今天没穿校服，是因为校服还没到。

梁千的眼珠子都要瞪出来，这个人也太不要脸了。他不仅对自己之前插队、想打人的行为一点都不反省，还狮子大开口，真是让人大开眼界。

钱子友看陈漾没说话，扬扬得意，又继续说：“还有，你还要赔偿我的精神损失费。这个我看看赔多少啊，就一千好了！”

话音刚落，食堂里一片寂静。

陈漾挑了挑眉：“说完了？”

钱子友愣了一下，然后说：“说完了，你看着办。赶紧地，先给我道歉，然后再赔偿我！”

陈漾懒洋洋地站在钱子友的对面，他下巴的线条硬朗，面无表情的时候显得整个人自带一种孤傲与冷淡。

对面的人还在喋喋不休地发表长篇大论，他压根就没听。

乐芽伸手拽了拽他的衣角，小声说：“你不要听他说，他这是在讹你。”

陈漾当然知道。

他对乐芽点了点头，随后看向钱子友，抬了抬下巴说：“既然你说完了，那现在就轮到我了。”

钱子友压根没想到他还有话要说，不知道他会说什么。钱子友翻了个白眼，用施舍的语气道：“你说吧。”

陈漾从上到下扫了他一眼。

钱子友被他看得后背发凉。

没等太久，陈漾的嘴角勾起，随手抄过一个“看戏”同学的餐盘，作势要再次砸过去。

见状，钱子友下意识地抱头缩着。

周围同学们的呼吸都停滞了。

一旁的乐芽看到陈漾的动作，连忙握住他的手腕，急切地道：“不要。”

这样的行为毕竟不好，到时候钱子友要是告诉老师，肯定会添油加醋，一旦闹大了肯定两人都会被记过。

她不想陈漾因为这件事受处分。

乐芽央求道：“别扔了好不好？”

她的声音软软的，像是求到了人的心里，让人这么喜欢。

嚣张的戾气萦绕在陈漾周身，离得近的梁千能清楚地感觉到陈漾内心的怒气几乎要喷薄而出。

陈漾低头，看到乐芽仰着头，一双湿漉漉的眼睛盯着自己，眼里还有自己的倒影。

陈漾深吸一口气，收了收手臂，随后将餐盘重新放回那个已经看呆了的同学手上，里面的饭菜倒是没有撒出来。

他修长的手指从银色的餐盘上离开，重新落回身边，然后抽出一张餐巾纸擦了擦手。

围观群众：还挺讲究。

但他怎么就突然不砸了呢？

钱子友久久没有感觉到餐盘砸在自己身上，松开手偷偷看了一眼，看到陈漾依旧站在那里，就不怕死地准备开口嘲讽。

终于有人看不过去了，提醒他：“同学，是你自己插队没理在先，还想打人，你就别丢人现眼了！”

他们都看不下去了。

钱子友想反驳自己怎么就丢人现眼了，但看到周围人的眼神，只觉得如坐针毡，这种眼神比语言更让人难堪。

钱子友也不想要什么赔偿了，只想离开。

乐芽鼓起勇气，提高音量，特地让所有人都能听见：“你下次不要这么没素质地插队了！”

梁千“扑哧”一声笑出来，把手臂搭在赵明日的肩膀上。

他鼓掌道：“做得好。”

陈漾也诧异地看着乐芽，见她的耳朵都红了。

乐芽又转头看向这边，对着陈漾乖巧地道：“谢谢。”

陈漾“嗯”了一声。

乐芽觉得他这次高冷得厉害。

一直站在她身后的谢轻语拍了拍胸口：“吓死我了，还好陈漾来得够及时，不过这件事会不会被人告诉老师啊？”

乐芽想了想：“到时候我可以去解释。”

陈漾放轻了语气：“不用。”

“就是、就是。”梁千也凑过来说，“不用的，老师不知道多喜欢咱们漾哥，不用担心。”

况且这件事事出有因。

陈漾看着才到自己肩膀的小姑娘，摸了摸她的头，头发还挺软的，手感不错。

乐芽准备躲开，但一想到陈漾才刚救了她们，她就……让他摸一下好了。

等陈漾收回手后，她才轻声道：“我去把这边打扫一下，太乱了。”

总归是自己惹出来的麻烦，没必要去打扰别人。这个窗口现在这样，都没人敢过来打菜了。

正说着，她就看到食堂阿姨拿着扫把出来了。

乐芽忙迎了上去。

没想到食堂阿姨对着她摆了摆手，然后径直去追离开的钱子友，并大叫道：“那位被汤淋了的同学，你别急着走！”

钱子友停下来，皱眉道：“什么事？”

食堂阿姨一把将扫把塞到他手里，咧着嘴笑：“不好意思，你得把这块打扫一下。”

钱子友真的是气不打一处来。

食堂阿姨又说：“不然我就去告诉你的班主任。”

钱子友咬牙切齿：“我扫。”

他刚来这所学校，不能得罪班主任，要是以后被穿小鞋可就糟糕了。

还在食堂的同学们都忍不住笑起来，阿姨这补刀厉害了，简直是杀人于无形啊！

事情一结束，围观的人就散开了。

只有钱子友还在那里满怀怨念地扫地，待会还得再拖地。

食堂里又重新恢复了热闹。

乐芽站在陈漾的前面问：“你还要吃饭吗？”

这饭都撒了，肯定得重新打了。

陈漾把手插进口袋里，笑了笑：“吃啊！”

他眼里带着戏谑，仿佛在问乐芽“你难道中午都不吃饭的吗”。

乐芽的脸迅速升温：“我不是这个意思，我是说……”

她和他穿着同样的校服，那双灵动的眼睛里像是盛了一个湖，额前有碎发落下来，乌黑乌黑的，衬得她的肌肤更加白皙。

陈漾的尾音微扬：“说什么？”

乐芽想了想：“我请你吃饭吧，你看你今天的饭都砸向那个人了，而且还是因为我闹出来的事。”

她于情于理都应该答谢一番。

梁千一听，连忙走快几步，说：“请客？好啊，好啊，请我吧，请我吧！”

他最喜欢别人请吃饭了。

没等梁千走到前面来，陈漾的手就把他给挡了回去，陈漾轻飘飘地道：“请我，可以啊！”

乐芽看了情绪激动的梁千一眼：“他……”

话还没说完，陈漾又将她的头转回来，慢悠悠地道：“别理他，他已经吃过了。”

梁千：“啊？”

他什么时候吃的，怎么他自己一点都不知道？他的饭菜明明被砸向那个人，然后“壮烈牺牲”了。

一旁的谢轻语看了看他们，突然说：“月牙，我就不去了，你们去吧。”

乐芽有点惊讶，问：“你为什么不去？”

谢轻语眨了眨眼：“不去，我就在食堂吃好了。好啦，你们就别再耽误时间了，待会儿就要上课了。”

见她坚持，乐芽也就没再说什么。

乐芽看了一下时间，距离下午第一节课就剩下一个小时了，刚才耽误的时间确实比较多。

于是她抬头说：“那好吧。”

看着她和陈漾走远，梁千气得不行，明明撒的是他的饭，怎么就把他给抛下了呢？

谢轻语拍了拍他的肩膀，笑着说：“大哥，我请你在食堂吃，干不干？”

梁千点头：“好啊，好啊！”

2

请客自然是不能含糊的。

乐芽对一中这边的店也不熟，就问在这儿上了两年课的陈漾：“你喜欢吃什么？”

陈漾说：“我不挑食。”

乐芽说：“你这个回答就和别人说‘随便’一样。”

她以前觉得别人说随便很正常，但搁自己身上，一说随便就很难选择了，因为选择太多。

陈漾瞥了她一眼，有意逗她，挑眉道：“这么说，你对我的回答很不满意？”

乐芽慌里慌张地摇手，虽然她心里是真的不太满意。

陈漾抿着嘴唇笑，从她的身上移开视线，伸手指了指对面的一家店：“就那家吧。”

乐芽乖乖说：“好。”

学校这边的小饭馆都贵不到哪里去，价格实惠味道又好。店子装修得很文艺，大概是为了契合如今学生们的审美，这样的文艺范更能吸引学生。

他们这一顿饭吃得不算快。

乐芽从小在家被教的是吃饭要细嚼慢咽，所以平时总是慢吞吞的，有时被同学看见，同学还会说她太慢了，但这个习惯她已经改不过来了。

吃完饭后还剩二十分钟才上课。

乐芽主动去付了款，陈漾倒也没拦着。毕竟每次请客都不成功，她的心里会有挫败感。

一分钟后，乐芽蹦蹦跳跳地回到餐桌边，催促道："好了，我们走吧。"

陈漾轻飘飘地"嗯"了一声。

回到教学楼已是十分钟后了。

到了三楼，陈漾的手机突然振动了一下。

他拿出来接通，梁千的声音突兀地传来："漾哥，你还没回来啊？怎么一顿饭吃这么久？"

因为是在楼梯间，现在也没人，四周静悄悄的。所以乐芽听得清清楚楚，好想吐槽，哪有很久，说得他们好像一直在吃饭一样。

陈漾问："有事？"

梁千那边有点吵，也不知道他是在教室里还是在外面："有啊，还有十分钟就上课了。"

陈漾看了看面前的乐芽，她白嫩的耳朵从黑发里露出来，低着头不知在想什么。

梁千继续唠叨："刚才班主任来教室里转了一圈，我怕他知道了食堂的事。你上课前能回来吗？漾哥？"

陈漾止住想要捏乐芽耳朵的念头，漫不经心地应了声："知道了，我很快回去。"

他挂断电话，将手机放回口袋里。

乐芽这才抬头："那你快回去吧。"

陈漾被她逗笑："我们这不是正在回去的路上吗？"

乐芽被他一提醒，立刻尴尬地红了脸。现在是在三楼的楼梯间，一上去就能回教室了。

她只好小声道："那就上楼吧。"

乐芽率先上楼，然后回头看陈漾上没上来。

她声音软软地提醒道："你再不快点就上课了。"

陈漾没回答她，慢条斯理地跟在乐芽后面上了楼，。

再次从同样的楼梯口回到教室，感觉却和上次不同。

乐芽说："我到了。"

陈漾微微点头："嗯。"

乐芽想了想，进教室后从桌肚里拿出一样东西，然后出门叫住他："陈漾。"

陈漾转身，背后的光落在他身上，碎了一地。

恍惚了一秒，乐芽走过去，将手里的东西递给他：“今天食堂的事情，谢谢你。”

陈漾低头看了一眼：“这是礼物？”

一个陶瓷娃娃，放在手心也才一点点大，而且看上去做工还挺粗糙的，是她自己做的？

乐芽点点头，局促不安地道：“嗯……你要是不喜欢，那就还给我好了。”

这是她之前去手工作坊时自己做的，花了很长时间，下面还刻了她的名字，只不过要用放大镜才能看到。

她之前一直放在包里，偶尔会拿出来把玩，今天刚好想到了，就拿来送人了。

“没有。”陈漾笑了笑，“挺好的。”

这个礼物，怎么着也比之前她说他“变态”要好得多。

乐芽有点开心，舔了舔唇，眼睛里跳跃着“别人喜欢我的礼物”的那种欢喜。

陈漾不动声色地看着她。

乐芽笑了笑：“那我先回教室了。”

陈漾轻轻“嗯”了一声。

等小姑娘消失在眼前，他才将陶瓷娃娃捏在两根手指间，放在阳光下照了照，乐芽亲手做的，是真的挺好看的。

他很欢喜，也很满意。

十七班。

教室里已经坐了一大半人，要么互相打闹着，要么就是在写自己的试卷。

梁千一早就回了教室。

赵明日买了一袋妙脆角，两个人窝在最后一排，咬得“咔嚓咔嚓”响。

“今天被请客感觉怎么样？”

“妙啊！”梁千此时觉得自己一顿饭就这么被扔了也值得，能让好看的小美女请客，再扔一次也没关系，嘿嘿嘿！

赵明日吐槽：“见色忘义。”

梁千说：“我这是在合理地争取自己的权益。”

赵明日：“呸。”

两个人正说着，后门突然被推开。

陈漾拖开椅子，径直坐上去，然后才将手中捏着的小娃娃给拿出来。

梁千一眼就看到了：“这是什么东西啊？”

赵明日眼尖，认出来：“小娃娃。”

“这是从哪儿买的，这么小？”梁千伸手比了比，整个娃娃从头到脚加起来都还没有他的一根手指长。

陈漾拨弄了一下陶瓷小娃娃：“收的谢礼。”

听他这么一说，旁边的两个人就全明白了，今天这情况兵荒马乱的，陈漾还能被答谢的，那答谢人就只可能是乐芽了。

窗户突然被人从外面推开：“陈漾，物理老师找你。”

陈漾慵懒地应了一声。

等他快要从教室离开时，梁千忙问：“漾哥，这娃娃我们能看看吗？”

陈漾回头瞥了一眼：“别摔碎了。”

梁千“哎”了一声，其实他们也不敢太夸张，毕竟这东西往地上一掉可就碎了，所以只是小心地放在手里看了看。

虽然不像店里买的那么精致，但一眼就能看出来制作这个娃娃的人挺用心的，因为娃娃还真挺可爱的。

快放回去时，赵明日眼尖，看到娃娃的脚底下有黑点点，还以为是弄上了什么脏东西。

这要是被陈漾知道了，只怕会恨死他们。

他连忙抽了张干净的纸出来擦了擦，结果发现什么都擦不掉，黑点点还在上面。

赵明日又想抠掉：“完了。”

梁千看不过去了，一把拿过来：“你傻呀，这种不是一般都会写日期什么的嘛？！”

他把娃娃凑到自己眼前，想看清是哪一天。但因为娃娃的两只脚太小了，根本看不清，反而把眼睛看得生疼。

梁千说：“不用说，肯定是特殊的日期。”

两个人琢磨了好几分钟，最后才从班上一个女同学那里借来一个放大镜，他们将娃娃平放在桌上，拿着放大镜对准了凑近，然后看到歪歪扭扭的两个字。

梁千惊讶地道：“不是什么特殊日期啊，那要是被漾哥看见了得多失望啊！”

赵明日问：“写了什么？”

闻言，梁千正要念出来，身后突然传来陈漾的声音：“很好看？”

梁千吓得拿放大镜的手跟着一抖，这娃娃幸好是放在桌上的，不然掉到地上他连哭的地方也没有了。

梁千装模作样地收起放大镜，转过身，笑了笑，说：“好看、好看，能不好看吗？”

陈漾不置可否，拉开椅子坐下。

“这上面有字，漾哥你看到了吗？”赵明日好奇地问，“就是脚那边。”

陈漾把陶瓷娃娃捏在手指间，倒放着对着自己。

娃娃的脚底的确有两个很小的字，就是肉眼看不清楚。

外面的光落进来，梁千从一旁递上放大镜，说："这个，用这个肯定就能看清了，保证能看到写了什么。"

陈漾没接，他淡定地将娃娃塞进口袋里："看什么看，快上课了。"

梁千有点震惊，这话从他嘴里出来怎么就那么别扭呢？

3

下午发生的事情传开了。

有人拍了视频，在私底下传播，但因为没有拍到正面，只能看到侧脸。

一班的人都认出了视频中的两个女生是乐芽和谢轻语，等女生们看到陈漾俊秀的侧脸，她们就疯狂地迷上了，一下课就都挤过来询问——

"那个男生好帅，乐芽你知道他叫什么名字吗？"

"那个男生你认识吗？乐芽？"

乐芽旁边的窗户也被推开，有同学直接把头伸进来这么问，把她给吓了一跳。

谢轻语快速而简略地说了一遍。

乐芽手托着腮，转头看向窗户外面。

对面走廊人来人往，她也看不见对面教室里的人，除非拿望远镜看。

想了一会儿，她突然被自己的想法震惊了。

她拍了拍脸，乐芽你在想什么呢？

乐芽叹了口气，看到杯子里的水差不多都凉了，站起来说："我去打水了。"

谢轻语挥挥手："去吧，去吧。"

临近上课的时候，水房里没人。

乐芽只接了大半杯水，因为接多了变冷了她就不会喝了，倒掉又太浪费了。

她一转身，就看到陈漾正站在自己后面。

乐芽拍了拍胸口："你走路怎么没声音的？"

这个女孩，连责怪都声音糯糯的。

陈漾说："是你自己没听见。"

乐芽点点头，好吧，是她没听见。

陈漾从她让开的位置进去接水，问："今天中午那个陶瓷娃娃的脚下写了什么字？"

乐芽盯着他微微弯着腰的背影："没写什么。"

真的没写什么，就只有她的名字而已。

陈漾直起身子转过来，眯了眯眼。

上课铃恰好响起，乐芽说："我要走啦，你也快点回去上课吧。"

她转身就要离开，陈漾的视线一顿。

他冷着脸，直接伸手抓住乐芽的手腕，将她一拉，重新给拽回水房里。乐芽抱着水杯，她纤细的手腕被他握住，真的是猝不及防，随即双脚一错，扑到陈漾的怀里。

"你干什么呀？"她惊呼着从他的怀里出来，警惕地后退一步。

陈漾说："把上衣脱了。"

乐芽还以为自己听错了："什么？"

陈漾松开她的手，重新说："把上衣脱了。"

他说得轻描淡写，但乐芽听起来偏偏多了另外一层意思，她双手环住自己的胸口。

乐芽吓坏了："你不要乱来。"

她觉得自己很无辜，又后退一步："大庭广众的，你不要乱来，我们都还是学生。"

陈漾叹了一口气："你在想什么？"

乐芽反省了一下自己，感觉没错啊。

不明不白地就让她脱衣服，任谁都会觉得不对劲啊！

陈漾见她警惕地看着自己，先将自己的校服脱了下来，露出了里面的T恤。

乐芽看见他的手从校服下面伸出来，修长又干净。

她有点害怕，低下头说："有话好好说。"

怎么就脱衣服了呢？

陈漾被她脑袋瓜里的想法给气笑，提醒道："你没有感觉到你衣服后面不对劲吗？"

乐芽一愣，转头看了一眼，但是没看到什么不对劲的地方。她干脆拿手摸了摸，发现上面黏糊糊、湿漉漉的，指尖有点淡红色。

乐芽整张脸瞬间就像刚煮熟的虾子，感觉整个人尴尬到了宇宙的尽头。她完全想不到会发生这样的事情，刚刚还说了那么多让人误会的话，感觉这辈子的脸都在这里丢尽了。

乐芽只好慢吞吞地把外面的校服脱了，里面的衣服露了出来，非常精致、漂亮。

她抱着校服："然后呢？是要系在这里吗？"

乐芽摊开校服，准备往腰上系。

没等她碰到自己的腰，她手里的校服就被扯走了，随后她的头被盖了一件衣服，眼前一下子黑了下来。

乐芽连忙拨弄开，就看到陈漾的胸膛，她一下就红了脸。

陈漾也不说话，直接抓着她的胳膊从袖子里穿进去，眨眼间就给她套上了自己的校服。

乐芽一脸蒙，因为她的校服有点长，可能刚才坐在椅子上就沾了一些血迹。

因为衣服是浅色的，所以干涸的血渍再清晰不过了。

男生的校服很大很长，袖子必须撸上去，套在她身上都快到大腿的下面了，就像裙子一样。

乐芽能闻到陈漾衣服上散发着一股清香，不浓，淡淡的，闻起来还挺舒服。

陈漾帮她把拉链拉上去，到锁骨的时候顿了一下，然后直接拉到了头。

乐芽连忙说："啊，不要这么紧。"

陈漾眯起眼，看着她低头将拉链又拉下去一点，露出一小半精致的锁骨。

良久，乐芽才抬头："谢谢，我明天把衣服还给你吧，我会洗干净的。"

她很认真地说，一点也没察觉什么。

她清澈干净的眼神，配上这副天真的表情，不知道有多吸引人。

陈漾移开视线，过了一会儿又重新落在她的手上，他伸手，僵硬地道："把杯子给我。"

乐芽听话地把杯子给他，好奇地问："你要干什么？"

陈漾接过去，将她杯子里的热水倒了一半，又加了点冷水进去，然后才说："伸手。"

乐芽乖乖地把手递过去。

陈漾将乐芽的手用温水淋了一遍，再轻轻地把她的指尖上的血迹给冲洗掉。

他的手指在她白皙的手指间交错，温水掠过之处带着一点点酥麻，好像还有点烫。

乐芽的心跳得飞快，忍不住弯了弯手指，所有的感觉都从指尖传到了胸口。

一直到陈漾的声音将她的思绪唤回，这句话就像是贴着耳朵说的一样——"好了。"

4

好了，简简单单的两个字。

陈漾的手指很漂亮，白皙又修长，像是同桌买的时尚杂志上那些模特的手。

她一直觉得那些漂亮的手都是修图修的，直到今天，她才发现真的有人的手指可以好看到这个样子。

他的指尖不小心碰到了她的手指。

一听到他说"好了"，乐芽立马缩回手，小声说："刚才我自己也可以的。"

她完全没想到陈漾让自己伸手是为了帮忙洗手，她以前从没有和男生这么接触过，长这么大接触过最多的男性就只有乐易健。

可那是爸爸，而眼前这位是同龄的异性。

乐芽还在纠结，连耳朵都是软的。

陈漾眉目清淡，重新接了一杯热水递给她，提醒道："现在已经上课了。"

乐芽顿时惊醒，外面的走廊已经安静许久，她连忙从他手中接过杯子，又扯走了自己的校服，径直跑开，像一阵风似的。

陈漾走出去一步，刚好看到她站在教室门口的模样，整个人被他的校服套住。

他眯了眯眼，嘴角突然勾了一下。

回到教室时，老师也没为难他，对于他没穿校服也只是感觉奇怪，但是也没追问什么，就继续写板书了。

梁千说："你的衣服呢？"

陈漾随口说了一句："送人了。"

梁千："啊？"

校服还能送人的吗？

教室里的老师正在上课。

乐芽气喘吁吁地站在前门处喊了一声"报告"。

大概是之前谢轻语给她打了掩护，所以老师只是看了她一眼，就让她回了自己的座位。

乐芽一路从过道回去，校服大大咧咧地挂在身上，再加上手里拿着自己的校服，明眼人都能看出有什么不对劲。

她的脸跟火烧似的，飞快地回到自己的座位上。

怕把陈漾的衣服上也弄上什么血迹，她特意撩开了一点，然后在凳子上垫了好几层纸巾。

直到坐下来后，她紧张的心情才缓和了一点。

谢轻语看她这麻利的动作，伸着头问："你怎么回来得这么迟？你这校服怎么这么长？从哪儿来的两套校服？"

乐芽摇摇头，用书挡住嘴，侧过头，低声说："我下课了再和你说。"

谢轻语点了点头。

一节课不过四十分钟。

乐芽套着足足大了几号的校服，连袖子都是大大的，每次一抬手就会垂下来，更不要提其他地方了。肩线就一直是在肩膀下面的，穿在陈漾身上合身，在她这里就到了胳膊处。

乐芽一开始还会提一提，后来就干脆不管了。

偶尔出神的时候，她会不可避免地想到在水房里发生的事情，感觉心跳都在加速。

下课后，她才回过神来。

乐芽早就在包里放好了卫生棉，今天刚好能派上用场。

还没等她走出去，就被谢轻语拉住了。

谢轻语眼尖，指了指她身上："谁的校服？"

乐芽小声说：“陈漾的。”

“厉害啊！”谢轻语忍不住出声，“你不是去打水了吗？怎么回事啊？”

乐芽拿自己的衣服给她看。

只一眼谢轻语就明白了：“那你还不赶紧去？”

乐芽说：“要不是你拦着，我已经去了。”

谢轻语忙松开手：“我的错、我的错。”

一直小跑进厕所，乐芽才将校服脱下来，看到衣服干干净净的才放了心。

弄好后，她跑回教室，安稳地坐回自己的座位上。

下午总共有四节课。

最后一节课结束，所有人都出去吃晚饭。

外面的天已经黑下来，但还有一点光亮夹杂其中，乐芽和谢轻语也一起出去吃饭。

“今天吃点好吃的。”谢轻语拍了拍手，“你不能乱吃刺激的，我们就去吃‘杨家’好了。”

“杨家”是新校区最火的一家店，几乎每个吃过的人都会觉得好吃，偶尔人多的时候还要排队。

大概是她们运气好，去的时候正好还剩最后一桌空位。

谢轻语看都没看，直接拽着乐芽就往那边走。慢了就不一定有座，万一被人先坐下可就没得吃了，旁边的几桌都满了。

谢轻语眼珠子一转，就看到隔壁桌的人：“哎，梁千，你也在这儿啊？”

乐芽看到梁千也是一愣，鬼使神差地回头看了一眼。

陈漾正从后面走过来，淡淡的视线刚好落在她的身上。

满是穿着校服的学生的地方，他一个人穿着简单的T恤，再醒目不过。

对视一秒后，乐芽转过头。

现在都坐下了，也不可能换地方了。

谢轻语这时已经去点单了，留下乐芽一个人坐在桌子旁低着头看手机，不时还能感觉到从旁边投递过来的视线。

隔壁桌，四五个男生坐在一起。

梁千看到了乐芽，也看到了她身上的衣服，开始调侃起哄：“哟，我还真以为送人了呢。”

赵明日说：“这就是送人啊。”

两个人大声讨论着乐芽听不懂的话题，可乐芽偏偏有种他们是在说自己的感觉。

陈漾踢了他们一脚："废话这么多。"

梁千抬手："不说了、不说了。"

因为是家小店，每张桌子隔得并不远，乐芽偶尔低下头时能看到陈漾的腿。

陈漾低头玩着手机，他面前放了一瓶饮料，透明的玻璃杯映出好看的颜色，他修长的手指搁在手机下面，手腕微微弯曲，连经络都能看见。

他穿的是短袖，手臂都露在外面，腰身处留出一点空隙，显得整个人匀称又精瘦。

乐芽从这边正好能看到他，他微低着头，眉眼疏淡，薄唇微抿，鼻梁显得更加挺拔，仿佛和周围的嘈杂格格不入。

大概是乐芽的注视太明显，又似乎是发现了她偷偷在看自己，陈漾抬起头，就这么直勾勾地对上乐芽的眼睛。

那双眼黑沉沉的，像神秘的夜空，仿佛能把人吸进去。

乐芽一时间愣住了。

"你不吃在干什么？"谢轻语看她一直没动，忍不住敲了敲盘子，"不合口味？"

闻言，乐芽连忙收回视线。

她低下头，心虚地夹了一筷子菜放进嘴里，又猝不及防被呛了，半晌才咳出来。

隔壁桌安静了一瞬。

谢轻语完全没想到自己就这么一问会把乐芽呛住，连忙递给她一杯水："那么急干什么？"

乐芽捧着杯子喝了好几口水，顺了顺。

梁千已经喝了好几杯饮料，也吃了不少，抬头见陈漾一脸的波澜不惊，就问："漾哥你不吃在看什么？"

他扭头顺着陈漾的视线看过去。

哎，早该想到的，就这么一个人，还能看谁？

"你这不是废话吗？"赵明日和他坐在同侧，撞了撞他的胳膊，"就这么明显坐在我们旁边的人，你才看到啊！"

梁千瞪他一眼。

他刚过来的时候只看到谢轻语，这么一侧头才看到乐芽也在。

他正想着，就见陈漾起身离开了。

梁千愣愣地看着他出去，疑惑地道："他不吃饭去哪儿？"

"你问我我怎么知道。"赵明日跷着二郎腿，"等会儿他回来不就知道了。"

陈漾的身影消失在店门口。

直到几分钟后，他才重新回来，手里提着一个袋子，眼尖的人一眼就能看到是奶茶，上面若隐若现有个“热”字。

正喝着冷饮的梁千差点一口喷出来，叫道：“不是吧，哥，这什么天气，你吃饭还喝奶茶？”

穿着短袖喝热奶茶，可以，够劲，比不过。

回到桌边，陈漾稍稍顿住，然后径直往乐芽那边走去。

乐芽正抿着嘴吃东西，就见自己的手边放下一个袋子，视线往上，陈漾的手刚刚收回去。

角落这边立马安静下来。

等陈漾离开后，角落里的气氛才恢复如初。

谢轻语有好多话想问乐芽，比如她和陈漾的关系什么时候变得这么好的，又是送校服，又是送奶茶的。

不过因为隔壁有一桌人在八卦，她问了反而更尴尬，所以准备回去以后再严刑拷问。

谢轻语和乐芽是两个女生，不像陈漾他们会喝饮料什么的，还插科打诨，她们吃得很快。

乐芽有些坐立难安，干脆自告奋勇去结账。

结完账她干脆就站在收银台等谢轻语，在一片吵闹的店里，她好像能清晰地听到那一桌的声音——

“漾哥今天穿得好少。”

“要风度不要温度，我是不行的。”

“哥，我也想喝奶茶，可不可以请我喝一杯？”

“……”

陈漾淡淡地道：“吃你们的。”

男生们说话总是百无禁忌，什么事都能拿来开玩笑。

乐芽听得面红耳赤，低头看了一眼身上的衣服。

“你在干什么？”谢轻语走过来，纳闷地问。

乐芽摇摇头：“没什么。”

谢轻语说：“要一起去买点东西吗？我的零食都吃完了，你要不要买点糖？”

乐芽应道：“好。”

一路上谢轻语都在说着今天发生的新鲜事，思维十分跳跃，上一秒是自己班，下一秒就是别的班。

在店里买糖的时候，谢轻语忍不住又问：“对了，他为什么让你穿上，而不是系在腰上？”

电视剧里不都是这么演的吗？

乐芽手里抓着一把糖，闻言一愣，慢吞吞地道：“我也不知道，可能是因为我的衣服已经脏了吧。”

谢轻语随口道：“也能说得通。”

反正都是一件衣服的事，怎么穿都是别人的，系也是别人的，根本没什么不同。

从超市出去时，外面冷了几分。

乐芽面对着超市站着，等着谢轻语出来。

里面的白炽灯很亮，而背后是暖黄色的路灯，她就站在这中间。

谢轻语拎着袋子出来：“走吧。”

刚转过身，迎面就看到几个人影。

超市在校门口的左侧，陈漾他们就在门口，恰好，他们也在往这边走。

梁千和赵明日他们不知说了什么，然后嬉笑着离开，临走前还朝乐芽挤了挤眼。

谢轻语小声说：“他是不是有话要和你说啊？”

乐芽摇摇头：“不知道。”

谢轻语看了看她，说：“我再去买点零食，你好了就进去叫我一声，加油。”

她才刚离开，陈漾就走了过来。

乐芽不知道说什么好，手指不停地在塑料袋上绕，发出细碎的声音。

陈漾瞄了她一眼：“肚子疼吗？”

乐芽的脸一下涨红：“不疼。”

她属于来例假没有疼痛感的那一类人，只是会有明显的胀腹感，比平时要虚弱一点。但她一个小女生，被一个男生问这个好尴尬呀。

真是让人害羞呢！

陈漾瞧她都快缩成一只企鹅，把她的衣领扯住正了正。

乐芽下意识地躲开他的手。

陈漾被躲开了也不生气，他摸了一下嘴角，问：“刚才吃饭的时候，你那么紧张做什么？”

乐芽说：“才没有。”

她一本正经的样子让人想笑。

陈漾懒散地笑了笑，继续问：“你在怕什么？怕被他们看到……”

乐芽忍不住打断他：“你一直问好烦呀！”

她有点生气，多少也有自己的小心思被戳破的原因，于是忍不住说了一句，然后推了陈漾一把。

尴尬的是，她没能推动他。

乐芽真的是快被自己给气死了。

见她暴躁了，陈漾继续煽风点火，故意逗她："你身上还穿着我的衣服呢，就这么对我？"

5

乐芽觉得自己没怎么对他，就连推也没推动……

陈漾指了指她的手："我想喝你的奶茶。"

闻言，乐芽一惊，连忙把奶茶往身后一藏。她都已经喝过了，怎么可能再让他喝。

陈漾失笑："这么宝贝呀。"

乐芽说："你可以再买啊。"

她才不要和别人一起喝呢！

很实在的回答，陈漾被逗笑了，他压了压嗓音，怕吓坏了小姑娘。

乐芽突然想起自己之前送的那些营养品，都不确定他吃了没有。

她小心翼翼地问："那些东西你吃了吗？"

陈漾愣了一下，想了想她说的是什么，半天才想到那几箱奶粉和麦片，还有什么早餐奶，品类真够丰富的。

他没有直接回答她的问题，而是问："你为什么要送那些给我，嗯？"

乐芽说："我……我……"

"我"了半天也没个结果出来，她发现自己还真的是没有理由，除了那个暗恋的奇怪理由。

陈漾又问："真暗……"

"没有！"乐芽打断他的话，小声道，"我写错名字了，不是给你的。"

陈漾的舌尖抵了抵牙齿："写错名字了？"

乐芽越来越觉得这个理由不错："对，是我写错了，不过既然现在在你手上，就当是送给你好了。"

陈漾语塞，然后才说："你还挺豪气。"

乐芽一点也不觉得他这是在调侃，认真地说："对啊，我有钱，你放心吃吧，我不会让你赔的。"

陈漾也就这么随口一说，没想到她还真顺着杆子往上爬，还一副得意扬扬的模样。

她吸了一大口奶茶，脸颊鼓鼓的，可爱得让他想伸手去戳她的脸。

为了避免自己被当成变态，陈漾还是止住了这个想法，只是有些遗憾地叹了口气。

乐芽提醒他："总叹气会老的。"

陈漾瞥她一眼："你从哪里听来的歪理？"

乐芽说："我爸爸那儿。"

听到这几个字，陈漾的神情变淡，瞬间冷静下来，外面的夜风吹得人冰凉。

她很喜欢她的爸爸，就连提起时，语气都是甜甜的。

陈漾垂眸，半晌，他重新抬头，发现她根本就没有注意到自己的情绪。

时间不早了，乐芽说："我得回去了，你要是想喝奶茶就重新去买一杯，我给你转账，就当我请你喝的。"

陈漾说："这个提议不错。"

乐芽拍了拍他的肩膀："好好选。"

仿佛想到了什么好事一样，她的眼睛弯成了月牙，就跟她的名字一样。

陈漾正要再调侃她一句，目光不经意地瞥到超市门上反光的一幕，表情微顿。

他的声音冷了一点："你先回去。"

乐芽有些不明所以："哦。"

她巴不得自己能离开，一听他说这话，赶紧抱着糖跑开，和谢轻语一起进了学校。

陈漾站在原地，转过身看向另一个地方。

他想了想，打电话给已经回去了的梁千。

梁千正在和赵明日打闹，抽空接通道："咋了？漾哥你还不回来？"

陈漾问："吴亚蜜在不在教室里？"

闻言，梁千转头看了一眼："不在，大概还没回来吧。你问这个干什么？发生什么了吗？"

陈漾挂断电话，盯着刚才看到的地方，神情冷淡。

第一节晚自习下课后，吴亚蜜正在做试卷，梁千突然在她同桌的位子上坐下。

她正惊讶，窗户也被推开，赵明日在外面对着她笑。

她皱眉道："你们干什么？"

梁千从她桌上拿起一本书翻了翻："吴同学，有没有什么事要解释的？不然和我们走一趟？"

吴亚蜜心里"咯噔"一声："解释什么？"

赵明日说："那就得问你自己了。"

吴亚蜜攥紧了手里的笔，兀自强硬地道："我又没做什么，没什么好解释的，你们不要打扰我学习。"

她的脸色有点苍白。

梁千虽然不知道发生了什么，却也知道事情肯定不小，陈漾很少对女生这样。

他笑了笑：“别让我带你去啊。”

吴亚蜜回头看了一眼，陈漾不在座位上。

梁千一伸手：“请吧。”

看他俩这样，明显没有好事。

吴亚蜜做的亏心事也只有那一件，心虚得不行。她的手摸到桌肚里的手机，内心忐忑不安。

幸好她之前就把自己这边的消息给删除了，就算给他们手机，也看不出什么。

这么一想，吴亚蜜的心情好了不少。

她吐出一口气，跟着梁千还有赵明日一起离开教室，也不知道要去哪里。

吴亚蜜对于陈漾的好感全在那张脸以及年级第一的成绩，还有那些似是而非的传说上。

而此时此刻，她再怎样也是心虚的，吴亚蜜不停地回想自己的手机是不是已经清理干净了，直到从楼梯上下去以后才陡然想起——她的手机照片删除后还会存在“最近删除”里，须要把那里面的东西一起删了才算是永久删除。

吴亚蜜的脸一下子就白了，上次的照片她都删了，但今晚刚拍的那一张只是把原图删了，“最近删除”里的还没删……

吴亚蜜一瞬间生出无数种想法，最终，林心乔的名字跳了出来。

帮了她那么多次，林心乔应该不会介意帮自己一次吧。

林心乔的同桌从外面跑进教室，气喘吁吁地道：“你猜我刚刚看到什么了？”

林心乔正在边吃东西边看剧：“什么事？”

同桌小声道：“我看到陈漾和梁千他们找了吴亚蜜，就想看看是什么事，于是去偷听了一下，结果发现吴亚蜜说是你指使的。”

林心乔皱了皱眉：“什么是我指使的？”

同桌摊手：“这我倒没听清。我早说了吴亚蜜不是个好人，就你整天被她坑，你看你都给她买多少东西了？”

坑人也不是这么坑的，吴亚蜜简直是拿别人的钱不当钱，也只有林心乔因为太过喜欢陈漾，脑子转不过来才会这么做。

林心乔说：“我又没指使她干什么。”

同桌说：“那你最好去说清楚，免得她又坑你。”

林心乔做得最多的就是让吴亚蜜告诉她陈漾和哪个女生关系好而已，就比如上次的乐芽。但她也没有去找人算账的意思，只是心里难以接受而已。而且她最近已经心灰意冷，都没怎么去找陈漾了。

不过听同桌这话的意思，怎么都不像是好事。

林心乔想了想，实在是坐不住，放下零食直接从走廊这边去了十七班所在的那栋楼。

她看了一眼时间，还有三分钟才上课。

林心乔去的时候，赵明日刚好回来。她拽住他问："陈漾人呢？我找他有事。"

赵明日说："他不在，你直接和我说吧。"

林心乔站在十七班的后门处，显得有点急躁："吴亚蜜那件事真不是我做的，我什么都不知道。"

赵明日问："哪件事？"

林心乔一愣："我也不知道。"

赵明日被她这傻愣愣的样子逗笑："你都不知道那你还来解释什么？什么都不知道你就回去待着。"

以前他觉得林心乔还挺聪明的，这会怎么这么迷糊，像一个傻姑娘。

"她栽赃我，我当然要来解释一下了。"林心乔翻了个白眼，"反正你记得和陈漾说一声。"

她把之前和吴亚蜜的协议跟他说了一遍。

这话听得赵明日一愣一愣的，她这是嫌钱多得没地方送吧！

林心乔说完又问："她到底说了什么？"

赵明日想了想，琢磨着这件事应该和她没关系，就透露了一些："她偷拍了几张照片，我们问她，她说是你让她拍的。"

闻言，林心乔的脸色有点难看。她要什么偷拍的照片啊，她又不是狗仔。

林心乔拍了拍赵明日的胸口，叮嘱道："你别忘了啊，千万别忘了，之后我请你吃饭，我可是很清白的。"

她转身离开了十七班的走廊。

赵明日摸了摸胸口，心里想着，林心乔看着挺女神的，没想到力气还挺大，整个一怪力少女啊！

哎哟，这一捶，可疼死他了。

糟心事一堆一堆的，吴亚蜜可是真敢做。

刚才他听了整个过程，如果林心乔说的话是真的，那吴亚蜜信誓旦旦说的那些就全是在撒谎。

虽然当时他没有全信，但有一瞬间他也怀疑是林心乔做的。毕竟她追陈漾的事几乎全校都知道，只是陈漾从不理会。

赵明日光想想都觉得吴亚蜜这人十分可怕。

晚上放学已经是十点多了。

乐芽和谢轻语一起回去，在路上又碰见了陈漾。他正站在校门口，也不知道是在等谁。

她和谢轻语分开后，看到他还站在那里。

乐芽想了想，走到边上小声地喊道："陈漾。"

听见一个小猫似的声音，陈漾侧过头，见到是她时有点惊讶，毕竟这么主动可有点不像她的性格。

他抬了抬下巴："什么事？"

乐芽看了看他周围，没看见梁千他们，估摸着是不是还没出来，又问："你在等人吗？"

陈漾歪了歪头，漫不经心地道："是啊。"

旁边店铺绚丽的灯光落在他的眼睛里，像被打碎的漫天星光，嵌在其中，如同一片灿烂星海。

乐芽有点看呆了，回过神后晃了晃袋子，转移话题道："你买奶茶了吗？"

陈漾回答："没有。"

为了避免陈漾又想什么其他的，她从塑料袋里掏出几颗糖："我请你吃糖。"

她掏了一会儿，抓出来一小把，五颜六色的糖果放在她的手心，十分甜美可爱。

陈漾的视线落在她的手心上，她的手怎么这么小啊。

乐芽有点不安，想把手收回来，但还是忍住，又往前推了推："你还要不要？"

这架势，大有不要她就收回去的意思。

陈漾舔了舔上嘴唇，低笑一声后说："不好吃。"

怎么会不好吃呢？乐芽重新握住手，这可是她经常吃的糖，味道甜而不腻，所以她经常回购。

她想了想，把袋子拎到面前，从里面又找出几颗糖，重新伸手过去。

"这个吧，尝尝这个。"

陈漾抬头，发现小姑娘正眼巴巴地看着他。

没看到他伸手，乐芽有点苦恼，重新想了个理由："你尝尝这糖，和奶茶的味道是一样的。"

陈漾："……"

为了让他吃，她都想出这种理由了。

他停顿了一下，从乐芽的手心里把糖都给拿走，指尖不经意地划到掌心，乐芽禁不住痒，偷偷缩回了手，然后轻轻地舒了一口气。

陈漾随意拈了一颗糖在两根手指之间，慢条斯理地剥开，塞进嘴里，一股甜味四散开来。

其实他从来不吃糖。

乐芽满脸期待地盯着他看：“怎么样？”

陈漾点了点头：“挺好吃的。”

手中的糖纸被他揉来揉去，发出一阵阵清脆的声音，甚至还有点好听。

乐芽有点开心：“你喜欢吃吗？”

陈漾随口说：“还行吧。”

虽然只有简简单单的三个字，但听到乐芽的耳朵里就成了罕见的夸奖。他肯定是心里别扭才不肯承认糖果好吃的，哼！

她想了想：“要不我请你吃一斤糖吧。”

陈漾：“啊？”

他怎么有点听不懂这话？

乐芽以为他是嫌少，问：“不够吗？”

她问得很认真，一看就是真心实意要给他买糖吃。

陈漾上下看了一眼，自己一个男生，怎么也不像是爱吃糖的人吧？

他还没回答，就听见她又说：“不够我可以给你买一箱啊，就当是今天的谢礼好了。”

她还补充道：“你要是觉得还少了，那干脆你说买多少好了。”

反正她有钱！

陈漾一时间竟然说不出拒绝的话来。

第六章

对你坏心眼

1

关于一箱糖的问题，最终没有得到答案。

乐芽坐在回家的车上还在想是不是自己说错话了，但那个时候陈漾好像笑了，也不像生气的样子，真是搞不懂男生的心思。

在这之后她一直没机会见到陈漾，直到周末她在家练习画画，才终于出现转机。

她现在虽然是上高三，突然拥有一种时间越少反而越喜欢一件事的感觉，所以一有空就想画画，虽然绘画技术也不太好。

一天时间断断续续画完了一幅，乐芽颇为自恋地欣赏了半天，然后拍了张照片发到了自己的微博上。

她有个不常用的微博，偶尔才会登录，上面都是她画画的草稿，已经有小半年时间了。

时隔两个星期再登录上去，乐芽发现竟然增加了几千个粉丝，一看评论才发现原来是画被人转载了。她不甚在意，因为自己的画她都标有特殊记号。

乐芽将今天拍摄的照片放上去，想了想，又多写了一段话上去。

“昨晚想请一个男生吃一箱糖，但他看起来好像不太乐意，唉。”

过了一会儿，微博独特的提示音响起。

乐芽趴在床上，翻了个身。

“大概是这辈子也没吃过一箱糖，有点担心吃不完会过期，会吃坏了吧。”

“上面的不要误导，哈哈哈，人家想吃的明明不是那种糖，是想吃这种糖才对。”

“我只是来看画而已，为什么要跟着吃糖……”

“快用糖砸死他，竟然不喜欢我们小姐姐的糖，一点都不识时务，让他知道咱们的厉害！”

乐芽被网友的评论逗笑，感觉心情好了很多，这些粉丝真的好可爱啊！

正想着，手机铃声突然响了，屏幕紧跟着亮起来，上面显示的是一个陌生的电话号码。

乐芽犹豫了一下，然后接通："喂？"

对面有点吵，紧接着一个有点熟悉的声音传来："是我，是我啊，别挂，梁千啊！"

乐芽好奇地问："有什么事吗？"

她和梁千也不熟，不知道他找自己做什么。

梁千这边有不少男生，都凑过来要听电话，有的还在出谋划策，被他推开："乐芽，今晚漾哥的生日聚会，你来不来？"

乐芽狐疑地道："他的生日不是早过了吗？"

梁千的眼睛一眨不眨："补过的啊。"

周围的男生立刻给他竖大拇指。

乐芽有点不信，虽然她也不知道陈漾的生日是什么时候，直接回绝道："我不去。"

梁千说："你真的不来吗？漾哥生日，今年最后一次了，以后可就毕业了。乐芽，你就来呗。"

乐芽本来就有点犹豫，被他这么一说，就有点妥协了："那我去得迟一点。"

她心想：我等到快结束的时候过去就可以了。

梁千在心里欢呼出声："好啊，好啊，生日礼物就不用带了，你之前送的东西都是礼物，哈哈哈！"

乐芽被他说得面红耳赤，敢情自己之前送了他那么多东西，现在几乎人人都知道，不知道会不会以为她是神经病。

梁千跟她说了具体时间，还有聚会的地址。

乐芽一一记下。

晚上六点半，乐芽顺着导航到了那家店。

进去后里面很热闹，她捏了捏耳朵，对着柜台服务员报了梁千的名字。没得到结果，她又报了陈漾的名字，依旧没有结果。

乐芽蒙了，循着下午的号码重新拨打了过去，响了足足一分钟都没有人接。

乐芽站在大厅里，待了几分钟后才想起微信里还有陈漾的微信，怎么着他都是今天的主角，他应该在场吧。

她发了条消息过去。

没过多久，陈漾回："你在哪儿？"

乐芽回了个"大厅"。

陈漾从上面下来就看见一个人孤零零站在大厅里的乐芽，打扮精致、引人注目。

乐芽刚好回头，"啊"了一声，小声地解释道："是梁千叫我来的，还让我不要准备礼物。”

陈漾不知道梁千的自作主张：“跟我来吧。”

乐芽跟在他身后，一言不发，直到推门进了一个包间，歌声将她吓了一跳。

里面的人正在唱歌，发出撕心裂肺的声音。

陈漾踢了梁千一脚：“把音量调小一点。”

正在吃花生米的梁千头也没抬地吐槽：“漾哥你可真是事多，声音小了还有什么好玩的啊……”

他抬头，看到陈漾身后的乐芽，懂了。

梁千嘻嘻一笑：“我这就去调，马上。”

陈漾坐到一个角落的位置，眉梢轻轻一扬，冲着还在愣神的乐芽说：“过来。”

乐芽慢吞吞地走过去。

包间里原本就有不少人，男女都有，看到她跟着陈漾进来，全抬起头打量她。

乐芽目不斜视，感觉很紧张，她脚步加快了点，径直走到陈漾的边上坐下，那些视线也就顺着转了过来。

过了好一会才恢复如初。

陈漾伸手拿了一个橘子，剥开，他的手指映在灯光下，修长且漂亮。

他不经意间抬头，皱了皱眉：“再过来一点。”

乐芽反驳道：“这里又不是不能坐。”

陈漾眯眼：“你刚刚说什么？”

乐芽闭紧了嘴，挪了挪，虽然只是一点点距离，却也比刚才要近多了。

陈漾将剥好的橘子递给她：“请你的。”

大概之前两个人动不动就说请来请去，现在连给一个橘子都这样说了。

乐芽接过来，剥过一瓣放进嘴里。这种柑橘不酸，入口就是甜甜的，而且汁水特别多。

前面有人在唱着深情的歌，比刚才激烈的快歌要好点。

她戴着助听器，不能听太多噪音。

柑橘很甜，乐芽一下就吃了一半，等到只剩下最后两瓣了，才想起来陈漾没说让她一个人全吃了。

她有点不好意思，把最后两瓣递了回去。

陈漾歪着头看她：“干什么？”

他的尾音扬起一点。

乐芽的手抖了一下：“给你吃。”

行吧，陈漾也不知道她的小脑袋瓜是怎么想的，从她手里接过来就直接塞进嘴里。

不知道为什么，他感觉这柑橘甜得齁人。

包间里没开灯，只有前面的电视显示屏亮着光，乐芽看不太清陈漾的表情，不过看不清就看不清吧，人长得太好看就是容易吸引别人的目光，她也不能免俗。

桌边的一圈人玩腻了一个游戏，又吵吵嚷嚷地要换另一个游戏，吵了半天才终于确定。

乐芽听着觉得有趣，在很久以前，她的生日也这样热闹过。家里的每个人都给她带礼物，还会和她一起唱生日歌。

但从那件事以后，她就再也没过过生日，没有这样的朋友，生日的时候也不会这样庆祝。

乐芽眼里有着小小的艳羡。

四周突然安静下来，陈漾瞧着不对劲，一直盯着她看。

察觉到他的目光，乐芽微微转过头来，他看到她眼睛里蕴出的水光。

梁千突然抬起头，晃了晃手里的东西："漾哥、乐芽，你们俩不来玩玩吗？"

被他这么一点名，所有人的目光又都看向了这边。

陈漾看到乐芽情绪转变，从头到脚，连头发丝都明明白白地写着抗拒。

他勾起嘴角："你们先玩。"

乐芽这才松了口气，她是第一次来这样的地方，那些游戏也从没玩过，她一直是一个老师、家长眼里乖乖巧巧的孩子，以前的生活都是安安静静的。

陈漾看她正正经经地坐在那儿，突然想起一件事。

上次她给了一小把糖，他也就得空的时候吃几颗而已，剩下的全装在兜里，一直忘了吃。

包间里吵得厉害，乐芽盯着桌面发呆。

突然，旁边有人叫她："乐芽。"

虽然声音不大，但因为离得近，她一下子就听见了，下意识地转过身："怎么了？"

她嘴里冷不丁被塞了一颗糖，都没反应过来。

这颗糖酸得要命，她的眼睛一下子就眯紧了，只想赶紧咽下去。

可能因为这颗糖实在太酸了，乐芽被呛得直咳嗽，她难受得眼泪都流出来了。

陈漾微皱着眉，看了看自己手里的糖纸，刚才没注意拿了颗最酸的，于是他抽出一张纸，离乐芽近一点："难受吗？张开嘴我看看。"

乐芽点点头，又摇摇头，眼睛里像是盛着清晨的露水，配上红透了的脸，就像夏天鲜艳的水蜜桃。

难受是难受，但乐芽就是不张嘴。

陈漾也不气，他将纸巾摊在掌心，然后贴到她的下巴处："难受就吐出来。"

他的声音低低的，充满安全感。

乐芽下意识地靠近他的手。

桌边的人都禁不住停下动作，一个个地盯着。

这是不把他们放在眼里吗？

乐芽用手遮住了一小半脸，猛地咳嗽了几下，卡在喉咙口的糖才终于吐了出来，被陈漾用纸巾裹住，扔进了不远处的垃圾桶里。

她长出一口气，又微微咳了两声便恢复得差不多了，除了嘴里还有一点点酸味。

陈漾问：“感觉怎么样？”

“好了。”乐芽说，又仰起头责怪他，“你干吗突然给我吃糖，还是酸的。”

陈漾低头看着她：“这糖是你给我的。”

乐芽绷着脸：“那你应该自己吃了啊！”

她莫名地想到微博上那条说怕糖过期不敢吃的评论，这几颗糖都送了两天了他还没吃掉，看来是真的不喜欢吃。

哼！以后不送了。

乐芽正在暗自纠结时，陈漾突然伸手，他食指的指腹按到她的眉眼处，擦去了她刚刚咳出来的眼泪。

2

虽然是第一次给人擦眼泪，可陈漾依旧游刃有余。

桌边的一圈人都被这个动作看蒙了，就连乐芽自己都禁不住蒙了。

等陈漾收回手，包间里只有电视机里的歌声在回响。

乐芽反应过来，被他的动作弄得有些不知所措：“刚才我可以自己擦的。”

陈漾说：“你说迟了。”

乐芽在心里默默叹气，她刚才是真没想到，太突然了，谁知道陈漾会突然伸手。

周围太安静了。

陈漾慢条斯理地抬头：“你们不玩了？”

赵明日回过神：“玩……漾哥，你们要不要也来玩一把桌游？一直在那里坐着多无聊啊！今天你可是主角，不玩不行啊。乐芽，你也一起。”

他立志要把两个人拖下水。

陈漾转过头：“想玩吗？”

乐芽看了看桌边盯着她看的人，也不好意思拒绝，只能找借口：“我不会玩桌游。”

梁千说：“没事啊，漾哥教你。”

陈漾“嗯”了一声。

他这一发话，那边桌子旁边就空出了两个位子。

乐芽看见桌上一排散乱的牌，还有被吃掉的瓜果，问："你们刚刚在玩的是什么游戏？"

梁千露出一个笑容，说："刚刚那个玩了很久，所以我们准备玩一个新的——国王游戏。"

周围的人一愣，然后跟着点头："对对对，国王游戏，就是国王游戏了。"

乐芽问："这个游戏怎么玩？"

见她听都没听过，梁千主动解释了游戏规则。

国王游戏其实很简单，是一个强制性的游戏，抽到国王牌的人可以命令拿到其他牌的人做一件事。可以命令一个人，也可以命令两个人，被命令的人都必须照做。

规则不难，乐芽能听懂，就是觉得这个游戏听起来感觉很刺激，好像不是很适合她。但他们看起来都兴致勃勃的，她也不好扫兴。

陈漾一直没说话，直到游戏开始时才靠近这边。

接着几局下来，乐芽都幸运地没被点名。

梁千他们顾忌着有她在场，一开始只是小打小闹。何况还是梁千自己把乐芽叫来的，怎么着前几局也得照顾一点。

直到乐芽拿到了一张国王牌，她有点激动，往陈漾那边看，小声问："你是什么牌？"

陈漾一眼就猜到了牌面，他笑了笑，故意问道："你是什么？"

乐芽说："不告诉你，你先给我看。"

陈漾挑眉，翻开牌给她看。

乐芽露出一个笑容，再流露出一丝狡黠，翻开自己的国王牌给他看："你看。"

待所有的牌公开后，梁千他们就开始起哄，这是今晚乐芽第一次拿到国王牌。

一个乖乖女拿到了可以命令别人的牌，谁也不知道会有什么结果，感觉还挺刺激的。

赵明日问："快说命令谁？"

见她一片茫然，梁千又提醒道："一定要想好了再说出口，可没有反悔的机会。"

想到这里，乐芽又有点犹豫了。她拿到国王牌，开心的原因是因为不用再提心吊胆地担心自己会被别人命令，没想到抽到国王牌之后，现在反而要思考命令别人的事。

她绞尽脑汁想了想："要不……陈漾，你就随便打电话给一个人，说……就说……"

她说了半天也没说出下半句来。

陈漾问："说什么？"

乐芽偷瞄他一眼："说'我是笨蛋'。"

包间里安静了半天，随后爆发出一阵剧烈的笑声，拍桌子声、鼓掌声，场面热闹非常。乐芽一上来就命令陈漾，够可以的。

梁千带头吹口哨，有些迫不及待："就这个、就这个！快快快，漾哥快打电话！"

赵明日忍住笑："就笨蛋，笨蛋挺好的。"

乐芽红着脸，被他们笑得有点不好意思。

没过一会儿，梁千突然想起来，跑过去把电视机的音量给调小，整个包间安静了不少，只有柔和的音乐声。

陈漾笑了笑："好啊。"

他拿出手机，用手指在上面点了点，众人眼巴巴地盯着想看他打给谁。

静默几秒后，一串陌生的音乐声响起。

所有人的视线都转到了乐芽身上。

乐芽有些迟钝，半天才反应过来，她从口袋里掏出自己的手机，一抬头，陈漾正看着她。

梁千起哄道："快接啊，你可没说要打给谁，现在打过来了，你得接才行。"

乐芽摁下接通键，把手机放到耳边。

电话那边是同样的背景音乐，让她有些分辨不清到底是接通了还是没接通。

一直到陈漾的声音响起："乐芽。"

乐芽下意识地回道："嗯？"

"我是笨蛋。"他的声音微微发哑，低低的，却格外清晰。

陈漾拿着手机，垂眸看她，轻描淡写地将这四个字说了出来。

他说得大方又随意，一点也不顾忌其他人。

乐芽的心跳停了一拍，太近了，太近了，近到她听得一清二楚，就像是那晚用语音发来的歌一样。她迅速挂断电话，然后转过身，软着声音道："好了，结束了。"

梁千他们这才回神，怎么也想不到陈漾会答应亲口说自己是笨蛋这么搞笑的命令。

果然人与人之间是不同的。

接下来游戏继续，现场又恢复了平静。

一直到陈漾轻飘飘地翻开了国王牌。

所有人的视线又都转到了乐芽的身上，琢磨着漾哥今晚绝对是会收利息的。

陈漾勾了勾嘴角："不难，你就……"

他说得很慢，像是故意吊人的胃口。

乐芽的心都提了起来，生怕听到什么可怕的命令。

就在这时，她口袋里的手机突然响了。

乐芽掏出来一看，屏幕上是"爸爸"两个字。

她的心一紧，没想到爸爸会在这个时候打电话过来，尤其自己还在外面玩耍。

乐芽看了看陈漾："我先出去接个电话。"

陈漾神色淡淡地点了点头。

围观的梁千有点失望，这个电话来得也太不是时候了，早不来晚不来，偏偏这个时候打来，但是又能怎么办呢？

乐芽起身从沙发这边离开，然后推开门去了外面。门合上的一瞬间，音乐声变得微弱了。

她走去洗手间那边，这么一耽搁，电话就断了，然后对方又重新打了过来。

她接通道："喂，爸爸？"

乐易健的声音从那头传来："月牙你在哪儿，我好像听到了音乐声。"

乐芽抓紧了手机，找了个借口道："我正好在外面逛街，是商场在放音乐。"

对于这个回答，乐易健并没有怀疑。应该说，他从不怀疑自己女儿说的每句话。

乐易健说："你是不是忘了今晚要去外婆家了？生日礼物我都已经买好了，待会儿我就去接你。"

一听他这么说，乐芽便想了起来。

她闷闷地道："嗯，我知道了。"

爸爸八点来接她的话，现在才七点四十几，待会走几分钟到商场也差不多。也是凑巧，这家店刚好距离商场不远。

回到包间里，乐芽发现他们还在等自己，更不好意思了，她走到陈漾边上小声说："陈漾，我要回去了。"

陈漾没出声。

梁千不满地叫道："还没有玩完呢，怎么就走了？你刚刚可还没有完成命令。"

乐芽解释道："家里有事。"

他们还在叽叽喳喳，陈漾已经站起来说："走吧，我送你出去。"

乐芽刚想说不用，看到他的眼神又止住了嘴里的话，乖乖地跟在他的后面出了包间。其实她有点后悔，完成一个命令花不了多长时间，只是她怕陈漾会提什么奇怪的要求。

两种情绪一交织，她最终选择了退缩。

包间外有点冷。

他们出来时，电梯刚好下去，陈漾不耐烦等人，直接走向了楼梯间。

乐芽跟在他身边问："今天来的都是你的朋友吗？"

她只见过梁千和赵明日，其他人都不认识。

陈漾侧过头看她："你很想知道？"

乐芽连忙摇头："你不想说也没关系。"

"你想知道可以直接说。"陈漾懒散地笑了笑，"都是同学，你不认识很正常。"

乐芽"哦"了一声。

楼梯是木制的，下脚一踩就会发出“咯吱咯吱”的声音，三楼到二楼之间有一对情侣正在接吻。

乐芽看到脸都红了。

但对方显然没有要掩盖的意思，从旁边经过的时候她还能听到“啧啧”的口水声，无端暧昧。

一直到了二楼，乐芽脸上的红晕才消减下去。

走着走着，陈漾停下脚步：“你真没准备礼物？”

乐芽说：“我不知道送什么……”

第一是她知道陈漾今晚举行生日会的时间太晚了，第二梁千在电话里提前说了不用送，再加上时间匆忙，她也就没准备了。现在想想的确不太好，别人的生日她不带礼物，好像是不太礼貌。

想到这儿，她抬起头，犹豫着开口：“你想要什么，我周一重新补给你好不好？”

陈漾似笑非笑：“不好。”

他的声音清冷寡淡，带了些随心所欲的痞气。

乐芽柔声问：“那你想要什么？”

昏暗的楼梯间，她说完这句话后就被陈漾抵到了墙上，漆黑的双眸一眨不眨地盯着她。

乐芽没反应过来。

他的手伸了过来，但没有碰到她，只是撑在了一旁的墙壁上，两个人之间的距离瞬间缩短。

乐芽的后背靠着墙，有点不知所措，偏偏又被陈漾挡住：“你要干什么？”

她的声音都是颤抖的。

陈漾低笑：“想看你笑一下。”

闻言，乐芽蒙了。

他的呼吸温热，落在她的脸上，和她的气息交织在一起，已经无法分辨。

陈漾说：“当礼物好不好？”

乐芽紧张得眼睛都不敢眨。

陈漾点了点她的睫毛：“你的眼睛不酸吗？”

闻言，乐芽才长出了一口气，琢磨着他刚刚应该是在开玩笑：“你好好说你想要什么。”

陈漾勾起嘴角：“我想要的，你给吗？”

面前的人又没了反应，像只鹌鹑一样。

乐芽低着头，想着怎么从他的桎梏中跑出去比较好。可还没等她想到办法，就先看到了另外一幕。

下面楼梯口黑漆漆的栏杆处有一个“鬼头”在看她，身穿染血的衣服，脸上还乌黑的。

乐芽正好对上那个“鬼头”，呼吸一紧，吓了一跳。她胆子小，从来不敢看恐怖片，连“鬼屋”都没去过，更何况是亲眼看见扮“鬼”的人。

随后乐芽瞪大了眼，不仅一个“鬼”，又冒出来好几个，个个装扮不同，还有“蝙蝠”和“骷髅”，显然是藏在这里很久了。

“幽灵鬼怪”们慢慢靠近，然后对着她露出邪恶的笑容。

顶着这样的妆容笑起来实在是太可怕了，乐芽短促地叫了一声，推了推陈漾：“你……你回头看……”

陈漾不明所以，回头看了一眼。他这才想起来，今天是万圣节前夜。

乐芽后退一步，下意识地扯了一下陈漾的衣服，手揪到了一根细细的绳子。

楼梯间很窄，她这么一退就到了台阶下面的平地。

陈漾怎么也没有想到，乐芽匆忙间抓住的绳子被她这么轻松就给扯了下来。

那些“幽灵”不知道她的反应会这么大，他们只是来这里过万圣节的，刚好晚上这里有不少人，就恶作剧了一下，没想到会把人吓成这样。

楼梯间静默半晌。

良久，陈漾伸出手：“给我吧。”

站稳之后，乐芽才回过神，轻轻地把硌得掌心疼的小东西放在了他的手心里。

她小声说：“我不是故意的。”

乐芽很久以前就看他戴过，没想到就这么被自己给扯了下来。

她松开手，银色一闪而过，冰凉的东西落在陈漾的掌心。

那是一个小巧的月牙形吊坠。

3

中间小月牙形状的吊坠并不大，只有指甲盖大小，如果不仔细看根本看不到。

乐芽觉得有点熟悉，但让她仔细去想的话，她也想不起来为什么会感觉熟悉。

她当初好像也有这么一条项链，不过那已经是很小很小的时候了，后来项链去了哪里她也记不起来了。

乐芽看着陈漾重新戴好，忍不住问出声：“你这条项链我感觉好像在哪儿见过。”

陈漾的动作稍顿，抬头看她。

乐芽指了指那个小月牙说：“这个我以前好像也有过，不过好像弄丢了。”

陈漾收回手：“你这是在搭讪我吗？”

乐芽没懂他这句话的意思：“什么？”

陈漾站在上一层的台阶上，歪了歪头：“和那些搭讪常用的句子挺像的……‘你长得好像我认识的一个人’‘我好像在哪里见过你’……”

他的意思非常明显。

乐芽说：“我才没有，你可真自恋。”

陈漾把手插进兜里：“一般般而已。”

乐芽：“……”

她总算知道为什么他会是这个样子了。

两个人你一言我一语地说了半天，旁边万圣节的玩家都插不上话，就捧着自己的道具站在角落里。

见他们的对话终于停止，刚才吓人的“幽灵小哥”连忙上前出声道：“刚才吓到你们了，不好意思。”

乐芽转过身，看到了他的微笑。说实话，还是有点吓人，不过现在这样比刚才突然出现要好很多，她柔声道：“没事的。”

“幽灵小哥”第一次见到这么白嫩的姑娘，眼睛亮晶晶的，然后从口袋里掏出一把糖递给她。

乐芽有些疑惑：“是给我的吗？”

“幽灵小哥”有点羞涩，小声道：“万圣节快乐，刚才不小心吓到你了。”

乐芽也没想到对方虽然是个“幽灵”，竟然这么友善。

她刚想伸手，陈漾就从她和“幽灵小哥”之间穿过，冷声道：“已经八点了。”

八点？！

乐芽一惊，顾不上拿糖果：“不好意思呀，我还有事，我先走了。”

她追着陈漾，小跑着离开了楼梯间。

楼梯间再度恢复安静，“木乃伊”从“幽灵小哥”身后钻出来，伸手拿走了他手里的糖，剥开糖纸开始吃了起来。

晚上八点，商场外依旧有不少人在闲逛。

乐芽小心翼翼地看了一眼商场门口，发现家里的车还未到后才松了一口气。之前乐易健故意跟她说助学的假信息，她就知道爸爸是不想让自己认识并接触陈漾。

但现在的她，不仅和陈漾熟识，甚至还来参加他的生日聚会。

陈漾的手插在兜里，慢悠悠地跟在后面。

电话又响了起来，乐芽接通，爸爸的声音传过来：“我快到商场了，你出来吧。”

乐芽应道：“来了，来了。”

挂断电话后，她转过身，想了想，快走几步到陈漾的面前：“生日快乐。”

她补充道：“虽然已经迟了，不过我还是要说一声，生日礼物星期一带给你。”

陈漾淡淡地点头：“随你。”

不远处响起鸣笛声，乐芽的心立刻提了起来，快速地道：“我要先走了，再见。”

她怕被人看见，很快就穿过了马路。

陈漾站在路灯下，眼睛微微眯起，瞧着乐芽的身影小跑着到了一辆商务车边。

那辆车是他很久以前见过的。

陈漾的背脊挺直，闭了闭眼，转过身背对着马路。

她好像也在怕什么。

她是怕被爸爸发现和他一起玩吗？

陈漾嗤笑了一声，手机突然振动起来。他打开，是梁千发来的消息：“漾哥，你还不回来？”

他随手回了一个字。

“你怎么今晚突然想起来逛商场？”乐易健把车开走，“没买东西吗？”

乐芽说：“嗯，看了一圈，没喜欢的。”

乐易健说：“下次去大点的商场，这个太小了，最近那边有一个新的广场落成……”

听着他的话，乐芽忍不住降下车窗，偷偷看向马路斜对面的陈漾。

陈漾站的位置旁边刚好有一盏路灯和一棵树，他就站在树下，和乐芽遥遥相望。

陈漾回复梁千后便回了包间。

包间里还是热热闹闹的，现在又换了真心话大冒险的游戏，大家玩得正不亦乐乎。

见他进来，梁千和赵明日一起抬头问：“快过来一起玩啊，新游戏，漾哥。”

陈漾坐回沙发上，懒散地倚在一侧，漫不经心地道：“你们自己玩吧。”

梁千说：“刚才就应该让乐芽玩完了再走的。”

多不容易的机会啊，就这么错失了。那个电话来得真不及时，也不知道是谁。

陈漾喝了一口饮料，没说话。

之前冰凉的吊坠已经被焐热，他还记得乐芽当时那个疑惑的眼神，看来她真的一点也不记得了。

陈漾把项链扯下来，在手上把玩着绕了一圈，低头看着上面那个小月牙。

一旁的梁千心想：漾哥今晚这是怎么了？入魔了？

乐芽打心底里不愿意来外婆家。

她跟着爸爸一同进去，客厅里的笑声突然停了，外婆方翠玉脸上原本的微笑也消失殆尽。

乐芽早知道会是这样，不过她本来就准备什么都不说，任由乐易健把挑选好的礼物送到外婆家，然后冠上她的名字。

这次来了不少人，乐芽一眼看过去，几个阿姨和姨父都过来了，还有一些正在上学的表哥表姐。不过她和他们不熟，连招呼都没打过几次，也就等同于陌生人了。

二姨先打破沉默：“易健快坐吧。”

乐易健看了一眼前面的人说：“我就不坐了，还有工作没处理完，所以只能待一会儿，祝妈生日快乐。”

二姨说：“这么急啊？！”

闻言，今天的寿星方翠玉绷着脸出声道：“既然如此，那你就走吧，下次也不用来了，以后也干脆别来了，省得浪费钱。”

她一发话，家里一片寂静，没人敢再开口。

乐芽跟在乐易健身边，他们进来时连鞋都没换。

她着实不懂为什么外婆要这么对他们。

上一次来还是几年前，那时她还在上小学，站在客厅里，周围的小孩都不跟她说话，就各玩各的。一个小孩想要她手上的东西，她不记得是哪个表弟了，又哭又闹，没个消停，甚至还想硬抢。

当时乐易健去外面接电话了。

同样是小孩子，方翠玉就逼着她把东西给了那个表弟，任她说什么都没用。

她清楚地记得，方翠玉最后还骂她是丧门星。

乐芽那时年纪小，不懂“丧门星”是什么意思，却也知道肯定是一个不吉利的词。

外面的乐易健听到动静，进屋来发了一通火，然后直接把她抱起来就回家了。

方翠玉却依旧在背后骂骂咧咧的。

从那以后，她就开始抗拒来这里，连续几年都是乐易健自己单独来的，她完全不知道会发生什么。

此时此刻，没有那个讨嫌的表弟，他们的态度也依然没有多大的变化，对他们父女的厌恶几乎都表现在脸上。

乐芽低头看自己的脚尖，听着他们说话。

一直到客厅里的玩笑声渐小，方翠玉看向乐易健，绷着脸问：“你什么时候把阿媛接回来？”

方媛是乐芽的亲生母亲。

客厅里安静下来，没人敢插话。

听见这话，乐易健不动声色："没想到她通知您了，暂时是不会接……"

他话没说完，就被方翠玉打断："她是你的妻子，医生是建议说送去精神病院，有利于治疗，但你就一点感觉都没有吗？我女儿都多少年没有好好过日子了？连我的生日她都不能亲自给我过！"

她的音量拔高，稍稍有些尖锐。

乐芽被吓了一跳，下意识地捏了捏耳朵。

见气氛紧张，二姨出来缓和气氛："妈，您别生气，慢慢说，妹夫也不是那么强硬的人。"

"怎么不生气？"

"这不是事出……"

乐芽深吸一口气，抬头看向主座上气得不行的老太太。和乐芽对上视线时，老太太露出厌恶的神情，然后转移了目光。

每次都是这样，乐芽的手下意识地握紧，只感觉胸腔被怒气填满，难以克制。

她重新看向主座，脱口而出："为什么要接她出来？"

她的声音软软的，却掷地有声。

所有人都禁不住看过去，暖色灯光下，小姑娘看似温婉，可整张脸上都透出莫名的坚定。

乐易健沉声道："乐芽。"

这一声让众人都回过神来，二姨愣了半天才叫道："乐芽，你在说什么呢？"

乐芽的手心都被自己掐疼了，但她不能退步，她讨厌这种每年受尽指责的时刻，好像做错的人是她一样。她扯出一个乖巧的微笑，颤抖着声音道："我说的是实话，不久前是我挂断了她的电话，是我让爸爸不要接她回来的。"

一众亲戚都变了脸色，二姨离方翠玉最近，看她被气得不行，连忙过去拍她的后背。

一时之间，客厅里又吵闹起来。

方翠玉说："你还有没有做小辈的心了？有你这么对长辈说话的吗？我在和你爸说话，不要插嘴！"

乐易健皱着眉正要开口，被乐芽按住。

乐芽的手按在乐易健的手背上，对着他摇摇头："有些话我其实很早就想说了，挨了这么多年骂，您是我的外婆，但这不是我和爸爸要一直被骂来骂去的理由。"

二姨开口道："乐芽，你别说……"

乐芽越说委屈就越多，一瞬间好像全涌上了心头，几乎想也不想地说出口："你们都觉得是我的错，可我到底做错了什么？"

她的语气越发坚决，饶是乐易健，也是第一次见到女儿这个模样，她学会了勇敢地对峙。

方翠玉冷笑一声说："都过去多少年了，你现在不是好好的吗？但你妈还在受折磨，你就不能大方一点原谅她吗？”

她说得理所应当，一点也不觉得愧疚。

乐芽弯弯的月牙眼里泛着坚毅，看到他们一脸怀疑的眼神，忽然就冷静了下来。

同样是生日聚会，认识不久的梁千和赵明日他们都能顺着她的意思，陈漾也会给她剥橘子，可面前这些有着血缘关系的亲人却从来没有像他们那样对待过她。

乐芽垂眸说：“一个连我的生日都记成是这个月的人，凭什么要我原谅她？”

她一直记得当时的情景，电话那头的人以为只要能说出她的生日就可以顺利出院，结果没想到连生日都记错了。有哪个母亲会这样？

二姨听得头疼，说：“你们都不要说了，今天大好的日子，不要说这些了。妈你……”

虽然有人劝，但方翠玉一口气梗在喉头，呼吸逐渐急促，手指着乐芽道：“凭她是你妈！”

“是啊，她是我妈。”乐芽接上话，眼睛里流露出一丝冷淡，“然后呢？”

客厅里再度安静下来，只听到纷杂的呼吸声。

“最后聋的是我。”

4

从方家出去后，乐芽直接回了家。

她也不管那群人到底什么心情、什么表情，对她而言这些都没有什么用，她已经学会了无视。

外婆方翠玉估计被她气到了，直接摔了桌上的紫砂茶具，并让他们滚出方家。

乐芽直接起身拽着乐易健就走了。

外面比里面冷，乐易健说：“下次不去了。”

乐芽说：“爸爸，这次是我自己要来的。其实话说开了也好，免得每次你一个人来都要被外婆她们这样说。”

又不是他们的错，他们还是受害人呢！

乐易健摸了摸她的头，感慨道：“月牙长大了。”

听着他的话，乐芽露出一个浅浅的微笑。

乐易健说：“我已经约了医生，不过医生要明年才有时间，刚好你高考结束后就可以过去了。”

这些他都没瞒着乐芽，好医生他找了很久，也看了很多不同的手术方案，终于确定了一个不错的主治医生。但医生说如果要进行手术的话，还需要和患者本人进行沟通，然后才可以进行治疗。乐芽现在刚好高三，学业重，所以目前还是以高考为主，等考完后的那个暑假再去见医生，时间正好。

乐易健比较期待女儿能够健健康康地去上大学，不再像现在这样，让他时刻担忧着。

乐芽比谁都想让自己的耳朵能好起来，她点点头应道：“好，我知道了，谢谢爸爸。”

谁不想能健康地生活呢？

乐易健说：“对我还要说谢谢啊。”

乐芽笑笑，抱了抱他。

周一的早读结束后，教室里议论纷纷。有人消息灵通，已经知道运动会的事。

班主任蒋老师拿着一张纸进入教室：“从明天开始是秋季运动会，三天不上课，有想要参加的可以在班长那儿报名。班长，你把表格拿过去，大家尽量都参加啊！”

班长上前接过了表格。

上面的项目很多，跳远、长跑、接力，还有铅球等等，每年的项目都是一样的。

蒋老师一离开教室，该参加的就去报名了。

“我不要一千米，一千米会累死人的。”

“你还想八百米啊，去当女生吧。女生可以跑八百米，你也可以，哈哈哈！”

“看我的扔铅球技术！”

乐芽当然有自知之明，就她这个身体素质，估计跑个五十米就得喘，一百米就得栽，还是在一旁加油鼓劲好了。

时间过得飞快，一眨眼就是两周后。

运动会期间是不上课的，但学生必须到学校来，每天早上和放学时都会清点人数。

第一天上午没什么比赛，就是听一听校长和教导主任的开幕演讲，以及看一下比赛项目的时间安排。正式比赛的话，要下午才开始。

乐芽第一天去了现场围观，和谢轻语一起给班上的同学加油，嗓子都快喊哑了，但她很喜欢这种感觉，真是让人热血沸腾、激情澎湃。

第二天上午一如既往，因为有谢轻语参加的女子短跑项目，她特地带了水过去，等谢轻语跑完就递了过去。可没想到的是，有个人递得只比她慢一点点。

梁千见她们手上有水，又若无其事地收回手。

乐芽十分惊讶：“你们班也有人参加吗？”

她刚刚怎么没看到写着十七班号码牌的女生？

梁千摸摸头说：“我就是过来溜一圈，看到你们俩，怕你们没水喝。”

乐芽“哦”了一声：“谢谢。”

谢轻语喘着粗气：“跑死我了，要是得第二我会哭的，幸好我跑了第一，哈哈哈！”

梁千说：“恭喜。”

等他走后，乐芽拧开瓶盖：“快润润嗓子。”

跑完步就没什么事了，刚好又到了中午，班长照例点过名后，两个人便一起去吃饭。

这一顿谢轻语一口气吃了两个人的饭量，连乐芽也被她带得胃口都大了一点。

中午吃完饭后，乐芽和谢轻语一起回去。才走到一半，就有人把谢轻语拽走，说是有急事，于是乐芽只能一个人回去。

谁知冷不丁从旁边伸过来一条长腿。

乐芽差点被绊倒，吓了一跳，连忙停下，抬头一看是陈漾，不由得责怪道：“你怎么突然出现了？”

要不是她及时停住，估计就得摔一跤了。

陈漾问：“吃过了？”

乐芽“嗯”了一声，和他一起往前走，好奇地问：“你参加了你们班的比赛吗？”

她一边问，一边琢磨着陈漾大概不可能参加，看他那副对人冷冷淡淡、爱搭不理的样子，就不太像热爱运动的男孩。

乐芽心里这么想，却不敢说出来。

陈漾应了声：“有。”

乐芽惊讶地道：“你真的参加比赛了？”

陈漾垂眸看她，似笑非笑：“你这么惊讶，是觉得我不会参加吗？”

“没有。”乐芽否认道，“我才没有。”

因为心虚，她说话的声音更小了。

陈漾目光清澈，他低笑了一声，没有继续调侃她，仿佛早就料到了这个答案。

这条路中午没什么人走，两个人走起来怪尴尬的，可乐芽又不想没话找话。

正巧前面有个熟悉的身影跑了过来。

苏慧原本准备去找谢轻语的，但谢轻语有事先走了，所以她现在看到乐芽，惊喜得不行：“乐芽！”

听到她的声音，乐芽问：“怎么啦？”

苏慧“噔噔噔”地跑过来，气喘吁吁地道：“我跟你说，现在有一件很重要的事情要请你帮忙，这可是咱们班的大事。”

她说话没头没尾的，乐芽一时没听懂。

苏慧继续说：“就广播台啊，广播台需要有人来广播呀，咱班班主任争取来一个名额，我上午已经讲了一上午了。”

听她这么一说，乐芽才想起来，自己上午的确听过那些广播，都是鼓励运动员的，还有给同学加油打气的。

乐芽问："我也要去写吗？"

苏慧摆手："不是让你写，是让你去念。"

乐芽"啊"了一声："我念不好吧？"

她从没这么念过，以前高一、高二也就顶过半小时的广播岗而已，那个时候也就是照本宣科，也没什么人递字条。

苏慧说："我嗓子都干了，班上的女生也都拒绝了，周小青我才不想让她去念。你就帮我去念吧，你的声音这么好听，不念多可惜啊，并且你还有经验。"

怕乐芽不答应，苏慧凑过去撒娇，大有一副不接受就不走的架势："你就答应我吧。"

乐芽招架不住："就一会会儿。"

"一会儿就一会儿。"苏慧喜出望外，"快快快，咱们快走吧，今天下午的第一场比赛就要开始了。"

她拉着乐芽就要走。

乐芽被她拽着，回头看了一眼陈漾："我先走啦。"

话还没说完，苏慧就扳回她的脸："还看，咱们得过去了，时间一过被别的班顶了就不好了。"

到广播站的桌子前时，桌前正坐着一个陌生的男生。

男生长得很清秀，正在整理桌上的字条。字条已经分成了两堆，剩下的都放在了地上的桶里。

苏慧把乐芽按到自己的位子上："就这里，旁边是八班的学习委员苏城。"

乐芽问："有没有什么要注意的？"

苏慧看了一眼苏城，小声地咬耳朵叮嘱道："你呢，就着重念咱们班的，可是也不能全念我们班的，不然会被人说，记得也要念几条别的班的。"

私心是人人都有的。

乐芽乖巧地应道："好。"

苏慧的嗓子是真不舒服，才说了几句就喝了不少菊花茶，茶里还有胖大海。

她走后，这边也安静了下来。

乐芽拿起自己桌上的字条看了几眼，都带着感叹号，是点名写给某班某同学的。

苏城提醒她道："还有几分钟，快点准备吧，待会我念一条你跟着念一条，我们交叉着来。"

乐芽点头："好。"

两个人说话间，就有女生"噔噔噔"地跑过来递字条，还拜托一定要念，必须念。

乐芽都接了下来，能不能念完得看运气，随手拿到哪张就是哪张，这么多是不可能全部念出来的。

梁千和赵明日晃荡着走了回来，就看到乐芽坐在桌边正在调试广播，有细小的声音从广播里传出来。

他惊讶地道："下午是乐芽念啊？！"

赵明日说："这有什么好惊讶的，人家的声音不比你的好听多了，听着多享受啊！"

梁千摸摸下巴想了想。

刚说着话，那边乐芽就念了一条："高三（八）班的运动健儿们，下午的4×100米用你们的实力告诉我们你们是最棒的！"

梁千震惊道："哇。"

乐芽的声音可真好听，清脆又甜美。

梁千突然问："我记得漾哥下午好像有一场比赛吧。"

赵明日说："对啊，有一场，班主任非让他报名，不去还不行。他真惨，我们可得去给他加油。"

梁千"嘻嘻"一笑："干什么我们去加油啊，我们加油没用，又不能激励人。"

赵明日："那你也不能不去吧？"

梁千翻了个白眼："你傻吗？"

正巧十七班某个戴眼镜的男生拿着笔记本经过，梁千眼尖，拦住他："请你帮个忙。"

男生茫然地问："什么事啊？"

梁千借了他的纸和笔，快速地写了好几张字条说："陈漾下午有比赛你知道吧？"

男生道："知道啊。"

梁千把字条全递给他："麻烦你一下，待会比赛开始了就拿去那边广播台让同学念一下，记住，要让女生念。"

他们去送肯定是不行的，估计乐芽看到他们就不会念了。但让别的女生送去，他又不太放心，好在这个戴眼镜的男生就是他前桌的同学，关系也还不错。

男生点点头，看了一眼字条，露出奇怪的神情："知道了，我会让那个女生念的。"

梁千拍拍他的肩膀："到时候请你吃饭啊！"

他现在特别期待下午的场景了。

下午三点。

比赛开始，广播台开始念运动员的名字。

一听到陈漾的名字，不少女生都从路边往操场走去，甚至还买了能敲得“啪啪”响的小工具。一时间，操场上围满了人。

女生们站在跑道外面，此起彼伏地大声喊着：“陈漾加油，啊啊啊——啊啊啊！”

乐芽喝了一口茶，等了有一分钟才念。

小桌子这边堆满了女生们刚刚递来的字条，差不多都是类似表白的内容，主角全是陈漾。乐芽看着都觉得脸红。

苏城见怪不怪：“这种女生写的字条就你来念好了，我不太适合，以前也都是苏慧念的。”

乐芽犹豫道：“不太好吧。”

苏城说：“我一个男生念，真的不适合。”

从这边能看到操场的跑道，此刻正是秋季，乐芽的视力又好，看到陈漾穿着短袖，身后贴着一张号码牌，只是数字看不清楚。

他就在那儿站着，也不像周围的人都在热身，一副疏淡懒散的模样，却莫名地吸引着每个人的目光。

裁判吹了一声口哨。

陈漾弯腰做出起跑的姿势，却突然侧过头看向乐芽。

乐芽猝不及防地和他对视上，高挺的鼻梁、漆黑的眼睛，很冷静，也很……帅。

他是真的长得很好看，她很少见到比陈漾好看的男生，难怪学校里的女生会这么激动。

陈漾勾了勾嘴角，移开视线，正视前方。

操场安静下来，随后传来裁判员的口哨声。

苏城迅速地道：“快，开始念吧。”

在比赛的时候念字条最能鼓舞人心了，并且能给运动员起到特别好的加油作用。

随着口哨声落下，巨大的尖叫声和欢呼声骤然炸开，从操场一直传到学校上空，其中陈漾的名字是大家喊得最大声的。

乐芽也下意识地动了动耳朵，伸手捏了捏耳垂。她正要把手放下，一个男生递了一张字条过来。

乐芽随手接过来，摊开到自己面前，字条上的字瞬间让她的脸红了。

可时间不等人，苏城已经念完了一张字条，她必须跟上，再找新的字条就会慢了。

陈漾可真是个祸害，乐芽在心里吐槽。

她深呼吸一口气，咬着牙念道：“高三（十七）班的陈漾同学，加油、加油、加油，你是这个操场上最帅的男生！”

最后一句话乐芽几乎是喊出来的，被广播一传出去，声音清晰无比。

苏城侧头看她："你可真用力。"

乐芽："……"

这时，旁边的男生又递过来一张字条。

她伸手接过，拿起话筒就要念，可没想到这张字条上面的字更露骨，比第一张还要过分。

乐芽转过头。

递字条的男生对着她微微一笑，手里还拿着好几张字条，准备过一会儿再递给她，源源不断。

这都是什么事啊？

第七章

可爱小纸条

1

操场上女生们的尖叫声和呐喊声一直持续着。

一直到“加油、加油、加油”这三声过后，大家才终于停顿了一瞬，纷纷侧过头去看声音是从哪里传来的。

广播台在操场设立的小桌子也因此得以进入所有人的视线，这时乐芽手上还拿着字条。

原来是她在念字条啊！

看热闹不嫌事大的男生们立刻起哄，还吹起了口哨。虽然不知道写字条的人是谁，但读出来的是女生啊，听起来就像是她写的一样。

本以为只是一段小插曲，只是没等他们转过头，第二张字条又来了。

乐芽虽然表面十分淡定，但心里还是挺紧张的。

她念道：“高三（十七）班的陈漾同学，上一条我的说法有误，你是这所学校最帅的男生，今天是，以后也是。”而后乐芽又偷偷补充道，“加油！”

清脆甜美的声音从广播里传出来，操场边也三三两两地响起议论声。

“天哪，我以前从来不知道广播还能这么用，简直浪费了三年！”

“完了、完了，我都可以想象到接下来的画面了。你看那边的女生，全在写字条了！”

“陈漾可真幸福啊！”

“还有最后一圈，马上就要揭晓成绩了。哇，我现在忍不住想知道谁是第一名了。”

“陈漾不跑第一对得起人吗？”

广播台这边已经被叽叽喳喳的女生占领，她们三五成群地开始写字条了。有的趴在地上写，有的在同学的背上写，还有直接拿在手上写。

一时之间，桌子上又堆满了字条。

借着喝水的工夫，乐芽推开了戴眼镜的男生递过来的字条，拒绝道：“你的我不能再念了。”

戴眼镜的男生说：“为什么啊，你是歧视我吗？”

乐芽被他这个问题问住，反正就是摇头：“说了不念你的了，随你怎么说我都不念你的了。”

她连忙抽出纸堆里的其他字条。

看到她这样，戴眼镜的男生颇为失望地叹了一口气，琢磨着她可能真的不会念了，只得离开。说实话，是他也念不下去了。

运动会每个班都有自己的观赛位，前面由两张桌子组成头排，放上每个班的牌子，后面是一把把椅子。

下午没多少人愿意顶着大太阳出来看比赛，大家要么在教室里自习，要么在寝室睡觉或是逛街。

梁千和赵明日就坐在最前面的桌子上，手里拿着矿泉水，笑得上气不接下气。

没想到乐芽还真念了。

梁千抹了把自己眼角笑出来的泪花，说：“完了完了，漾哥要打鸡血了。”

最后一圈大家都在冲刺，陈漾果然冲在最前面。后面的人几乎望尘莫及，追都追不上，看着陈漾的背影，气得要死。这小子咋的还想上天啊，跑得都快要飞起来了。

旁边的女生激动得面红耳赤。

广播里此时传来女声读着其他班级的恭喜播报和祝福语，没有了刚刚那样的句子。

赵明日叹了口气：“我记得你写了好几条呢，怎么只读了两条，剩下的都没了？”

梁千说：“人家又不傻。”

他都做好了只读一条的准备，所以才特意放在最上面。没想到她还读了第二条，真是太棒了。

正说着，戴眼镜的男生就回来了。他把剩下的字条还给梁千：“这些她都不读了，说什么也不读了，我就带回来了。那两张读过的，我也顺便拿了回来。”

梁千笑眯眯地接过：“谢谢啊！”

前方的尖叫声突然大了起来，他不用看都知道比赛肯定结束了，陈漾拿了第一名。

他翻了翻字条，然后看到刚刚读过的两张，突然想到什么，瞪大了眼睛。

梁千一拍大腿，真是太刺激了。

裁判那边在记录成绩。

陈漾回了十七班这边，有女生上前送水，都被他一一无视。

梁千扔了一瓶水过去，陈漾接过去仰头灌了一小半，喉结随之滚动，脸侧有汗水滴下，看得一些人头晕目眩，实在太帅了。

陈漾拧好瓶盖问："刚才是你们弄的？"

梁千说："刚才什么？"

陈漾说："别装。"

梁千挠了挠头，忍不住笑道："哈哈哈——是啊，怎么样？是不是很好玩？乐芽念了两条呢。"

他之前为了想内容绞尽脑汁，现在这个效果还真不错，最关键是激动人心。

赵明日也凑过来说："漾哥，感觉怎么样？是不是特别有动力，就像是要飞起来一样？"

陈漾瞥他一眼："你以为是要上天吗？"

他在椅子上坐下，捋了捋头发。因为比赛而凌乱的黑发现在更乱了，却偏偏增添了一丝帅气。

梁千"嘿嘿"笑，虽然知道漾哥一定能得第一，但他就是觉得加上这条广播很有意义，他可真是一个小机灵鬼。

赵明日捶了他的胸口一下："笑得跟个二傻子一样。"

操场上正在举行 4×100 米的接力赛，加油声此起彼伏，这次他们班的四个男生也参与了。

梁千为他们喊了几句"加油"，突然想起来一件事，又转过身说："漾哥，给你一个惊喜。"

陈漾随口应道："嗯？"

梁千摸了摸，将刚才塞到兜里的字条拿出来，然后将其中一张抽出来，递到陈漾面前。

陈漾抬头接了过来，上面的内容和他之前听到的一样，没什么不同……

他顿了一下，发现还是有所不同。

梁千见陈漾一直盯着看，就知道他肯定发现了："漾哥，乐芽真可爱啊，哈哈哈！"

陈漾将字条揉成团，塞到口袋里。

他的校服就在桌肚里，上次乐芽洗后还给他的。

他拿出来，随手系在了腰间，然后捏着瓶子起身，径直往外走。

2

广播台桌子这边，乐芽和苏慧正在进行交接。

接力赛刚刚结束，苏慧此时已经回来："乐芽，谢谢你啊。"

乐芽站在一旁，微微一笑："谢什么，就一会儿而已，你嗓子还行吧？"

苏慧说："休息了一会儿，已经好多了。"

因为没念字条了，广播站这边的围观群众散了不少。她看了那边的苏城一眼，偷偷问道："他没为难你吧？"

乐芽说："没有啊，怎么这么问？"

苏慧摆了摆手："没事、没事。"

不料苏城抬头看过来，淡淡地问："苏慧，你以为我是什么样的人啊？"

苏慧否认道："没说你。"

苏城没继续说，而是从桌肚里掏出一罐花茶干，然后又慢条斯理地倒水泡开。

乐芽还是第一次看见把日子过得这么精致的男生。

又盯着苏城看了一会儿，苏慧从口袋里掏出一把润喉糖，放在桌上推了过去。然后飞快地收回手，若无其事地转过头问："乐芽，你刚刚念的是什么啊？我都被你吓到了。"

乐芽还在看苏城拿糖的动作，对这俩人的相处方式，她觉得有些别扭，况且他们还都姓苏，这么巧？乐芽有点好奇。

突然被提问，她回过神："都是别人写的，我就念了，我也不知道怎么回事。"

苏慧拍了拍胸口，趴在桌上说："我听到的时候吓坏了，还以为是你写的。"

乐芽说："我怎么可能会写这个。"

她有点心虚，其实她在后面多加了两个字。不过除了那个男生，估计没人会知道。

苏慧笑起来："也是哦，哈哈哈！"

她记忆中的乖巧女孩怎么可能写出那样的字条，估计也就虞酒那样的女生才会写。

没等多久，新的比赛就开始了。

苏城提醒道："别玩了。"

苏慧收回笑容，偷偷对他做了个鬼脸，悻悻地坐正："乐芽，我结束后再去找你玩。"

乐芽点点头："嗯。"

她正好也想去操场那边看比赛，这里全是嘈杂声，都不知道比赛结果是怎样的。

她从这边转角刚走过去，迎面差点撞上一个人。

乐芽吓了一跳，忙停下脚步，抬头就看到陈漾站在面前，淡淡地看着她。

见到刚刚字条上被表白的本人，她还有点心虚。虽然不是自己写的，却是自己亲口念出来的，怎么都会有点不好意思，而且还一念就是两条。

乐芽往左让了一点，被挡住，往右一点，也被挡住，一看他就是存心的。

她看了看周围，幸好还没有人注意到这里，于是问："你故意挡我的路？"

陈漾说："嗯，堵你的。"

乐芽忍不住说："我今天没对你做什么啊！"

陈漾露出一个笑，额前的碎发被风吹起："你自己做的事都忘了？"

乐芽一下就想到了广播字条的事情。

她心虚地道："那些是别人写给你的字条，我只负责念出来，你可别当真。"

陈漾顺势靠在一旁的墙壁上。

乐芽也没继续说，想走却又觉得不太好，于是仍旧停在原地，等着他说话。

陈漾直勾勾地盯着她，右手还捏着喝了一半的矿泉水，上面的瓶身已经有点扁了。但这样看，显得他的腿特别长。

乐芽个子小，刚刚好能和他平视，没等到回答，又问："我刚刚说的你听到了吗？"

大概是今天的太阳有点大，她罕见地将校服拉链拉到了腰上一截，露出里面的粉色衣服，还挺可爱的。

陈漾眼神幽幽地看了她一眼。

大概是太过明显，乐芽顺着他的眼神往下看去，恼羞成怒地叫了一声："陈漾！"

然后手忙脚乱地合上校服。

陈漾哑声问："怎么啦？"

听着他这故意带着语气词的问句，乐芽更觉得他这个人简直坏得透顶。

她羞愤地道："你刚刚看哪儿呢？"

陈漾一愣，用矿泉水瓶抵住自己的下巴，抬头微微笑："你猜我看哪儿？"

乐芽气急败坏地推了他一把。

这次倒是推动了，陈漾顺着墙壁滑坐到了地面。他摸了摸胸口，故意说道："你的力气好大啊！"

乐芽拧着眉，她可不觉得自己的力气大，陈漾摆明了是故意在讹她。

乐芽涨红了脸："你还碰瓷。"

陈漾懒散地坐在地上，伸着腿在她脚边，抬着头，弯了弯眼睛："我好累。"

乐芽第一次发现他还挺赖皮的，不过鉴于他才跑完步，她也就不想和他计较了，更不想和他扯皮，转过身就打算走。结果不小心踩到了地上的小石子，整个人往前一栽。

电光石火之间，陈漾挡了一下，然后两个人一起倒在地上。

乐芽吓了一跳，连忙抬起头说："对不起。"

陈漾笑了笑。

他笑起来的时候，乐芽能感觉到他的胸腔在震动，连心跳声都听得一清二楚。

乐芽想要起来，结果绊到陈漾的脚，又摔了一下。

陈漾低低地闷哼了一声。

乐芽只感觉脸在升温，这一连摔了两次，还都连累了陈漾。

陈漾的嗓子有点干，低声问："你自己说你之前说了什么，在广播的时候。"

这句话只有他俩能听得见。

乐芽站起来，也不知道他问的是哪句话，只觉得对方今天可能又发病了。

外面有不少人看向这里，陈漾一只手拽出系在自己腰间的校服，兜头就给她盖住。

乐芽眼前一下子就黑了，什么也看不清，她不由得心发慌，伸手就想去拽头上的衣服，却被陈漾扯住。

随后，陈漾从他这边掀开了一点。

校服下黑黑的，从他这边有光漏进去，正对上小姑娘水光潋滟的眼睛。

陈漾愣了几秒，坏心眼地按住她的肩膀。

乐芽伸手去扯他的手腕，一边往外掰他的手指，一边骂道："陈漾你真的……"

话说到一半，她词穷了。

她的气势硬生生地给磨成了撒娇。

陈漾也随她去，反而越来越想笑。

乐芽不想再吭声，就这么扯着，最后碰到陈漾带着些凉意的指尖后又忍不住缩回手。

她的耳朵都要烧起来了。

见她不说话后又开始活力十足地乱扑腾，陈漾想了想，靠近她的头，低声问："这么爱动，你猜围观的人会不会误以为我们在做什么？"

3

听陈漾这么一说，乐芽连动也不敢动了。

她又止不住地生气："你不要脸。"

陈漾摸了摸自己的脸，假装听不懂她的话："有的，你要不要摸一摸？"

乐芽简直气得要晕倒。

好在他并没有继续为难她，而是将她给放了出来，只是校服还依旧搭在她的肩膀上。

陈漾掏出那张皱巴巴的字条递给她。

乐芽接过来，狐疑地看了一眼，又重新扔给他，质问道："你从哪儿弄来的？"

陈漾说："这不重要，重要的是上面的字。"

乐芽说："不是我写的。"

陈漾看着她："我知道。"

乐芽张嘴就要继续问，突然重新拿回字条看了一眼，就发现了不对劲，"噌"的一下就脸红了。

她心虚地道："我要回去学习了。"

陈漾提醒道："运动会期间不需要学习。"

乐芽呛他："我热爱学习。"

陈漾的嘴角一勾，说：“那我得改名叫‘学习’了。”

乐芽被他这么一说，面红耳赤地将字条扔到他的怀里：“你在胡说什么，是得失心疯了吧？”

她一开始还没反应过来，再回想自己的话，总觉得有哪里不对。

陈漾怕刺激到她，没敢继续乱说。

乐芽怕他还要继续说，又问：“不就是多说了句‘加油’嘛，你干吗还故意到这儿来堵我？”

陈漾背靠着墙：“那你再说一遍。”

乐芽瞪他一眼，把校服扔到他身上，抬脚飞快地跑了。

独留陈漾一个人在角落里，看着她跑开的背影活像一只小鸭子，他用手捂住嘴，忍不住笑出声来。

乐芽回到教室，里面只有几个人。

刚巧谢轻语从外面回来，看到她，连忙上前问：“乐芽，问你一件事啊。”

乐芽说：“你问吧。”

谢轻语挠了挠头：“刚才啊，好多人看到你和陈漾离得很近，你们是不是……”

她话还没说完，就被乐芽打断：“没有！”

谢轻语捂住嘴：“没有就没有嘛，你别激动。你看你以前说话都是轻声细语的，哪会这么激动！”

她的乖女孩乐芽，都是碰上陈漾以后才开始改变的。

她刚才被人叫走去核对成绩去了，回来后就听说了这件事，于是赶紧来询问真相。

乐芽揉了揉耳朵说：“你别胡思乱想，都是没有的事，他是在问字条的事，不过字条也不是我写的。”

谢轻语说：“谁让你念的？”

她琢磨着，字条是谁写的并不重要，操场上的陈漾听见的是念字条的人的声音，并且他也只关心这个。再说了，指不定这些字条就是陈漾自己写的呢？！

虽然谢轻语自己也觉得依照对方的性格不太可能干这种幼稚的事，但想想还是觉得好笑。

乐芽对她无话可说，谢轻语也不是第一个问她这样的问题的人了。

不过幸好陈漾用校服盖住了她，没几个人发现是她，所以躲过了很多女生的追问。

不过字条的事，班上的女同学就很关心了。不仅如此，班主任蒋老师也把乐芽叫到办公室去询问广播的事，不过幸好字条不是乐芽写的，只是她念出来的，蒋老师仔细叮嘱了她一番后便让她回去了。

只是这件事的热度依旧持续了一段时间。

接下来的一段时间里，运动会的事就好像长了翅膀一样，经常有外班的女生来一班的门口晃悠。

乐芽有时候能听到几个女生在讨论，当时到底是谁和陈漾一起在操场上。每到这个时候，乐芽就当自己什么也没听见，正大光明地从她们旁边走过去。

最后一天运动会只有上午有一些项目的决赛，下午就是颁发各种奖项。

乐芽一边坐在广播桌旁听着苏慧和苏城念字条，一边玩着自己的手机。

苏慧趁着间隙跟她吐槽："我累死了，你看他那副样子，仿佛不食人间烟火。"

乐芽悄悄看了一眼苏城，说："没有啊，我看着挺好的，是你对他有偏见吧。"

她对苏城的印象很好，标准的三好学生，非常稳重。

苏慧说："都是假的。"

乐芽问："怎么个假法？"

苏慧被这么一问，歪了歪头，瞟到苏城看过来的眼神，心一慌："哎，不说了，我要继续念了。"

乐芽有些不明所以。

没过多久，上方突然投射下来一道阴影。

乐芽抬起头，一看是陈漾："你没去领奖台那里吗？"

说完她仿佛突然想到什么，拍了拍脸，安慰道："没获奖你也别气馁，下次还有机会。"

陈漾低声笑道："下次就毕业了。"

乐芽"啊"了一声，声音软绵绵的。

毕竟他看着就不像体育生那样壮实。

陈漾说："都是因为你我才没得奖。"

乐芽想起昨天的事，也许真的是因为字条的内容，把正在比赛的陈漾给惊到了，但她也是一肚子委屈啊！

不过她也不和陈漾计较，想了想说："虽然字条不是我写的，但我请你喝奶茶总行吧？"

乐芽觉得自己挺大方的，要是换了别人，肯定不会搭理陈漾。

陈漾垂着眼帘看她，应道："好啊。"

乐芽正要继续约时间，就听见那边领奖台的话筒里传来老师的声音："第一名是高三（十七）班的陈漾。"

足足念了三遍。

乐芽终于回过神来是怎么一回事，抬头看着他。

陈漾则显得一脸无辜。

运动会结束，学生们再度投入紧张的复习之中。

转眼又是一次月考，这次是最后一次月考，下次直接就是一模了。以往的考试只是学校用来测验学生平时成绩的，一模则是和全市的学校比试。

乐芽分在第一考场，她早上去得早，在那边看了一会儿书，然后就去外面打水。

回来时刚好还剩几分钟才打铃，陈漾姗姗来迟，手里捧着一杯热气腾腾的豆浆，小日子过得挺优哉的。

乐芽诧异地道："好巧啊！"

陈漾点了点她隔壁的桌子："我在这儿。"

乐芽随意瞥了一眼桌子上贴的考试条，上面写着陈漾的名字和班级，还有考场座位号。

这次的考场安排是按照上一次的月考成绩来排的，把本部和新校区高三年级的学生都混在了一起。

桌椅呈蛇形排列，她的座位刚好和第一名的陈漾是并列的。

说话间，老师拿着试卷走进来，乐芽连忙坐回自己的位子上，呼出一口气。

第一场是考语文。

乐芽全部做完后又检查了一遍，还剩下十几分钟。她不经意间看向隔壁桌，发现陈漾正盯着自己。

她飞快地转回头，心怦怦跳快。

第二天早上，乐芽来得有点迟，桌上多了一杯早餐奶，和她之前买的那个牌子是一样的。她摸了摸，还是温热的。

乐芽看向陈漾的桌子，他的笔倒是在，人却不在，估计早就来了，只是这会儿出去了。

一直到考试铃声响了，陈漾才进教室。

乐芽将早餐奶还给他，又被扔回到她的桌上。她刚想再动，老师就提醒道："考试了啊，别小动作不断的。"

她脸一红，低下了头。

趁着发试卷的间隙，乐芽悄悄看旁边的陈漾，他一本正经地坐在那儿，看着还挺严谨的，一时间就看呆了。

陈漾突然扭过头："偷看我？"

乐芽瞪他一眼，然后看向自己的桌子，嘟囔了一句。

隔着一条过道，声音又小，陈漾没听清，干脆手撑着脸，直勾勾地看着她。

乐芽被他看得心慌。

老师发完试卷过来，敲了敲桌子：“答题了，还看什么看，再看你就别考了。”

陈漾于是漫不经心地坐正了。

等老师回到讲台上，乐芽忍不住对着他“哼”了一声。

陈漾舔了舔嘴唇，小姑娘最近脾气见长啊！

4

两天后，所有科目的成绩都出来了。

乐芽之前对过答案，心里有数，但看到名次是年级第五的时候，还是有点开心。

谢轻语手捧着脸感叹道：“这次是和新校区一起排的名次，月牙你还能排第五，真的好厉害，我要向你学习。”

乐芽一边将试卷订到一起，方便以后整理题目，一边说：“你也进步了不少啊！”

谢轻语“嘻嘻”地笑：“当然是因为你的功劳了。”

年级第一名依旧是陈漾。

乐芽虽然有点不懂陈漾为什么这么厉害，但心里仍是佩服，这种敬佩感会悄无声息地冲掉一些坏印象。

高三的课业非常繁忙，转眼就到了十二月中旬。

距离深冬越来越近，天气也越来越冷，不少人都穿上了羽绒服，校服已然被遗忘。

乐芽怕冷，早早地就穿上了厚衣服。

临近圣诞节，又一次简单的周考过后，班长带着兴奋的表情从外面走了进来。

他站在讲台上拍了拍，吸引了所有人的注意力，然后才开口：“今年的圣诞节和去年一样，因为和元旦接近，所以放在一起过，统称元旦晚会。也就是说，大家想报名参演的可以报名了。”

下面顿时传来一阵欢呼声。

“终于有件开心的事了，我最喜欢不上课了，这次班级内部可以办晚会吗？”

“我就静静地看着大家表演好了。”

“反正我是没什么才艺的，语文课代表你上啊，你不是会弹吉他吗？”

谢轻语不太想表演，她转过头问：“月牙，你想表演吗？”

乐芽一愣：“我不会表演。”

她在很久以前学过钢琴，但那都已经是几年前的事情了。

她现在在学画画，总不能上台说“我给大家表演一个画画”吧。

谢轻语手撑着脸：“那就看别人表演吧。”

班长还在说，学校这次学了别的学校，因为元旦节放假的缘故，所以全校的晚会先办，等到临近放假的前一晚，班级各自的晚会再办。

这样一错开，学生们既有时间去参加全校的晚会，放假前还能玩一晚，可以说是非常人性化了。

谢轻语说："今年是和新校区一起办，不知道会有什么新节目，肯定比去年要好玩。"

乐芽想了想："应该节目会多一点。"

选择多了，新鲜度也就高了。

平安夜很快到来。

教室里一派圣诞节的气象，黑板上有美术好的同学写上了"圣诞节快乐"的英语，旁边桌子上还系上了气球。

学校门口的水果店也顺势推出了平安果促销活动，去店里的学生每天络绎不绝，老板赚得盆满钵满。

傍晚放学时，外面的天已经黑了，乐芽被谢轻语拉着去买了几个包装精美的苹果。

教室里，大家都在欢呼。

乐芽的桌上也被人放了几个苹果，不知道是谁送的，她只能猜出来几个。她把自己买的苹果送给了自己想送的同学，最后还多出来一个。

放在桌肚里的手机突然振动了一下，乐芽一打开，就看到了微信上的新消息。

陈漾："出来。"

他还发了个定位过来。

乐芽上次给他改了备注名，看到这条消息，心莫名地紧了一下。

"我还收到了一个，问了班上好多人都说不知道是谁送的。"谢轻语正在和苏慧聊天。

苏慧说："可能是谁暗恋你吧。"

"有可能。"谢轻语点点头，又看向苏慧的桌子，"这个是谁送的呢？我傍晚好像看到苏城过来了……"

剩下的乐芽就听不清了。

还有二十分钟才上课，现在出去也没什么，乐芽想了想，从桌肚里把剩下的那个苹果给拿了出来。

一出教室冷风就直灌，乐芽嘴里呼出的气都变成了白雾，然后又迅速消失。

她顺着定位走去，来到了高三教学楼的外面，结果走到那边时一个人都没看见。

乐芽站在那里低头给陈漾发消息，语气有点委屈："我都到了，你怎么不在？"

外面真的好冷啊。

她正要抬头，就听到后面传来陈漾的声音："别动，你后背上落东西了。"

乐芽停在那里："什么东西？"

陈漾没说，过了一会儿，只听陈漾说："好了。"

乐芽转过身，也没发觉有哪里不对劲，她将苹果藏在自己身后："你叫我出来做什么？"

陈漾把手插在裤兜里："没什么事。"

乐芽听得一脸茫然，不自觉地指责道："这么冷的天，你没事还叫我出来。"

真是越想越气，她把苹果直接塞到陈漾怀里，轻声说："我要回去了，你下次不要叫我出来了。"

陈漾伸手接住，一看还是挺大的一个苹果。

乐芽又说了句："平安夜快乐。"

她转身就要走，没想到下一刻就动弹不得，陈漾突然从后面伸手拉住了她。

乐芽有些生气："陈漾你松开。"

陈漾说："别动。"

他拿掉乐芽衣服上的一片叶子。

然后他松开手："走吧。"

乐芽悄悄看他一眼，见他是真的肯放自己走，也就没耽搁，脚步飞快地走了。

陈漾看着她一无所知的背影，低笑出声。

乐芽一路走回教室，楼梯上碰到的几个人都奇怪地盯着她，甚至是下去了还回过头看她。

她有点纳闷地看了看自己，好像并没有哪里出问题，衣服也没有穿反啊！

一直走到教室门口，她还有点蒙。

谢轻语刚好从苏慧的座位上起来，就看到乐芽从外面推开门，一时间愣住了。

乐芽关上门，见到谢轻语一脸蒙的表情，开口问："怎么了？"

谢轻语回过神，终于忍不住问出声："月牙，你这一路回来……就没发现有哪里不对劲？"

她看到的那一瞬间简直惊呆了，从没想过陈漾还有这样的操作，却又隐隐觉得干得非常漂亮。

乐芽僵住："哪里不对劲？"

谢轻语捂住脸，真的不忍直视，松开手指了指她的身后："你回头，然后看上面。"

苏慧也看过来："哇，乐芽你……"

这么多人露出奇怪的表情，乐芽心跳加速，总感觉不是什么好事，下意识地就想到了陈漾刚才的行为。

教室里的其他人也看过来，发出小声的惊呼。

乐芽抿了抿嘴唇，怀着紧张的心情回头往上看，整个人愣在了原地。

入眼是几根细绳子，直愣愣地向上延伸，顶端是三个粉红色的兔子气球，绳子的另一端就系在她的衣领上。

5

三个气球还在飘动，一路上就这么跟着乐芽回来，偏偏她从头到尾一点也没有发现。

她总算知道为什么从楼梯间上来时，遇到的那些同学都用奇怪的眼神看着她了。

原来如此。

谢轻语走过来捏住绳子："你从哪里来的啊？这几个气球你居然都没看到，但看起来好可爱啊。"

三个粉红色的兔子气球都不一样，中间那只兔子耳朵一只翘着，一只垂下来，剩下的两只分别做着鬼脸和微笑脸，总而言之，搭配起来颇为生动活泼。

"这是有人给你系的吧。"苏慧也跑到乐芽边上，扯了一个气球下来，"你知道是谁给的吗？"

谁给的？

哼！肯定是陈漾没跑了。

乐芽气愤地想着，偏过头道："你们帮我解开吧，注意不要弄破啦。"

谢轻语笑道："破了把你吓死。"

要是路上一不小心炸了，真的会吓人一大跳。

谢轻语取下来一个，是左边微笑脸的兔子，递给乐芽："喏，你看看。"

乐芽接过气球，其实也没什么特殊的，就只是很可爱的粉色气球而已。

苏慧把另外两个也取了下来，系在一起后给她："好可爱啊，谁买的？"

这份圣诞节礼物可比送苹果有新意多了，她们反正一时之间是完全想不到的。

乐芽摇头道："不知道是谁。"

谢轻语眯着眼睛观察她，心里有点猜测，却也没说出来："不知道就不知道呗！"

乐芽有点心虚，将一个气球塞到桌子下面，其余两个则系在了窗户的把手上，实在是没地方放了。

她出声提醒道："快上晚自习了。"

第一节晚自习是生物老师的，他一进来就看到窗户那儿飘着两个气球，愣了一下。

生物老师最喜欢八卦了，再加上今晚不少学生都给他送了苹果，心情不错，就坐在椅子上问："那气球是谁买的啊？这么好看。"

全班同学齐刷刷地看过去。

虽然他们不是在看自己，但乐芽愣是觉得不好意思。

她真是不明白，为什么陈漾当时要偷偷给她系在衣服上，而不是直接给她呢？

现在想想，肯定就是他之前说她背上有东西时，趁机给她系上去的。

有同学答道："老师，那是乐芽的。"

生物老师笑得眯了眼，看向坐在那边的娇小女孩："乐芽的？挺可爱啊，非常适合她，哈哈哈！"

老师们都非常喜欢乐芽，乖巧、听话、成绩好，长得也很漂亮，这样的学生向来是每个老师的心头宝。

乐芽抿着嘴唇对着老师笑了笑，等她低下头以后，心里愤恨地吐槽了陈漾几句。兔子气球实在是太引人注目了，下次见到他，一定要好好说说他。

同桌戳了戳她，小声问："乐芽，你的脸好红啊，是不是空调吹久了有点热？"

乐芽："啊？"

她伸手揉了揉脸，脸颊的温度透过掌心传到心里，烫得有点吓人。

乐芽连忙道："应该是吧。"

同桌也没怀疑，点了点头就转过头继续写作业了，留下她长长地舒了一口气。

乐芽想开窗透透气，又怕外面的冷风吹到同学，想想还是忍住了。

她坐着发了一会儿呆，脸颊上的温度才终于降了下去。

相比其他班，十七班热闹许多。

梁千从外面回来的时候手上多了好多平安果，个个都包装精美，有的还挂了贺卡。

"哟，这么受欢迎？"赵明日坐在椅子上羡慕地说，"你收到的也太多了吧。"

梁千坐下后说道："你以为都是给我的？"

这里百分之九十的苹果都是给陈漾的，梁千拒绝也没用，那些女孩表明了就算陈漾不要也想送去试试，如果陈漾真不要就让梁千自己吃了。

于是梁千一不做二不休，干脆都拿了回来。

正说着话，窗户被人从外面推开，冷气顿时飘了进来。

赵明日正要骂人，就看到林心乔笑眯眯地站在那儿。

梁千说："漾哥不在。"

林心乔说："我不是来找陈漾的。"

她拿出两个苹果扔到梁千和赵明日的桌上："送你们的，平安夜快乐。"

等她走后，梁千还有点蒙。

怎么回事，林心乔怎么不给陈漾送，却给他们送了？

梁千翻来覆去把两个苹果看了个仔细，发现赵明日的那个竟然比自己这个要漂亮许多，顿时有点不服。

赵明日说："羡慕不来的。"

梁千狐疑地道："你和她私下联系了？"

赵明日将苹果收好后说："对啊，上次她让我帮忙，然后我们就多聊了一点。"

梁千道："你可以啊！"

他们俩正说着话，后门又被推开了。

梁千刚打算骂人，就看到陈漾走进来，手里捏着一个平安果的盒子，上面还打了蝴蝶结。

"漾哥，你去哪儿了？"梁千凑过去问，"这是准备送给谁的？"

陈漾微挑眉梢："别人送我的。"

梁千震惊了一下，陷入"漾哥竟然也会收别人的苹果"的事实中，过了好一会儿才反应过来。

"这是乐芽送的？"

陈漾淡定地"嗯"了一声。

打铃后，外面的人都回到教室。

梁千充分发挥了自己"学渣"的本质，不写作业，就看着边上的陈漾认真答题，赵明日则在和别人聊天。

梁千无聊地逛了逛本校的贴吧，其实他平日很少逛贴吧的，不过因为最近节日多，里面有很多新鲜事，无聊时看起来感觉也挺有趣的。

然后他就点进了一个标了好几个感叹号的帖子。

看到里面的内容时，梁千整个人都呆住了，迅速地转过头看陈漾，并咽了口口水。

他说漾哥怎么今晚心情不错呢，敢情理由在这儿啊！

其实平安夜并没有多少人把心思放在学习上。

教室里不少人都在玩手机，因为开了空调，室内热气上涌，玻璃上结了一层朦胧的水汽，从窗户外面压根就看不见教室里的情况。

谢轻语就正大光明地在玩手机，她的人缘很好，基本上学校里什么事都能看见她的身影，最新的小八卦她也是最快知道的。

有人给她发了一个链接。

谢轻语一开始还怀疑是什么病毒，确认无误后才敢点进去，然后她就震惊了。

里面是一个刚发没多久的帖子——《请问这是什么？竟然能够发生在我们一中！》

主楼就是一张图，但是图像挺模糊的。尽管背景朦朦胧胧，但熟人绝对不会认错，谢轻语一眼就认出来那是乐芽的背影。

画面里一高一低的两个人站在那里，乐芽背对着一个高大的男生，任由后面的男生给她系了三个兔子气球，画面异常和谐。

“呜呜呜——那个气球看起来好可爱呀，为什么我不能拥有！”

“求问这是在哪里？”

“高一学妹第一次回帖，求问这是什么情况？这真的是我们学校的吗？”

“我只是说……我好像晚上回校的时候看到一个男生拽着那些气球，没想到是这样的用途。”

“啊啊啊——我好想知道这到底是什么人，我们学校竟然有这样的人存在！”

谢轻语惊呆了，原来事情的真相是这样的？

虽然她知道陈漾和乐芽肯定不是情侣，就是一般的同学关系。但看到这张图后，总感觉自己好像知道了什么不得了的秘密，她忍不住用手戳了戳前面的乐芽。

乐芽刚写完半张试卷，疑惑地回头：“怎么了？”

谢轻语激动地小声说：“你看手机，我给你发了一个链接，你快点进去看看。”

乐芽点点头：“好。”

她现在正好也想休息一下。

乐芽拿出手机，顺着谢轻语给的链接点开，刚刚点开就看到了最上面的图片，并一眼就认了出来。她的呼吸一顿，立马紧张起来。

她继续往下看，发现很多人都只是在惊叹，并不知道图中的人是谁，这才松了一口气。说实话，她也不知道当时陈漾是这么系的。

乐芽返回主楼，发现陈漾真的比自己要高好多。这张图明显是偷拍。

她不禁摸了摸自己的头，怎么别人能长这么高？

乐芽从初中到高中只长了几厘米，现在是彻底不长了，身高也就定在了一米六，而苏慧和谢轻语都有一米六五。虽然只有五厘米的差距，但这中间有着不可跨越的鸿沟。

她真的好想长高呀！

乐芽抿了抿嘴唇，戳了几下手机。

第三节晚自习下课后，很多人都跑到其他教室门口和好朋友互送苹果。

班长在门口喊：“乐芽，你来一下。”

乐芽放下笔：“是有什么事吗？”

班长从外面进来，摇了摇头：“不知道，老师叫你，你过去就知道了。”

乐芽瞬间心虚，以为贴吧里那个帖子内容被发现了，结果去了之后发现还好只是说作业的事。

她现在就像是惊弓之鸟，每隔几分钟就去帖子里看一遍，生怕有人在帖子里回复“主人公是乐芽”。幸好没人发现，还好班上的同学都不怎么上贴吧。

乐芽在办公室听了很多废话，然后才离开，回过神来已经在走廊上了。

“同学。

“同学。”

一连叫了两遍，乐芽才终于回过头，看到一个男生拿着个小盒子站在自己面前，但她根本不认识对方。

她伸出手指了指自己，不太确定地道：“不好意思，你刚刚是在叫我吗？”

男生点点头：“是的。”

乐芽问：“有事吗？”

闻言，男生把手中的盒子往前一递，把酝酿了很久的话说出口：“送给你的，平安夜快乐。”

乐芽被吓了一跳：“我不认识你……”

她真的从没见过这个男生，更不要说有什么交集了，现在竟然会被他送苹果？太不可思议了。

男生微微一笑说：“我知道，我经常能看到你，知道你在一班，所以特地过来的，只是想送你苹果而已。”

乐芽背着手拒绝道：“不用啦！”

教室里有人打开窗子，是周小青。她正在看向这边，不知想到了什么，露出一副鄙夷的表情。

然后她关上窗，发出“啪”的一声。

乐芽听到教室里周小青的同桌发出不满。

面前的男生直接把苹果往她手边递去，说：“是我自己想送的，没什么其他意思，你可以……”

他的话还没说完，盒子就被一只修长的手给拿走了。

乐芽一惊，顺着手指的方向看过去，就看到陈漾站在自己身后，手里正拿着那个盒子。

她张嘴就要说话。

看见乐芽用一双湿漉漉的眼睛盯着自己，陈漾竟然觉得有些失神，直接将盒子塞回男生怀里，面色不虞地道：“不用你送，她已经有了。”

一字一顿，清晰可闻。

面前的男生显然是认识他的，他脸一白，拿着小盒子，哆哆嗦嗦地道：“我先走了。”

说完便飞快地跑走了。

快得像风一样，乐芽一眨眼已经看不到对方的身影了。

她回过神："你别吓他啊！"

听见她的话，陈漾低下头，看着她越发精致白净的小脸说道："那你说说我怎么吓他了？"

乐芽一时间哑口无言，不知怎的，她竟然从他的话里听出了一丝委屈的感觉，又好像是在生气。

6

最后一节晚自习即将开始，现在已是深冬，晚上冷得厉害，乐芽穿上了羽绒服，裹得像一只北极熊。

陈漾看乐芽不说话，又问了一句。

乐芽转移话题道："没吓就没吓，是我误会了……但人家是因为你才离开是真的吧？"

陈漾说："难道你想收他的苹果？"

明明是很普通的盒子，苹果也是很普通的苹果，怎么就能被她看上呢？他真是不懂。

一想到刚才的画面，他就怒气上涌。

乐芽摇了摇头："不是啊。"

她发现陈漾是真的会联想，她明明不是这个意思，可他就是会联想到那上面去。

乐芽解释道："我本来就打算拒绝的，然后你就突然出现，把他给吓跑了。"

其实他也没怎么吓，是人家自己选择逃走的。

乐芽重复道："我没想收。"

听她一遍又一遍地解释，陈漾本来的不高兴不翼而飞，忍不住笑出声。

乐芽不知道他为什么突然会笑。

她说："今天晚上那个气球的事被别人拍到了，下次你不要这样了，到时被误会可是会被老师请家长的。"

陈漾的目光一深："好。"

他特地选了个黑漆漆的地方，就是为了不让别人发现，结果还是被拍到了。

陈漾皱眉，深吸了一口气才压住心头上涌的暴躁。

看着面前娇小的姑娘，他又不忍在对方面前发火，于是低头道："给你的。"

他伸手将手里的东西放到乐芽的帽子里，从头到尾都没让她看见是什么。

乐芽感觉帽子一沉，于是伸手去后面够了够，小声地问："你又放了什么呀？你今晚偷偷系的气球我都是回到教室里才发现的。"

陈漾趁机点了点她的鼻尖："你猜。"

乐芽躲开他的手：“不猜。”

陈漾收回手，嘴角噙着笑：“你现在脾气还挺大，都敢这么跟我说话了。”

乐芽撇撇嘴，不和他争执。帽子沉沉地往下坠，她总觉得应该是一个很重的东西。但刚才陈漾的动作太快，她实在没看清。

上课铃声突然响起。

乐芽回过神，然后说：“上课了，你快回去吧。”

她距离后门很近，推开门就走了进去，教室里依旧欢声笑语，虽然已经打过铃了，但一分钟内是绝对没法安静下来的。

乐芽回到自己的座位上，伸手就去够帽子。她不敢把帽子拿起来戴，怕里面的东西会突然落下砸到自己的头，到时候疼的可就是自己了。

“喏。”谢轻语突然伸手，把东西递给她。

乐芽有些诧异，感觉帽子瞬间轻了。

谢轻语说：“我看你半天都没拿出来，就帮你拿了。你不会怪我吧，快接着。”

她手里拿的是一个苹果，不过和小卖部买的不太一样。

乐芽伸手接过来，感觉苹果有点冰：“谢谢。”

“和我还说什么谢谢啊，我们俩什么关系。”谢轻语推了一下她说，“我都看到啦！”

虽然本部这边有很多女生见过陈漾，但不认识他的也挺多，一班就有很多不认识他的。

谢轻语是因为出去打水，回来时才看到陈漾和乐芽站在那里。

她对陈漾没什么太深的印象，印象最深的那一次，还是乐芽口述的送东西认错人的那次，还有就是今晚的兔子气球了。

班主任蒋老师此时已经站在了讲台上，教室里安静下来，乐芽也转过身盯着苹果看。

她没想到陈漾还会送自己苹果。

兔子气球还在窗户上系着，她一直以为这个就算是礼物了，谁知道还有苹果。

从后面扔过来一个纸团，乐芽拆开，看到是谢轻语的字迹：“月牙啊，你现在和陈漾……到底是什么关系啊？”

什么关系？

乐芽被她问得有点蒙。

蒋老师从讲台上下来，在过道里来回走。等蒋老师走了以后，乐芽想了想，才提笔写字，再揉成纸团侧身放在谢轻语的桌子上。

谢轻语借着书的遮挡将纸团打开，发现上面只有三个字，好朋友，没什么意思。

第四节晚自习是准时下课的。

乐芽收拾好东西，然后又将气球从窗台上取下来，再把三个气球的绳子都系在一起。

谢轻语问："不走吗？"

乐芽摇摇头："你先走吧，我再等一会儿。"

"啊？"谢轻语惊讶了一下，然后点点头，"好吧，那我先走了，你注意安全啊！"

乐芽说："知道啦！"

等教室里的人走得差不多以后，乐芽推开窗户看了一眼，对面楼里很多教室的灯都关了。她才拿着气球离开了一班。

兔子气球飘在她的头顶，随着她的走动一上一下，兔子耳朵也跟着一动一动的，非常可爱。

学校里的人大多都已经走了，这大冬天的，谁也不愿意在外面多待。

乐芽没看到家里的车，就给司机打电话："叔叔，我是乐芽，你今天没到吗？"

司机说："小姐，我在路上被车蹭到了，还需要一点时间才能解决，你那边能等等我吗？"

乐芽点点头，又想起对方看不到，忍不住笑道："没事的，我等一等就行了。"

司机又答："那小姐找个暖和的地方先待着，这里解决了我马上就过去。"

乐芽"嗯"了一声，然后挂断电话。她在外面站了没多久，高三年级教学楼的灯就全黑了下去，门口一片寂静，也没有学生再走出来。

乐芽想到谢轻语跟她说过的各种鬼故事，再看看后面一片漆黑，感觉怪吓人的。

她拎着气球绳子的手露在外面有点冷，今天又忘了戴手套，干脆把绳子的一端系在自己的书包上，这样就好多了。

乐芽又去了对面的小卖部，她第一次遇见陈漾就是在那里。

现在的店都开了空调，她买了一点零食塞到口袋里，然后就在门口等着司机过来。

也就是在这个时候，她看到外面有个推轮椅的人。

乐芽看了一会儿，发现他的轮椅好像陷在什么东西里面，推不动了，那人大冷天的头发都被吹乱了。她想了想，推开门走了过去，离得近了才看到是车轮陷进一个坑里。这个地方来来往往总被人踩，有些瓷砖就翘了起来。

见对方可能是真的推不动了，乐芽出声道："我帮你吧。"

她伸手去推，虽然力气小，但从后面推比轮椅上的人自己推要方便多了。

不到一分钟，轮椅就被推出了坑，乐芽把他推到一旁的平地上笑道："好啦。"

乐芽大大地缓了一口气，她第一次佩服自己的力气，真是一个少女壮士。

这时，轮椅上的人才终于回过头："谢……"

一句话没说完，对方的眼睛突然瞪大，剩下一个字堵在喉咙里，他猛地将她推倒在地。

乐芽压根没料到他会这样，猝不及防摔倒，一只手下意识地撑在一旁，摔得十分厉害。

她“嘶”了一声，缩回手一看，都蹭破皮了。

乐芽被保护得很好，很少受伤，她眼睛里很快就冒出了水光。并不是疼的，而是委屈。

她好心好意帮这个人的忙，怎么反倒还被推倒了？她总算是明白了新闻上那些被碰瓷的人的心理了。

乐芽抬头看他：“您为什么推我？”

轮椅上是个中年男人，头发有点乱，穿着大棉袄，正趴在椅背上盯着她看，眼睛一眨不眨。

乐芽被盯得后背发毛，有种被人盯上了的感觉，她从地上起来后就往后退了退。

对方的视线一直跟着她的动作移动，粗重的喘息声她听得一清二楚。

路边的灯一闪一闪的，偶尔才有一辆车开过去。

乐芽的呼吸顿住，脑海里想到了各种社会新闻。她这样的女孩最容易受到伤害了，刚才的委屈也全被害怕替代。

乐芽把手在衣服上蹭了蹭，然后也顾不得其他，生怕对方是假残疾，转身就跑。书包上的气球跟着颠起来，一直跑到刚刚的小店里。

老板被她吓了一跳，问：“你怎么了？”

乐芽回过神，拍了拍胸口，摇摇头道：“刚刚被外面的人吓到了，没事了。”

从她这边还能看到对面的那个中年男人，他正用搜索的眼神看向这边。

乐芽问：“老板，你知道对面那个人是谁吗？”

老板顺着她手指的方向看过去，眯起眼睛辨认了一下：“是住在这周围的人吧，不过我不认识，只是以前看到过几次，怎么了？”

乐芽摇摇头：“没事。”

听他这么说，她倒是安心了一点。虽然不知道对方为什么会对自己这个样子，但只要他之后不招惹自己就行了。

乐芽的手心还有点疼，她低头一看，已经渗出了一点血。

乐芽越想越觉得委屈，又问：“老板，你这里有碘酒吗？”

老板想了想说：“我这儿不卖，不过我有自用的，你要是要用，我去拿给你。”

乐芽连忙道谢，然后抬头看向外面。

她看不清那人脸上的表情，只觉得后背发凉，感觉还有点奇怪，真是莫名其妙的一个人。

陈漾回到家，打开门，发现家里一盏灯都没开。他开了客厅的灯，将地上乱七八糟的东西给捡起来。

房间不大，客厅也不大，所以收拾起来很快，但他已经厌烦了这种纷繁杂乱的生活。

陈漾在家待了几分钟，终于还是打了个电话：“陈明武，你又去哪儿了？”

他的语气算不上好，对面的陈明武却罕见地没和他发火，这也太不正常了。

两个人的日常就是各种吵架，家里大部分东西都是被他们直接摔坏的，还经常会发生小规模的流血事件。

陈漾早已习惯了，但今晚陈明武的态度却有些出乎他的意料。问清对方的具体位置后，他拿着钥匙就出了门。

一靠近学校，陈漾就看到在外面吹冷风的陈明武。

陈明武坐在轮椅上，周围没有一个人，身后是亮着灯光的店铺。

陈漾定定地看了一会儿，然后才走过去，冷笑道：“出去了也不怕回不去，到时候可没人替你收尸。”

陈明武没有回答他。

陈漾虽然觉得不对劲，却也没想太多，只以为陈明武又受什么刺激了。他的手刚刚碰到轮椅的把手，陈明武直接动手，顿时将他掐伤。

陈漾收回手，皱眉道：“你发什么神经？”

意料之外，陈明武没和他呛，而是把头转向一个方向，和他来之前一样，盯着那边一直看。

陈漾不厌其烦地顺着陈明武视线看过去。

隔着一道玻璃门的小卖部里，乐芽正站在那里，恰好也看向这边。

7

乐芽完完全全没想到陈漾此时会出现在这里。

她刚刚还了老板的东西，一转身就看到陈漾出现在那个轮椅男人的身后。

乐芽不太清楚是个什么情况，猜测陈漾可能是和自己一样，想把那个男人推走，只是自己倒霉被推倒在地罢了。

乐芽低下头看了看自己的手，还有点疼，但比刚刚要好多了，她叹了一口气。

这时，她的手机铃声响起。

刚一接通，司机的声音就传了出来：“小姐你还在学校这边吗？我已经到了，就在校门口。”

乐芽看着外面：“好，我马上就过来。”

挂断电话后，乐芽对老板说道：“老板，我走啦。”

“注意安全。”这家小卖部在这里开了十几年了，一中新校区也没建几年，老板对于这些孩子都非常喜欢。

乐芽推开门，往学校门口一看，就看到家里的车正停在路边打着双闪。

她走出去后，下意识地看了一眼马路对面。

陈漾也看向这边，但因为天黑，乐芽看不清他的神色。她想了想，冲着他挥了挥手，又拿出手机给他发了一条微信消息。

“你小心一点呀，刚刚我过去推他，他还把我给推倒了。”

发完以后，乐芽才走到自家的车边。

司机连忙打开车门，看到乐芽书包上的兔子气球，忍不住笑道：“小姐从哪儿弄来的气球？”

乐芽扯了扯线，把气球拽进怀里，然后坐上车，含糊道：“今天是平安夜，班上同学送的。”

司机说：“真可爱，和小姐很配。”

乐芽被他夸得露出一个笑容，嘴角梨窝浅浅，眼睛也跟着弯成了小月牙。

那辆名车最终消失在了道路尽头。

陈漾捏着手机，视线落到面前的男人身上，问：“你刚刚对她动手了？”

微信里的那句话，他看到的时候呼吸一顿。

陈漾此时的感觉竟然是庆幸，庆幸乐芽不知道他和陈明武的关系。

陈明武的手终于从轮椅上离开，残忍地笑着说：“怎么，你有其他的想法？”

陈漾笑了笑，和平时完全不同，一字一顿道：“你最好别动她，不然我不保证会做出什么事来。”

两个人足足沉默了好久。

陈明武脱离他的手，怒气冲冲地道：“你以为你是谁啊？你还知道你是谁吗？”

陈漾说：“我是谁你最清楚。”

他重新恢复冷淡的神色，只有他自己清楚刚才的一瞬间心跳得有多快。

陈明武说：“你身上流着我的血，你这辈子也别想甩掉我。想攀上别人，也不看看自己什么样。”

他开始滑动自己的轮椅，陈漾也就任由他往前。

路上有些瓷砖翘起，陈明武一时没注意，轮子被卡住，歪了一些，差点倒了。

见陈漾也不来扶，他猛地抓住扶手，喘着粗气，一直等到稳定下来后才叫道：“为什么不扶一下？你是不是疯了！”

陈漾垂下眼帘，勾起嘴角：“我早疯了。”

他淡淡地道：“从你当年敢做那件事的时候，我就已经疯了。”

他转身就走。

陈明武抓着轮椅扶手："疯了，你是真的疯了……"

外面的冷风直直地往陈漾衣服里灌，让他浑身的血液都仿佛冷了下来。

回家后，乐芽给自己贴了个创可贴。

陈漾没有回她的消息，不知怎么回事。她叹了口气也就没管了。

第二天是圣诞节。

今年的圣诞节没下雪，所以气氛并没有多热烈。

早读下课后，乐芽收到了陈漾的微信。

离上课还有二十分钟时间，她想了想，最后还是出去了，然后就在走廊上看到了陈漾。

乐芽走过去问："怎么了？"

陈漾问："昨晚是怎么回事？"

提起这个乐芽就有点生气："我昨晚看到那个人的轮椅卡住了，就过去推他。没想到他不领情，还把我给推倒了。"

她一边说一边忍不住做手势。

陈漾静静地听着，目光从她的手上瞥过。

突然，他眼神一凛，直接抓过她的手，看到掌心的创可贴时微微一顿："昨晚弄的？"

乐芽软绵绵地"啊"了一声："不小心伤到了，没事的，过两天结了痂就好了。"

她怕别人看见，连忙抽回手。

陈漾问："疼吗？"

乐芽摇摇头："不疼了。"

也就是说当时是疼的。

陈漾闭了闭眼，怒气交加，最终还是平复了下来："以后看见他不要管。"

"我知道。"乐芽点点头，想了想后抬头问，"你昨晚没遇到什么事吧？"

陈漾顿了顿："没事。"

他能有什么事呢？

乐芽"哦"了一声，莫名其妙地放下心，然后又说："没事我就回去了。"

陈漾这次没有阻拦，看着小姑娘安然无恙地回去，马尾随着她走路的幅度一甩一甩的，这份单纯与美好，和他的家庭形成对立面。

圣诞节过后没两天就是全校的元旦晚会。

学校的礼堂很大，是当初特地建的，能够容纳全校学生。

傍晚放学时，蒋老师说：“今晚的晚自习就不上了，大家记得七点的时候回教室，到时候一个班的同学一起去礼堂，大家坐在一起，可千万别迟到了啊！”

台下的男生们开始兴奋得拍着桌子吹口哨。

乐芽还没去过新校区的大礼堂。

这次元旦晚会，还是本部转校来的学生第一次和新校区的学生一起举办活动。

大礼堂里漆黑一片，只有前面亮着灯。由于一班的节目是第一个，所以位子安排在最右侧的前排。

等人全部到齐后，晚会才开始。

前几个节目是歌唱和小品交叉着来，气氛很活跃，随时可以听得见欢呼声、口哨声和起哄声。

就在这时，乐芽兜里的手机振动了一下。她偷偷掏出来，看到是陈漾发过来的消息。

陈漾：“大礼堂外面，出来。”

乐芽皱着眉头看了半天，也犹豫了半天，最后还是回道：“你等等。”

她碰了碰谢轻语。

谢轻语扭过头：“怎么了？”

乐芽凑过去和她咬耳朵，小声道：“我有事先出去一下，待会儿就回来。”

谢轻语以为她要去洗手间，没有阻拦，只说：“那你快点回来啊，别迷路了。”

说完她就转头继续尖叫。

乐芽抿着嘴唇笑，然后从旁边的座位猫着腰出去。

这边的礼堂有好几个出口，一班有一个临近的出口，她出去后张望了一下，没发现陈漾的身影。

乐芽又发消息：“我没看见你在哪儿。”

发完后她又回了大礼堂的台阶上。

“在你后面。”身后突然响起陈漾的声音。

乐芽连忙转身，陈漾就站在她面前，大礼堂的光从里面漏出来，打在他的身上，显得他的轮廓格外好看。

她摇了摇手机：“什么事啊？”

陈漾说：“当然是有事了。”

灯光昏暗，两个人都站在大礼堂的门口，冷风就这么呼呼吹着，外面好像还在下小雨。

乐芽发现他的衣服有点湿。

她今天穿了一件白色的呢子大衣，后面的帽子很可爱，还带耳朵，陈漾伸手给她戴上。

两只耳朵不大，因为是布的，只能这么软塌塌地搭在那儿，看着可爱极了。

乐芽只得低头："你干吗呀？"

她把帽子扯掉，头发微微乱了点，一脸控诉的表情，仿佛他做了什么十恶不赦的事情一样。

陈漾笑了笑："不喜欢？"

乐芽哼了一声，说："你别乱动。对了，你还没说你找我出来干什么呢，我还要继续看晚会呢。"

陈漾觉得她的胆子越来越大了。

不过这样也挺好的，他正要开口说话，对面的姑娘又突然做了个噤声的动作。

乐芽小声问："你听到什么声音了吗？"

陈漾皱眉："什么声音？"

乐芽也顾不上和陈漾说话了，她刚刚好像听见了小奶猫的声音，声音好小好小，感觉十分微弱。

她顺着声音的方向走过去，那边是围墙，下面是一个草丛，路灯只能照到草丛外面。

乐芽听了听，然后蹲下来。她随手拨弄了几下，没看到猫在哪儿，但声音一直没停过，肯定就在周围。

她也小声地学着猫叫。

陈漾看着她蹲在地上找来找去，还小声地"喵"来"喵"去，突然觉得她可爱到爆炸。

前些日子梁千一天到晚刷什么"学猫叫"的视频，里面无数个女生一直在学猫叫，每天都吵得他头疼。但他现在懂了。

8

在这种情况下，陈漾觉得梁千还是有点用的。

乐芽在草丛里"喵"了半天，终于在靠墙角的位置发现了一只牛奶色的小猫，它的眼睛才刚刚睁开一条缝，冻得瑟瑟发抖。她没养过猫，但是光是看着也觉得可怜。

小猫睁眼看见她，又叫了一声。

乐芽被叫得心都要化了，伸手就要去抱它。

陈漾拉住她："别碰。"

乐芽一愣："你别拦着我。"

陈漾指了指她身上的衣服："首先你穿的白色衣服，其次这只猫身上有没有寄生虫还不清楚，找条毛巾包着比你直接抱着有用。"

他不喜欢猫，因为以前被猫抓过。

乐芽考虑了一下，说："那你在这里看着，我去找东西过来，你可不要把它给吓跑了。"

陈漾问："难道我就这么可怕？"

乐芽"扑哧"一声笑出来："我不是这个意思，我没说你可怕，我的意思是小猫还小。"

没等陈漾说话，她就跑进了礼堂里。

看着她的身影消失，陈漾蹲下身来盯着小猫开始研究起来。小猫抬头冲他叫了两声。他伸手挠了挠它的下巴。

乐芽出来看到的画面就是陈漾蹲在那边，他的手指在小猫鼻子上一点一点的，远处的灯光打在他的身上，衬出他好看的侧脸以及脸上淡淡的微笑。

这个简单的画面，竟然生出无限的暖意。

她灵光一闪，掏出手机拍了一张照，然后保存好，走过去时不自觉地放轻了脚步。

陈漾耳聪目明，听到动静就转过头，看着她蹑手蹑脚地走过来，问："你在干什么？"

乐芽跑过去："没做什么。"

纸盒子里铺了一条旧毛巾，陈漾看着她把小猫放到纸盒子里，小猫的爪子就顺着她的手腕和手背蹭来蹭去。

他看着有点眼红，小猫可以蹭到，他就蹭不到。他呼出一口气，感觉很郁闷。

乐芽拍了拍纸盒子："你的奶粉还有吗？"

陈漾有点蒙："什么？"

乐芽有点不好意思："就是我之前送你的……那个学生奶粉还有没有呀？"

陈漾说："不在教室里。"

他不可能天天在教室里泡学生奶粉喝，先不说梁千他们会笑个没完，喝完后还得洗杯子那可是真麻烦。

乐芽耸了耸肩，有点失望。

陈漾懂了她的意思，哑然失笑，提醒道："养猫的话，是不能用人喝的奶粉的。"

乐芽瞪大眼睛。

陈漾站起来，嘴角一勾："你待在这里，我去外面的超市看看有没有羊奶粉。"

乐芽还没吭声，他就已经离开了。

看着他颀长的背影消失在黑暗中，她有种奇怪的感觉，却又说不上来是什么。

她低头逗猫，想着接下来该怎么办。如果这只猫是被人遗弃的，那她就打算把它抱回家。家里虽然没养过宠物，养只猫应该还是可以的。

十分钟后，陈漾拎着一个袋子出现了。

他将里面的东西拿出来，然后又去礼堂的水房接了水："这是去医务室借的注射器。"

乐芽忍不住夸赞道："你准备得好齐全啊！"

陈漾掀了掀眼皮，漫不经心地道："你都打算救它了，我就不能让它死了。"

乐芽听得心怦怦直跳。

陈漾没注意到她的反应，他直接去喂小猫。乐芽也一起帮忙，两个人齐心协力给小猫喂了点吃的。

小猫显然是饿了，吃完以后就躺在纸盒子里睡觉了。

乐芽凑在一旁看：“我待会儿把它带到教室里去，晚上再带回家。”

陈漾低声出笑：“给我吧。”

乐芽说：“啊，你要养吗？”

陈漾垂眸看她，说：“不愿意给我？要不你带到教室里去？”

乐芽摇头，她当然不是这个意思，只是刚才陈漾流露的模样就像是不喜欢它一样，所以她以为他不感兴趣。

陈漾接过她手里的纸盒子说：“先放我这儿，晚上放学后你自己过来拿。”

见他是说真的，乐芽点头道：“好。”

两个人也没回去大礼堂，而是直接去了教学楼。因为学生都不在，里面一片漆黑。

乐芽跟在陈漾身边，一刻也不敢离开。

好在教学楼的楼梯间有声控灯，一路到了十七班，陈漾直接推门进去：“进来吧。”

乐芽还是第一次进别人的教室。

十七班和一班只有桌椅摆放不一样、黑板报不一样，除此之外似乎也没什么不同。

陈漾转过身：“不过来？”

乐芽回神：“来啦。”

陈漾的座位在最后面，此时他已经打开了后排的灯，把纸盒子放在桌上。

旁边是别人桌上的书，一眼看过去书好像都是新的。

“还有半小时晚会才结束。”陈漾低下头整理了一下，然后拉开椅子，“过来。”

乐芽顺着坐下去，也没说什么话。但两个人在空荡荡的教室里单独坐着感觉有点奇怪，只能用逗猫来转移注意力。

一直到晚会结束，她才离开。

放学后，十七班教室里的空调也被关了，大家都冷得忍不住发抖。

梁千起身，看到陈漾还坐在座位上，就问：“漾哥你还不走啊？”

陈漾“嗯”了一声，没说什么。

梁千觉得他今晚有点莫名其妙，挠了挠头，收拾书包的速度也不禁慢了下来。

一直到教室的窗户被推开，乐芽出现在外面，她小声说道：“我来了。”

看到她，陈漾的右手往后一拉，后门就被打开了一点：“进来。”

乐芽看了一眼教室，感觉有点不自在，和之前没人时不一样，这次有不少人盯着她看。

她小声说："我拿了就走了。"

陈漾说："真不进来？"

梁千看了一会儿，笑嘻嘻地说："你就进来呗，我们又不会吃了你，待会儿就都走了。"

想了想，乐芽才慢慢走进去。

前面还有在学习的同学，后面的学生就剩几个了，灯也被关了一边，导致光线有点暗。

坐在中间位置的男生忍不住问："这是谁啊？"

梁千说："问什么问？"

乐芽看了他们一眼，又凑过去看纸盒子里小奶猫，她伸手碰碰它的脸，软绵绵的，像一块棉花糖，乐芽很开心。

看着她这肆无忌惮的动作，梁千心里真的是感慨万千。如果是自己的话，肯定会被打手。

乐芽问："它后来饿了没？"

陈漾说："刚刚喂过了。"

听到这里，梁千猛地想起刚刚陈漾在那里捣鼓，他也没凑过去看，搞了半天是在喂猫啊！

他以前不是最讨厌猫的吗？

梁千咋舌，拍了拍赵明日，然后又对其他人挤眼睛："漾哥，我们先走了。"

眨眼之间，教室里就只剩他们两个人。乐芽也顾不上逗弄猫了，径直将纸盒子抱起来，却被陈漾的手挡住了。

"等等。"

他站了起来，居高临下地看着她。她一低头，就露出嫩白的脖颈，纤细又漂亮。

陈漾发出一声叹息。

这一声叹息听得耳朵怪痒的，乐芽抬起头看他，有点不明所以："怎么了？"

陈漾指了指纸盒子。

"你要养吗？"乐芽以为他想要，也没觉得奇怪，"你家里人会同意吗？"

陈漾扬起眉毛："我不养。"

至于家里人，他自己决定了就行。

乐芽放下盒子，又问："你以前养过猫吗？"

陈漾说："没有。"

以前没有，现在没有，以后倒是想有。

乐芽被他盯得后背发凉，低头看着小猫说："你把手伸过来，它好可爱的。"

陈漾依言，把右手伸过去。

乐芽也没想太多，直接抓着他的手就往纸盒子里送。

小奶猫直接咬住了他食指的指尖，不疼，湿湿的、软软的。

陈漾的手指动了动，小猫的头就跟着手指转。

他微微皱眉，看到在纸盒子边趴着瞅的小姑娘，想了想还是没把手指给拿出来。

乐芽看了半天，软绵绵地叫了一声，一脸嫉妒地道："小猫都没有舔我，明明刚才我也伸手了啊！"

真是太令人嫉妒了。

她抿紧嘴唇又逗了几下，决定赶紧离开，小猫以后就是她一个人的了。

乐芽叹了口气，手搭在纸盒上，轻声说："时间真的不早了，我要回家了。"

陈漾眯了眯眼："你就是这么过河拆桥的？"

乐芽说："我哪有拆桥？"

陈漾收回手指，用纸巾擦干手指上沾的小猫的口水，又侧过头看她："那你学声猫叫我听听。"

第八章

你在撒娇吗？

1

学猫叫？

为什么要学猫叫？乐芽先是一愣，然后听到小奶猫的叫声，才反应过来："不学。"

她又不是猫，学什么猫叫？

陈漾的意思再明显不过，乐芽的脸皮薄，脸上顿时就染上一点红，衬出一丝艳丽。

陈漾看着她："真不学？"

他拿手指了指纸盒子，小奶猫非常开心地冲着他叫，看样子他是想直接把猫带走，已经开始动手了。

乐芽看得一脸羡慕嫉妒，真想立刻就把猫咪夺走，但好歹陈漾刚刚也有帮忙，还出了很大的力气，她不能过河就拆桥。

陈漾看她皱着一张脸，纠结了半天，才小声地"喵喵"叫了两声，不仔细听压根就听不见。

他得寸进尺道："没听见。"

乐芽有点气急败坏，想了想，直接把他的衣服往下拽，陈漾顺势弯下腰靠近她。

她贴近他的耳朵："喵喵喵。"

她叫得很大声，这次他听得清清楚楚。

教室一下子就安静下来。

陈漾率先回神，直起身，下意识地揉了揉耳根，若无其事地放下手，咳嗽了一声："乐芽。"

没等他说完，乐芽就"啊"了一声。

乐芽稀奇地看着他："你的耳朵红了哎！"

陈漾一愣。

乐芽连忙抱起纸盒子："我先走了，你回家注意安全。"

陈漾看着她离开教室，然后进入黑暗的走廊，又到了另外一间灯火通明的教室里。

他笑出声，舌尖舔了舔上颚。

冬天的夜里，大街上人很少。

乐芽回到家时已经有些晚了，但仍能闻到从厨房里飘出来的香气。她本来没什么胃口，现在肚子里的小馋虫也被这香气勾了出来。

小奶猫一到家就害怕地躲了起来。

乐易健看见她拿的纸盒子，吃惊地问道："这是什么？"

乐芽把灯打开，解释道："这是我今晚在路上捡到的一只小猫，爸爸，我想养它。"

乐易健非常开明："可以啊，养吧。反正你去上学的时候家里也有人在，会有人照顾它的。"

张姨一天到晚都在乐家，照顾一只猫还是可以的。

乐芽逗着小猫："好。"

正说着，张姨端着菜从厨房里出来，说："现在可以吃饭了，先生、小姐。"

饭桌上只有碗筷碰撞发出的声音，乐芽一边吃着饭，一边刷着朋友圈，都是今天晚上晚会的视频。

几乎班上每个同学都发了视频，乐芽一一点赞。

她只吃了一小碗饭，速度比较快，快要离开时看到视频上的银色灯光，突然想起了那条月牙项链。但她实在想不起来放在哪里了，感觉记忆有点模糊。

乐芽想了想，开口问："爸爸，我当初是不是有一条月牙项链？银色的。"

乐易健随口应道："有啊。"

那还是他买的，作为生日礼物，当初乐芽还在上小学，已经过去很多年了。

乐芽问："那条项链后来去哪里了？爸爸你知不知道？"

乐易健正要回答，突然想起什么，假装无意地道："你后来送给了一个朋友，你不记得了吗？"

乐芽微微蹙眉，说实话，她也觉得自己是送给别人了，但对于那个人的长相却已完全记不清了。

乐易健又说："所以现在你就没有了，你和那个朋友也在很早以前就分开了。"

乐芽问："那他叫什么名字呢？"

乐易健说："都过去这么多年了，我怎么会记得？你怎么会突然问起这个？是不是还想要？爸爸重新给你买一条。"

"不用。"乐芽连忙摆手拒绝，"我就是突然想了起来，然后就问问。"

乐易健并未怀疑，只说："都过去十年了，我见过好多人，哪里还记得你送给了谁。"

乐芽"嗯"了一声，没再问。

她也不记得自己以前有些什么朋友，她连小学同学的名字都记不清楚了，不过送了也就送了吧。

学校放假前，每个班级都有单独的晚会。

所有同学都最期待这个时候，早早地就开始准备，甚至还空出一下午的时间来安排。

吃过晚饭后，外面的天已经黑透了。

班上一些同学特地回家换了衣服，就为了晚上的节目，有的甚至还去做了头发。

乐芽穿得倒是最普通的，用谢轻语的话来说就是典型的"一床行走的棉被"。

走廊上到处都是欢呼声。

苏慧说："你们看对面的班级是不是要开始了？我听到了欢呼声，真好奇他们会表演什么。"

谢轻语说："我们可以去看啊，他们肯定不会拒绝的，以前其他班也是这样的。"

苏慧问："你们想去哪个班看？"

谢轻语转向乐芽："那不用说，肯定是十七班了。你看，最有名的陈漾在那里，调皮捣蛋的也都在那里，晚会肯定很好玩。"

乐芽说："你别看着我说啊。"

谢轻语耸了耸肩。

正说着，一班的门开了："你们还不进来，就快开始了，赶紧进来分零食吧。"

三个人赶忙进去。

晚会的节目无非是唱歌、跳舞和小品，乐芽她们就坐在下面一边嗑着瓜子一边鼓掌，气氛很活跃。这次的晚会是没有老师参与的，所以大家可以随意玩。

乐芽的手掌都拍红了，跟着谢轻语和苏慧两个人一起欢呼雀跃，很开心。

八点多，窗户突然被打开一条缝。

乐芽刚好离得近，有冷气进来感觉最明显。

她转过身要去关，然后就看到梁千笑嘻嘻的一张脸："嗨。"

乐芽诧异地道："嗨。"

梁千看了一眼教室里，然后说："我就是来问问你要不要去我们十七班玩。"

听他这么说，乐芽狐疑地道："我去你们班……你们不会是在玩大冒险吧？"

梁千说："怎么可能呢？就是请你过去看看，晚会嘛，是不会有那样的游戏的。来吧，来吧。"

听到动静，谢轻语也转过身来说："你就去看看呗，我们之前不正好说到了这个吗？"

梁千说：“要不你们俩一起来吧。”

谢轻语很快便答应了，有她一起去，乐芽也就没再拒绝。

两个人从教室后门出去，很快就到了十七班，一进去，劲爆的音乐声就隔绝了外面的世界，和她们班的气氛完全不同。

梁千给她们安排好座位。

教室里多了两个人，十七班的人都能看到，本来想多说几句话的，但看到她们坐的位子后就闭了嘴。

谢轻语就不说了，坐的是梁千的位子，没女生乐意管。乐芽坐的可是陈漾的位子。

乐芽进来后没看到陈漾，她也不敢乱动桌子上的东西，就坐在那里看他们表演，一直到身旁突然坐下来一个人。

她转过头，就看到了陈漾。

乐芽捏了捏鼻子，有点不知所措。

“吃吗？”

她正发呆，陈漾突然推过来一堆零食。

乐芽小幅度地摇了摇头：“不吃了。”

陈漾微微颔首，随手拿了一颗糖，然后慢条斯理地剥开，又突然叫了一声：“乐芽。”

乐芽张嘴：“啊？”

一颗糖就这么被扔进了她的嘴里。

然后陈漾还捏了捏她的嘴：“闭上，吃吧。”

乐芽反应过来，小脸蛋迅速升温，舌尖忍不住舔了舔嘴里的糖，是清甜的苹果味。

陈漾懒懒散散地靠着椅背，一点也不关注正在表演的节目，反而就这么盯着她看。

“你别一直看我。”乐芽有些不自在。

她伸手把他的脸推开，看得周围的几个人都倒吸一口冷气。

这个不认识的姑娘也太大胆了，可偏偏陈漾没生气。

乐芽小声地和陈漾说了一些关于小奶猫的事情，平时白天是由张姨照顾，晚上回去才是乐芽看着，现在小奶猫比前两天叫得要大声了点。

陈漾也没说什么，就静静地听她说。

她高兴的时候还会伸手比画，他也就偶尔剥颗糖递给她。

前方讲台处一首歌结束，到主持人暖场的时候了。

赵明日是今晚的主持人，他站在讲台上面说：“接下来玩一个小游戏，我们请五对同学一起来，大家快把桌子摆好，游戏马上就开始了。”

话音刚落，劲爆的音乐声响起。

梁千说：“漾哥，你也一起来啊！”

然后他又指了指乐芽，虽然没有明说，但看那意思是让她也跟着一起去玩游戏。

乐芽说：“我就不了吧。”

她只是来围观别班晚会的，还参加游戏实在是有点不太好。

陈漾低声说：“试试。”

乐芽看着他的眼睛，鬼使神差地点了点头。

梁千表示佩服，然后让他俩坐到最后一张桌子旁。

乐芽不知道他们要玩什么游戏，心里有点忐忑，对对面的陈漾说：“你们不会玩什么很大胆的游戏吧？”

陈漾说：“不会的。”

台上的赵明日和女主持人一唱一和地讲解游戏内容，名字叫手指相扑，就是两个人的手是握着的，然后互相摁对方的拇指，看谁先摁下对方的拇指。

听起来还挺简单的，乐芽的第一反应是这个，紧接着就反应过来：那她岂不是要和陈漾牵手？

赵明日说：“快准备，要开始了。”

看教室里的人都在鼓掌欢呼，她也不好扫兴，只得硬着头皮将手放到陈漾的手心里。

看着她忐忑的模样，陈漾失笑道：“别怕。”

两个人的手靠在一张桌上，乐芽深呼吸，当赵明日宣布开始后，将自己的拇指和陈漾的拇指抵在了一起。

他的手指修长干净，指尖紧紧地贴着她的拇指指腹，灼热感十分清晰。

女孩穿着宽大的羽绒服，衬得整个人小小的，粉色的脸蛋、细腻的肌肤，让人忍不住想多看两眼。

陈漾移开视线，目光落在相触的手指上。

他往对面按压了一下。

乐芽“啊”了一声，反应过来游戏规则，连忙往对面按。

可她力气实在太小，对方直接碾压她，这画面让乐芽有点羞愤。

她瞄了一眼陈漾，他正低着头，高挺的鼻梁被灯光打下一片阴影，顺着鼻梁看下去能看到棱角鲜明的下颌线条，还有微微滚动的喉结。

乐芽的心跳加速了一点，她移开了视线，摒弃多余的想法，重新将注意力集中到游戏上。

“结束了没？”

“哎呀，这边女生都输了啊！”

“明明刚才要赢的，怎么突然就输给班长了？圆圆，你的力气都飞了吗？”

耳边是纷杂的议论声。

乐芽铆足了劲要赢，可偏偏对方的拇指她一点都摁不动，不由得有点泄气，手也放松了一点。她悠悠地叹了口气，手指动了动，小指不经意间擦过陈漾的掌心。

没等她反应过来，她的手就被攥紧了。

陈漾的小指就这样，偷偷钩了钩她的手指。

乐芽微微瞪大眼。

前面的赵明日问：“怎么样，谁赢了？”

所有人的视线都跟着转过来，一时之间连讨论声都停止了。

陈漾头也没抬：“她赢了。”

2

陈漾的话让教室安静了不少。

所有人的眼睛都直接转向两个人接触的手指上。

现在完全是很正常的样子，看不出来刚才谁赢了。

刘晨晨是看清了的，因为她之前一直关注着陈漾，所以她很清楚地看到了刚才的情况。

她张口道：“她……”

身旁的好友猛地一下拽住她，提醒道：“晨晨，你要说什么最好先想一想再说。”

刘晨晨一愣。

好友小声地道：“他说她赢了那就是她赢了，一个游戏而已，你现在跳出去是想干什么？”

刘晨晨被点明要害，虽然不明白是怎么一回事，却也聪明地闭上嘴不再说话。

前面的赵明日说：“那这个游戏就到此结束了，赢的人可以得到一瓶酸奶。虽然只是一瓶，但请不要嫌弃。”

有人往五张桌子上都放了一瓶酸奶，其实就是小超市里热销的那种。但班级晚会要的就是大家一起参与游戏的活跃气氛，真正的奖品是什么其实并不是重点。

他们把桌子重新回归原处。

谢轻语一直在角落里看戏，见乐芽下来了，笑眯眯地朝她招手：“恭喜啊，哈哈哈！”

乐芽说：“你就别笑我了。”

谢轻语说：“我这是在恭喜你，什么叫笑你？你看看你现在都是些什么心思。”

乐芽被她说得一时间语塞，她重新坐回角落里，偷偷对陈漾说：“刚刚你不用故意那么说的。”

她对输赢并没有多在意，本来自己就赢不了，压根不用想其他的。

陈漾歪着头看她。

就在乐芽被看得脸颊发热时，他才慢慢开口道："不让你赢岂不是对不起你？"

乐芽否认："我没想赢你。"

陈漾说："好，你没有。"

他明显是在敷衍。

乐芽忍不住靠近一点，大声道："我真的没有，明明是你自己愿意输的。"

音乐这会儿正好卡壳了，于是这句话异常响亮地在教室里响起。

几十个同学都忍不住往传来声音的方向看过去。

同学们："……"

乐芽推了推陈漾："你听到没？"

陈漾扫了一眼教室里的同学，突然乐得不行，笑了笑："听到了。"

乐芽这才放下心来："就是这样的。"

等她回过头对上无数双眼睛，一下子愣住了，同学们目光灼灼地看着她，虽然不认识这位是谁，却毫不妨碍他们的八卦之心。

陈漾拿吃的逗她："怎么不说话了？"

乐芽拿手机给他发微信，也没发句子，而是一个表情包，上面写着"我自闭了"四个字。

她是真的自闭了。

陈漾忍不住笑，看到桌子上堆了挺多瓜子，他一边用手剥一边说："过一会儿他们就忘了。"

乐芽不理他。

陈漾终于转过头，发现她是真不开心，就把刚刚剥好的瓜子仁都给她。

乐芽把他手心里的瓜子仁接过来全吃掉，嘴巴鼓鼓的，像只小松鼠。

陈漾笑了一下，说："没人和你抢，一下吃这么多，当心噎住。"

乐芽含混不清地道："好了，吃完了。"

陈漾被她的样子逗笑，忍住了想捏她脸的奇怪想法。

3

不知过了多久，此时正轮到一个男生和一个女生合唱，教室里全是同学们起哄的声音。

乐芽乖乖坐在陈漾的位子上，把赢来的酸奶给推了过去。大概是女生买的，所以连味道都是草莓味的。她顺便把吸管也递了过去，反正本来也是他应得的。

陈漾没说话，随手把吸管插进去，发出"啵"的一声轻响，淹没在嘈杂的音乐声中。

然后他又把酸奶放回了乐芽的桌上。

乐芽捏了捏自己的耳朵，然后认真地想了想，长得好看是真的有用。

陈漾问："你不喝？"

乐芽正想着他的事，心一慌，赶紧拿过酸奶猛吸了一口，成功把自己呛住。

陈漾笑出声，情绪有所缓解，拍了拍她的后背，动作十分轻柔，隔着羽绒服几乎感觉不到。

乐芽咳嗽了两声，抽了张纸巾擦嘴。

等缓过来她才发现酸奶被自己喝了，于是说："其实我本来是要给你喝的。"

然后被他一吓，自己就喝了。

陈漾的目光落在酸奶上，然后又转到她的脸上："喝了就喝了，又不是什么大事。"

乐芽心想：说得也是。

讲台上一首合唱结束，赵明日宣布已经到了倒数第五个节目，即将表演的是一个双簧。

虽然节目比不上那些正式的晚会，却也非常有趣，对于一群学生而言已经算是很好了。

乐芽看了半天，也鼓了半天掌。直到她看到陈漾随手拿走了她桌上那瓶酸奶，然后在她惊讶的目光中喝了一口，又重新放了回去，连摆放的位置都没有改变。

乐芽一脸震惊。

她碰了碰陈漾的手肘："那个……"

闻言，陈漾转过头来："嗯？"

乐芽指了指酸奶，犹豫了一下，还是开了口："刚刚……那个是我喝过的。"

陈漾半眯着眼睛："哦，忘了，有什么问题吗？"

乐芽机械式摇头，心想：喝一口就一口吧……

晚会过后的第二天是假期。

虽然天冷，但天气不错，乐芽带着画板去了画室，她已经有好久没来画室了，这次她依旧选择的是角落里的位子。

刚打开颜料时，林心乔看了她一眼。

两个人对视上，心里都有种说不出的感觉。

乐芽的心头涌上一种感觉，嘴角下压了一点，连她都说不出那种莫名其妙的不高兴是从哪里冒出来的。

林心乔也没和她说话。

一节课结束已是一个多小时后，乐芽画了一大半，还没完成，估计今晚回去可以补上。

收好东西离开的时候，她不小心看到了林心乔的画。

察觉到她的目光，林心乔问："怎么了？"

乐芽摇摇头，说："没什么……只是觉得这个人好像有点眼熟。"

平心而论，林心乔的画画技术不错，上次画的陈漾就惟妙惟肖，这次画得也很形象，给她的感觉像是赵明日。

虽然和赵明日见面的次数不是非常多，但乐芽一眼就能认出来。

林心乔拍了拍画纸："嗯，你认识的。"

乐芽没说话，又听见她说："我不喜欢上次那个男生了，换人了。"

林心乔早就看出乐芽的不开心了，大概是脱离了那种疯狂又无脑的状态后，她看什么都清楚了很多，比如吴亚蜜的伪装。

她自己都觉得当初自己八成是有病才会相信吴亚蜜的鬼话。

乐芽点点头，不再多说什么，两个人一同离开画室。

路过一家奶茶店时，乐芽说："我请你喝奶茶吧。"

林心乔一愣，然后说："你对刚认识的人都这么大方吗？"

乐芽说："奶茶还好吧，不算贵呀。"

林心乔："……"

她大概知道为什么这样的姑娘会招人喜欢了，不说话的时候是一副乖巧的模样，说话的时候又萌萌的。

总而言之，十分可爱。

三天假期转眼过去。

放假后的第一天早自习，不少人迟到了，一整排人在座位上罚站，琅琅的读书声不断。

谢轻语戳了戳乐芽："你这两天过得很开心？"

乐芽摸了摸自己的脸："我表现得很明显吗？"

"那已经不叫'很'了。"谢轻语默默地翻了一个白眼，"非常明显，特别明显。"

乐芽轻声说："可能最近没发生什么不好的事吧。"

谢轻语才不信呢。

过了一会儿，她又小声说："啊，对了，你知不知道我今天看到苏慧和苏城是坐同一辆车过来上学的。"

乐芽随口道："可能是在路上遇到了呢。"

谢轻语用书挡住自己的脸："不可能，那辆车是苏慧家的，她和苏城什么时候一起上过学啊？"

乐芽想到之前广播的事情，说："他们可能以前就认识，也许是亲戚。"

当时苏慧还和她介绍过苏城，苏城好像也挺照顾苏慧的。虽然不是特别明显，但她能感觉出来。

谢轻语点了点头："可能吧。"

谢轻语当时看到的是，苏慧一下车就跑远了，好像很不想让人知道她和苏城认识一样。

不过这俩人都姓苏，说是亲戚也有可能。

早自习下课后，乐芽去水房打水。出来后她就看到赵明日和梁千在外面吵架，不知道在讲什么，隐约提到了陈漾。

乐芽走过去："陈漾在吗？"

梁千和赵明日的话题戛然而止，半晌，梁千才干巴巴地说："漾哥去办公室了。"

乐芽点了点头："哦。"

她没察觉出什么不对劲，转身便离开了。

直到乐芽回到一班教室里，梁千才敢呼出一口气："吓死我了，我的妈呀，太紧张了。"

赵明日说："你也不可能一直瞒着。"

梁千抓了抓头发："能瞒一点是一点吧。"

乐芽并没有怀疑梁千的话，只是接连两天都没有看到陈漾才发觉有些不对劲。

第二天是月考，她和陈漾都在第一考场，但是直到考试开始，第一个位子都是空的。

语文考试结束后，乐芽特地去桌前看了一眼，上面贴着的是陈漾的名字没错。

她以为陈漾只是缺考一门而已，却没想到他的位子会一直空着。从第一场语文开始到最后一场英语结束，陈漾始终没有来，就好像消失了一样。

乐芽发给他的消息如石沉大海，就连电话也打不通。

她心里有点慌，最后一场英语考试结束后去十七班拦住了梁千和赵明日："陈漾怎么连月考都没来？"

梁千正站在窗户外往里面放东西，一转身看到她，下意识地说："他请假了呀。"

乐芽追问："是吗？"

梁千一直以为乐芽是一个不谙世事的"傻白甜"，直到今天才有所改观。

他很少遇到这样的女生，身材娇小，但神情却格外坚定，眼神清澈又干净。

梁千咧开嘴笑，故作轻松地道："漾哥他就是生病了，所以才没来考试，过两天好了就会来了……"

乐芽的手微微攥紧："我想听实话。"

赵明日撞了撞梁千的后背，叹了口气："看吧，我就说瞒不住的，你还非要扯谎。"

梁千反驳道："那你还不阻止我。"

听见他们的对话，乐芽整个人都紧张起来，直觉一定是有什么不好的事情发生了。

4

走廊上人满为患，同学们都在嬉戏打闹。

十七班门口没几个人，梁千挠了挠头说："漾哥他家里情况有点……有点特殊，就是他爸……"

好半天他也没说出什么来。

梁千叹了口气："这件事说起来比较麻烦，我也不知道该怎么跟你说，我带你去看一下行不行？"

主要是太乱了，他如果说的话估计自己都会被绕晕。更何况，他也只是隐约知道一点点，还不是全部。

乐芽抿了抿嘴唇："去医院看？"

梁千一愣，点点头："对，去医院。"

"受伤是肯定的，"赵明日从后面伸过头来小声说，"但没有生命危险。所以之前我们不敢告诉你。"

他们当时知道以后，陈漾就叮嘱了不要告诉乐芽，但这又怎么可能瞒得住呢？

月考之前被问的那次，梁千心里就隐隐有数了，所以当时就直接撒了个小谎逃了过去。

但一个谎要用无数个谎来圆，两个"学渣"当时没想过第二天就要月考。而乐芽和陈漾刚好是在同一个考场，人来没来考试可是直接能看到的。

一天没看到也就算了，一连几天都没见到，任谁都会觉得不对劲。

所以梁千已经预料到自己会被乐芽继续追问，只是没想到会这么快。

乐芽的心怦怦直跳，控制不住地想歪，问："他现在是回不了我消息吗？"

她听见自己的声音微微有些颤抖。

赵明日怕她哭出来，小声地说："他的手机摔坏了。"

乐芽深吸一口气，点点头："好，我知道了，我去把东西放一下，待会儿过来找你们。"

她说完，转身就往一班走。

回到教室时，乐芽一言不发。

谢轻语刚好还在："回去吗？"

说完一直没等到回音，她抬起头才看到乐芽一脸紧张，一下子愣住："怎么了？"

她碰了碰乐芽的肩膀："考试考砸了？"

曾几何时，乐芽也是这样问陈漾的，仿佛这个画面就在昨天。

看到乐芽眼泪汪汪却没哭出来的样子，谢轻语心疼得不行，拍了拍她的肩膀：“没考好就没考好嘛，一次月考而已，下次一模好好考就行了。”

乐芽哽咽着说：“不是考试。”

谢轻语虽然不知道出了什么事，但还是说：“有什么事不能过去的，没事的，别担心了。”

乐芽从她怀里离开，说：“我今天不和你一起走了，你先回家吧。”

谢轻语点点头：“好。”

她仔仔细细看了一眼乐芽，还真没哭。虽然这个模样看起来跟哭差不多，但硬生生忍住了。

一直到梁千和赵明日等在一班外，谢轻语才想到可能是因为陈漾的事情。

她心里虽有疑问，却也没问出口。

梁千和赵明日就等在教室外，也不敢出声，生怕说多错多。

谢轻语出去后和梁千对视了一眼，然后用手机给他发微信：“到底发生了什么事？”

梁千摇摇头，指了指自己的嘴巴，同样回复道：“别问了，这件事你就别掺和了。”

谢轻语：“我刚刚看到乐芽的样子有点害怕，你们可别乱来，要是她怎么样了，我可饶不了你。”

梁千：“我哪敢啊，是漾哥的事情。”

和谢轻语心里猜测的没什么区别。

她想起这几天陈漾都没在乐芽这刷存在感，从昨天开始乐芽的情绪就不太对了。也不知道到底发生了什么事情。

谢轻语没再继续问，她冲着梁千挥了挥手，又重点叮嘱了一番，然后才离开。

乐芽从教室里走出去：“走吧，我收拾好了。”

梁千连忙应道：“好好好。”

现在是放学时间，外面的天已经黑了下来。

一路上，梁千搜罗了好几个笑话想把乐芽逗笑，但说到最后都是自己先停下来，觉得一点也不好笑。

赵明日实在是忍受不了这奇怪的气氛，戳了戳他，咬牙切齿道：“一点用都没有，你就不能安静点吗？”

梁千小声说：“你不觉得这气氛很不对劲吗？”

他实在觉得太压抑了，所以才想要改善一下。但看着乐芽紧绷的脸，他又默默地放弃了。

不是说女孩的笑点都很低吗？

赵明日看了一眼前面的少女，抓了抓头发：“那能怎么办？唉，我也没办法。”

他也愁啊，比起现在，他更愁待会儿到医院后的情景。

乐芽听见他们的对话，终于出了声：“我没事，你们不用特意逗我笑的。”

梁千喃喃地应声：“好、好。”

接下来的一段路程，车子里格外安静。

他们很快就到了目的地，第一医院的门诊部和住院部是分开的，门诊部距离学校不远，但他们来的是住院部。

乐芽站在门口：“能进去了吗？”

梁千回过神：“走吧。”

住院部的人并不多，加上现在又是晚上，所以空空荡荡的，空气中弥漫着消毒水的味道。

乐芽不是没来过医院，相反她因为耳朵的事情来过医院无数次，消毒水的味道当初闻到简直要呕吐。

乐芽抿着嘴唇，一直跟着梁千他们。

从电梯上三楼，一路上都非常安静，临近三楼，梁千忍不住说：“乐芽，待会儿进去以后你可别激动，其实都怪漾哥他爸……”

都到这里了，他还不忘给乐芽打预防针。

他话还没说完，只听“叮”的一声，电梯门开了。

“好，我知道……”乐芽走出去，话还没说完，就看到了走廊尽头正在发生的事情。

她整个人都惊呆了。

病房门敞开着，陈漾正和一个人在那儿纠缠。然后轮椅上的人不小心摔下来，只剩下一张轮椅在不远处打着转。

轮椅上的男人穿着厚重的棉服，摔到地上后不停地喘气，并仰起头：“你以为这样……”

他的话没说完，陈漾转过身去直接抓住了他的衣领。

大概男人没有想到陈漾会这么疯狂，内心的恐惧如附骨之疽在生长：“我不说了……我不说了！”

陈漾问：“你知道我妈是怎么死的吗？”

他一字一字地说：“我可不像我妈那样。”

这一下，男人的脸清清楚楚地露了出来。

乐芽瞬间就想起不久前的深夜，她被推倒在地，那个坐轮椅的男人。

是他。

乐芽一时间没反应过来，那种从四肢百骸透出来的恐惧，伴随着陈漾满脸的阴骛，让乐芽遍体生寒。

陈漾咬着牙，低沉的语气中带着无尽的寒意：“你觉得你在做过那些事之后，还有立场说这些话吗？”

走廊里很安静，他的话乐芽听得一清二楚。

乐芽的后背冒起一层冷气，顺着脊梁往上爬。她整个人愣在原地，吓得都不敢出声。

这一切，不过是眨眼间发生的事。

梁千从电梯里出来后也听到了动静，就看到陈漾抓着一个面色涨红的男人，连忙冲上前去阻止。

赵明日也赶紧冲了过去，但两个人都没能拽开他。

透过两个人之间的缝隙，陈漾看到了不远处的乐芽，下意识地松开了手。

男人大口大口地喘着粗气，不停地咳嗽，瘫坐在墙根处。

梁千和赵明日看到他这样，都松了一口气。

陈漾头上还缠着绷带，胳膊上也是，脸上也有小伤口，因为刚刚剧烈的动作又渗出不少血来。

看到他抿着嘴唇朝着自己走过来，乐芽终于忍不住小声地抽噎了一下。

走廊里安安静静的，只有脚步声和喘气声。

她和陈漾隔得不远，能看到梁千面前的男人瘫在那里，眼睛直直地看向她。

陈漾站到她面前，安慰似的伸手碰了碰她的鼻子，轻声问：“我刚刚……是不是吓到你了？”

乐芽的腿发软，蹲了下来。

陈漾也跟着在她面前蹲下来，一言不发。

他的手背上还有针孔，也许前一刻还在吊水，此刻微微有些肿，针眼处还有血。

乐芽抓住他的手：“到底怎么了？”

“进去吧。”陈漾看她吓得不轻，把她扶起来直接带进了病房，一路上都没有看过地上瘫倒的男人一眼。

路过轮椅时，乐芽忍不住去看男人的脸。

陈漾直接用手挡住她的眼睛，然后伸脚带上病房门，隔绝了外界的一切声音。

外面的梁千和赵明日坐在地上直叹气。

陈明武咬着牙，一脸气愤。

病房里什么都没有，只有床上的针还在往下慢慢滴着药水，浸湿了一小片床单。

乐芽被他扶到床边，然后按着坐下。

她抓住陈漾的手，颤抖着声音道：“你别动，我去给你叫医生。”

陈漾说：“我没事。”

“怎么可能没事。”乐芽抓住他的手，手背上的痕迹清晰可见，离得近了更觉得可怕。

“还有你头上……”她伸手想碰，却在半空中停了下来，开始控制不住地往下掉眼泪。

她第一次觉得陈漾远没有表面上看起来那么简单。

父亲为什么会资助他呢？这里面是否有她不知道的真相？还有父亲为什么不告诉她资助的人是谁？为什么要瞒着她？

陈漾故作淡定地道：“没事，过两天就好了。”

乐芽的目光定在他的额头上，气都喘不过来，断断续续地说：“我刚才……刚才……好怕……”

那一刻她真的好害怕。

陈漾用手背给她擦眼泪，一时间有些不知所措。

病房里只有少女的哭声，还有结结巴巴的话，他听得不是很真切，全部心神都在她身上。

他蹲在床边：“你别哭了好不好？”

乐芽抓着他的手，上面的血蹭到她的眼泪，刚干涸又化开了，留下一小片痕迹。

她伸手摸了摸，小声问：“疼不疼？”

什么都比不上心疼。

陈漾点点头，然后又摇头：“不疼。”

5

护士来病房已经是十分钟后的事了。

她看到陈漾早就把针给拽了，不悦地道：“你这样子是不想好了吗？我给你重新包扎上药，还要重新扎针。”

这时乐芽已平复了心情，她从床上下来，强制性让陈漾躺回病床上。

她看着陈漾躺在病床上，侧着头看她。

她轻声说：“你听医生的话，别乱动。”

之前她看到他因为生气，伤口渗出的血都染红纱布了。

趁着护士给他包扎的时候，乐芽说：“我去外面买点东西，你别乱跑。”

之后，她走出了病房。

梁千此时正在外面听医生的训斥，医生还以为是他和赵明日干的，絮絮叨叨地说了一大堆。

送走医生之后，梁千才松了一口气：“这医生可真能说，五分钟时间就重复一个意思，我都听烦了。”

赵明日摸了摸额头：“他没把我们赶出去就算好的了，你就别说那么多了。”

他们了解了情况以后才知道陈漾在这样的环境下还能有这样的成绩是真的不容易，换作他们俩的话，估计早就自暴自弃了。

梁千说着转过身，就看到乐芽站在病房门口。

他愣了一下：“那个……我刚才说的话是在放屁。”

乐芽说：“我都听到了，没什么的。”

梁千又抓了抓头发，真没想到每次自己说的话都会被她听见。他不禁在心里问自己，真的这么背吗？

乐芽抿着嘴唇：“我不会问你们的，你们就别摆出这副样子了。我只想知道那个男人现在在哪儿。”

面前的两个人对视了一眼。

“在医生那边。”赵明日率先开口，“我带你过去吧，不过你最好还是别进去，免得发生意外。”

乐芽点点头，才走两分钟就到了。

医生办公室门上都是有玻璃小窗的，从外面就能看到里面的部分场景。

陈明武坐在轮椅上，医生正在给他上药，能看到他脸上的血迹这时已经被擦干净了。

乐芽对这个男人的印象很不好。

她那晚好心去推他，却没想到自己反而被推倒，手上结的痂现在虽然已经掉落，可还是能看到一点点白色的痕迹，估计还要过一段时间才会全部消失。

幸好她不是留疤体质。

乐芽开始不知道他竟然和陈漾有牵扯，这样说来，陈漾那时出现在马路对面就不是偶然了？

陈漾原本就是要去找他的，只是刚好被她看到了？

梁千见她眼睛一眨不眨，跟石化了似的，主动开口：“他是漾哥的亲生父亲，陈明武。”

乐芽的心一紧：“父子？”

她喃喃地重复着这两个字，有点不敢相信。

父子关系怎么会变成这个样子？看陈漾刚才的样子，好像很恨他一样。

梁千说：“是的，亲生的，还是一个人渣。”

他怀疑这事要是挂到网上去，网友肯定都是站陈漾这边的。当然，他也不会发这样八卦的帖子就是了。

乐芽沉默了一会儿，说：“我知道了。”

梁千以为她想到了什么，不由得出声道：“其实呢，漾哥和他吵起来是有原因的，不是叛逆，真不是叛逆。”

赵明日在一旁附和："对、对，真的是事出有因，不是叛逆期还没过。"

乐芽看着他们紧张的样子，忍住笑说："我知道的，你们不用这么紧张。"

"我们前两天瞒着你就是漾哥吩咐的。"歇了一会儿，梁千又说，"漾哥和他吵起来了。"

具体吵架内容他就不清楚了。

正在这时，护士从后面走来："你们都在这里围着干什么？要进去就进去啊！"

三个人连忙退开，梁千和赵明日对了个眼神，然后说："我们俩出去买点东西，哈哈。"

病房里，陈漾已经躺在床上睡着了。

乐芽放轻脚步走过去，正在这时，手机突然振动了一下。她抓着手机去外面接听，是乐易健打来的："月牙，你现在还没回家吗？"

乐芽的心一紧："我……我和轻语还在外面玩，所以今晚可能会回去得晚一点。"

"那你注意安全。"乐易健毫不怀疑，"如果钱不够就跟爸爸说，也不要回家太晚了，现在是冬天，冷。"

乐芽"嗯"了一声："我知道啦！"

她强装镇定地回答，谁也不知道她现在有多紧张。

一直到电话挂断，乐芽才大大地松了一口气。可没等放松几秒，她突然想起刚才随口扯的谎，又连忙给谢轻语发消息。

几秒后，手机屏幕亮起来。

谢轻语："知道啦，有我在，保证给你瞒下来。叔叔就算打电话找我我也会糊弄过去的。"

她刚到家没多久就收到了乐芽发的信息，也想到了和梁千他们有关，自然是要为好朋友瞒下来了。

乐芽回道："等我回去请你吃东西。"

谢轻语："你确定没事吗？可别骗我啊。"

乐芽忍俊不禁，有一个这样关心自己的朋友真的感觉很温暖："没事的，真的。"

随后谢轻语又发来一条消息："没事就好……不过你现在一个人在外面，千万要注意安全啊。现在冬天天黑得早，又冷，可别冻着了。"

乐芽的嘴角微勾，手上继续打着字："我知道，梁千和赵明日他们也在，没事的。"

看到这行字，谢轻语果断地给梁千噼里啪啦发去了一大段语音，把正在发呆的梁千给吓了一跳。

走廊上还挺冷的，乐芽收好手机。

这一层没住几个人，梁千和赵明日说是去买东西，结伴下楼了。

乐芽去医院外的便利店买了一点吃的，拎着袋子付款时才终于见到了那两个人。

“乐芽你也出来了啊。”梁千“嘿嘿”一笑，“我给漾哥买了点粥，要不你带上去吧。”

乐芽问：“你们不上去了吗？”

旁边的赵明日撞了撞梁千的后背，梁千连忙说：“我还得去医生那里，不直接去病房。”

闻言，乐芽点了点头：“行吧，你给我。”

梁千立刻将粥递给她，笑嘻嘻地说：“还热着呢。”

这里是住院部，外面基本都是小吃店，还有各种养生餐。她本来就准备去买点，没想到梁千他们已经买来了。

赵明日对梁千使了个眼色说：“我们还得去买点东西，要不你先走吧。”

梁千不停地点头：“对对对。”

虽然乐芽不知道这两个人为什么会这么激动，却也没想太多，独自回了医院，轻手轻脚地进了病房。

病房里只开了前面一盏灯，床边是暗的，仅有一点余光照过来，给床上的人勾勒出一个柔和的轮廓。

乐芽不禁放轻了脚步，将袋子小心翼翼地放下，然后坐在床边，手放在病床上撑着，静静地看着陈漾。睡着了的陈漾很安静，和平时的样子截然不同。

他大概是做噩梦了，就连睡觉也皱着眉头。乐芽盯着看了一会儿，纠结着伸手轻轻抚上去。

才刚碰到，陈漾就动了一下，然后她的手就被抓住了。

乐芽吓了一跳，看到他睁开眼睛，一眨不眨地盯着她看：“你……”

她连忙解释：“我就是……”

后面的话怎么也说不出口，难道要说她只是想让他别皱着眉吗？

乐芽怎么都觉得这句话好像不太对，所以只能闭上嘴不说话。

空荡荡的环境下，所有的触觉都好像集中在手上。她能清晰地感觉到他按在自己手背上的指尖微微发凉，甚至还有些刺骨。

乐芽僵着身体，完全不知道该怎么反应。

一直到陈漾的手指从她的指缝中穿过，然后抽离开：“你是想干什么？”

乐芽收回手背在身后：“没干什么。”

陈漾盯着她看，在她快要忍不住脸红的时候抬了抬下巴：“你的耳朵尖红了。”

乐芽忙伸手捂住耳朵。

殊不知这种欲盖弥彰的行为在陈漾的眼里看起来更加可爱，真是可爱到要爆炸。

乐芽没好气地瞪了他一眼，收回手放下，目光落在他放在被子外面的手上，问：“这样会不会冷？”

陈漾说："不冷。"

乐芽用一根手指碰了碰，这手冰得不行居然还说不冷，她将被子的一角拖到他的手背上盖住。

陈漾就笑。

乐芽有些不明所以："你笑什么？"

"我只是想告诉你，"陈漾用另一只手指了指被子，"这样是没什么用的，没有热气。"

乐芽仔仔细细看了一下，不得不承认他说的是对的。

陈漾忽然伸手触碰到她放在床边的手，直接攥到手里，冷与热相互碰撞。

乐芽有点猝不及防，她的手更多时候都是揣在兜里的，所以很暖和。再加上今天发生的事，她紧张得都差点焐出汗了。

现在乍然碰到他的手，让她忍不住"嘶"了一声。

陈漾的嘴角一勾："这么娇气。"

她无语地道："你还记得自己是病人吗？"

陈漾把她的手紧紧地包裹住，眼睛直勾勾地盯着她看，声音低沉地道："当然记得了。"

病房里只有他们两个人，安静得连一根针掉下去都能听得见，更别提说话声了。

乐芽回过神来，想要抽走自己的手。

陈漾没松开，反而抓得更紧，露出一副可怜兮兮的表情："我的手好冷。"

乐芽小声说："我去找护士要杯热水。"

陈漾说："那多麻烦啊！"

乐芽垂眸看他："你不是觉得冷吗？"

陈漾松开手，重新指了指扎针的那只手，眼底有星光在流转，低声说了一句话。

乐芽急道："陈漾！"

陈漾说："你再叫一遍。"

乐芽："神经病！"

她就知道陈漾就算是生病也改不了无赖的本质，没想到竟然提出这么过分的要求。

6

过了很久，陈漾突然问道："你见过跳楼而死的人吗？"

很多人终其一生都只在新闻、电视剧或是电影里见过跳楼而死的人，生活中一般是看不到的。

面对陈漾这样的问题，乐芽摇了摇头。

她当然没见过，就连这些新闻也是很少看的。

陈漾握紧了手说："我八岁就见到了。"

八岁这个年纪说大不大，说小也不小，作为一个孩子来说，其实早就已经开始记事了。

乐芽愣了一下，不知道该怎么说，最终开口道："那个人是不是……"

陈漾说："是我妈。"

这句话其实早在乐芽的预料之中，所有的一切都有迹可循。

为什么陈漾对他的亲生父亲态度这么差？

为什么他们之间会势同水火？

现在都和在病房外听到的那句话连上了。

陈漾看了一眼她的表情，继续说："我小时候其实过得还挺幸福的，大概就和普通人一样，一家三口，普普通通，虽然不富裕，但很温馨。"

他的手指轻轻地在她的手背上敲击着，和心脏的跳动频率几乎一致，一下又一下。

乐芽感觉有点酥麻，却也没收回来。

"这种表象当然没有维持多久，他们开始吵架，一直到我上小学。"陈漾的语气很淡，听不出什么情绪，"然后那个男人出轨了。"

"一开始他是深夜回来，后来是彻夜不归，在外留宿。"他闭了闭眼，"我是第一个发现他出轨的。"

他是在放学回家的路上被同学提醒的。

陈漾至今都记得同学说的那句话："你看那个人是不是你爸爸？你妈妈好漂亮啊！"

可那个女人不是他妈妈。

乐芽想安慰他一句，却又不知道该怎么安慰，只能干巴巴地道："都过去了。"

说起来，她妈妈也是出轨的一方。

乐芽实在是不懂，过不下去了可以离婚啊，为什么要选择出轨呢？这样有什么好处？

陈漾用手捋了一下头发："我对他的感情不深，他出轨后我妈和他吵架的次数也越来越多。一开始他们还只是在房间里吵，后来就直接当着我的面吵。

"我那时就一边写作业，一边听着他们吵架，耳边全是他们的吵架声。他们还喜欢摔东西，往往平静下来后，家里总是一片狼藉。"

然后陈漾就会去收拾，小小的他已经学会在两个人的争吵中沉默，学会不去理会，以为这样就可以继续维持一个完整的家庭。

但事实告诉他，他错得很离谱。

"他们从我七岁一直吵到八岁，足足一年时间，每天最少一次，每次的话题总是那几个，永远的车轱辘。"

陈漾垂眸，看着乐芽放在被子上的手，柔软万分，莹白细腻。

他平静地道："最多的时候是从早到晚吵个不停。"

乐芽诧异地道："这频率也太高了。"

对啊，所以陈漾的性格早就在潜移默化中变了。

他笑了笑："不过那时的我已经学会了无视，每天自己去上学，然后放了学回家写作业。"

陈漾侧过头看她："我以为生活会一直这样下去。

"直到有一天，我回家后发现我妈站在阳台上。

"我妈是个家庭主妇，我猜这大概就是她不同意离婚的缘故。每次吵完架后，妈妈还是会给我准备好我需要的东西。

"我从来没有了解过我妈的内心。"

乐芽隐隐察觉到了什么，随着他的声音越来越轻，直觉后来发生的事应该就是跳楼，她开始有些害怕。

陈漾说："那天，她当着我的面从阳台上跳了下去。"

他当初只是一个八岁的孩子，因为他们的事，晚了一年才上学，八岁还在上一年级，同期的小孩都在玩游戏，他就这么眼睁睁看着亲生母亲在自己面前，从阳台上一跃而下。

午夜梦回，陈漾不止一次想到那个画面。

"我没有想过，我从来没往那方面想过，或者说，我从来就不愿意去回想这件事情。"

乐芽张了张嘴，她曾经想过他是知道的，却没想到他是亲眼见到的。

这给人的刺激有多大、阴影有多深，仅仅作为听众的她都能感觉出来。

当年的陈漾吓蒙了，趴在窗台上往下看，能清晰地看到他妈妈躺在下面的姿势，侧脸对着上方，就好像在看着他一样，身子下方则是洇开的血，一大片红色液体在灰褐色的水泥路上汩汩地流着。

乐芽被他说得后背发凉，明明穿着保暖的羽绒服，却感觉凉意直往上蹿。

她半晌没说出话来。

病房里安静了一会儿，陈漾看着她，放轻了声音问："我是不是吓到你了？"

乐芽摇摇头，声音有点颤抖："没有。"

不是害怕，而是震惊，震惊到内心无法平静。

以她一个即将成年的人的眼睛来看，这些都是可怕到难以面对的事情，更何况当年的陈漾才八岁而已。

乐芽柔声说道："这件事和你没关系，你没必要自责。"

陈漾垂眸，从她的角度看就像是闭上了眼睛。

"我当时站在她的对面，伸出手就可以碰到她的身体，只要我再向前一步。她让我不要过去，于是我就停了下来。

“她问我要不要和她一起。

“我摇头了。

“在我拒绝以后，她跳了下去。”

傍晚天边的夕阳是橙红色的，一直蔓延到阳台上，晚霞披在女人的身上，勾勒出柔和的轮廓。

一直到她松开手。

那一刻，就连夕阳也变得十分刺眼。

外面的天完全黑了，乐芽将灯打开。病房里的灯虽然亮，但不刺眼。

医生找陈漾，他被护士带出去了，所以暂时只剩她一个人在病房里。

“哎，漾哥不在吗？”梁千突然推门而入。

乐芽转过身：“他去医生那里了。”

梁千将一些小零食放在柜子上，然后挠了挠头：“我是来跟他说一声我要回家了，我妈最近不准我在外面逗留太久。”

大概是对他纨绔太久感到不满了。

乐芽笑了笑：“那你回去吧，这里暂时还有我。”

“你今晚还回家吗？”梁千忍不住问，“现在时间也不早了，你晚上一个人回去……”

乐芽说：“放心好了，我可以让家里司机来接我。”

梁千点点头：“那行，那我就不和漾哥打招呼了。”

他离开后，恰好谢轻语打来了电话。

乐芽重新转过身子面对窗户，接通电话：“喂？”

“你不会还在外面吧？”她先问了一句，然后又说，“刚刚乐叔叔给我打电话了。”

乐芽急切地问：“我爸爸没怀疑吧？”

谢轻语说：“应该是没有，刚刚我用你正在洗澡的理由给糊弄过去了，听起来他好像相信了。”

乐芽松了口气，神经依旧有点紧绷。

“你打算什么时候回去？”谢轻语问她，顺便关上了房门，“要不晚上我和我哥来接你到我家住吧，正好就不回去了，省得乐叔叔再问什么。”

反正她们俩一起睡也不止一两次了。

乐芽思考了一下，点头道：“好，事情的经过就等我晚上回去后再和你说吧，我现在在医院，陈漾有点事。”

谢轻语说："行吧，等你好了就给我打电话。"

乐芽为有这样一个好朋友感到庆幸。不会问什么，更多时候都在关注她是不是安全、是不是开心，让她有一种幸福感。

"你在发什么呆啊？"身后传来陈漾的声音。

乐芽抓着手机转过身，看到他就站在自己身后，他穿着病号服，看着是一副病态的模样，和平时的生龙活虎还是有点差别的。

乐芽觉得自己可能生出了母爱的心理。

她不禁笑了笑："我没有发呆，只是刚刚轻语打了电话过来，我才刚和她通完话。"

陈漾微微颔首，问："要回去了吗？"

他随手将她刚刚枕乱的头发理到耳朵后，薄凉的指尖碰到温暖的耳郭，然后是助听器，最后收回手。

乐芽僵在原地没动，她的心跳在加速。

"戴这个会不会难受？"陈漾对她的反应一无所知，柔声问，"有没有什么不舒服？"

乐芽摇摇头："还好。"

准确来说，她是已经习惯了。

第一次戴助听器好像是十年前吧，十年一晃而过，时间过得可真快。

陈漾沉默地收回手，目光紧紧地盯着她。

就在乐芽忍不住要开口的时候，陈漾忽然抬头看向外面，嘴角勾了起来："你看外面。"

外面怎么了？

乐芽转过身去，医院的窗户是关着的，但玻璃被擦拭得很干净，能够清楚地看到外面的场景。

乐芽喃喃道："下雪了。"

本该在圣诞节出现的初雪今天终于下了下来。

陈漾伸手打开窗户，外面的雪花像是找到了目标，白色的雪花纷纷扬扬地和着冷气一起飘进来，几乎瞬间化为水。

奇怪的是，空气中还夹杂着一丝烤红薯的香甜味。

乐芽想起自己之前在医院门口看到的老奶奶，她推着炉子，上面冒着热气，一个个抽屉里放着烤好的红薯。

她吸了吸鼻子。

"傻了吗？"陈漾觉得好笑，仿佛看透了她的心思。

他轻轻地拍了拍她的额头，俯身说："走吧，我是头受伤，又不是腿断了，可以出门的。"

乐芽才不听他的，绕过他径直往外走。

陈漾跟上去，从走廊一直到电梯口，他的手无意中碰到了乐芽的手。

乐芽的手被他碰到，然后快速躲开，她的心漏跳了一拍。

她这十几年来都是乖乖女，做过的最叛逆、最不符合人设的事大概就是说自己再也不想见到妈妈，因为她害怕妈妈发病时的样子。

所以乐易健在征得医生的建议后，才将乐芽的妈妈送去精神病院，并且请了有经验的护工照顾她。

从那以后，乐芽的生活如一汪平静的湖水，终日不见波澜。直到遇到陈漾，才泛起一圈圈的涟漪。

从此，她很多次的脸红都是因为他。

一路从电梯里出去，两个人都没再说话。

外面还在下雪。

乐芽被陈漾带着走到花坛不远处的草地里，那里有一条长椅。

她不解地道："不是要去买东西吃吗？"

这可不是去买烤红薯的路线。

陈漾勾了勾嘴角："你抬头看上面。"

乐芽还以为他又做了什么惊天动地的事情，抬起头却什么也没看到。正要询问时，陈漾伸手将她的脑袋转了一个方向，对准了漆黑的天空。

今晚没有圆月，只挂了一枚小月牙。

今天这场雪下得还真的有点大。

雪花落进她的脖子里，冷气激得她缩了缩脖子，没等抬头，她身后的帽子被扯到头上盖住。

陈漾的手放在帽子边缘处，然后在她的耳边低声道："乐芽，高考后……"

他的声音越来越小，最后几乎是呢喃。

乐芽抿住嘴唇，没动。

她感觉他的手在颤抖。

她艰难地开口："陈漾，你先松开。"

片刻后，陈漾松开手，重新站直了。

他低下头和她对视着，垂着眼帘。有雪落在他的头发上，才这么点时间就染白了。可即使这样，面前的少年也是精致的。

四目相对时，陈漾微微错开了视线。

她的眼神很干净，注视一个人的时候眼里就只有那个人的存在，这是陈漾早就知道的。

他更想让她的眼睛里永远只有他的影子，就好像很久很久以前，他第一次看见她时，她也是这样的眼神，声音清脆地说：“就要他。”

对了，是她选中的他。

陈漾的心跳不断加速，蓬勃的急躁像是要奔涌而出。最后，他喉结动了动。

两个人面对面站着，一直没动。

乐芽忽然伸手，白皙的手指从羽绒服的袖口里露出来，然后紧紧抓住了他衣服的领口。

陈漾没有看明白。

随后他就被拉扯着往下弯了弯腰，面前的少女似乎踮起了脚，小脸凑到他面前：“你再低一点。”

她的声音娇娇软软的，像是在撒娇。

她是在撒娇吗？

行吧。

陈漾配合她弯下腰，下意识地垂眸看她，看到她长长的睫毛在抖动，像蝴蝶在挥动翅膀。

7

乐芽只是拍掉了陈漾肩膀上的雪花，然后悄悄说：“以后再告诉你答案。”

等到她重新站稳，陈漾才终于眨了一下眼睛，还没有回过神来。

乐芽咬着嘴唇往后退了一步。此时，手机铃声突然响起。

乐芽愣了几秒才反应过来是自己的手机，连忙从口袋里掏出来，一看，是谢轻语打来的电话。

“月牙，我已经到医院了，你快点下来吧。”谢轻语的声音从手机里传出来，“我哥的车就在外面。”

乐芽抬头看了陈漾一眼，回道：“好，我马上就过去。”

挂断电话后，她听到了陈漾的叹气声。

乐芽看向他的手，叮嘱道：“我要回去了，你在这里一定要听医生的话，别乱拔针了。你看，再这样下去你的手上就全是针眼了。”

陈漾“嗯”了一声。

医院门口只有他们两人在，此刻，雪纷纷扬扬的，丝毫没有减小的趋势。

看到一片雪花将要落在陈漾高挺的鼻梁上，乐芽盯得出了神，朝他的脸伸出了手，在她的指尖快要触碰到他鼻尖的时候，雪化了。

陈漾调侃道：“你想干什么？”

乐芽有些脸红：“刚刚想帮你弄掉雪花。”

她不好意思地收回自己的手，赶紧藏进羽绒服的口袋里。

“哎，月牙你在外面啊，我还在等你呢，你在和谁说话啊？”

谢轻语的声音突然从身后传来。

乐芽下意识地转过身，看到谢轻语就站在不远处，朝她这边十分激动地挥手。

谢轻语叫道：“快过来啊。”

看她抬脚就要往这边走，乐芽怕她会真的过来，连忙回道：“来了，我来了。”

谢轻语抄着手在路边等了没多久，就看到乐芽一路小跑着过来，萌萌的样子让她只想伸手揉一揉。她又看了一眼对面，有一个人，好像是陈漾。

乐芽伸手挽过她：“走吧。”

“哦，好。”谢轻语转过身，还有点纳闷，刚刚陈漾是不是瞪她了？

就算不是瞪，那也不是个好看的表情。

因为一直没等到乐芽的电话，并且时间也不早了，所以谢轻语就自作主张过来接人了。

外面的雪还在下，地上落了薄薄的一层，整个世界眨眼间就变成了白色。

上车后，谢轻语把手里的热水袋塞到乐芽怀里，朝驾驶座上的人招了招手：“快快，回去钻被窝。”

乐芽用热水袋焐手，感觉暖洋洋的。

谢轻语的哥哥是个很温柔的青年，虽然和乐芽见面的次数不多，但因为妹妹总是提起乐芽，所以不算陌生。

谢轻语不由得说：“乐叔叔打电话过来的时候我都快吓死了，还以为咱俩穿帮了呢！”

乐芽抿紧嘴唇：“我也快被你吓死了。”

这个话题讨论了几分钟后，谢轻语想起最后离开时陈漾的眼神，小声地问：“陈漾他咋了？”

乐芽想了想说：“是他家里的事。”

见她不愿多说，谢轻语也就没继续问，换了个话题：“刚才外面是什么香气这么浓？”

乐芽眨了眨眼睛：“这边门口有一个老奶奶在卖烤红薯，很香的，你要过去买吗？”

“买吧，买吧。”

车还没开远，两个人重新跑下去，直接绕去了烤炉那边。离得近，香气也更浓郁。

乐芽和谢轻语各挑了一个大的，红薯被烤得焦香金黄，老奶奶还送了一把免费的小勺子。

谢轻语已经边走边吃了起来。

乐芽落在后面，又两三步跑回去买了一个：“奶奶，麻烦您把这个送给那边的男生好不好？”

她多给了一点钱，老奶奶也就很爽快地答应了。

谢轻语回头叫她，她急忙跑了回去。上车后降下车窗，她就看到陈漾和老奶奶碰面了。

两个人的目光对视上，又被雪花遮挡了。

陈漾出院是在一个星期后。

为此，梁千和赵明日还想热烈庆祝一下，后来考虑到陈漾刚刚出院，只好作罢。

陈漾重新回了学校，好像和以前没什么不同，只是比以前要安静很多。

虽然老师们一直觉得他以前就是这样，但对于那些知道他以前“光荣”事迹的同学们来说，这简直就是一个大新闻，这转变太惊人了。

自从陈漾出院后，学校贴吧里的相关八卦帖子一个跟着一个，大家讨论不出个所以然，于是又自己默默地删掉，怕被报复。

乐芽对此一无所知，自从兔子气球的事情过后，她就再没登录过贴吧。

第九章

少女的礼物

1

高三生活波澜不惊，在乐芽的生活中，大概只有陈漾的存在是最大的意外吧。

周五的傍晚，又是学生欢呼的时刻。

公立学校是不准周末补课的，纵使处在高三的关键时刻，周末也照样和以前一样，不过就是多了很多作业。

最后一节课还剩十分钟，教室里已经开始躁动起来。

谢轻语给乐芽发微信：“梁千约我出去玩，我提议去吃火锅，你要不要一起，叫上陈漾也行。”

成堆的书挡住了老师的视线。

乐芽掩饰道：“那应该得梁千叫才对。”

谢轻语正要回复，下课铃声突然响起，讲台上传来老师的声音：“下课。”

教室里顿时一片欢呼声。

谢轻语没再回微信，而是拍了拍乐芽的肩膀：“走了，走了，咱们去吃火锅好不好？我已经跟梁千约好了。”

火锅在冬天吃最爽了。

乐芽也有点心动，应道：“好。”

谢轻语一边收拾一边提醒：“记得带上陈漾啊。”

乐芽：“……”

行吧，她干脆放下试卷，直接给陈漾发了一条消息，很快就得到了肯定的回复。

乐芽说：“他会来。”

“这么快？”谢轻语惊讶道，“秒回啊！”

乐芽说：“可能因为他正好在玩手机吧。”

谢轻语可不这么觉得。

今天上午下了一场雪，中午却突然放晴了，现在地上还有积雪融化后的雪水。

两人从教室走了出去，看到在走廊里站着的陈漾、梁千、赵明日，赵明日还朝她们招了招手。

乐芽今天穿的是毛线外套，上面有零星的洞洞，点缀了一些小花样，显得非常甜美。

她抿了抿嘴唇，轻声道：“要去吃火锅吗？你们有定去哪个地方吗？”

梁千笑道：“今天我请客。”

几个人一同从楼梯往下走，乐芽落在后面，和陈漾差不多是并排的位置。

一到大厅，声控灯就暗了下去。

2

学校外灯火通明。

走在前面的梁千、赵明日和谢轻语正在讨论游戏里的技能，完全忘了后面两个人的存在。

从学校这条路出去是去往公园的四岔路口，陈漾放慢速度走在乐芽身边，模样轻松随意，两人跟在大部队后面走着，突然，陈漾看向前方某个方向，整个人瞬间定住了。

乐芽就在他旁边，看到他突然不动了，好奇地问：“怎么了？忘了什么东西吗？”

看到他好像在看着哪里，十分入神的样子，她便顺着他看的方向看了过去。

还没等她转过头，她的眼睛就被蒙住了。

男生的手指有点凉，紧紧横在她的眼睛周围，指间没有露出一丝缝隙。

乐芽小声地叫了一下，脚步突然停下。

这样陡然停下很容易摔倒，她下意识地抓住陈漾的手腕，顺势就想掰开，可是没有成功，她追问道：“你干什么？”

陈漾紧盯着斜前方那个突然出现的女人，目光瞬间变得黑沉，嘴上却轻松地说：“想让你猜猜我是谁。”

乐芽：好想问陈漾的脑袋是不是坏掉了。

偏偏陈漾的手就像是生了根一样，一直挡在她的眼睛前面，每次眨眼睫毛都会碰到他的掌心。

陈漾不自觉地被吸引了注意力。他眯了眯眼，直接带着乐芽转过身，然后松开手，随口道：“看见那边了吗？”

乐芽看了半天：“什么？”

前面就是刚才走过的路，她什么都没看见。

陈漾说：“没看见就算了。”

他本来就是故意不让她看的，刚刚说的都是假话，这边除了夜景和树也再没有其他东西了。

正说着，大马路上刚好跑过一头猪，后面跟着一个追猪的中年男人，瞬间吸引了无数路人的目光。

乐芽默默无言。

两个人继续往前走，一直到四岔路口转弯的时候，她看到了马路对面的公园小路里闪过一个女人的身影，不经意间愣了一下。

那个女人的侧脸好像有点熟悉。

乐芽下意识地掐了一下自己的手心，再凝神看过去时，那个女人已经快速消失在公园的树木后，可能是她看错了吧。

乐芽收回视线，内心压下那股怪异感。

这个时候她应该还在医院里才对，不可能出现在这里，所以一定是她看错了。

火锅店是梁千选的，是这边的一家老馆子，现在正是人多的时候，幸好他提前预订了。

到店里已经是十分钟后了。

梁千回头看他们落下一段距离，惊讶地道："同样都是走路，怎么你们现在才到？"

乐芽说："不小心错过了绿灯。"

虽然这个借口有点蹩脚，但梁千等人没有怀疑，他们一起进了火锅店。

服务员领着他们过去，火锅店虽然不大，但条件很好，坐的是沙发，隔断上还放了盆栽。

梁千和谢轻语都想吃红油锅，但要大家口味一致显然是不可能的，所以最后选了四宫格，每个人都点了一些自己想吃的配菜。

梁千十分豪迈地大手一挥："你们自己想吃什么就点，最后再给我。不用担心其他的，我考试进步了五十名，我爸准我报销！"

虽然是从倒数第一变成了倒数第五十名。

但微博上还有进步七分就给放烟花的家长，梁千这也算是有着异曲同工之妙，因为他真的当倒数第一好久了。

乐芽忍不住说："那你是真不容易。"

梁千："……"

临近六点，锅底先上。

服务员给每个人都发了一条围裙，梁千和赵明日迫不及待地围上就直接冲向调料台。

谢轻语不甘示弱地追了上去。

一时间只剩乐芽还在和围裙做斗争，那根带子和头发的发绳、发卡钩在了一起，她抬起两条胳膊，有些费力地伸手解着。

陈漾看了半天，终于开口道：“转过去。”

乐芽乖乖地转过去。

陈漾探身过去，他修长的手指从她的头发中穿过，而后绕出了发卡，再轻轻解开。

“好了没？”乐芽问，还不忘指点他，“实在不行就把头绳去掉，我重新扎一下就可以了。”

陈漾拍了拍她的头算是代替了回答。

两个人都站着，中间隔着一张桌子。他将带子重新放下去，顺手将乐芽腰间的系带系了个蝴蝶结，然后再凑到她的耳边说：“好了。”

这个声音让乐芽的耳朵发热，她飞快地转过身，声音软糯地道：“好了就可以了，谢谢。”

陈漾收回手：“这么紧张做什么？”

乐芽小心地看了一眼周围，毕竟这里离学校不远，又是周末，肯定也有其他同学在这边吃火锅。

万一被人看到，引起不必要的误会可就糟糕了。

陈漾随手把自己身后的围裙带子给解开，垂眸看她：“你帮我系上。”

乐芽十分震惊：“你以为我看不见吗？”

她分明看到是陈漾自己伸手把系好的围裙带给解开的。

陈漾故意“嗯”了一声，尾音挑起。

乐芽心想：声音好听的人真占优势，但她绝不能屈服。

见她拒绝，陈漾若无其事地提醒道：“刚刚我替你解……”

乐芽打断他：“我给你系总行了吧？”

乐芽第一次发现他事怎么这么多。

她不像陈漾那样手长脚长，所以干脆去了他那边，没好气地提醒道：“转过去。”

陈漾眯了眯眼，然后转过身笑了。

乐芽敷衍性地完成任务，随手打了个结。

感觉到收紧的腰带，陈漾愣了一下，随后猜测道：“你是想勒死我吗？”

乐芽脸红了，发现自己刚刚不小心系得太紧了，这么一看陈漾的腰还挺细的。

于是她重新解开，认真地打了个结，然后才说：“好了，重新给你系上了。”

那欢快的语气连他都能听出来。

刚刚还不开心，现在却很开心，女生的情绪转变得可真快，陈漾算是看出来了。

他转过身，趁着她还没走，稍微凑近了点。

“你想干吗？”乐芽连忙后退。

看着她如同小猫一样，陈漾微微眯眼，然后坐回沙发上。

瞥到不远处的三个人，他轻笑了一声，然后才缓缓开口：“胆子这么小，我又没做什么，而且也没人看到。”

乐芽这才放下心来。

不远处的梁千、赵明日和谢轻语端着酱料碟，一脸八卦地紧紧地盯着这边，然后就看见陈漾瞥过来的视线。

梁千喃喃道：“我忘了加芝麻酱，要回去加点，你们是不是也忘了什么？”

赵明日：“我忘了香油。”

谢轻语：“……”

三个人齐齐地转过身，直奔调料台而去，对刚才发生的一幕视而不见。

时间越晚，店里越热闹。

锅里热气直冒，谢轻语下了不少东西，然后说：“我已经迫不及待了。”

熟得最快的应该算是毛肚了，她只烫了烫就直接捞出来，顺便往乐芽碗里放了几片。

乐芽安静地吃着。

陈漾低眉，准备伸手夹菜，火锅店里的灯光是暖黄的，热气腾腾间映出他一双漂亮的手。

看到谢轻语熟稔的动作，他眉梢微扬，隐隐露出一点不悦。

乐芽碗里突然被放了一块肉。

她顿了一下，悄悄看他一眼，热气遮住了陈漾的半边脸。

他的表情有些模糊，朦朦胧胧中唯有显眼的下颌线被勾勒了出来。

桌上安静了几秒，然后又重新恢复尴尬的聊天。

梁千：“这个是你烫的？明明是我烫的……”

赵明日：“放屁！”

“……”

3

火锅店一行之后便是周末。

乐芽抽空又去了画室，林心乔最近在忙艺考的事，来画室都是匆匆忙忙的。

不过她的画画得很好，有一幅画还被老师公开表扬了。

林心乔一下台就继续苦着脸，毕竟艺考肯定和课堂上画的不一样。

乐芽只能带点小零食去安慰她，时常被她揉脸。

周末结束后，时间过得飞快，又到了下一次考试。

考试的前一天，大家要把教室里的书都搬走。学校专门给了搬书的时间，现在外面都是抱着一大摞书来来回回的同学。

陈漾从办公室拿着一份教案出来就看到十六班的教室门口站着几个人，好像正在讨论什么。

走廊对面的乐芽正抱着几本书出来，看到了他，还对他挥了挥手。

陈漾走到转角处，淡声道："过来。"

乐芽走得挺慢的，在距离他一步之遥的地方停下，轻声问："怎么了？"

陈漾问："考完试就回家吗？"

乐芽点点头："当然了。"

"傍晚呢？"陈漾又问。

"傍晚有新活动吗？"乐芽想了一下，先问出口，"我可以晚点回家。"

这句话她说得特别小声，不仔细听根本听不见。

他说："傍晚一起吃饭。"

乐芽思考了一下，点头道："好。"

陈漾勾了勾嘴角："那傍晚见。"

他的嗓音清润，如同山泉水。

"知道啦。"乐芽的注意力被转移，也忘了刚刚发生的事，"那我先走了。"

陈漾点点头："带你吃好吃的。"

搬完书后还有一节班会课。

以往都是自习课，这次班主任蒋老师仍不忘叮嘱他们："这次是一模前的最后一次大考，大家可要好好考，不要让自己的努力白费了……"

也许是当了几年老师，她的时间把握得极好，最后一句话结束时刚好下课铃声响起。

蒋老师还没离开，教室里的大家就开始拍桌子。

等她离开，谢轻语忍不住欢呼出声："乐芽，走走走，我们去喝奶茶，听说新出了一款什么来着，很火。"

她早就打听好了，只是一直忘了去喝。

乐芽犹豫道："今晚可能不行。"

"为什么不行啊？"谢轻语问完后突然反应过来，笑了。

乐芽也没解释什么，等收拾好东西后才离开。

学校门口人山人海，乐芽费了好大功夫才从人群中挤出去。

乐芽拿出手机正准备打字，微信对话框中的“我已经出来了”还没发出去，她就看到了对面站着两个人。

一个是陈漾，一个是本不应该出现在这里的人。

4

奶茶店门口三五成群的学生时不时经过，却无法遮挡住那两个人的身影，所有的喧嚣此刻好像都远离了耳边。

乐芽站在这边，眼睛紧紧地盯着对面。

身后一个卖烤红薯的老大爷推着车子经过，看到她站在那里，停下来问：“小姑娘，吃红薯吗？”

面前的人没有回答他。

老大爷左右看了一会儿，有点不明白，最后越过她离开，只留烤红薯的香气飘散在空中。

乐芽低头看了一眼手机，最终一个字一个字地把对话框里的那句话给删除了，她的手在微微颤抖。

对话框里只剩下陈漾发给她的最后一句话——“乖。”

她也想乖。

乐芽不知道陈漾和她妈妈是什么关系，但显然那个女人刚刚在和他说话，而且还在笑。

她已经很多年没有和她妈妈见面了，她刻意遗忘，甚至连乐易健也刻意不提。

她甚至连精神病院都没有进去过。

那家精神病院距离乐家很远，是在郊外。她唯一去的那次就在门外站了一会儿，最后还是离开了。

乐芽重新躲进了人群里。

她个子小，到门口来接学生的家长基本都比她高，轻而易举就将她挡住，从外面根本看不见她的身影。

“没什么好说的。”

陈漾冷眼看着面前的女人，冷冷地道。

他低头看了一眼手机，一直没有收到乐芽的消息，可能是还没从学校里出来。

陈漾看了一眼人山人海的校门口，微微皱了皱眉。

如果乐芽出来肯定能看到这里，到时候也会看到她妈妈，那只会生出更大的误会。

方媛深深地看着陈漾的脸，不禁想到了他父亲的脸。可她现在完全联系不上他的父亲，只能从他这里得知情况。

“你看现在也不早了，吃饭了没，我带你去吃饭好不好？”方媛露出一个笑容，“就去最近的‘大竹家’好了，他家的饭菜味道一向都很好。”

你爸爸最喜欢吃了。

方媛在心里默默补充道。

陈漾瞥她一眼，淡淡地道：“六年前就已经倒闭了。”

过了几秒方媛才反应过来他说的话是什么意思，眼里闪过一丝尴尬，嘴唇张了张。

陈漾有些不耐烦：“如果没事的话我就先走了。”

方媛忽略了这句话，重新组织好语言：“你最近学习应该很辛苦才对，上高三这么紧张，可得补补才行，不行我们就换一家好了……”

她絮絮叨叨地说起来没完没了，一点也没有要离开的意思。

陈漾有点担心，转身就走。

方媛忙跟了上去，心里一直在计算到底要怎样才能从他嘴里撬出一点信息来。

奶茶店门口恢复如常。

乐芽从人群里钻出来，看着远去的背影，踟蹰了一会儿，咬牙跟了上去。

乐芽一路跟着，悄悄走在后面，她听到不远处传来的女声：“陈漾，我也没什么东西带给你，你别嫌弃。”

“我很嫌弃。”乐芽听到陈漾不耐烦的声音，“麻烦以后不要出现在我面前。”

她原本有点不明白到底是个什么情况，在这一刻突然醍醐灌顶，想起方媛之前的出轨对象好像是姓陈。

那个男人每次来自己家，方媛都让她叫“陈叔叔”。

那个毁了她家的陈叔叔。

乐芽想离开，脚却像是在地上生了根，然后就听见了一句让她崩溃的话：“两个多月前你的生日我也没给你准备礼物，真是不好意思，我当时……”

两个多月前，陈漾的生日。

乐芽整个人如同被人泼了一盆冷水，她几乎没反应过来。有个想法就像是草原上的杂草被点燃后，野火瞬间蔓延。

两个多月前方媛打电话给她说想要出来，甚至还想打亲情牌，从她的生日入手。

现在也是用同样的手段。

陈漾的生日就在那个月。

她妈妈将她的生日记错了，记成了另一个人的生日，还妄想骗取信任，假装痊愈从精神病院里出来。

乐芽的掌心被掐得发疼。

晚上九点，外面下起了雪。

乐易健还在公司看一份文件，临近年关更忙了，突然，他接到了司机打来的电话。

司机有点紧张："先生，我打小姐的电话没打通，不知道发生了什么事。"

乐易健沉声道："好，我知道了。"

他挂断电话后连忙给乐芽打电话，但响了半天都没有人接，感觉有点反常。

乐易健等了等，接连几个电话都没打通，于是给张姨打了个电话："月牙还没回家吗？"

张姨说："先生，小姐已经回来了，正在房间里休息。"

听她的话好像并没有哪里不对劲，乐易健松了口气，又问了几句才挂断电话。

她可能是在写作业，所以才没看到电话。

乐易健自己是这么想的，但也怕有什么事发生，有可能是她的身体不舒服。

于是他快速处理好文件，然后直接离开公司，走的时候还带上了桌上的一份报告。

回到家已是半个小时后，乐易健把公文包放下，换好鞋就直奔楼上而去。

张姨在下面嘀咕："父女俩今天都怎么了？"

乐芽今天放学回来她都不知道，一直到收拾东西时看到了靴子才知道乐芽已经回来了。

现在先生回来了也跟发生了什么事一样跑得飞快，和以前压根不一样。

二楼静悄悄的，乐易健敲了敲门。

漆黑的房间里没开灯，被子鼓起一团。

被子里的乐芽吸了吸鼻子，声音戛然而止。她抹了一把脸上的泪水，飞快地抽了一张纸擦干净。

乐易健问："乐芽，你在里面吗？"

乐芽说："在。"

她整理好自己的情绪后才趿拉着拖鞋过去开门。

房间里没开灯，乐易健也看不太清她的表情，柔声问："怎么不接爸爸的电话？是不是睡着了没听见？"

乐芽轻轻"嗯"了一声。

她回来后衣服都没换，现在也想不到什么好的理由，就干脆顺着他给自己找的借口说了。

乐易健虽然觉得她太安静了，却也没想太多，再加上今天听到的好消息，更觉得开心。

他摸了摸乐芽的头："爸爸有个好消息要告诉你。"

乐芽抬起头："好消息？"

乐易健点点头："医生的档期空出来了，现在正在制定针对你的最佳治疗方案。如果没什么事的话，我们现在就可以过去。"

他对于高考并没有什么想法，什么都比不上自己女儿的耳朵重要。就算高考成绩不好，她也完全可以不用忧愁前途。

乐芽愣了一下，下意识地摸了摸自己的耳朵。

乐易健看着有点心疼，肯定地道："这个医生很专业的，他的团队已经有很多成功的先例，爸爸相信他一定能治好你的耳朵。"

他弯下腰，盯着自己的女儿看："到时候月牙想做什么都可以，什么都不用担心了。"

乐芽努力装出自己什么事都没有的样子，一句话也不想说，只挤出一个笑来。

她很想恢复正常。

"到时候你就可以去那些很好玩的游乐场玩，也不用每天戴着助听器。"乐易健笑了笑，捏了捏她的耳垂，"漂亮的小耳朵应该让所有人看到。"

乐芽的耳朵动了动，像是在附和乐易健给她描述的未来的美好生活，只有她自己知道自己的心跳得有多快。

乐易健以为她是得知了这个消息一时间反应不过来，轻声说："待会儿就吃晚饭了，可别睡了。"

叮嘱完后他又把报告给她，站起身就准备走。

乐芽叫住他："爸爸。"

乐易健停下，扭过头："怎么了？"

没想到下一刻乐芽就从他的身后紧紧抱住他，小孩子的孺慕之情表现得淋漓尽致。

乐芽说："谢谢。"

乐易健愣怔了几秒，然后拍了拍她的手。

等爸爸走后，乐芽打开了灯。

刚才乐易健给的报告她都不知道是什么，现在对着台灯看了看，全是那个医生的介绍，很多成功的例子，无论谁看到都会觉得激动。

乐芽也有一瞬间的惊喜，手指轻轻碰上那些描述手术成功孩子恢复正常的文字与图片，这些事好像就在她的面前发生一样。

过了十分钟她才回过神来。

放在床上的手机在不停地振动，乐芽走过去，看到屏幕上显示"陈漾"二字。

她顿了顿，最终还是没有接通，任由手机在自己的掌心里振动，然后恢复安静。

乐芽的心好像被一只手攥住，她一直没怎么看手机，现在打开一看，发现里面有好多个未接来电。

乐易健的有七八个，陈漾的有十几个。

乐芽的视线定格在那上面，最终点击了删除。看着红色的电话号码消失在拨号栏里，她心头的大石依旧没有挪开。

手机铃声又响了起来。

乐芽看到上面的名字，半晌才反应过来。她没有接，电话倔强地不依不饶地响着，最后被系统自动挂断。

没等几秒，手机又重新响了起来。

乐芽最终按了接听，贴近耳朵，不知道该说什么，只静静地听。

“到家了？”很简单的一句话，也没问其他的。

过了几秒，乐芽“嗯”了一声，便再没有说话。

陈漾听着手机那头传来的呼吸声，在心里叹了口气。几个小时后听到她的声音，他终于松了一口气，只要她安全就好。

他也不知道究竟发生了什么。

傍晚给乐芽发的微信消息她没有回，电话也一直没有接通，直到现在他整颗心才放下来。

听她的声音，似乎是发生了什么。

陈漾一开始以为是小事，直到几个小时过去，他才隐约有种不好的预感。

这头的乐芽屏住呼吸。

除了刚才应了一声，两个人就没说什么多余的话，不过电话一直没挂断。

乐芽犹豫道：“你怎么还不挂？”

“想你先挂。”陈漾有怀疑过什么，但最终什么也没问，只是说，“晚安。”

乐芽主动挂断电话，感觉心里乱糟糟的。

一想到陈漾，她就忍不住想起傍晚的那个画面。

对她一直没什么好脸色的方媛在低声下气地求陈漾，当年那些不愉快的记忆就像是自动播放，一直在她脑袋里循环。

那个女人的脸令她记忆深刻，带着虚伪的笑容，说出的话更是让她觉得恶心。

乐芽忽然想起那个冬夜，坐轮椅的男人看见是她，直接就将她给推开，原来是认出她是谁了。

而他又刚好是陈漾的父亲。

她的亲生母亲从来都没把她这个女儿放在心上，却对着另一个人嘘寒问暖。更可笑的是，那个人还是陈漾。

乐芽有一瞬间的反胃。

她干呕了两声，明明戴着助听器，却耳鸣得厉害，有种钻心的疼，像是有人拿钻子在往里钻一样。

她张开嘴喘气，像是从水里捞出来的鱼，在即将缺氧的环境下努力求生。

乐芽丢下手机，跑去了洗手间。

她明明感觉很难受，最终却什么也没吐出来。

5

第二天要考试。

陈漾几乎一晚没睡，早晨醒来还有点蒙，去洗手间往脸上扑了点冷水，他盯着镜子里的自己发呆。

门外有轮椅滑过去的声音，可能是知道他已经醒了，声音丝毫没有放轻，甚至还带着些许故意的感觉。

家里的号码换了，没几个人知道，更何况方媛是一个才从精神病院里出来的女人。

陈漾嗤笑了一声，大概陈明武也没想到方媛从精神病院里出来了吧。如果他知道了，那现在指不定就是另外一种心情了。

外面的声音还在继续。

陈漾没搭理他，自顾自地洗漱好，然后离开了。

一中现在上课时间比较早，早自习过去的时候才七点。

天都没怎么亮，还刮着冷风。

今天的第一场是语文考试，上午八点才考，他现在出门恐怕会是全校第一个到达的人。

路上除了一两家店开着门，大街上基本没什么人。

陈漾在路上随意买了点东西吃了，然后就直接去了十七班，班主任之前给过他钥匙。

可能是心情不好，导致他习题也没做几个。

他盯着仅有的几个数字，最后压了压嘴角，将试卷直接撕下来卷成团，攥在手心里，纸团棱角分明硌着手掌心。

恰好梁千的考场在十七班，一进教室就看到坐在最后一位的陈漾，他好奇地道："漾哥今天怎么来这么早？"

之前陈漾都是卡着时间到学校的。

陈漾正在打电话，梁千坐下来的时候看到上面是乐芽的名字。

没等他想太多，他就看到陈漾的脸色逐渐暗沉下去，有种"风雨欲来"的感觉。

电话里是一串英文女声。

陈漾面无表情地挂断电话，转过头来：“你打下乐芽的电话试试。”

虽然她不怎么用手机，但从昨天开始他就觉得有些不对劲了，那种不安感越来越强烈。

梁千说：“我哪有她的电话。”

他心中警铃大响，该不会今天脸色这么差是认为自己私下和乐芽有什么联系吧？那他可就冤了。

梁千越想越恐怖，急忙撇清自己：“我好像也就加了她微信，而且我从来都没有跟她聊过！”

好可怕啊！

见陈漾没说话，他又说：“待会儿考试的时候乐芽不就过来了嘛！”

陈漾还是没说话。

过了一会儿，教室里开始有人进来，看到后排的两个人时都吓了一跳，然后默默地坐在自己的位子上。

陈漾沉声道：“你找谢轻语。”

他虽然认识谢轻语，但没她的联系方式。

梁千道：“打打打，我这就打给她。”

他调出谢轻语的电话，然后打了过去。

谢轻语才刚睡醒，正在穿衣服：“大清早的打电话，我要是在睡觉你可就死定了。”

梁千正要说话，旁边伸过来一只手将手机抢了过去。

“是我，陈漾。”

谢轻语吓了一跳：“陈漾？你怎么用梁千的手机？”

陈漾说：“他在我旁边。乐芽还没有来学校，你看能不能打个电话过去。”

“哦。”谢轻语应道，“你等等啊！”

电话响了一段时间才接通。

谢轻语问：“乐芽，你在家吗？”

乐芽“嗯”了一声：“我今天就不去学校了，身体有点不舒服，考试那边我爸爸已经和老师说了。”

“你没事吧？怎么不舒服了？”谢轻语关心地道，“对了，是陈漾让我打电话给你的，也不知道他自己为什么不打，真是个奇怪的人……”

她絮絮叨叨说了很多。

乐芽在这头安静地听着，一直到半分钟过后才说：“我要起床啦，先挂了。”

谢轻语虽然觉得乐芽有些不对劲，但还是应道：“好，那你好好休息啊，不舒服就去医院。”

“我知道。”

挂断电话后，谢轻语想了想，又给梁千打了电话，然后说了刚才的事情。

梁千看陈漾神色淡淡地听着。

他总觉得有哪里不对劲，悠悠地叹了口气，然后就看到手机被塞回自己手里，陈漾直接推门离开了。

就连他都看出来了，陈漾整个人周身飘着一股暴躁的因子。

谢轻语在考试结束后终于发现了不对劲。

下课后，梁千偷偷给她发微信：“漾哥这两天可不对劲了。”

谢轻语琢磨着可能和乐芽有关，乐芽最近都没来上课，不会是被乐叔叔发现她和陈漾认识了吧？

她打乐芽的电话没打通，有点担心，就干脆去问班主任。

谢轻语借口联系不上乐芽去办公室找了蒋老师，然后才得知了一个十分震惊的消息。

蒋老师惊讶地道：“乐芽没跟你说吗？”

据她所知，这俩小姑娘的感情可不是一般的好，难道是因为即将分别，所以才没有提前说？

谢轻语摇了摇头：“说什么？”

“这件事你还是自己去问乐芽比较好。”蒋老师说，“不过估计也没什么事，乐芽爸爸今天和我提了保送的事情。”

谢轻语虽然不是尖子生，但保送的事情还是知道的，之前学校里就有过名额。

其实谢轻语对这个并不意外，以乐芽的成绩保送大学是完全够资格的，不过她还是想确认一下：“乐芽要保送吗？”

蒋老师说：“保送名额本来就有她的，估计接下来她都不会来上课了。等高考的时候直接回来参加高考，乐芽还是想参加高考看看自己的实力。”

说是暂时决定保送，但是蒋老师看乐芽父亲的意思，似乎有别的想法。

她猜测是不是以后可能让乐芽留学，或者一旦治疗方案不顺利，乐芽也可能会因此留在国外。

蒋老师也不清楚乐易健是怎么选择的，不过具体情况还要等过段时间才知道。如果保送名额乐芽不要，就会给别人。

所以这一点她没有告诉谢轻语。

听完这一大段话，谢轻语被震惊得半天没说出话来。

她打电话给乐芽的时候，乐芽完全没有提过这件事情。真的太突然了，一定是有什么事情发生了，才会促使乐芽做出这样的决定。

蒋老师说：“乐芽可能是不知道该怎么和你说。”

谢轻语点了点头。

离开办公室后，她头都大了。

难道前天陈漾突然用梁千的手机打电话来让她给乐芽打电话是因为知道了这件事？

谢轻语拨打乐芽的电话。

连续拨打了两个之后，对方才接通：“喂？”

谢轻语轻声问：“月牙，你是不是不打算继续上课了？”

良久，乐芽才回答：“嗯，你知道我耳朵的事情，医生已经找好了，我马上会进行治疗。”

“真的吗？”谢轻语感到惊喜，随即又皱眉道，“怎么这么突然？我刚刚才从蒋老师的办公室出来，都被她说蒙了。”

“也没有很突然，很久以前爸爸就跟我提过，只是最近才决定，我会回来参加高考的。”

乐芽的声音糯糯的，有点哑。

谢轻语以为她感冒了：“这样啊，那还是去看医生比较重要。毕竟身体最重要，好几个月不上学也还是挺舒服的……”

话说到一半，走廊前面出现了陈漾的身影。

谢轻语下意识地停顿下来，她不知道自己的话有没有被听到，但现在陈漾的表情是她见过的最可怕的一次，是那种压抑的吓人。

学校外的奶茶店。

这是谢轻语第一次单独和陈漾说话，她还有点紧张，毕竟第一次和大佬距离这么近。

陈漾给她点了奶茶：“你刚刚跟乐芽说的是什么？”

谢轻语没喝奶茶，犹豫着说：“你不如自己去问她。”

她不知道这件事该不该和陈漾说，乐芽既然连她都没说，那肯定也没跟陈漾说。

这么一想，之前乐芽的电话打不通也能想明白了。

面前的少年垂眸看定在桌上，阴影落在他的睫毛上，他轻声说：“我联系不上她。”

谢轻语听得心里很不是滋味，平静地说：“我暂时还不清楚到底是个什么情况，不过她之后会来学校，你可以亲口问她。”

蒋老师跟她说过两天乐芽会回来拿东西。

陈漾抿紧嘴唇：“嗯。”

一直到离开奶茶店，谢轻语回头还能看到陈漾坐在里面，像一尊雕塑似的。

她叹了口气，这都是些什么事啊。

傍晚时，谢轻语去了乐芽家。

陈漾一言不发地跟在她身后，一句话都没说。

从学校到这里，他沉默得有点不对劲。

谢轻语说："我先问一下。"

她先要确定乐芽愿不愿意见陈漾才行，自己的朋友当然要摆在第一位。

陈漾微微颔首："谢了。"

坐落在葱茏草木间的小别墅豪华且精美，无一处不彰显着这家人的富有，此刻一楼二楼都亮着灯。

谢轻语正要进去，后面的人突然开口："如果她不肯说什么原因，你就问她是不是都看到了。"

"就这个？"

陈漾说："就这个。"

谢轻语点了点头。

乐芽家没什么人，以前谢轻语来过不少次，张姨一看见她就提醒她乐芽在楼上。

谢轻语一上楼，刚好看见乐芽打开门出来，明显可见她的情绪有点不对劲。

两个人一起进了房间。

谢轻语坐在床边："虽然我支持你去看医生，但怎么这么快？要不是问了班主任，我都不知道你到底是个什么情况。"

乐芽说："也是这两天才决定的。"

那时她准备第二天去考试，只是她和陈漾都在第一考场，免不了会碰面。

她现在不知道该怎么面对陈漾，尤其是在知道所有情况后，这些往事成了横亘在两个人之间的山脉，她的家庭因他的父亲而毁灭。

谢轻语察觉到不对劲，说："你好像一直没和陈漾联系，你们两个……是不是发生了什么？"

乐芽沉默了。

"其实我有点猜到了。"谢轻语小声说，"梁千跟我说陈漾最近很不对劲。"

乐芽依旧没说话。

谢轻语说："陈漾今天来找我了。"

乐芽抬头，头顶的灯光照下来，在她含着水光的眼睛里晕开，漂亮得不像话。

谢轻语一愣："你们之间是不是有什么误会？"

乐芽摇摇头，低声道："没有。"

房间里安静得只听得到两个人的呼吸声。

乐芽垂眸：“你知道我的耳朵为什么会这样吗？”

谢轻语摇了摇头。

和乐芽认识这么久，她一直知道不是天生的，但具体原因却不清楚。

乐芽的睫毛颤抖了一下：“很久以前，我看到爸爸妈妈在吵架，吵得很凶，房间里的东西都砸碎了。我还小，以为爸爸在打妈妈，就过去帮忙。”

“然后呢？”谢轻语忍不住问。

“然后啊，然后妈妈歇斯底里地尖叫着把我推倒，将梳妆台上的东西通通往下摔，全都砸在了我的身上。”

她满心满眼想要维护的人心里根本没有她，只想着要离开这个家，对她的出现毫不关心，甚至还觉得她是阻碍，她是拖累。

谢轻语半晌没说出话来，她设想过无数种可能，却从来没想过这种。

谢轻语叫道：“乐芽……”

乐芽的神色格外平静，淡淡地道：“反正都已经过去十年了，我也都习惯了，没什么的。”

谢轻语露出笑容，转移话题道：“看过医生之后你就会好了，以后即使做剧烈运动也不用担心了。”

乐芽浅浅地勾起嘴角：“嗯。”

绕了半天，谢轻语才想到陈漾的事，小心翼翼地说：“陈漾……你要不要和他说一下？”

乐芽低下头说：“我这几天不会去学校。”

说到底，这一切都是个错误。

是她从头到尾都错了，她不应该在好奇心的唆使下去关心那个资助生是谁，不应该和陈漾越走越近。如果是个普通人，她可能会觉得没什么，可他的身份摆在那里，无时无刻不在提醒着她当年发生的事情。

她总算知道了当时她问爸爸关于陈漾的事情时，爸爸为什么要编造一个假的身份给她听了，并且之前还一直隐瞒着这件事。

但她实在想不通为什么爸爸要资助他。

乐芽隐隐觉得这其中有什么关键信息，但一时之间完全想不起来。至于去问乐易健，那更是不可能的事。

她摸了摸耳朵，感觉耳垂有点凉。

谢轻语犹豫了一下说：“陈漾让我给你带一个问题——‘你是不是都看见了？’”

乐芽猛地抬头。

谢轻语不知道陈漾的这句话到底是什么意思，只是提醒道：“他今天跟我一起来了。”

乐芽张了张嘴，一个字也没说出来。

谢轻语又说：“他现在就在下面。”

话音刚落，她就看见乐芽赤脚下了床，跑到窗户边上，将窗帘拉开了一条缝。

冬天的夜寒气逼人，昏黄的路灯下，颀长的少年倚着路灯杆，脚下落下一片阴影，孑然无依。

陈漾似有感觉，抬起头看过来。

乐芽愣怔了一下，下意识地后退。

6

可能是窗户没关紧，外面的冷气从窗缝里钻进来，直直地吹在她的脸上，驱散了空调的暖气。

乐芽和陈漾对视了个正着。

谢轻语从后面走过来说：“我觉得你们俩必须谈谈，我也不知道发生了什么，但你这样逃避是不行的。”

她向来不怎么喜欢逃避，所以在得知乐芽之前的行为后就有点不赞同。因为自己正好要来乐芽这儿，就跟陈漾说了一下，没想到他二话不说就跟着来了。

乐芽垂眸：“我不知道该怎么说。”

她甚至还想过陈漾是不是早就知道这件事，他妈妈当初跳楼就是因为方媛。

往事重叠，他们俩甚至可以说是仇人。虽然他并没有什么错，但她又要怎么面对呢？跟他说自己的妈妈害死了他的妈妈，还是质问他“因为你爸爸我的耳朵才出了意外”？

都不应该迁怒的，这让她一时间无法接受。

谢轻语拍了拍她的头：“什么事都是可以说的，外面这么冷，你难道真的要让他等一个晚上吗？”

乐芽没说话，她觉得以陈漾的性格，完全能做出这种事。

乐芽重新转过身，面向窗外，然后缓缓地拉上窗帘，最终沉默地点了点头。

谢轻语说：“那我先走啦。”

她的任务已经完成了。

两个人一起下楼去。

从正门到户外有一段距离，乐芽始终不敢迈出第一步，她总是会想起前几天看到的那个画面。

谢轻语在后面看得着急：“你们俩这么磨蹭，等说上话估计都得半夜了，看冻不死你们。”

乐芽被她说得愣了一下。

谢轻语干脆直接牵着她过去："我带你过去，有什么话说清楚了，你以后也就不会后悔。"

乐芽跟着她过去。

恰好陈漾也在往这边走，三个人碰了个正着。

谢轻语退后一步，摆摆手："我先回去了。"

她说走就走，眨眼就跑得没影了。

乐芽和陈漾面对面站着，这么近的距离，就连对方脸上细小的变化都看得一清二楚。

她第一次发现自己的视力这么好。

陈漾的脸色不太好，眼下有不明显的青黑，嘴唇有点发白，像是生病了一样。

乐芽不禁怀疑是不是自己的原因，心里泛起一点自责，然后便是无尽的茫然。

陈漾问："过来吗？"

良久没等到回复，他就走了过来。

离得近了，乐芽能闻到他衣服上有股淡淡的烟草味，不知道是在哪儿沾染的，她轻轻地吸了吸鼻子。

乐芽感觉他有很多问题想问，有很多话想说，最后却没开口。

周围安静下来，偶尔有树叶被风吹动发出"哗哗"声。

乐芽下来之前套了件大衣，有点大，她的手缩在袖子里，垂在身侧，一直没有伸出去。

闷了半天，她才终于开口："陈漾。"

陈漾轻轻地"嗯"了一声。

他伸手摸了摸她的头发，安抚的意味太强烈，乐芽哽咽了一下，有点不知所措。

乐芽轻声说："我有事和你说。"

陈漾深吸一口气，压制住自己想要质问的情绪，低声问："如果我不来，你是不是就没有话想对我说了？"

乐芽有点慌张，不知道该怎么回答。

她甚至还没想好要怎么面对陈漾，更没想过他们之间会变成现在这样。如果那天她没看到那一幕，那他们俩现在应该还很好。

陈漾弯腰，凑到她的面前，叹了口气，轻声道："为什么不直接问我？"

这样的温柔和以前的冷淡完全不同，瞬间就侵蚀了她的心，让她根本喘不过气来。

乐芽闭了闭眼："我怎么问你？"

方媛那天的话对她造成很大的影响，还有那个之前想利用亲情从医院出来，却将陈漾的生日记成了她生日的乌龙电话。

这些极不愉快的回忆，像在一刀刀地将她凌迟。

乐芽一时之间根本无法接受，她想过方媛记错了自己的生日，却从来没有想过那个记错的日子会是陈漾的生日。

这样的阴差阳错让她根本无法释怀。

乐芽的声音哑哑的，忍不住哽咽起来，她鼻子发酸，眼泪砸下来，滴在陈漾的手指上。

陈漾一下就慌了神，他的手指抚上她的脸颊，想要为她擦干眼泪，却没想到她的眼泪就像断了线的珠子一样，越来越多。

乐芽努力抑制住自己的哭声：“你让我怎么问你……问你和她是什么关系……问你妈妈是因为我妈妈出事的吗？”

她能问得出口吗？

乐芽的睫毛上沾了泪水，不停地抖动，她说：“我早该知道的……他为什么推我……如果当时……”

如果当时就得知了真相，也不会是现在这样。

她话说得跳跃，有点语无伦次，一句接不上一句。可偏偏她说的每一句话陈漾都能听懂，他的心尖锐地疼。

是他一直在瞒着她。

乐芽只觉得整个人浑身发凉，那天晚上不知道她是怎么回的家。

她一路浑浑噩噩，走在路上时要不是被一个小男孩伸手拉了一把，肯定就被车给撞了。

这几天她整个人喘不过气来，一点胃口也没有，看到陈漾打来电话就不知所措。

那天她躺在床上，几乎一晚都没睡。每次一闭上眼，以前和现在的画面就一帧帧地反复交替着出现。

陈漾哑声道：“不哭了好不好？”

温柔到极致，就变成了一种奢求。

乐芽顿住，伸手抹了一把脸，隔几下就抽噎一下，低声问：“你是不是一直都知道？”

半晌，陈漾应了一声。

他知道，他一直都知道，当年就知道。

每次他妈妈和陈明武吵架来来回回就说那么点事，从未脱离过“初恋女友”几个字。

陈漾一开始只知道陈明武和初恋女友旧情复燃这件事，压根不知道对方是谁。

直到那次在外面看到陈明武和方媛，他才第一次见到那个传说中的“初恋女友”。

后来他妈妈跳了楼，他发现陈明武的房间里有个上了锁的柜子，撬开后发现里面有相册和日记本，相册里就有陈明武和方媛的合照。

日记本里写了很多东西，中间停过一段时间，旧情复燃后又重新续写上了。

陈漾在家里点了火把柜子里的东西全烧了，然后又用水灭了火。

不出意外，他被陈明武打了。

如果不是邻居听到动静冲进来救他，他可能直接就被打死了吧。

后来陈明武出事导致下半身残废，他总是在猜测和怨恨中怀疑一定是乐易健动的手，但陈漾只是嘲讽他自己没有本事。

没过多久，他就被送到了孤儿院。

一个有父亲的孩子被放在了孤儿院。

陈漾至今都还记得那些孩子问他问题时他是怎么回答的，好像是“都死了”。

确实和死了没什么区别。

乐芽喃喃道：“我什么都不知道。”

就像个傻子一样。

陈漾抿紧嘴唇：“因为不想你受到伤害。”

乐芽抬头看他：“我也有知情的权利，你一直都知道这些，却从未想过告诉我。”

陈漾僵住：“对不起。”

“没什么对不起的。”乐芽摇了摇头，“不是你的错，是我自己活得太天真了。”

天真地以为脱离了以前的事情。

乐芽不停地摇头：“从头到尾都和你没关系，是他们的问题，不是你的问题，和你无关。”

只是她过不去这一关罢了。

她还记得陈漾之前说他妈妈是怎么死的，现在想想，他是不是也非常难过？因为她正是仇人的女儿。

陈漾一听就觉得不对劲，缓缓闭上眼：“忘了他们好不好？”

乐芽僵着身子：“能忘掉吗？”

陈漾知道她的想法，却无法接受。她这样退回自己的壳里，那他又成了什么？

两个人突然都沉默了。

就在这时，前方传来车子的声音。

这引擎声乐芽再熟悉不过了，现在只有一种可能——乐易健从公司回来了。

如果被他看到陈漾，她怕他会直接动手。

乐芽心里一急，抓住陈漾的手直接就往后面走去。

在外面待了这么久，陈漾的手都是冰的。乐芽抿着嘴唇，将他拽到了房子后面。

陈漾任由她牵着。

直到走出一段距离，他才出声：“你还是关心我的，乐芽，你承认吧。”

乐芽的手藏在袖子里：“陈漾，你回去吧，我的耳朵，你知道吗？我要去治耳朵，否则我会一直是个残疾人。”

陈漾说：“你不是。”

“我也希望不是。”乐芽忽然冷静下来，又道，“你不要无理取闹。”

陈漾拿手指碰了碰她的鼻尖：“没有。”

乐芽硬生生地转了话题：“我要回去了。”

“好，我走。”陈漾退后几步，一直看着她，然后转过身大步向前，毫不留情。

乐芽捂着嘴，蹲在地上，把头埋在双膝之间痛哭。

她从一开始的小声抽泣，到后来的号啕大哭，不知道为什么，好像所有的委屈都冒了出来。

直到她的面前重新落下一片阴影。

乐芽慢慢地抬起头，看到陈漾去而复返，重新站在自己面前，神色浅淡。

不知道他看了多久。

乐芽站起来抓着他手臂：“你要好好的，现在就当什么都没发生过。”

陈漾愣了一下。

乐芽松开他，自顾自地说：“我很快就会走。”

陈漾直勾勾地盯着她，眼里漆黑一片。

乐芽努力挤出一个笑，眼睛再也不像之前那样弯成小月牙，压低了声音说：“再见。”

话落，陈漾笑了一声。

他眉目微敛，一如往常那般精致，此刻却压抑了疯狂，冷风直接灌到脖颈间，感觉浑身发凉。

乐芽看了他一眼，吸了吸鼻子。

看着她一副小可怜的模样，陈漾突然没了脾气，咬了咬牙齿，挤出一丝声音：“再见？”

她闯入他的生活，现在又要离开。

陈漾气得想笑。他不想去管父母的那些事，也不想自己的事受到他们的干扰。于他而言，他们都是外人。

陈漾问：“那你刚刚为什么哭？”

乐芽嗫嚅道：“我伤心。”

陈漾被气笑，一脸温柔地垂眸看她：“乐芽。”

他突然伸手扯掉脖子上挂着的银链子，一枚小月牙摊开在掌心，在路灯下散发着银色的光。

“这是你给我的，你知道你爸爸为什么会资助你妈妈出轨对象的儿子吗？

“因为是你选的。

“他爱你，他对于你选的毫不怀疑。”

他说得很平静，乐芽却十分震惊。

她完全不记得这回事，更不记得自己把项链给了他，甚至之前也只是怀疑两个人买了同样的项链而已。

乐芽张了张嘴，最终说：“陈漾。”

陈漾知道她不记得了。也对，她当时那么小，会记得才怪。如果她真认识他，就不会选择他，在第一次见面时就会露出厌恶的神情。

他一直都记得他以前在孤儿院的那一段时间，院长说有钱的人家会过来领养他们。

全院的孩子几乎都去了，都想从此过上好的生活。

他落在最后面，沉默地看着从那辆车上下来两个他曾经见过的人，一个事业有成的男人领着一位娇贵精致的小公主，小公主戴着帽子，遮住了两只耳朵。

小公主将手指向了他，从此只要他。

乐芽并不记得这件事，她甚至忘了自己是怎么选的。

她从他的手心里拿起项链，这是她戴了很久的项链，却在另一个男生的身上戴了十年。

乐芽不知道这到底是缘分还是什么，她咬唇，踮起脚，小心翼翼地重新给他戴上：“我下个星期就会走。”

少女陡然贴近，她的头发碰到他的脸颊，有点痒。

陈漾问：“需要多久？”

乐芽的头发被风吹起来，疲惫地道：“不知道。你知道吗？我不知道需要多久。”

陈漾淡淡地道：“总不可能是一辈子。”

乐芽被他说得一愣。

她真的不知道要治疗多久，但最起码半年的恢复期是要有的。

乐芽不知道到时回来后又会变成什么样。

就算她到时已经遗忘了旧事，他又能真的等到那个时候吗？

乐芽慢慢将头搁在他的肩膀上，放轻声音道：“陈漾，我走了以后你不要再乱来了，要照顾好自己。”

说完，她就打算退开。

陈漾反手圈住她的手腕，自言自语：“十年我都等了。”

原本打算想等到大学的时候再去找乐芽的，谁知道一中的改建突然将她送到了自己面前。

陈漾又摸了摸她的头发，在心里叹了口气，然后转身离开。

一直到他走出去一段距离，影子被路灯拉长又缩短，乐芽才反应过来他刚才那句话的意思。

她弯腰叫了一声："陈漾！"

乐芽生平第一次用这么大的力气，好像和别人争执时都没这么用力过，把脸都给憋红了。

闻言，陈漾转过身。

没等他反应过来，不远处的少女就飞奔过来："我还想说一遍再见。"

陈漾听出了其中的意思，伸手捏了捏她的耳朵："你甩不掉我的，我可以允许你离开一段时间。

"但是其他的，别想了。"

7

出国的机票订的是一周以后的时间，之所以这么快是刚好医生最近在医院，先过去让他看一下是什么情况，再讨论出治疗方案来。

出发当天，乐芽回学校拿东西。她拒绝了乐易健的陪同，只让司机跟着。

两个人过去的时候正是上课时间。

其实这几天下来，她已经挺冷静了，好像没有一开始那么无法接受，只是心理上依旧觉得各自冷静一段时间会比较好。

说实话，她也没想到乐易健的速度那么快。

乐芽只是那天晚上提了一句，两天后一切就都安排好了，甚至还预约医生了，她根本不可能拒绝。

学校这边的手续乐易健和学校领导都一一打了招呼，毕竟理由充分，并且她成绩又好，学校自然是希望她能回来参加高考的。至于保送名额，就让给别人了。

去国外要换电话卡，乐易健也提前帮她安排好了。

乐芽把新的电话卡装到手机里，只是现在还用不了。

学校下面的大厅一侧是公告栏，因为刚刚月考过，上面还贴着前两百名的红榜名单。

第一名赫然是陈漾的名字。他的分数和第二名的差距拉得有点大，他第一的宝座牢不可破，从高一到高三，从来没有变过。

因为缺考，这次乐芽的名字没有在上面。

乐芽伸手碰了碰玻璃，然后像烫手似的收回来，生怕不远处的司机发现她的动作。

她不想让爸爸发现什么。

其实乐易健应该知道她现在和陈漾在相邻的教学楼，但一句话也没提过，就是不想让他们认识。可阴差阳错的是，她偏偏就主动认识了陈漾。

乐芽抿着嘴唇笑了笑，然后上了楼。

她的东西都还放在自己的座位上，没有人动过，司机从后门进去安静地拿走。

教室里正在上数学课，所有人的视线都放在她这里。

谢轻语的眼圈红红的，小声地问："真的这么快就要走了吗？"

乐芽点点头："嗯。"

她不敢多说话，怕自己会哭出来。

书和资料太多，司机抱了一部分先下楼去。

谢轻语问："你要不要去十七班？"

乐芽没说话。

谢轻语直接举手："老师，我想出去一会儿。"

数学老师自然知道她是什么意思，非常体谅地点头："去吧。"

苏慧和谢轻语一起出去，三个人站在楼梯口处，声音放轻了许多，又叮嘱了一些事情。

"唉，我要是放假了也可以去那边看你。"谢轻语说，"让我哥哥带我一起好了。"

她三句话不离自己的哥哥。

苏慧问："那你还回不回来呀？"

乐芽说："高考前会回来，如果顺利的话，我也许可以不用再去治疗，但目前还不知道怎样。"

一切都要看医生怎么说了。

谢轻语抹了把眼泪："能把耳朵治好最好，月牙这么好看，本来就应该好好的。"

对于乐芽的耳朵的事，她已经心疼好久了。

三个人站在那里说了好久，司机又上来搬了第二次。

等他下去后，苏慧说："还有五分钟下课。"

谢轻语看了一眼对面的教室，看乐芽好像毫不在意的样子，问："你要不要过去看看？"

乐芽愣住，什么也没说。

谢轻语抱了抱她："想去就去吧。"

想去吗？

自然是想的。

乐芽走到十七班的时候，里面也在上数学课。

从教室外往里看，很多人都在打瞌睡。

讲台上的老师其实也都看得一清二楚，只是没有管，依旧唾沫横飞地讲解着试卷上的题目。

大概是月考试卷吧，她没参加，也就不太清楚到底是什么题目，只是每次看见老师拿试卷都会抖一抖。

乐芽想起自己在陈漾的数学试卷上用铅笔写过什么，后来怕被发现又擦掉了，也不知道陈漾有没有发现。还有之前自己过来还试卷的场景，她想方设法地想知道“陈漾”长什么样子，还不知道站在自己面前的男生就是他。

不相信他是真的陈漾，那种奇怪的感觉真是好笑，如果换了是她，恐怕早就笑疯了。

今天出了太阳，冬日的暖阳很舒服，即使风仍有点冷。

后门好像没关紧，被风吹开了一点。

乐芽看着那扇门打开，慢慢露出一块空白的区域。

她站在走廊的交界处，看到陈漾的半个侧影靠在墙上，旁边的梁千递过去一颗糖。

他伸手接过，随后将透明的糖纸扔到后面的垃圾桶里，动作随意且慵懒，都没转头。

乐芽勾了勾嘴角。

梁千可没这技术，他默默地剥了糖纸，然后转过身把糖纸扔进垃圾桶，收回手去的时候突然看到乐芽站在那里。

梁千一愣，压根没反应过来，还以为自己看错了。

乐芽被吓了一跳，她没想过会被看到，虽然只是梁千，但他肯定会和陈漾说的。

她先反应过来，转过身就往前面的回廊走。

这条回廊在十七班和十八班之间，一路通到后面的实验楼，她会从那边直接下楼。

似乎是察觉到有人在外面，陈漾的椅子向后仰了仰，瞄过去的时候什么也没看到。

他觉得有点不对劲，瞥了一眼梁千，又重新回到桌前，写了一半的题目也没心情继续做下去了。

他心里在想，好像这周乐芽就要离开了。

梁千咽了口口水，纠结着开口：“刚刚……我刚刚好像看见乐芽站在教室外面。”

话音刚落，他就看到陈漾一把推开椅子，从后门跑了出去。

椅子从地上划过，发出刺耳的声音。

讲台上的数学老师都蒙了，下意识地叫出声：“陈漾！你干什么！不上课想去哪儿？”

他只来得及看到一个背影，心里甚至还在想：这速度，都可以去参加比赛了。

一出教室，冷气扑面而来。

陈漾站在通道口，看着空无一人的实验楼，好像梁千刚才说的只是幻觉一样。

外面空荡荡的，只有偶尔从教室里传出的老师的责怪声。

下课铃声刚好响起，走廊上瞬间被学生们占满，嘈杂不断。

乐芽站在楼梯口，心跳如鼓。

8

一直到离开学校，乐芽都没和陈漾见面。

坐上车的时候学校刚好打上课铃，她坐在车里看着教学楼离自己越来越远，心里很不是滋味。

当天晚上她就去了机场。

乐易健特地放下手头的工作陪她一起过去，乐芽坐在外面的候机椅上，看着来往旅客走来走去。

一直到登机。

乐芽早已装上了国外的卡，她的手机是支持双卡的，所以两个号都可以用。她以前也想过换单卡手机，但现在很庆幸自己没换。

飞机起飞后，她才觉得自己是真的要离开了。

乐易健看她一直不说话，以为她是在担心耳朵的事情，安慰道："医生那边不会有问题的。"

乐芽从窗外回神："知道啦！"

她在飞机上睡了一觉，睁开眼的时候飞机已经快要降落了，迷迷糊糊中才知道已经过去了不少时间。

因为澳大利亚这边和国内只差三个小时，不必倒时差。

乐芽睡眼蒙眬地被乐易健带去了一栋小别墅，这是早前他这边确定了医生后就买下的房产，不是很大，但几个人住足够了。

别墅带了小花园，可能是上一任房主种了各种各样的花。此刻正是夏天，一副生机盎然的景象，还有蝴蝶飞来飞去。

乐芽走进去的时候鼻子里全是花香。

因为公司还有事，乐易健不可能在这边待很久。

乐芽心里也清楚，但还不太能接受自己一个人在陌生的国外住很长一段时间。

刚到的时候，她很不习惯。

乐易健陪她待了三天，然后领着一个笑眯眯的女生回来，对她说："爸爸给你请了一个小姐姐照顾你，这是梁暖，来这儿做兼职，你有不懂的地方可以问她。"

他面试了好多个人，最终定下了梁暖。

梁暖笑道："我的课很宽松，大多数时间我都会在这里，所以你什么都可以问，我在这里住了有三年多了。"

乐芽乖巧地应道：“好。”

乐易健临走前叮嘱道：“下个星期爸爸带你去见医生，这几天你就好好在这儿玩一玩。”

梁暖的性格很活泼，跟谢轻语一样，但她是大学生懂的东西要多得多，还会在早上带着乐芽一起去外面走走。

梁暖还有一个白人男朋友，很高。

乐芽第一眼看到感觉比陈漾还要高。

后来她才知道，也不是所有白人都和梁暖的男朋友一样高，只不过梁暖的男朋友是篮球队的，所以才会特别高。

乐芽在这边，不管遇到什么，总是不自觉地联想到陈漾。

直到她在超市看到自己以前买过的那种糖，她给过陈漾好几次糖，很甜的那种糖。

梁暖从里面买完菜出来，看到她站在那边的货架前一动不动，以为她看到了什么想买的，便走过去问。

她这才看到小姑娘哭了。

梁暖有点不知所措，看着她不出声，就这么流泪的样子完全不知道该怎么办。

梁暖吓坏了。

那天陈漾从外面回教室的时候已经是另外一节课了。

因为出去的时候临近下课，数学老师看在他是好学生的面子上也没怎么管，就走了。

班里的其他同学不知道发生了什么，但数学老师之前的叫声让他们把所有的注意力都转到了陈漾的身上。

虽然大佬一直都面无表情，但这次好像挺难过的。

梁千和赵明日不敢多说话。

梁千已经知道了一些情况，之前他就问了谢轻语，谢轻语支支吾吾说了一大堆，他也猜出来了一些。

他刚刚又去逼问了一下，所有的答案就都出来了。

“对，乐芽出国了，接下来的时间都不会出现在学校里，刚刚应该是去和你们告别的。

“这段时间你们就别在陈漾面前提乐芽了，能减少存在感就减少存在感，别那么积极。”

梁千心想：自己平时积极吗？

而且他觉得她可能是认错了“告别”两个字。

要不是他突然转过头，都不可能发现乐芽站在那里，这种告别完全是单方面的啊！

梁千琢磨着问问陈漾，但看到他一脸“生人勿近”的表情，就自觉地闭上了嘴。

直到第三天，梁千才终于觉得有些不对劲。

三天后是周考成绩出来的时间，就是班级里的一次小考，陈漾早读没来，而是上课前踩着铃声到的。

推开门的一刹那，梁千就蒙了。

陈漾的脸色也太差了。

“你这是几天没睡觉啊？”赵明日也看到了，震惊地问，“你看这黑眼圈都多深了。”

其实也并不是有多深，就是和以前对比太明显了。

陈漾没说话，拉开椅子坐下，然后才随意地回答他们的问题：“没有，天天睡。”

只不过是躺在床上翻来覆去怎么也睡不着的状态。

梁千摆明了不信：“漾哥你这压根就不像睡了的样子，我都要怀疑你是不是做贼去了。”

赵明日拉了他一把：“漾哥，你要不睡一觉？”

陈漾“嗯”了一声。

下节课是语文课，语文老师废话多，讲了一节课的阅读理解和文言文，如同催眠曲。

陈漾在这时才终于合眼睡了一觉，醒来时已经是下一节课的上课时间。

老师还没来，梁千见他醒了，连忙从桌肚里掏出一盒早餐奶。

梁千把早餐奶递过去：“这是乐芽以前给你……”

话说到一半，他像意识到了什么。

赵明日在一旁气得想打他，怎么哪壶不开提哪壶，非要在这个时候提乐芽，不是火上浇油吗？

陈漾伸出一只手，抽走了梁千手里的早餐奶。他一口气喝了个干净，冰凉的液体从喉咙口滑下去，透心凉，整个人瞬间就清醒了。

他扔了纸盒，然后才说：“我没事。”

他的声音有点哑，但还算正常。

梁千和赵明日对视一眼，没敢问太多的话，琢磨着再观察观察，一有不对劲就赶紧送医院。不过好在后来也没出什么事。

接下来到一模结束陈漾都很平静，像是恢复了很久以前的状态，该怎么样就怎么样。

一模成绩出来后，十七班班主任简直笑开了花。

陈漾考了全市第一，以这个势头下去，他高考拿个市状元绝对不是问题。如果更好一点，可能就直接省状元了。

十七班班主任就指望着陈漾了。

时间过得很快，一模结束后不久就要放寒假。高三的寒假并没有多少天，新年结束后的一周就得去学校，每分每秒都得抓紧时间学习。

除夕夜刚过去的第一秒，陈漾正在桌前翻试卷，放在面前的手机振动了一下，收到了一条微信消息。

“新年快乐。”这是乐芽离开后，第一次发消息给他。

陈漾是又气又想笑，然后盯着那四个字发呆，最终回了同样几个字。

除了新年快乐还能说什么呢？

这个小没良心的，倒还没忘了他。

高三下学期开学没多久，一中举行了百日誓师大会。

校长和校领导们一一上去讲话，然后再请优秀的上届毕业生们分享成功经验，最后才是这一届的年级前三名进行演讲。

轮到陈漾时，十七班班主任说：“不能让他上去，他上去就完了，你们想听只有几句话的演讲吗？”

行吧，领导们同意了。

距离高考只剩一百天。

梁千和赵明日大概也是被刺激到了，开始好好学习，着实惊掉了教室最后一排差生的眼珠子。

他们的基础差，陈漾只能从高一的知识点开始给他们补。

好在两个人不笨，悟性也高，第一周周考的成绩比平时多考了几十分，三月末的月考成绩排名硬生生地提高了一两百名。

梁千他爸很开心，多发了好多奖金给他，于是他高兴地为此又请了一顿火锅。

同样的一家店，人却少了。

他打电话给谢轻语：“你真的不来吗？”

谢轻语说：“大哥，我说了没时间，今天是乐芽的生日，我要和苏慧守着时间给她过生日。我知道你进步了很多，表扬你，继续加油，么么哒！”

说完她就挂断了电话。

梁千一脸蒙。不来就不来吧，好歹还混到了一个“么么哒”。

从火锅店出去的时候，梁千和赵明日勾肩搭背。

梁千小声说：“她今晚要给乐芽过生日，怎么不给我过生日！”

他说得很快，几乎是一秒钟的事情。

陈漾突然问：“谁生日？”

梁千打了个寒战，一下惊醒了，嗫嚅道：“谢轻语说是……乐芽的生日。”

他好怕自己会被打。

陈漾沉声问：“今晚？”

梁千点点头说：“她们说要守着时间，应该是今晚十二点，明天才对。”

陈漾没吭声。

国外此刻正是深夜。

梁暖因为前两天就接到了乐易健的电话，所以早早地就开始准备，还特地让自己的男朋友帮忙制造惊喜。

乐芽还没进行手术，可能是因为时间太久了，十年时间让她耳朵的问题又发生了新的变化。所以之前的两个方案都没通过，近期正在考虑第三个方案。

如果方案通过，高考结束后就可以直接进行手术。

在国外自然就是按国外时间过生日，而且只差三小时而已，是这边先到时间。

乐易健此时还在飞机上，梁暖已经准备好了一切。

见时间快到了，她就带乐芽出去逛街。

因为时差的原因，乐芽完全没有意识到今天是自己的生日。

逛了半个小时，梁暖才推开一家店的门。这家店她们以前来过，乐芽根本就没任何怀疑。

推开门的一刹那，乐芽感觉眼前一亮。

这段时间在澳洲认识的朋友全在店里，他们顶着各种各样的帽子，拿着礼花喷撒，热闹非凡。

乐易健也站在中间：“乐芽，快许愿！”

他一个中年男人穿上了童话里的彩色衣服，脸上挂着大大的笑容，看起来十分有趣。

乐芽被惊喜包围，愣了一会儿才回神，然后在他们的簇拥下许愿、吹蜡烛、切蛋糕……

恍惚间她都忘了自己要许多少个愿望了。

第一个大声说出来的愿望当然是耳朵快点好，后来的愿望她在心里默念了好几遍，陈漾的名字也从中跳了出来。

梁暖他们准备的是生日派对。

乐芽作为寿星，被每一个人祝福了一遍，然后就坐在吧台听着欢快的歌曲，她现在心情很好，虽然今天已经十八岁了，但她没喝酒，面前的一杯果汁是专门为她准备的。

不知过了多久，她放在兜里的手机振动了起来。

是谢轻语打来的电话，一接通就咋咋呼呼道：“乐芽，你快看群里啊，快快快！马上！”

乐芽应道：“好。”

微信三人群里正在疯狂地 @ 乐芽。

阳光美少女苏慧：“@ 乐芽，月牙生日快乐啊！”

沙雕网友谢轻语："@乐芽，生日快乐！我的大宝贝今天成年啦！"

阳光美少女苏慧："@乐芽，快来接你的生日蛋糕了。"

沙雕网友谢轻语："@乐芽，不能当面给你过生日好遗憾，等以后我一定要补回来！"

两个人刷屏了微信群，每发一条都会有无数个蛋糕掉下来。

乐芽回复了一句，立刻被她们盖过。

她根本插不上话，干脆直接发语音，背景是嘈杂的派对音乐，谢轻语和苏慧听得不是很清楚。

谢轻语很激动，直到她收到梁千发过来的几十秒的语音和链接。

过了几秒，乐芽就收到了谢轻语的私聊："月牙，你点这个链接，现在、立刻、马上，快快快！"

她发了一个网址过来。

乐芽还以为她们在故弄玄虚地给自己准备了什么礼物，她眉眼一弯，伸手指点了进去。

里面是个没名字的小游戏，要下载。

她直接点了下载，下载完后再点开。游戏的画风是卡通的，注册之后有提示音一直在指引着她，手指只要跟着滑动就行。路上有不少气球，只要戳破就会出现各种各样的礼物，都一一装进她的背包里，一路下来总共有十七个礼物尽收囊中，乐芽跟随提示音一直往前，直到她的眼前出现一个超大的礼盒。

乐芽指挥着里面的角色用两根手指拆开上面的礼带，然后打开盒子，看到里面躺了两个小人。

她本以为会出现"生日快乐"几个字，却没想到两个小人牵着手，然后画了一颗心出来。

乐芽有点蒙。

9

整个游戏定格在了最后。

乐芽看了半天，心里冒出一个想法，并不是很确定，于是从游戏里退出去，重新点进链接。

链接是个网页，主楼是游戏下载按钮。

她从网页上点到首页，在里面翻了翻，发现好像是一个游戏论坛。

首页上都是和游戏相关的内容。

谢轻语给她发的这个帖子没取名，只有一个标点符号，里面放了下载链接。下面被楼主禁止回复了，可能是不想看到什么留言。

也许是论坛流量大，几分钟内游戏下载量就多了几十个。虽然没有名字，但也有人愿意尝试。

乐芽退出去再点进去的时候就发现这个帖子已经被楼主自己给删除了，游戏也跟着不见了，就好像从未出现过。

只有她的手机里还有这个游戏的 APP（手机应用软件）。

谢轻语问：“怎么样？”

没等到乐芽的回复，谢轻语心里有些发痒。说实在的，她本来有点想去下载游戏的，却又怕自己看到什么不该看的，于是强忍住了。

她拿手指戳梁千：“到底是个什么游戏？”

梁千：“我不知道啊，是漾哥给我的，我也没进去玩。你应该去问乐芽才对。”

谢轻语又偷偷戳到那个链接里，没想到帖子居然已经不存在了。

谢轻语心想：陈漾这是故意的吧，等乐芽下载了就给删掉了。

她要是刚刚没发过去，或是乐芽没点开，看陈漾会不会吐出一口血来。

不过谢轻语还是有点羡慕。

不知道陈漾是从哪儿弄来的游戏，如果是他亲手做的，那就真的很用心了。

乐芽没来得及回复谢轻语。

她重新进入那个游戏，每一次进去后都会重新开始，虽然是同样的路线。

这次她仔细看了一眼，每份礼物都是不一样的。第一个是一盒糖，第二个是一只兔子，第三个是满屏烟花……

乐芽从头看到尾。

一直看到最后，第十八个礼物是一个大礼盒。

乐芽心里不知是什么滋味，她能猜出这个游戏是谁做的，除了陈漾，别无他人。

她之前都没和陈漾在微信上聊天。

她怕自己忍不住，所以只在新年那天的晚上偷偷发了一条。

这一次，他通过谢轻语送她生日礼物。

乐芽点进陈漾的微信，打了一句后又删除了。来来回回五六次后，才终于按下“发送”。

“我很喜欢。”只四个字，她没加谢谢，怕太客气了。

梁暖从旁边走过来：“要喝酒吗？你看你的脸色，是不是这里太吵了？怎么这么红？”

乐芽拍了拍脸：“不用，只是有点热。”

梁暖说：“那你去后面休息一会儿？”

乐芽点点头，抓着手机过去。走到半路上，手机振动了一下，惊得她差点把手机给扔出去。

等梁暖出去以后她才打开手机。

陈漾回复她："我也喜欢。"

六月的天气有点热，好在天气预报里说高考这两天是多云的天气，不会下雨。

对于考生们来说，最喜欢的莫过于这样的天气，一点也不用担心考试的时候会中暑，或是热到不想写字。

高考的前一天，乐芽回了国。

梁暖在出发前给她准备了一顿大餐，还有一个蛋糕，祝她此行顺利，金榜题名。

下午时分，乐芽就到了机场。

机场内的广播还在不停地播报着各类航班信息，她就已经坐在自家的车上了。她打算先回家，她的准考证已经被乐易健从学校拿了回来，到时候直接去参加考试就行。

这次一中也是考场，不过她是在三中考试。

乐芽知道谢轻语在二中考试，陈漾那边透过梁千也知道他是在一中考试。

她没跟他说自己回来了，她想在高考结束后再去找他。

从语文到最后一门英语，每一门她都得心应手，游刃有余。

在国外待了这么久，她每天都会做题，并且英语还比以前要好一点，至少听力基本不会丢分。

考完试后出了考场，乐芽感觉浑身轻松。

谢轻语一考完就给她打电话："乐芽你在哪儿啊！我终于敢打电话给你了！"

乐芽说："我在三中。"

"学校这边考完之后会回去，你会回吗？"谢轻语问，"对了，你这次回来打算留多久啊？"

乐芽从校门口的人群中挤出去："可能要等两天吧，过去以后我就要做手术了。"

谢轻语"啊"了一声："那我们可一定要好好玩一玩。对了，你待会儿回学校吗？"

乐芽说："我可能要先回家。"

两个人又聊了一会儿，然后乐芽挂断电话，她先回家整理了一下自己的东西，之后才坐上去一中的车。

今天之所以还要回学校，是为了估分。答案已经出来了，老师们都想尽快知道尖子生们能考多少分。

乐芽回到学校的时候是下午六点。

因为学校要当考场，所以初中部的学生还在放假。

高三教学楼里全是在尖叫的同学，被压抑了三年之久，现在终于解放了。

四楼的男生比较皮，把课本都带回了学校，正趴在栏杆边撕着书，每扔下去一页就大叫一声。

最下面是从外面回来的领导们，教导主任的头顶上全是被扔下来的纸屑，他大声吼道：“谁干的？被抓住今晚就别想走了！”

四楼的男生们一点也不怕，跑到另一个走廊继续扔，漫天的碎纸从楼上飞下去。

一班的不少同学都比较乖，只是在走廊上看着对面的同学撕书。

乐芽一进教室，发现同学们都在玩手机，还有女生趴在桌上哭：“呜呜呜——我表白失败了，早知道我就不说了，现在尴尬死了……”

谢轻语小声说：“她喜欢班长来着，好可怕吧！”

乐芽有点震惊，却也能理解。

外面的欢呼声透过窗户缝隙传进来，乐芽坐回了自己的位子上。别人的高三都是在教室里度过的，她的高三却和他们不同，大半年时间都是一个人待着。

乐芽说不上来那是一种什么滋味。

没过多久，班主任蒋老师突然在微信群里发了一条消息：“@全体成员，今晚老师可能会迟点过来，大家先去吃晚饭，然后再回教室估分。”

教室里又是一阵欢呼声，估分迟也就代表可以迟点“受刑”，谁也不愿意早到。

乐芽、谢轻语和苏慧一起出去吃晚饭。

出门后发现梁千还在，他惊讶地道：“乐芽，你真的回来了啊？什么时候回来的？”

乐芽说：“前天下午。”

梁千感慨道：“我都不知道。”

他也不知道该不该提陈漾。

谢轻语嘲讽道：“你快打个电话给陈漾，让他出来。”

乐芽看梁千要打电话，连忙阻止道：“不要和他说我在，我想给他一个惊喜。”

行吧，惊喜。

梁千打陈漾的电话他没接，随后才收到班级群的消息，有人看到陈漾被班主任叫走了。

梁千挠挠头：“漾哥被老师叫走了。”

乐芽虽然有点失望，但还是微微一笑说：“没事的，我今天不会走。我们先去吃晚饭吧，不然就会迟了。”

夏天不太适合吃火锅，梁千也怕乐芽吃不了烧烤，于是就找了家川菜馆。

吃饭的时候也没人注意时间，等吃完饭都已经八点半了。

四个人于是又火急火燎地往学校赶。

谢轻语和梁千拌了一路的嘴，互相甩锅要不是对方也不可能这么迟才吃完。

等到了校门口，几个人发现大门已经关闭了。

门卫室里的保安也不在，不知道去了哪里，乐芽他们站在校门外进不去，统统有点蒙。

谢轻语在门口叫了半天也没看见人，苦恼道："是不是他们去巡逻了？我们回来得太迟了。"

苏慧扒着大门的缝隙："这怎么进去啊？"

梁千提议道："翻墙进去？"

他们现在已经毕业了，即使翻墙也不会受处分，就算今晚放肆一回也没关系。

高三的教学楼明亮如昼。

谢轻语兴奋地道："好啊好啊，我都没试过。"

梁千带着三个小姑娘，压力有点大，但见她们用这种崇拜的目光看着自己，他就开始膨胀了。膨胀的后果就是他把乐芽送到了墙头上，但下不来了。

这堵墙不算矮，乐芽是踩着梁千的肩膀上去的，费了好大力气才坐到墙头上，但她不敢跳下去。

梁千在下面也有点蒙，看乐芽不敢跳下去心里也急，不过他更怕乐芽会不小心崴了脚，于是撸起袖子就准备翻墙过去接她。

苏慧拉住他，小声说："让陈漾过来啊，不是惊喜吗？正好来个'英雄救美'。"

苏慧在心里祈祷乐芽可千万不要怪她。

梁千觉得这个办法可真是好极了，于是飞快地给陈漾发了条微信消息，然后又发了条短信，生怕他接收不到。

乐芽坐在墙头上吹风，总感觉自己会掉下去，颤抖着声音问："我……怎么下去？"

"我先过去！"梁千假装翻墙，然后大声地"哎哟"一声，从墙边离开。

乐芽十分紧张："怎么了？"

谢轻语赶紧说："他好像不小心把脚给扭了。"

梁千附和地惨叫了两声。

这边墙角并没什么人。

乐芽从小就乖巧，翻墙的事从没做过，今天是第一次这么大胆。她的喉咙口逐渐发干，不知道该怎么办。

梁千的脚扭了，他肯定过不去。她心里惴惴不安，自己难道要在这墙头上坐一晚上吗？

乐芽一动也不敢动。

陈漾从教学楼出来看到的就是这个场景——

娇小的女生穿着漂亮的连衣裙坐在墙头，面上带着忐忑的表情，茫然又无措。她两条细长的腿垂在下方，偶尔晃动一下，像是要晃到人的心里去。

乐芽艰难地动了动，抬起头就看到了陈漾。原本提起来的心突然就放了下去，连她都不知道是为什么。

她咬了咬嘴唇，不太敢说话。搁在墙上的那只手不停地动来动去，裙摆被风吹起来，偶尔露出莹白的小腿。

陈漾突然想笑，时隔半年再见，他发现所有的问题只要看到她就都不是问题，她总是有办法打败他。

乐芽看着他一步一步走过来。

两米。

一米。

乐芽穿了凉鞋，连脚背都紧张地弓起来，圆润的脚趾染了橘粉色的指甲油，在路灯下微微反着光，美得不像话。

陈漾站在墙下："跳下来。"

短短三个字，带着点嘶哑，好像在克制什么情绪。

乐芽下意识地想摇头。

陈漾又说了一遍。

少年站在下方，面前是阴影勾勒出的轮廓，他鼻梁高挺，性感的下颌紧绷着，然后对着她伸出了手。

乐芽咬了咬牙，闭上眼跳了下去。

围墙的另一边是惊呼声。

此时恰好有不少人结束了估分，正三三两两地从教学楼里走出来，看到了围墙边的人，他们捂着嘴惊呆了。

短暂的风声过后，乐芽准确地落入一个怀抱里，他放在她腰间的手骤然收紧，稳稳当当。

她脱口而出："吓死了。"

陈漾将她接住，死死地搂着她的腰，生怕她再跑了。

他眼里翻滚着不明的情绪，俯身贴近她。

乐芽吓得闭上眼，却没想到他只是轻轻地吻了一下自己的额头。

"就是死，你也只能死在我怀里。"

乐芽有点惊讶陈漾会说出这样的话，她想了想，把欠了陈漾很久的答案说了出来："还记得那次在医院外，我说以后告诉你答案吗？"

陈漾笑了一下："嗯，你现在要说了吗？"

乐芽郑重地点了点头："嗯。"

她慢慢靠近他的耳边说："好。"

陈漾那一刻说不上来是一种什么样的感觉，只能故作淡定地说："我早就知道了。"

话音刚落，两个人都转过头笑了。

第十章

我的未婚妻

1

乐芽发现自己被骗已是两分钟后的事了。

那个时候谢轻语和梁千已经大摇大摆地从正门进来了，就只有她一个人是翻墙进来的。

谢轻语还对着她摆手，然后就跑了。

乐芽站在陈漾面前，有点不知所措。

陈漾看她低着头的样子，叹了口气，伸手摸了摸她的头发，轻声说："走吧。"

教学楼下的一群人都看呆了。

此时正是高考结束，大家情绪最高昂的时候，有男生甚至忍不住把手指放到嘴里，吹了一声响亮的口哨。

乐芽一抬头就看到了他们，连忙躲到陈漾后面。

陈漾把她拉出来，就这么光明正大地牵进了教学楼，大家自动站到两旁让开一条路。

乐芽的手被他紧紧地握住。

旁边的女生们都睁大了眼睛，还有拿手机偷拍的，那几个姑娘激动得一张脸通红，并小声地嘀咕。

乐芽的心都要爆炸了，不由得埋怨陈漾："你别这么招摇。"

"招摇怎么了？"陈漾侧过头看她，随口道，"都是同学，又不是什么坏人。"

乐芽："……"

她无法反驳。

等两个人消失在楼道里后，大厅里的人群迅速爆发出"什么情况"的声音。

学校的贴吧和微信群里紧接着都炸开了锅。

"我的天、我的天，我已经说不出话来了！"

"好刺激，没想到提前下来可以看到这么刺激的场面，幸好我今天来了学校，天哪！"

“……”

学校有高三生的大群，也有班级的小群，还有寝室群，此刻都在刷屏这条消息。

贴吧里也有无数帖子冒出来——

“刚刚在学校围墙那边抱着妹子的人是陈漾吗？”

“高三的朋友们，举起你们的手，告诉我那个人是不是陈漾？！”

今天高考结束，贴吧里本来就有不少在庆祝高考的帖子，现在又一窝蜂多了这么多八卦帖，吧主压根就管不过来。

八卦的人总是最多的，不过几分钟时间，全校同学几乎都知道了，就连还在教学楼的老师们都对此事一清二楚了。

教学楼的走廊上来来往往很多人。

乐芽和陈漾一起上去，然后停在一班的后门处，她小心地道：“会被我爸爸知道的。”

刚才那么招摇。

她怕乐易健会不同意，因为当初爸爸资助他，本身就有自己的原因在里面。

闻言，陈漾转过身，直勾勾地看着她说：“你爸爸总有一天会知道的。”

乐芽没说话。

“别担心。”陈漾敛眉看她，突然笑了笑，“我会让他知道的。”

乐芽问：“知道什么？”

陈漾没说，只是刮了刮她的鼻子。

好久没见，他的小姑娘长高了一点，好像也胖了一点，比以前更好看也更可爱了。

乐芽拍开他的手。

他碰了一下，感觉鼻子有点痒，她不太适应。

趁着这边声控灯没亮，漆黑一片，乐芽嘟囔了一句，想起了过生日时收到的礼物。

她好奇地道：“那个游戏是你做的吗？”

她想问好久了，这几个月以来每天都会点进去玩一玩。虽然第一次就已经知道所有流程，但每次看到那些礼物她还是会很开心。

陈漾轻轻“嗯”了一声。

“真的呀！”乐芽惊讶地道，“以前都没有听你说过，做这个游戏是不是很费时间？”

陈漾言简意赅：“没有。”

他很早就开始在家自学游戏设计了，那个游戏论坛里有很多专业人士，他自己也买了一些教程，一步步在家里练习。

原本的游戏设计构思，陈漾想得比现在复杂，那天晚上听到是她的生日后就临时改代码了，时间有点仓促还不够精细，勉强算是一个半成品。

不过，当时他已经等不及要送给她了。

乐芽听他说得很简单，心里却知道这个游戏看似简单，其实很费时间。高三的学习本来就紧张，他还要花心思在这个上面。

她声音软糯地道："下次不用这样了。"

他送个小东西她就会很开心，即使说句"生日快乐"也会开心。

陈漾勾起嘴角："没什么的。"

十八岁的礼物总是要特殊一点，那是她的成人礼，他还觉得太过仓促了，那些在游戏里出现过的礼物以后会一一变为现实。

乐芽突然想起一件事："对了，那个游戏我记得好像是没有名字的，你是还没取名吗？"

陈漾说："没，你想叫什么？"

乐芽犹豫着皱眉："让我想想。"

过了一会儿，陈漾问："叫什么名字？"

乐芽自己也是个取名废物，想了大半天也只想出一个一般般的："《十八岁》好了。"

陈漾哑然失笑："行吧。"

反正无论叫什么都是她的游戏。

乐芽抿着嘴唇笑了，轻声说："我得回教室去估分了，你也赶紧回去吧。"

陈漾点点头。

乐芽率先离开，等走到教室门口又转过身，然后就看到了在楼梯口抻长了脖子的同学们。

见被她看到，同学们飞快地缩回头去。

乐芽："……"

这些人怎么都这么可怕。

一班有不少人都在刷手机。

乐芽进教室刚走几步，不知道谁喊了一句"乐芽回来了"，整个教室的同学齐刷刷地转过头来看她。

乐芽有点蒙："你们都看着我做什么？"

同学们拿着手机，再次确认了一番，故事中的女主角真的是他们班的乐芽同学。

谢轻语和苏慧赶紧把乐芽拉回座位上："都看什么看，半年没见也不用这么欢迎吧。"

谢轻语手撑着脸："班主任刚走，还有英语的答案没来，我们都已经对过答案了，你也顺便看一下吧。"

她把答案递过去。

乐芽顺势一边对答案一边估算自己的分数，她的答案和标准答案相差不大。

英语老师半小时后才来。

英语试卷最好对答案了，基本都是选择题，对就是对，错就是错。

乐芽最后把所有科目的估分加在了一起。

往最低算也没低过她心里的最低期望，可能在七百左右，如果作文分数不太离谱的话。

苏慧一回头就看到那个成绩，“哇”了一声：“乐芽，你发挥得也太稳定了吧！”

她就没见过乐芽有发挥失常的时候。

乐芽对着她笑笑，然后拿手机偷偷给陈漾发消息：“你考了多少分呀？”

消息一发送过去，她就有点紧张了。

陈漾的成绩一向都好，这次要是把自己甩出去很远，俩人就可能上不了同一所学校了。

手机突然振动了一下，乐芽都快不能呼吸了。

怎么感觉像在查分数一样？她小心翼翼地点开，看到上面的答案甚至精准到了小数点，比她高了近三十分。

她于是把自己的成绩也回复了过去。

如果不出意外，上同一所学校应该是可以的。不过专业估计会不一样，毕竟自己想学的专业和他想学的专业肯定不一样。

这么一想，乐芽也就没什么好担心的了。

蒋老师适时地出现在教室里，询问了几个学生的成绩，得到答案后终于松了一口气。

她就怕出现什么多数尖子生发挥失常的情况。

之前就有学生在考场晕了，还好考试前又醒了，不然这就得空一门成绩出来。

顶替乐芽的数学课代表因为粗心做错了一道题，扣了不少分，一直趴在桌上哭。

教室里的同学都在安慰她。

乐芽也不知道该说什么才好。

估分结束后，大家便各回各家。

乐芽是坐家里的车回去的，因为乐易健刚好在家，在路上她就小心地跟司机打探他的情绪。

司机说：“先生一个小时前就回来了。”

乐芽点点头：“我知道了。”

她心里有点忐忑。

回家后，事情却出乎她的意料。

乐易健好像什么也没发现的样子，一点变化都没有，该吃吃、该喝喝，要么就是关心她的治疗问题。

两天后，乐芽又出国了。

第三个治疗方案通过得很快，主治医生迅速投入准备当中，只等指标达到就可以进行手术。

乐芽这段时间都住在了医院里，这里的环境很好，还有玩乐的地方。

乐易健给她找了一位绘画老师，每天她都跟在老师身后学画画，然后等着做手术。

这位老师是个老爷爷，风格比较随性。

乐芽第一次画出来的东西她自己都没看懂是什么，可老师却一脸欣慰地夸奖她很有天赋。

她自己都有点不好意思了。

画了一个星期她才知道，原来这位老师是这边一所名校的教授，国际上还有知名的画家是他的学生，自己能跟他学习画画真是一种运气。

于是乐芽学得更认真，绘画水平直线上升。

手术进行得很顺利，但有个恢复期，这段时间她连手机都不能用了。

直到手术结束几天后，乐芽才发觉有哪里不对劲。

她住的是单人病房，桌上多了不少介绍这边大学的杂志，全都是名校，甚至还有其他国家的高校推荐。

乐芽的心跳得飞快，她拿出手机想打电话，突然想起耳朵才刚刚手术完，她只好转而发微信给梁暖：“我病房里的书和杂志是你买的吗？”

梁暖回道：“是乐先生让我放的。”

乐芽下意识地愣住：“我爸爸有跟你提到什么与学校相关的话题吗？”

梁暖：“有。”

梁暖在这儿读的也是名校，并且一直在勤工俭学。

她很快就发来一大段话：“几个月前你还没过生日的时候乐先生就问我的学校怎么样，然后还找了一家留学机构，好像在给你办理留学手续吧。”

“留学手续”四个字清晰可闻。

梁暖噼里啪啦打字：“难道乐先生没有跟你提过吗？”

乐芽这才想起，之前过年时乐易健说的话并不是随口一说，他是真这么打算的。

2

“现在具体的进度我也不大清楚，如果你想知道的话，还是去问你爸爸比较清楚。”

梁暖又发了一句话过来。

她和乐易健见面的次数不多，却也知道那个中年男人对乐芽的宠爱，几乎想把她养在象牙塔里。虽然梁暖觉得这样不太好，但自己也不好干涉别人的家事。

不过像这种事，还是要讲开比较好。

乐芽没再回复梁暖，而是放下手机，她深深地吸了一口气，不知道该怎么和爸爸说。如果手续真的办好了，她是不可能拒绝的。

乐芽一直把那句话当玩笑话，因为乐易健之后都没怎么询问，也就偶尔问问她对哪所学校的印象好，她当时好像还真的说了一所。

现在才发现，这已经打乱了她的计划。

乐易健是三天后到达的医院。

因为工作的事情，他只能一个星期飞来一次，每次都只能待一天时间，不过这对乐芽来说已经算是很好了。

医生从病房离开后，乐易健才放下心来："再等等就可以了。"

乐芽点点头，视线停留在桌上的杂志上，软着声音问："爸爸，你是不是在帮我办留学手续？"

"是啊。"乐易健说，"都已经办好了。"

乐芽咬着嘴唇道："我不想在国外上学。"

乐易健说："月牙，你知道吗？等恢复期过了，国内的学校都已经开学了，甚至可能一个学期都已经过去了，你再去上课很容易会跟不上的，况且，在国外读书难道不好吗？"

他说得很有道理，乐芽之前没考虑过这些。

乐易健说服人很有技巧："而且最重要的是，你现在需要的是静养，还不适合回学校。"

乐芽脱口而出："我可以休学一年。"

乐易健终于察觉到了一点不对劲，沉声道："月牙，你是不是有事瞒着我？"

闻言，乐芽心里"咯噔"一响。

她小幅度地摇头："没有。"

乐易健一看就知道女儿有心事，在心里叹了口气："爸爸给你一段时间想想。"

乐芽犹豫道："好。"

从病房离开后，乐易健去医生办公室和医生聊了一会儿乐芽耳朵的后续治疗情况，之后待了一晚才回国。

在到达机场的同时，乐易健给学校里的熟人打了电话，最近正是高考成绩下来的时间。

朋友说：“乐芽可给我们学校争气了，她出国治疗的时候我还怕学校失去了一个好苗子，没想到她考得这么好。”

当时班主任报上来的估分结果是700分，但实际分数是712分，在全省排名都是靠前的。

乐易健说：“我的女儿当然好了。”

在国外还没做手术的时候，乐芽天天都在看书做题，非常自律刻苦，一点也不放松。

“行了，知道你是超级好爸爸。”朋友微微一笑，“你今天给我打电话应该不是要问我成绩吧？”

乐易健想了想：“我是想问一些事。”

两个人聊了将近三个小时。

乐易健从机场一路回到公司，秘书看到老板的脸色有点暗沉，怀疑是不是出了什么事。

乐易健捏了捏眉心，他就说为什么乐芽突然坚持在国内上学呢，原来如此。

秘书端茶进来：“老板，要不要吃点东西？”

乐易健摆摆手，在他要离开时突然问：“资助那边的事现在怎么样了？”

秘书是管这件事的，连忙说：“文件我马上就可以调出来，您现在要看吗？”

乐易健说：“拿过来吧。”

这么多年的文件加起来已经很厚了，一直都是秘书看，他没那个心情。

秘书将文件放到桌上的时候，不小心看到老板的电脑界面，有点愣怔。

自家老板还会看贴吧？

乐易健回国后，乐芽有些忐忑不安。

她不知道他是发现了什么还是怎样，态度突然变得特别强硬。

其实乐芽也并不是觉得留学不好。

等了两天以后，她从陈漾那儿旁敲侧击了一下，没发现什么问题，然后才放下心来。

其间梁暖过来找她，两个人在楼下的草坪处坐着聊天。

梁暖问：“你留学的事情怎么样了？”

乐芽说：“好像已经定了。”

看她一副不怎么开心的样子，梁暖忙解释：“现在家长都觉得外面的教育是精英教育，乐先生想的比你多。不过我觉得，你可以在任何一个地方发光。”

这就是人与人之间的差距。

梁暖在这里生活了几年，她想博个好文凭，打算回国后能比国内普通大学生高出一倍甚至是几倍的工资，或者干脆直接在国外找一份工作，这已是留学生毕业后选择工作的常态。

乐芽想了想，含混不清地道："我想和我喜欢的男生上同一所学校。"

这种言论在梁暖看来实在太天真了。

"每年有多少情侣在去了新学校后就分了手估计你都不知道。"梁暖说，"如果一所大学就能分开你们，那也没必要谈下去了。他就不能来找你吗？"

乐芽想说他挺穷的，万一像新闻里说的那样，买一张几千块钱的机票，他未来的一个月都只能吃咸菜和泡面……

乐芽简直难以想象。

梁暖不知道陈漾和她之间到底有着怎样的牵扯，都是按照自己的想法直接说的。

她随口道："不行就让他过来找你呗！"

乐芽悠悠地叹了口气。

她拿出手机，看着微信里陈漾的名字，犹豫了好久才将这件事和他说了。

陈漾站在办公室里，看着楼下的草坪。

乐芽正在和一个小孩玩，旁边的梁暖端着一壶茶。这边正是冬季，暖阳落在下方，闪烁着金色的光芒。

他的手机上有不久前接收到的一条微信消息。

乐易健站在他的身侧问："有没有什么想说的？"

自从查到在学校发生的事情后，乐易健几乎整晚都没睡，他压根就不知道乐芽和陈漾已经熟识到了这种地步。

他以为不说资助生的事，乐芽就不会知道。

乐家是做珠宝生意的，市场一向很好，虽然不算豪门世家，但对于目前的陈漾来说，家世上的差距也是一条巨大的无法跨越的鸿沟。

陈漾静静地看着下面。

乐易健刚和他见面时就知道这个少年和他父亲不一样，性格截然相反，有股傲气，甚至还有种偏执的感觉。

陈漾平静地道："我早就想过会有这么一天。"

乐易健发现他和自己说话时不卑不亢，就像个大人一样，一时间被气笑："你能给她什么呢？"

陈漾说："给我几年时间。"

乐易健说："几年时间就想站起来？"

陈漾露出一个笑容："是飞起来。"

乐易健："……"

他倒要看看陈漾是怎么个飞法。

手机的振动声突兀地打断两个人的对话，陈漾打开，就看到乐芽发来的消息：“看见了吗？”

陈漾敛眉回复：“挺好的。”

乐芽没想到他会赞成自己留学，噼里啪啦又发过去一句：“你也这样觉得？”

陈漾正要回复，眼一瞥，发现乐易健正在偷看，心里想发的一行字硬生生地拐了个弯。

“我赞同叔叔的做法。”

乐易健这才一脸舒心地站了回去。

陈家人都不怎么样，如果这小子阳奉阴违，今天势必让他知道自己的厉害。

乐芽：“你是不是被盗号了？”

陈漾被她奇奇怪怪的想法逗笑，回复道：“没有。”

最多几年。

给她，也是给自己。

乐芽同意留学后，和乐易健的关系稍稍缓和了一些。

至于陈漾中途来过医院，然后又离开，她从头到尾都不知道，就连梁暖也不知道。

在国外的日子过得很快。

乐芽一直待在医院里，耳朵彻底恢复后才和梁暖一起出去，脱离了助听器的生活非常舒适。

她戴了十年的助听器就这么被拿下来，感觉真好。

梁暖带乐芽去了街头，这里有不少街头艺人，只拿着一把吉他唱着歌，地上摆着自己的帽子。

看乐芽的心情很好，梁暖问：“是不是很好听？”

乐芽的嘴角一直勾着：“很好听。”

这个世界一直很好。

乐芽每天的生活就是和梁暖一起满世界暴走，过得充实而有趣。她还学了摄影，每天都会将自己拍的照片整理好，然后发给陈漾。

第一年过去的时候，苏慧和谢轻语一起过来找她，顺便旅游，这时她刚好拿到了一个offer（录取通知书）。

令乐芽吃惊的是，苏慧跟以前比变了许多。

谢轻语说：“她失恋了，所以我才想着叫她一起来玩，顺便散个心。”

只是失恋原因她一直都没说过。

一直到快要离开的时候，乐芽送她们去机场，苏慧才说："你还不知道我和谁谈的恋爱吧？"

乐芽随口问："谁呀？"

"苏城。"

苏城这个名字有点遥远，乐芽好半天才想起来，惊讶地道："他不是你哥哥吗？"

"什么哥哥啊！"苏慧撇嘴，"重组家庭又分开了呗，他们俩又各找了一个，我和苏城就是陌生人。"

乐芽突然想起来："没想到你们还真谈了。"

苏慧说："他就是个变态，以前我真没看错，他就是披着羊皮的狼，是我把他给甩了。"

吐槽完后，两个人便登机了。

看着飞机起飞离开，乐芽还在想着自己哪天也回去看看。

当天晚上，乐芽收到了谢轻语的语音吐槽。

"嘴上说着坏话，身体可诚实得很。苏城大概不知道她这几天去哪儿了，只做出一副很颓废的样子就把她给骗跑了……"

另附一张照片。

乐芽看得忍不住笑了。

真正离开澳大利亚是在一个月后，医生检查过后笑着说："恭喜。"

那一瞬间，乐芽有点想哭。

没过多久她就去了学校。

这里的学生和国内的学生区别有点大，生活、学习、交友都有自己的一套方式。她和他们有点不同，唯一的共同点就是都很热情。

乐芽住的是学校的公寓，房间里除了她还有另外两个人。每次她和陈漾通电话时，室友们就会模仿她说话，然后叫她小甜心。

乐芽一开始还很羞赧，到后来就很淡定了。

国外的大学读起来不算难，但制度也很严格。

乐芽学的是设计，画图这种事最多，当初在治疗时和老师学的技巧帮了她很多，参加过的几次比赛都成功获奖。

室友过生日那晚，她们为室友准备了一个派对。

乐芽第一次尝了酒，没想到只喝一口就醉了。

醉了她还给陈漾发语音："你为什么不来找我？"

一副委屈巴巴的样子。

陈漾听语音的时候周围全是他的伙伴，所以乐芽说的话大家听得一清二楚。

大家本以为对方会被直接拉黑删除，没想到下一秒就看到陈漾打电话过去哄人。

一群人目瞪口呆。

乐芽第二天天亮才起床，迷迷糊糊去上课，也不记得自己在电话里都答应了些什么。

等她看见公寓外的人时，一时间呆住了。

陈漾站在那里，身子倚着墙壁。几个白人女孩刚好经过，笑着看了他几眼，然后又想退回来搭讪。

乐芽叫出声："陈漾。"

这么久没见，他比以前更好看了，也更高了，轮廓分明，紧抿的嘴唇看起来沉稳又吸引人。

陈漾抬头，大步走了过来。

乐芽还没反应过来就被他拉进怀里，整个人贴在他的身上，包裹在他坚硬的胸膛里。

她依旧是那么温热娇软。

男性荷尔蒙充斥乐芽的整个鼻腔，她伸手圈住他的腰，埋头在他怀里："你怎么来了？"

陈漾的声音从头顶传来："想你了。"

想死她了，他早就想来了。

乐芽听着挺开心："你嗓子好像有点哑。"

"感冒了。"陈漾随便说了个借口，手禁锢在她的腰上，片刻后伸手捏了捏她的耳垂，乐芽下意识地躲了躲。

她突然想起一件事，想问又怕伤他的自尊，吃过晚饭后就一直紧蹙眉心。

陈漾想起昨天晚上她发语音时哭得抽抽搭搭的，害他做了一晚上的梦。

他无奈地道："我不会吃咸菜的。"

乐芽很快反应过来，耳朵红得像是要滴血，忙解释道："我只是关心一下，你别想太多了。"

陈漾心想：他真的没那么穷。

但好像在乐芽心里他已经是根深蒂固地穷了，除非亲眼见到，否则她是不会相信的。

陈漾第二天就离开了。

乐芽的心情好了不少，重新看微信记录才发现自己喝醉酒后发了好多奇奇怪怪的语音，这时想撤回都不行了。

如果生活认真地过起来，时间根本就不算什么。

一年也不过眨眼的事。

剩下的四年也是如此。

3

清晨下了雨，地面湿漉漉的。

乐芽从机场里出来，耳边是嘈杂的声音。

今天也不知道是什么节日，回国的人超级多。

她回来之前没告诉陈漾，是偷偷回来的。

乐芽站在人来人往的大厅里还有点蒙，她低头看了一眼手机，几分钟前谢轻语就发来了“已到”的消息。

她推着行李箱往前多走了几步。

一个男生被朋友们推推搡搡，红着脸上前问道：“你好，看你的箱子挺重的，需不需要我帮忙？”

他刚刚就看到她了，女孩一副温婉可人的模样，比他们学校的校花还好看。

乐芽礼貌地拒绝：“谢谢，我有朋友来接。”

刚说完，她就看到了不远处的谢轻语。

谢轻语还拿了一块牌子，上面歪歪扭扭地写着她的名字，也不知道她的学生每天看她的字会不会觉得丑。

谢轻语回了一中当初中部的副科老师，每天过得逍遥自在，只要时间一到就下班，每年还有寒暑假。

每每乐芽出现在群里，她总要说明一下人民教师这个职业有多么美好。

人群中乐芽那张脸依旧耀眼。

谢轻语看到她大变样，抱了她一下，然后调侃道：“这才刚下飞机就迷倒人家小男生了？”

乐芽红了脸：“瞎说什么呢。”

谢轻语哈哈大笑，接过她的行李箱问：“怎么这么突然，不是说好后天才回的吗？”

她的声音变得沉静了一些。

乐芽说：“反正都整理好了，就提前了。”

“我都没告诉梁千，就他那个大嘴巴，肯定会告诉陈漾的。”谢轻语一边说一边走，“你要不要先去我那里住？”

她和梁千吵吵闹闹的，最后还是在一起了。

他们俩只是在大学毕业季的时候闹了一次。

乐芽从头到尾见证了他们的感情，他们也可以说是见证了她和陈漾的一切。

乐芽抿着嘴唇道：“不啦，我得直接回家。”

家里是做珠宝生意的，与她学的设计专业刚好有关，她回来以后就直接去设计部上班，这样自然就是住在家里了。

谢轻语揶揄道：“我还以为你要去找其他工作呢，我就不想在我家的公司里待着。”

她家虽然比不上乐家，但也有个小公司，只是她一点兴趣都没有，家里人也管不住她。

乐芽勾起嘴角解释道：“我爸爸只有我一个女儿，我当然要顾着一点家里了。”

纵使乐易健没有要求，她自己也愿意。

这是爸爸一生的心血，她可不愿意就这么没了，或是落到了别人的手上。

谢轻语点点头：“走吧，去给你接风洗尘。”

她和苏慧都已经准备好了。

苏慧和苏城分分合合，现在也订婚了，差点没把两个已经离婚的父母给吓出什么毛病来。

乐芽一开始还为苏慧打抱不平，后来发现全是苏慧自己脑补出来的虐恋情深，她明明是被苏城放在心尖上宠着的。

这两人啊，仿佛在上演霸道总裁与小娇妻的故事，真是酸溜溜的。

乐芽傍晚才回到家。

乐易健一早就知道她回来，听到陈漾还不知道的时候显得十分开心，本想着发朋友圈炫耀一番的，后来想想自己屏蔽了陈漾，也就作罢了。

万一消息传开了，女儿只怕就会被拐跑了。

乐易健当初带陈漾去医院的目的很简单，就想让陈漾知道，他一个穷小子根本不可能负担得起乐芽的未来。

没想到那小子牛皮吹得挺大的。

乐易健本来准备静静地看陈漾吹牛，虽然他知道陈漾并非池中物，早晚会离开水塘，但他着实没想到会这么快。

不过两年时间，陈漾就凭借一款竞技游戏进入了大众的眼中。游戏虽然简单，但火了挺长一段时间，接下来他的事业便几乎势如破竹，不可阻挡。

一群激昂的年轻人合伙创业，一起发展，到现在的规模已是不可小觑。

乐易健早上看的报纸有好几次提到了他，用词都是什么科技新贵、最新富豪，还有什么排行榜又上升了多少名。

每次他都气得吃不下去饭。

乐易健默默地在心里叹了口气，却又不免自豪。他女儿的眼光是顶好的，陈漾一看就是一支潜力股。

乐芽回家后才发现家里换了新的别墅。

她好奇地问："怎么住了那么多年突然就换了？我差点都没认出来。"

乐易健想起方媛，目光沉了沉，说："那里要被拆了，所以就换了。"

乐芽："……"

她怎么没听说要拆？而且才二十几年而已，怎么一个高档小区就要被拆了？

见乐易健不想说，乐芽也就没再问。

第二天，乐易健带着她去公司："设计部现在的经理叫张秋，你要是有不懂的地方就直接问她。"

乐芽点点头："好。"

张秋在乐氏工作十多年了，做事干练利落，早就知道老板有个女儿，也知道她要过来上班。

张秋一路带她认识了设计部的同事，然后便带她去了工作的位子。乐芽正好坐在窗边，窗台上还有小盆栽，看起来挺漂亮的。

张秋离开后，几个女生凑在一起叽叽喳喳——

"张魔头怎么对这个新来的这么好？"

"我听说是从国外回来的。"

"不会是什么野鸡大学吧？现在好多海归都是这么蒙人的，并且她看起来好小。"

"我看也许是有后门吧。"

"但她真的长得好好看啊，看着软软的，好想抱在怀里捏一捏……"

等乐芽从张秋的办公室一出来，议论声戛然而止，大家纷纷敲起键盘来，假装自己在认真工作。

乐芽在设计部的工作职位是新插的，其实事情不多，每天就是画画图、出出设计，更多的是浏览公司最新几季的产品而已。

乐易健甚至还想让她每天只玩玩也行，根本不用她工作，自己的宝贝女儿当然不用那么辛苦。

但乐芽十分坚持，他也就只能这样安排了。

这一上午乐芽过得都很轻松。

下午乐芽去茶水间接水的时候，看见好几个女生围在一台电脑前小声地尖叫，像是在看什么电视剧一样。

"他怎么可以这么帅？我怎么没发现这么好看的男人！"

“还是个 CEO（首席执行官）呢，这可是发布会啊，这是什么游戏？我好像在哪里看到过。”

“他们的游戏很好玩的，我之前沉迷的一款游戏就是他们公司做出来的。”

“他穿衬衫西装好禁欲啊，看起来一副斯斯文文的模样。”

议论声逐渐变大。

设计部以女生居多，仅有的两个男生对这种对话已经很熟悉，都懒得参与。

怀着要提醒一句的心思，乐芽走了过去。

镜头刚好凑近，她从电脑屏幕上看到一张熟悉的侧脸，正对着台下的媒体公众讲话，一身正式的西装也掩盖不住精瘦挺拔的身材。偶尔镜头拉近，就能看到高挺的鼻梁和英俊的面庞，明亮的灯光更衬得他斯文清俊。

一个低沉性感的声音从小音箱里传出来。

乐芽很少见到穿着这样正式的陈漾。

其实她回国前才和陈漾视频过，那时他是在房间里，穿着家居服，十分轻松随意。

之后视频播放的是游戏宣传的内容，绚丽的特效加上技能设计，还有精彩的剧情，连局外人看着都有想玩一把的兴趣。

乐芽看得正入神，女生们察觉到身旁有别人，纷纷扭过头来看，被她吓了一跳。

座位上的女生一下把电脑给关了，警惕地盯着她。

乐芽没料到她们的敌意会这么重，无奈地露出一个笑：“我没干什么，只想知道刚刚那个在哪里看。”

女生一愣，狐疑地道：“你也想看帅哥？”

旁边的蒋美忍不住出声道：“看也没用，人家是大佬，是不会看上你这种小虾米的。”

虽然这只小虾米好看得要命。

“说什么呢。”旁边的人撞了一下蒋美，连忙说：“这是微博热搜上的视频，你上微博点进去就能看到了，今天是 MOON（月亮）的新游戏发布会。”

乐芽点点头：“谢谢。”

她抱着杯子转过身，身后的蒋美小声嘀咕：“你说要是她去到现场的话，帅哥会不会看上她？”

乐芽回到自己的位子上，直接用手机上微博看。

她现在好歹也算个微博“大 V”，粉丝也有好几百万，这些年的作业经常发在上面，还有很多公司来找她约稿。

乐芽直接点进热搜，然后点击播放视频。

视频显示发布会已经到了媒体询问时间，只是台上的人换成了梁千，这让她有点失望。

不过梁千站在台上也比平时要正经很多，完全看不出来和谢轻语在一起时嬉皮笑脸的样子。

视频快要结束的时候镜头又转开了，那男人一如既往地沉稳，隐约能看出当年的模样。

乐芽眨了眨眼睛，看着一个美女记者猛地站起来，手里的录音笔都差点掉了。

美女记者询问道："陈总，最近有很多人都想问，MOON 公司的旗下好像不止新出了今天这款游戏，那个叫《十八岁》的游戏怎么一直没有上线？"

听到这个熟悉的名字，乐芽忍不住屏住呼吸。

美女记者又问："是还没做好？"

台上的陈漾对着镜头，眉目疏淡地回答："因为那个游戏是送给我未婚妻的十八岁生日礼物。"

美女记者愣了一下，台下似乎也开始骚动起来。

近年来都没人主动去问过陈漾有没有女朋友，媒体自动将他划到黄金单身汉之列。

陈漾冷静地道："所以它永远不会上线。"

美女记者很快便反应过来，追问道："这么一款好的游戏不上线，你会不会觉得太过自私了？"

"自私？"陈漾蓦地笑了笑，"这款游戏本来就是为了她而制作的。"

发布会的采访到此结束。

记者们还想再问点什么，但身材高大的男人已经走下了舞台，压根就不给他们询问的机会。

他最后一句话说得不明不白的，愣是让微博上的网友们脑补了一场剧情，议论纷纷——

"我才刚刚准备粉上，结果他就告诉我有对象了？"

"我也想玩游戏，为什么送她了就不能上线啊，让我们玩玩又不会怎么样。"

"难道只有我注意到'未婚妻'这三个字？"

乐芽翻了翻评论，然后又退回主页面，捏了捏发热的耳朵，心想：自己什么时候成陈漾的未婚妻了？而且还这么招摇，一点都不知道低调。

他这都学会自己瞎编乱造了。

4

乐芽估计这要是被乐易健看到，恐怕又得出点什么事。她又想，要是陈漾知道自己回来了，还不知道会是什么表情呢。

她本想着等工作一两天稳定下来后再去找他的，这样时间就好安排了。

但现在她有点等不及了，干脆去外面给陈漾打电话。

对方过了几秒才接通："乐芽？"

乐芽的眼睛弯了弯，声音依旧软糯："我今天看见你的发布会了，还有你说的话。"

办公室里，陈漾抬了抬手。

汇报人员连忙闭嘴，心想：刚刚那个名字是不是老板未婚妻的名字？听起来像个女生名。

他退出去，门关上的瞬间还听到老板压低深沉的声音："我说得不对吗？"

众员工心想：可比工作时要温柔多了。

乐芽反驳说："当然不对了，我什么时候是你未婚妻的，你这是瞎说。"

她说话的声音依旧软软的。

陈漾溢出一声笑："早晚都会是的。"

反正你也跑不掉。

乐芽哼哼唧唧一声："你别这么不要脸，这还是没影子的事呢。还有那个游戏，是真的不打算上线吗？"

她今天都还玩了一下那个游戏。

陈漾问："你想让它上线吗？"

乐芽本想说"不想"的，因为这个游戏是他送给她的生日礼物，是属于她一个人的。

但她突然改变了主意，问："主要是别人想玩也没什么可以玩的吧？"

陈漾的手指在桌上敲击："想就可以。"

乐芽以为他说的是上线，这件事估计他自己心里有数。她也没什么好管的，毕竟不是内行。

几分钟后，她才回到自己的座位上。

蒋美不动声色地看了她几眼。

乐芽想了想，给谢轻语发了一条消息："梁千他们今晚有空吗？"

谢轻语回："他们今晚估计要加班吧。"

毕竟这款新游戏是在发布会结束后上线的，第一天肯定事情特别多。

乐芽有个想法，她又重新回到微博界面，将发布会的视频再看了一遍，听到最后一个问题时，嘴角忍不住勾起来。

蒋美从后面经过的时候刚好看到她的手机屏幕，差点忍不住笑出声。

人家可是有未婚妻的人了，这位新人还挺花痴的。

于是蒋美提醒道："人家都有未婚妻了。"

乐芽"哦"了一声。

蒋美说："所以有些人就该知道自己的本分。"

见她的表情不以为意，蒋美立刻就想歪了，露出鄙夷的表情，本还想说什么，但还是抬脚离开了。

乐芽讶异地看着她。

对面的王可菲露出一脸尴尬的表情，解释道："你别放在心上，她不是那个意思。"

乐芽说："没什么。"

王可菲说："她刚刚可能是看到自己喜欢的男神宣布有未婚妻了，所以才不开心。"

乐芽也挺不开心的，自己的男朋友被人惦记着谁都会不开心，虽然她知道蒋美是永远也不可能成功的。

王可菲看她的表情就懂了，也就没再说什么。

中午休息时间，设计部外突然来了外卖员，一杯杯喝的饮料和甜品被端了出来。

女生们最喜欢这些了，兴奋地叫道："今天这是谁请客喝下午茶啊？"

仅有的男生们都摇头。

乐芽正疑惑的时候，手机振动了一下。

是乐易健发来的消息："爸爸帮你点了下午茶，你和同事们一起分享吧。"

处好人际关系可不是一件简单的事。

乐芽心里一暖，她没想到爸爸会考虑得这么周到。听到问话声，她走过去微微一笑："我爸爸点的，请大家喝，工作一天辛苦了。"

王可菲是真没想到她会这么大方，第一天工作就请客。

她看了一眼那上面甜品，默默地咽了口口水，闻起来实在是太香了。

这下大家纷纷说："叔叔破费了。"

乐芽的是用单独的袋子装的，里面是她最爱喝的口味。

王可菲旁边的女生小声嘀咕道："这家店的东西挺贵的，你看这个，我平时一个星期买一次都觉得肉疼。"

她特地从网上找到那家店。

王可菲凑过去一看，差点叫出声来。这要是一个人喝，可能也就肉疼一点。请一个办公室的人吃和喝，那就算是奢侈了。

这位新来的美女不会是个"白富美"吧……

王可菲越想越觉得有可能，接下来的几个小时内就忍不住多关注了一点乐芽。

这一关注可不得了。

她发现乐芽从头到脚穿的好像都是大牌，她还上网查了一下，现在都有拍图搜，只这么一搜就全出来了。

王可菲看了一眼最下方的价格，咽了口口水，这一身可不是普通人能穿得起的。

就在大家吃吃喝喝的时候，苏慧出现在了乐氏。

她大概是从乐易健那里问到的，一路直接到了设计部，进去以后就看到了乐芽的位子。

本来这里是不允许外人乱入的，但现在吃人手短，大家也就睁只眼闭只眼了。

乐芽十分惊喜："你怎么过来了？我还在上班呢，得下了班才有时间陪你。"

苏慧说："过来看看你的新工作嘛。"

说实话，她还没来过乐氏，倒是在生日的时候收到过乐芽送的乐氏首饰。

乐芽说："那你在这里坐一下。"

苏慧一向嘴快，看了一眼就说："乐芽，你这儿环境也一般啊，怎么都没单独的办公室？"

乐芽说："我才刚来第一天呢。"

"说得也是哦。"苏慧点点头，坐在她旁边，"不要告诉苏城我在这里。"

乐芽问："你们又吵架了？"

苏慧说："他有个学姐想跳槽去他们公司，气死我了，那个学姐以前就喜欢苏城。"

乐芽歪着头："可能苏城没想那么多。"

"不是这个。"苏慧的脸色不太好看，"我昨天中午从苏城的公司出来的时候，那个女的看我的脸色就不咋样。"

苏城的办公室后面有一间休息室，苏慧现在是业余漫画家，所以工作时间很自由，经常在他那边玩。

他的学姐刚好过来面试，于是就直接碰上了。

苏慧心里不开心，却又不好和苏城直说。刚好乐芽回来了，她就到这边来逛逛，反正苏城也不知道她去了哪里。

喝完奶茶，乐芽准备去洗手间，苏慧自然和她一起去。就在刚进去的时候，她们突然听到里面发出了奇怪声音，苏慧做了个"嘘"的手势，仔细听了一下，小声说："好像是催吐的声音。"

乐芽一下子就明白了。

没过几秒，声音就停了，隔间门被打开。蒋美出来时看到她们俩在外面，心里"咯噔"一下，开始故作镇定地洗着手。

乐芽在她身后说："如果你不喜欢吃可以不吃，没必要这么浪费。"

蒋美说："关你什么事？"

乐芽说："因为东西是我请的，你这样很浪费。"

蒋美抖了抖手："这么假惺惺，不会是心疼那点请客的钱吧？你都请客了难道不让我自己处理？"

她的语气有点冲。

苏慧开口道："没见过你这样厚脸皮的人。"

本来她是不准备说什么的，但对方刚刚那句话也太可笑了，她可见不得别人欺负乐芽。

蒋美的脸色一时白一时红，冷哼了一声："总比某些人自视甚高要好，看了一上午的视频还不是摸不着别人的脸？"

她有意无意地看了一眼乐芽。

乐芽一向脾气好，却也不是泥捏的，她反击道："我看视频和你有关系吗？"

蒋美被她一呛，反驳道："工作时间乱看视频，难道不是玩忽职守吗？现在的新员工都这么大脾气？"

苏慧眨眨眼说："你刚刚不是还和你男朋友聊了半个小时的天吗？"

她之前就听到了一些腻腻歪歪的对话。

蒋美露出一个笑容，趾高气扬道："所以我有男朋友，有些人没有。"

她男朋友是某五百强企业的员工，对她很好，平日里她最喜欢拿出来炫耀了。

苏慧一听，差点没笑出声来，她叹了口气道："你可真敢说。"

蒋美冷哼一声。

苏慧拉走乐芽，临走前还不忘扬声道："走吧，我们这些有未婚夫的人，就不要和某些人计较了。"

出了洗手间，乐芽"扑哧"一声笑出来。

她提醒道："苏城知道你这样承认他的身份，他肯定很开心。"

苏慧说："可不能让他知道。"

那他不就得变成狼了。

回到座位上，苏慧一看到蒋美就不开心，说："陈漾肯定甩她的男朋友一百八十条街吧？"

乐芽抿着嘴唇笑："有这么比的吗？"

"你不觉得我比得很好吗？"苏慧说，她一想到蒋美刚刚炫耀的样子就来火。

趁乐芽没注意的时候，她拿出手机捣鼓了一番，然后才心满意足地收了回去。

乐氏的工作时间是朝八晚五。

临近五点时，不少人都在收拾自己的桌子，准备待会时间一到就离开。

苏慧半小时前就离开了，乐芽冒出了一点灵感，急忙在稿纸上画了个草稿。

公司的窗台上摆了很多盆栽，王可菲走过去把茶杯里的水倒到盆栽里面，正要离开的时候，就看到了下面停了一辆豪车。

她下意识地惊呼一声，立刻吸引了边上不少女生的注意力，纷纷询问怎么回事。

不到半分钟时间，女生们就围在了一起——

“刚刚那个人从车里下来的时候，你们看到他的脸了吗？”

“这是新客户吗？我要是销售部的就好了，设计部压根接触不到，啊啊啊！”

“我看到了一点侧脸，好看得我都要心动了，你们说他到底是来干什么的啊？”

蒋美也从后面挤上来：“估计是新客户吧。别看了，怎么看都和我们没关系。”

这边的嘈杂声干扰了乐芽的构思。

她停下笔，解锁了手机，正好五点到了。

她干脆把草稿放到包里，然后收拾好走出去，没想到同事们都在她之前跑了。

乐芽一脸蒙，落在了他们后面。

一直到电梯里，王可菲还在和其他同事谈论下面那辆豪车里的男人，争得面红耳赤。

“哎，乐芽，你看到了吗？”

乐芽回神：“看到什么？”

“楼下的高富帅啊！”王可菲笑眯眯地道，“我们都在猜是不是公司的新客户。”

乐芽慢吞吞地说：“我没看到。”

王可菲说：“没事，待会儿下去的时候他应该还没走，可以近距离看一下。”

蒋美站在角落里说：“看了也不是她的。”

电梯门随即打开。

乐芽心情挺好，快步走出去，不想搭理蒋美的阴阳怪气，甚至还琢磨着向乐易健告一状，有这么个员工在设计部，实在是太影响别人了。

乐芽走在前面，身后的女孩们开始叽叽喳喳。

一直走到公司外面，乐芽才发现有些不对劲。

看着陈漾站在车边，她还有点不敢相信。

陈漾慵懒地倚着车，低头看了一眼手机，眉目低敛。

乐芽的手机跟着响了一声。

听到声音，陈漾抬起头看过来。

乐芽还没反应过来，男人就朝着她走过来。

两个人蓦然拉近距离，漆黑的双眼对上。

她有点恍惚地走过去，压根就没注意到下面的台阶，结果一脚踩空，如同高中那次跌倒一样，她伸手拽住了陈漾的衣服。

陈漾没来得及换衣服，穿的还是正装。他伸手搂住怀中的女孩，等了这么久，让他朝思暮想的可人儿终于重新回到他的怀抱。

乐芽的鼻尖撞到他坚硬的胸膛。

身后还没来得及走过去的王可菲等人都惊呆了，一步也不敢动，瞪大眼睛看着她摔进陈漾的怀里。

“真没想到乐芽居然这么有胆，表面完全看不出来啊，我可真是小看她了。”

“灰姑娘摔倒在总裁怀里，从此嫁入豪门？”

“天哪，这八百年前的套路还能用上，早知道我也去摔一个了……”

王可菲率先回神，说：“你们都不记得这个人是今天看到的MOON公司的总裁吗？”

她刚刚可是一眼就认出来了。

同事们都是今天才第一次看到视频而已，只觉得熟悉，现在被她一提醒就想了起来。

蒋美深吸一口气，盯着前面抱在一起的两个人，露出一个怪异的笑容，出声道：“所以现在是流行这种搭讪方式吗？”

众人面面相觑。

王可菲想到今天自己查到的东西，忍不住说：“万一乐芽就是他的未婚妻呢？”

她觉得很有可能。

蒋美反问道：“你信吗？”

王可菲也没证据，于是干脆不说话了。

她们在后面议论纷纷，前面的陈漾忍不住闷哼一声：“要被你勒死了。”

乐芽连忙松开手，刚刚不小心揪住陈漾的领带了，这要是再拽紧一点，恐怕真会出事。

乐芽的耳朵红红的，伸手给他理了理领带，不好意思地道：“我又不是故意的。”

她的指尖擦过他的脖颈。

她从没给人打过领带，自然也不会，这毛毛躁躁的样子简直无异于在点火。

陈漾伸手捏住她的手腕，喉结动了动，直接将她带到车里：“不用系了。”

乐芽软绵绵地“啊”了一声。

陈漾垂眸笑了笑，凑近她，低声说：“你再动下去，我就要忍不住了。”

乐芽一开始还没反应过来，等到她明白这句话的意思后，脸瞬间爆红，但嘴笨的她依旧只有同样的一句话：“你变态啊。”

5

这句话一说出来，乐芽自己都觉得有点不对劲，好像太暧昧了一点。

陈漾偏头笑了一下，他已经从驾驶座那边探过身来，朝她靠近。

她坐在副驾驶座上，车内空间即使再大也不过就那么点大，陈漾就这么坐在她身侧。乐芽甚至能看清他脸上细小的绒毛，还能闻到他身上淡淡的香味。

她屏住了呼吸，紧紧地靠在椅背上。

陈漾的一条手臂撑在她身体的外侧，浓厚的男性荷尔蒙扑面而来，包围住她，让她无处可逃。

乐芽小声说：“大庭广众的……”

他不会就这么亲下来吧？

乐芽越想脸越红，刚刚降下去的温度又重新升了上来，连带着整个人都有点燥热。

见她反应强烈，陈漾突然起了逗弄的心思。

他抬头贴近她的脸，目光从上至下，停在她嫣红的唇瓣上，凑近了，压低声音：“大庭广众怎么了？”

车外的人都屏住呼吸。

王可菲脸都看红了，她感觉接下来的画面会很劲爆，这也太刺激了。

乐芽的鼻尖被陈漾轻轻碰了一下，她眨眨眼：“你别想做什么。”

陈漾低低地笑了一声，原本放在她胳膊旁边的手点了点她的腰窝，含混不清地道：“我想干什么你不知道吗？”

这一股酥麻刺激得乐芽不安地动了动，就在她以为陈漾真要做什么的时候，他直接伸手从旁边扯出安全带，再从她的面前横过来调好，然后小心地系上，动作一气呵成。

乐芽白皙的手指搁在安全带上，陈漾不怀好意地道：“我只是想给你系一下安全带。”

乐芽：“……”

是自己想多了，是自己变态了。

陈漾看着她一脸羞愤的样子，忍不住伸手捏了捏她的鼻子：“别郁闷了。”

乐芽拍开他的手。

窗外的同事们看着两个人亲密无间的动作：这好像是情侣之间才会有的动作。

真是天作之合，郎才女貌。

蒋美一想起自己下午看到的画面，再加上一些猜测，纵使有点动摇，也还是咬牙坚持自己的猜测，她就不信这么好的男人会被乐芽这个小丫头追到手。

乐芽坐正后看到了窗外的同事们。

王可菲和蒋美她们站在一起，半晌都没动。见乐芽看过来，她们纷纷露出奇怪的表情。

不可否认，蒋美刚才的那句话让她们有点怀疑。

但此刻看到两个人似乎关系很亲密的样子，她们又怀疑王可菲的猜测可能是对的。万一人家真是未婚妻呢，那可真就是打脸了。

乐芽收回视线，催促道：“还不走？”

陈漾说：“急什么。”

乐芽说："我爸爸马上就要出来了。"

陈漾：行吧，这个借口真好。如果乐易健出来，那他能不能顺利带走乐芽还真是一个问题。

从公司门口离开后，乐芽终于松了一口气。

看着外面熟悉的风景，她才想起来问："你怎么知道我回来了？我都没跟你说。"

陈漾说："秘密。"

下午他收到了苏慧发来的消息，这才知道乐芽居然偷偷回来了。

小丫头长大了，都敢不告诉他了。

陈漾干脆把工作提前完成，然后来到这里，却又不敢来得太早。万一被乐易健发现了，他很有可能会被赶走。

乐芽说："还秘密。"

陈漾转移话题问："你想吃什么？"

乐芽想了想，没想出什么来："随便吧，你自己定，梁千他们也一起吗？"

"当然不了。"陈漾说。

"哦。"乐芽没觉得有什么不对劲，只是嗅了嗅鼻子，"好像有什么香气。"

车上放了香水，是她喜欢的牌子，但闻到的却不是香水味。

乐芽扭过头看了一眼后座，看到了一大束花，安安静静地被放在那里。

她惊喜地道："你还买花了啊？"

陈漾看了她一眼，柔声道："来接女朋友怎么可能什么都不带。"

乐芽"咦"了一声："不是未婚妻吗？"

陈漾问："你同意了？"

乐芽"哼"了一声，没继续说。

未婚妻的事不说她还没同意，乐易健肯定不会就这么同意的。等他晚上看到发布会的视频，指不定还会嘲讽一下陈漾。

乐芽才不会自己先说呢！

陈漾带她去了一家新开的餐厅，和以前在学校经常吃的那些小吃不一样，现在的他已经足够有能力让她过得很好了。

到达餐厅的时候，夕阳已经落下了。

餐厅在顶楼，是露天的，除了服务员就没人了。

陈漾今天将这里包了场，前方有人正在弹钢琴。

乐芽和陈漾一起走进去，从这里可以看到下面的江边夜景，此刻无数灯光已经亮起，美轮美奂。

乐芽和他面对面坐下：“我回来的事，本来想过两天再告诉你的，没想到你提前知道了。”

陈漾垂眸看她：“我有些等不及了。”

乐芽红着耳朵笑了笑，没说话。

这句话他说过很多次，以前相隔两地时，每次短暂的见面，离开时他总会激烈地索吻。

陈漾伸手扯了扯领口，两根修长的手指隐没在衬衣里，领带松松散散地搭在前方，透出一丝不羁。

乐芽注意到领带之前被她扯了一下，有点皱，要不下次送他一条好了。

乐芽自顾自地琢磨着，陈漾看她在发呆，伸手挥了挥：“在想什么？”

她蔫坏地说：“在想你。”

陈漾眯了眯眼，危险性十足。

乐芽的心一紧，赶忙说：“骗你的，我在想吃的东西什么时候才会上来，我都快饿死了。”

话音刚落，服务员刚好推着餐车走过来。

等服务员离开后，乐芽和他说了自己公司里的事。

提到蒋美时，乐芽忍不住说：“她估计以为我是在勾搭你吧。”

毕竟蒋美之前都在嘲讽她。

陈漾对于这样无端的猜测最是厌烦，说：“不喜欢就直接开了。”

乐芽说：“万一人家做的设计很好呢，我得参考一下，不能因为这个原因就直接辞退她。”

这样就她显得任性无理了。

陈漾笑了笑：“随你喜欢。”

从餐厅出来已经是两个小时后。

乐芽说：“你们公司下班了吗？”

陈漾说：“下班了，但今天有加班的。”

加班的话，那应该没多少人了，乐芽点点头，柔声说：“那我能去看看吗？”

陈漾的手碰了碰她的脸：“当然可以。”

从这里过去倒也不远，乐芽看到那个写着 MOON 的公司时，忍不住脸红了一下。

不是她自恋，实在是这个名字太明显了。

大学四年她一直没回来过，有时和他视频，也能知道他创业的艰辛。每次视频时，看到他疲惫的脸简直心疼得不行，可陈漾都说没事。

好在他现在成功了。

公司里还亮着灯，因为今天是新游戏第一天上线，流量很大，所以大家现在都还在忙。

前台看到总裁立刻笑了起来，然后就看到了他身侧的乐芽，心里嘀咕了一句。

等看到陈漾牵着她的手时，眼睛都瞪大了。

谁都知道总裁不近女色，来来往往有多少女人想上位，可他偏偏万花丛中过，片叶不沾身，就连秘书都一直是男人。

今天开发布会的时候，陈漾公开说已有未婚妻，公司的微信群是最先沸腾的。女人们简直要炸了，纷纷感叹自己完全没机会了。

前台看着陈漾低头和乐芽说话，等两个人走后，立刻在公司群里发消息："总裁和他的未婚妻来了！"

"什么？什么？"

"这么快就带过来了？"

"有照片吗？谁啊？"

"每年都要定期飞国外，我早就怀疑了。"

乐芽被陈漾带着逛了一圈，路过好几个部门。她看了一会儿，小声问："他们怎么都这么努力啊，明天做不可以吗？"

刚好从后面过来的梁千揶揄道："我们可不像陈总，一天到晚闲着，只知道想着女朋友……不对，是未婚妻。"

他也是从谢轻语那边知道的，今天发布会上的那件事他完全没料到，那个记者的提问倒是让陈漾找到理由公开了。

梁千心想：自己啥时候才能修成正果啊。

乐芽的耳尖微红："梁千，你再说我就告诉轻语了。"

梁千的脾气也挺大，整天吊儿郎当的，但格外听谢轻语的话，俨然一个"妻管严"。

对比梁千，赵明日和林心乔就比较麻烦了。两个人上大学是在异地，后来就这么分了。

但前段时间不知怎的，两个人又重逢了。以前是林心乔追赵明日，这次轮到赵明日追她了。

只可惜时光变迁，已经没那么容易了。

看到熟悉的朋友，乐芽很是感慨。

"这可不行。"梁千连忙讨饶，"谁不知道你在她心里排第一位？万一她晚上殴打我，你明天可就看不到我了。"

乐芽忍不住笑出声来。

陈漾瞥过去一眼："你是没事做了？"

"有的，我马上就走。"

被这么一提醒，梁千果断拿了文件跑路，临走前还暧昧地道："祝你们度过一个愉快的夜晚。"

乐芽一听就觉得不对劲，赶忙说："你快带我去你的办公室吧，我想去看看。"

陈漾"嗯"了一声："好。"

等他们转过身，办公室的所有员工都齐刷刷地抬头，大家八卦的心思浮上心头，激动得面红耳赤。

陈总对未婚妻这么温柔的吗？

传说中的未婚妻居然长得这么娇小，他们还以为会是"御姐"，原来陈总是败在"软妹"手上了。

不过这个未婚妻真的好好看，白白的，软软的，可爱得像一个洋娃娃。

公司里的女孩子们满眼都是艳羡。

大家想起之前为了工作阴云密布的陈漾，硬生生地打了个寒战，果然谈恋爱的人就是不一样，现在的陈总温柔得就像三月春风。

陈漾的办公室和他的人一样，乐芽感觉有点冷冷清清。

她指了指桌子，建议道："你这儿应该摆点小盆栽，不然好空，我明天给你放点。"

陈漾都依她："好。"

看着乐芽在里面左看右看，他突然想起一件事："你明天还要去上班？"

乐芽强硬地道："当然。"

陈漾看她回得这么快，靠近她，又问了一遍："你确定明天还想上班？"

乐芽以为他在想什么："你别想干什么，我明天是一定要上班的。"

陈漾哑然，低笑了一声，提醒道："明天是周六，你去哪儿上班？"

乐芽："……"

她有点恼羞成怒，推了一下陈漾，质问道："你刚刚就是故意的吧，故意想看我的笑话。"

可没想到陈漾反而抓住了她的手。

他的十指挤入她的指间，和她十指相扣，另一只手则放到她的腰后，细细地摩挲。

陈漾将她围在自己与桌子之间。

乐芽猝不及防，压根就没反应过来，她半倚着他的身子，下一刻就被抱起来，放在桌上与他平视。

桌子有点凉，乐芽穿的是薄裙子，她眨了眨眼睛，软糯着声音控诉道："就知道你一天到晚都想着这种事。"

"我想很久了。"陈漾哑着声音道。

修长的手指隔着衣服摸到了她的脊柱沟，指尖的轻轻触碰带来一阵阵强烈的酥麻感。

乐芽不太适应地动了动。

陈漾看她一脸不安的样子，眼里露出笑意，凑近她，压低声音叫道："乐芽。"

乐芽抬头："啊？"

陈漾就这么吻了下去，毫无阻挡。

舌尖挤进她的嘴里，缠住她，与她的唇齿亲密相触、纠缠，他含住她的唇瓣，辗转吮吸。

乐芽的手抵在他的胸口。

安静的办公室里，温度不断上升，陈漾死死地将她禁锢住。

乐芽几乎喘不过气来。

良久，她才被松开，头枕在陈漾的肩膀上呼吸，从急促逐渐到舒缓，脸颊的绯红也变浅了。

窗外有月色漏进来，办公室里的光线柔和，勾勒出两个人贴在一起的轮廓线条，又延伸到地面彼此纠缠的影子上。

就在乐芽以为就这样的时候，她的颈侧被重重地咬了一下，她下意识地皱眉叫了一声，略带娇嗔："陈漾你干吗？"

清晰的牙印在她白皙的颈边浮现，陈漾的眼神沉了沉："没干什么。"

乐芽歪着头要去看他，没想到陈漾却埋首在她的颈侧，轻轻舔舐着她被咬的地方，像是温柔的吻。

陈漾问："你让我再……"

话音未落，怀中的乐芽直接就咬上了他的下巴。

6

说实话，乐芽完全是下意识的反应。

陈漾张嘴"啊"了一声。

乐芽有点心虚，怕自己势弱，决定先声夺人："谁让你刚刚咬我来着？"

她捂住自己的嘴，生怕陈漾又会做什么动作，所以这句话说得也不是特别清楚。

陈漾揉了揉她的头发，听清她的话后，意味深长地道："变凶了。"

乐芽眨了眨眼。

过了一会儿她才松开手："你抬起头来让我看看刚刚咬得严重不严重。"

陈漾抬了抬下巴。

乐芽柔若无骨的手捧着他的下巴，仔仔细细看了一眼，虽然没用力，但牙印还是留下了，不知道待会儿会不会消下去。

她的睫毛在微微颤动，小声说："我不是故意咬这么重的。"

谁让他刚刚舔她的脖子，她不太习惯，没踢开他就算好的了。

陈漾说："没事。"

他伸出手指擦过被咬的地方，感觉牙齿的痕迹还在，还有舌尖抵在下巴上的湿热感。

陈漾感觉有点燥热。

乐芽很快便反应过来，耳朵立刻就红了，整个人像发烧了似的，热得厉害。

乐芽再也不是以前的小孩了。

因为被陈漾双手禁锢在桌上，她忍不住用脚尖碰了碰他的腿："你快让开，我要下去。"

正值夏季，乐芽穿的是及膝连衣裙，小腿都露在外面。

陈漾叹了口气，将她从桌子上抱下来，还不忘控诉："点起火来也不负责灭火，小没良心的。"

乐芽瞪了他一眼，眼尾都染了一点红。

她长大了，无端的风情十分诱人。

乐芽干脆转移话题道："公司看过了，饭也吃过了，我该回家了。"

陈漾点头："嗯。"

在外面待了这么久，乐易健该怀疑了，可不能在这关键时刻做出什么令他不高兴的事。

他们坐电梯直接到大厅，前台还在那儿，看到两个人下来，目光倏地一下就飘了过去。

咦？未婚妻的脸红红的，该不会是陈总偷偷做了什么吧？

前台瞬间脑补了一段少儿不宜的十八禁办公室剧情。

将近十点，一路上陈漾都没说什么。

乐芽在国外这么些年，其实该见的都见过了。

她几个室友就是私下很开放的人，虽然也会顾忌着她，但偶尔还是会被她撞见一些不应该撞见的。

室友给她科普了不少知识，后来还当众播放过科普小视频。

不过当时乐芽没敢看，只听到了声音，就这样都害羞得不行。

她偷偷瞥了陈漾一眼，他看起来好像没什么事了？

谁知她才刚收回视线，冷不丁就听见陈漾的声音："想看就看，为什么偷看？"

乐芽不承认："没有。"

陈漾也不戳破："没有就没有。"

乐芽心虚得很，干脆直接坐正，时刻铭记并秉承自己刚刚说的话，绝不看他。

没过多久就到达了目的地。

新换的别墅很好看，晚上看就像一座城堡似的，是这个小区的主打招牌，还没开盘就被订完了。

乐易健早就看中了位置最好的一栋。

到楼下后，乐芽发现家里的灯都是开着的，就说："到这里吧，我直接上去就行。"

陈漾往里面看了一下，没说话。

他一直送到家门口，乐芽怕乐易健会突然出来给他一顿暴打，心惊胆战地下了车。

正要离开时，陈漾忽然叫道："乐芽。"

闻言，乐芽下意识地回头，看到陈漾捧着一大束玫瑰递给她。

陈漾轻声说："明天见。"

乐芽的半张脸都被玫瑰遮住，露出一双月牙般的眼睛，回道："晚安。"

她心情颇好地开了门。

张姨听到动静走过来，看到她怀里的花，笑眯眯地说："有人送小姐花了。"

乐芽"嗯"了一声。

她婉拒了张姨要把花接过去的动作，说："我待会儿自己上去找个花瓶养着就可以。"

客厅里传来一声冷哼。

乐芽心里"咯噔"一声，抬头就看到走出来的乐易健，他的视线直勾勾地盯在花上。

她把花往背后一藏。

乐易健勾了勾嘴角，出声嘲讽道："这么大一束花，你一个人挡得住？当我眼瞎？"

乐芽抿紧嘴唇笑了笑，将花放在一旁，走过去挽住他的胳膊讨好道："爸爸，你别生气了。"

乐易健说："我没生气。"

乐芽指了指他的嘴角，戳破道："你刚刚都这样了，明明就是在生气，别人送花给我说明我受欢迎啊！"

乐易健本来心情已经恢复一点了，听了这句话，又一降到底："真是别人送倒好了。"

乐芽"哎"了一声，从包里拿出一个包装精致的盒子，放到乐易健的手里："给你挑的。"

乐易健打开一看，盒子里是一支钢笔。

像他这样的职位，一支好的签字笔的确非常需要，最重要的是这可是自己女儿送的。

乐易健的嘴角一下就勾了上去，心情陡然飞升。

乐芽乖巧地应了声，忙带着花上了楼。

其实这支钢笔是陈漾和她一起挑的，她也不懂这个系列，不过要是提陈漾的名字，恐怕就送不出去了，还是就这样比较好。

乐易健压根就没看 MOON 的发布会，他根本懒得看，他又不懂游戏，而且一看到陈漾，就生气。

乐芽洗漱完后躺在床上，然后想起花还没弄，又“噔噔噔”地跑到了楼下。

门开着，张姨好像在外面和人说话。

乐芽看了一眼，找了个花瓶，看到张姨回来，好奇地问道：“谁啊？”

她穿着一身睡裙，犹如灯下美人。

张姨连忙挂上一副笑容，然后才转过身说：“应该是找错了地方，喝醉酒了。”

乐芽点点头。

等回到房间里，她才想起不对劲的地方，拉开窗帘看了一眼，却没看到什么。

乐芽也没放在心上，将玫瑰插到花瓶里，然后拍了图片发到自己的微博上。

没过多久就有几百条评论——

“哟哟哟，这么一大束，小姐姐今天心情荡漾吧，什么时候宣布结婚呢？”

“看这样子，是回国了吗？”

“‘单身狗’实名制表示羡慕，每次都这么一大束，是欺负我们买不起吗？”

评论五花八门，乐芽回复了几条。

今天事情多，她放下手机没多久就睡着了，然后还做了一个奇怪的梦。

第二天早上起来，乐芽还没回过神。

她昨晚梦到陈漾记仇，被她咬了一下后非要咬回来，她不肯他就一直追着她。

后来陈漾变成啄木鸟，在她身上啄了好多个牙印，吓得她从头哭到尾。

乐芽醒来差点没被吓死。

她下意识地发消息控诉陈漾，陈漾看到消息时一脸蒙，问了也没得到答复。

他感觉自己挺冤枉的。

虽然大多数公司周末都不用上班，但 MOON 还是很忙的。

忙就代表受欢迎，有钱赚。

MOON 虽然目前在国内算是新公司，还没有上市，但待遇很好，是每一个程序员都想去的地方。

当初的元老都是和陈漾一起创业的，一开始只想着做出个游戏来就很好了，没想到最后被陈漾一起带成了电竞行业的大佬。

现在他们回家，家里人都是赵总、梁总地叫，他们还有点回不过神来。

都是伙伴太厉害了，他们也跟着发达了。

梁千心里美滋滋的。

梁千和谢轻语现在是情侣，乐芽回国后，谢轻语的心情很好，她心情一好梁千的待遇也跟着好了很多。

最近早上上班的时候，他都是满面春风的。

他和陈漾是高中同学的事全公司的人都知道，和前台打招呼的时候，前台妹子小声说：“梁总，你刚刚看到陈总了吗？”

梁千说：“没啊，怎么了？”

前台妹子连忙摇摇头，任他怎么问也不肯说。

梁千一脸茫然，还以为发生了什么事。

这样就好像以前上学时衣服穿反了，同学想提醒又不敢提醒。

难道陈漾的衣服穿反了？

梁千怀着奇怪的想法进了电梯，刚好碰到赵明日急急忙忙进来，两个人对视上。

赵明日问：“你看到漾哥了吗？”

梁千说：“你怎么和前台小李一样问我同样的问题？”

“是她问我的。”赵明日理了理自己的衣服，“搞得好像有什么事发生一样。”

梁千说：“不知道。”

赵明日猜测道：“难道是昨天游戏上线后出了什么毛病，漾哥现在正在发火？”

这种事以前也有过。

梁千犹疑道：“不会吧？”

这么一说，两个人心里都有点发怵。

这款游戏是奔着上市去的，算是全公司人的心血。一旦砸了，别说陈漾发火，他们都会发火。

梁千和赵明日两个人心惊胆战地上了楼，路过员工区时看到里面的气氛好像很诡异，大家都在噼里啪啦地敲键盘。

两个人心里“咯噔”一声。

殊不知员工们都在群里八卦——

“刚刚陈总来的时候我去了茶水间，没看到啊！”

“无图无真相！我不信！”

“咱们陈总一看就是正经男人，怎么可能做出那样的事情，你们不许造谣。”

“不信算了，我亲眼看到的。”

“我跟你们说，绝对是女生咬的，因为我昨天看到花店送花过来给陈总，哈哈哈。”

在陈漾踏进公司的那一刻，他下巴上有浅浅牙印的事情就传遍了。

犹如龙卷风一样，席卷了所有人。

办公室里，秘书偷偷摸摸看了两眼，心想：群里说的居然是真的，这也太可怕了。

他是第一次看到陈总这样。

秘书等陈漾签完字后飞一般地推开门出去，然后掏出手机发送一线消息：“我看到了！”

陈漾扔了笔，对着手机屏幕看了一眼。牙印消了不少，摸上去的时候还能感觉到当时的触感，他低声笑了。

正想着，敲门声响起。

梁千和赵明日两个人挤进办公室，一个担心发火，一个还在想着提醒衣服可能穿反了的事情。

“漾哥！”

陈漾放下手机，抬头道：“有事？”

梁千连忙凑到办公桌前，仔仔细细地看了一眼他身上的衣服，并没有穿反的痕迹。然后视线转到他的脸上，也没有发现哪里不正常。

梁千自顾自地看着，猛然发现了不对劲，目光定在陈漾的下巴上，那点红红的是什么？

赵明日已经问出声：“漾哥，你被虫子咬了？”

陈漾反问：“什么？”

赵明日顺手指了指他的下巴。

等他说完，才发现这个痕迹看起来好像不是被虫子咬的，倒有点像是牙印。

梁千和赵明日都尴尬地“呵呵”傻笑。

陈漾瞥了他们一眼。

见他看过来，梁千心虚地调侃道：“你们这……昨晚战况挺激烈啊！”

7

看到梁千揶揄的表情，陈漾就知道他在想什么了。

他面上不动声色，直接给两个人加了点额外的工作，反正他们看起来挺闲的。

梁千出办公室的时候还有点蒙。

他纳闷地问赵明日：“这不是下周的工作吗？怎么今天就要完成？”

赵明日没好气地道：“我怎么知道。”

两个人对于陈漾暗中给他们穿小鞋的事情毫无察觉，甚至还加入到了公司的八卦讨论中。

陈漾下巴上的牙印到下午才完全消掉，他自己对那个牙印一点感觉都没有，却把公司的员工们给八卦死了。

其实未婚妻这事以前就有点苗头，每年陈漾都要出国好多次，还有梁千和赵明日偶尔对话中漏出的零碎信息。

久而久之，员工们也听到了一点点。

只是因为当事人没有亲口说有未婚妻，谁也不敢说那么肯定的话，直到这次召开新游戏发布会。

难道他喜欢玩金屋藏娇？

陈漾在办公室长叹一口气。

人人都以为他什么都干了，可其实他什么也没干，第一次体会到被冤枉的感觉。

秘书敲门进来："老板，这是下周五慈善晚会的请柬，您要不要去？"

陈漾打开看了一眼："去。"

秘书点点头，然后又小心翼翼地问："这次还是不带女伴吗？"

陈漾刚想回不带，然后就想到了乐芽。

她都已经回国了，干脆就借着慈善晚会公开好了。

他拿食指和中指的指腹捏了捏下巴，又想到昨天晚上的乐芽，眼里带了点笑意。

这画面落在秘书眼里显得尤其诡异。

秘书离开办公室后，飞快地在群里回复："老板刚刚摸下巴时肯定是想到了未婚妻，我看到他笑了。"

"这是什么恐怖故事？"

"就不能有人发张图的吗？"

"你有本事你去拍啊，反正我们都是不敢的。"

"什么时候才能再看到陈总的未婚妻啊？"

秘书没再回复。

他在 MOON 刚创立的时候就在公司了，很多事情都知道一点点。

那次不知道是发生了什么，还在上班时间，陈漾就让他去订时间最近的机票，连眼眶都红了。

火急火燎的，就跟出了什么事一样。

后来梁总进来了，秘书在关门的时候听到了一句话："她只是生病了，又不是出了什么事，你这就……”

秘书那时还不太理解，现在全懂了。

陈总也太闷骚了吧。

慈善晚会的事情被各家媒体宣传开来。

乐芽不怎么关注这种新闻，只是上微博的时候偶尔看两眼，也没放在心上。

周一上班时，张秋和她在办公室外碰上了。

张秋柔声问：“周五晚上有个慈善晚会，以往都是我陪乐总去，这次你想去吗？”

慈善晚会？

乐芽没参加过慈善晚会，但相关新闻看了不少，对其中的流程也就知道一点。

她婉拒道：“我就不去了吧。”

张秋微微一笑，提醒道：“这可是一次很好的结交精英青年的机会，很多青年才俊都会去。”

想起老板的女儿刚回国，可能不知道最近新出了多少青年才俊，她想了想又说：“就拿 MOON 的三个男人来说吧。”

这个应该是具有代表性了。

乐芽眨了眨眼：“他们三个人都是有主的吧？”

“我只是举个例子。”张秋被她的语气逗笑，“你就不想去给你爸找个女婿？”

乐芽心想：他女婿可是 MOON 的老板。

她说：“那我回去问问，等我想好了再说，我慈善晚会那天还真不一定有空。”

张秋说：“行。”

慈善晚会每年都有，有一定地位的公司老板都会去。

王可菲回到自己的座位上时内心还有点激动。

她刚刚听到了张秋和乐芽的对话，张秋这态度完全不像是对待普通员工，更印证了她的猜测。

还有她们的对话内容。

王可菲只听到了后半段对话，但这并不妨碍她猜测乐芽是乐总的女儿。

这么一想，她才反应过来，乐芽的乐不是同音的“岳”，而是乐。

因为上周五过来的时候，乐芽只是在口头介绍了一下，她们都自然而然地想成了“岳”，毕竟“乐”这个姓并不常见。

王可菲心跳加速。

她听到了，蒋美也听到了，和她一样，只听到了后半段内容。
蒋美下意识地就想到了乐芽的后台，这都开始去慈善晚会了。
慈善晚会谁都想去，但以前老板只带张秋去过。不服也没用，她们没有资历。
蒋美也想去，以前她没那么大本事，现在看到乐芽居然也能去，心里就难受得紧。
和慈善晚会上的老总们一比，她男朋友整天拿那么点工资可就不够看了。
这个想法一冒出来，就灭不下去了。

中午，乐芽在公司食堂吃饭。
乐氏的待遇很好，里面的食堂不比外面的连锁餐厅差，而且每天还会更换菜单。
她还是小时候吃过，后来就没怎么来了。
几个人一起进了电梯，王可菲主动开口："乐芽，你也去食堂吃啊？"
乐芽歪了歪头："对呀。"
她一侧头，角落里的蒋美等几个人就看到了她脖颈上的红印，再联想到上周傍晚看到的画面，心思就飘远了。
黄雅说："乐芽，你和你男朋友的感情可真好。"
乐芽笑了笑，应道："嗯。"
虽然表面上应和，但她不知道她们是从哪里看出来的。
黄雅伸手小心地指了指她的脖子："我包里有创可贴，你要不要遮一下？"
乐芽没怎么听懂。
等黄雅递过来一面小圆镜，她接过去看了一眼，才知道是怎么回事。
乐芽的脸微红了一下，解释道："这个是被蚊子咬的，不是你们想的那样……"
众人表示"我们都知道"。
乐芽看她们不相信，只得叹了口气。
这真的是被蚊子咬的，她昨晚睡觉前忘了关窗子。
于是她借了创可贴遮住。
蒋美静静地看着，在心里冷笑一声，更觉得乐芽是陈漾在外面包养的小情人，不然怎么会不公开。

食堂里已经有一些人，王可菲她们选了中间的座位，把两张桌子拼在一起刚好坐得下。
乐芽端着餐盘走过去。
最后一个到的人是蒋美，她坐在中间，餐盘里堆得满满的，俨然两个人的分量。
她还拿出了手机和自拍杆。

王可菲低头看了一眼自己的餐盘，又看了一眼蒋美的，感叹道："你今天吃这么多荤的啊？"

"我正直播呢，别说话。"蒋美微微一笑，看手机里的弹幕刷过去，对着手机里的观众说："是我同事。

"没事，吃荤的有营养，我胃大，所以吃得多。别担心，你们看我长胖了吗？

"我最近在学习其他大胃王，但我的功力不够，所以就只能吃这么一点啦，哈哈哈！"

黄雅没继续说话，她最近在减肥，只能吃一点点。

乐芽坐在蒋美隔壁的隔壁，听到她的这句话时，差点噎住。

上次被她和苏慧撞见催吐，今天还这么说，蒋美为了营造自己大胃王的假象也太拼命了吧，平时生活要这么虚伪吗？

再说了，这食堂里的饭菜很便宜是没错，那也是因为公司有补贴，她这是拿着补贴去浪费？

她可以当美食主播，却也没必要当这样的大胃王吧。

乐芽这么一想，心情就不怎么好了，蒋美这样浪费完全是自家公司的损失啊！

蒋美吃了一会儿，解决了一大半荤菜，然后有意无意地把手机往乐芽那边偏了点，拍到了她的一点侧面。

弹幕迅速刷屏——

"这个女生好好看，实名心动了。"

"感觉鼻子那边不太对，是不是整容了啊？"

"好看好看，这长得也太初恋了。果然是美女，我恋爱了。"

"有没有正脸的？"

乐芽抬起头很快就察觉到，她直接皱着眉站起来："我不喜欢别人偷拍我。"

蒋美动作一顿，露出一个笑容："谁拍你了？"

乐芽说："你自己心里最清楚。"

她对蒋美已经不抱什么希望了。

乐芽很快就吃完了，端着餐盘离开的时候，竟然在不远处看到了乐易健。

他和秘书一起，张秋也在那边。

看到她，乐易健连忙招了招手。

乐芽干脆放下餐盘走了过去，坐到乐易健的旁边："爸爸，你们也在食堂吃啊？"

乐易健说："自己家的食堂难道还不捧场？"

"也是。"乐芽把手肘撑在桌上，听他们聊了一会儿工作的事，"说起这个，我上次新设计了一个产品。”

张秋最感兴趣：“那我下午看看。”

公司里有产品是乐芽设计的，都是她以前在国外学习的时候的作品，还有获奖的作品。

乐芽抿着嘴唇笑，然后跟乐易健说了蒋美的事。

听到她的话，张秋说：“其实我也想辞了她，最近三个月以来，她的设计几乎让人看不下去，简直跟换了一个人一样。”

这和同期的员工对比也太明显了。

乐易健说：“既然都这样了，那就把她请走吧，公司容不下这样的大佛。”

他最烦不干事的员工了。

张秋应声：“我会注意的。”

乐芽去乐易健那桌的动静虽然不大，却也吸引了不少员工的注意，其中就包括设计部这边。

王可菲是第一个注意到的，这也就更确定了她的想法，这个新人绝对是老板的女儿或是亲戚。

她竟然和老板的女儿在一起工作，想想就刺激。

蒋美被乐芽那么一讽刺，全桌的人都看了过来，她只能悻悻地关了手机直播。

没想到弹幕全是夸乐芽的，她的内心一阵烦躁，刚想挪动手机，不巧手机就这么掉进了汤里。

整桌人都惊呆了。

蒋美急急忙忙捞出手机擦干，可最终手机还是坏了。

现在看到乐芽坐到了乐总那一桌，王可菲还没说什么，蒋美就放下手机说：“你们都知道这周五的慈善晚会吧？”

“知道啊，反正也不关我们的事。怎么了？”

“慈善晚会上有什么大东西？”

蒋美挑挑眉，压低声音：“大东西没有，但我听说这次陪老板去的人不是张经理，换了个人。”

黄雅有些疑惑：“是张经理有事吧？”

这么多年来都是张秋跟着去，以前也有毛遂自荐的人，但都被老板否掉了，怎么可能会突然换人。

“才不是。”蒋美晃了晃手指，“因为她要把名额让给乐芽，是乐芽去，一个新人。”

有人质疑道：“该不会弄砸吧？”

蒋美说："那我可就不知道了。"

王可菲轻声说："还不一定呢。"

她皱了皱眉，想说什么，最后还是忍住了。她不知道该不该说，还是让乐芽自己说比较好。

王可菲有点想知道蒋美知道乐芽真实身份时的表情，看现在这种情况，到时候肯定会很刺激。

下午，乐芽把自己画好的设计交了上去。

张秋和她在办公室里讨论了一个下午，并将一些细节做了修改，毕竟产品要尽善尽美。

等乐芽从办公室出来，刚好是下班时间。

她的手机一直放在桌上，这时才发现陈漾给她打了电话。大概是因为她没接，又发了消息过来。

原来是他来接她下班了。

对面的王可菲看她眼睛都笑弯了，调侃道："这么开心，是有什么好事发生吗？"

乐芽随口应道："男朋友来接我下班。"

"男朋友"这个词说出来有点微妙。

乐芽觉得自己会不会有点太过炫耀了，毕竟这个办公室里大多数人都单身。

王可菲悠悠地叹了口气。

出了大门以后，乐芽就看到了陈漾的车子停在对面。

她的心情挺好，一路轻快地走了过去。

坐进车里后，她问："今晚要出去吃吗？"

陈漾"嗯"了一声。

上路没几分钟，陈漾想起慈善晚会的事情，问："这周五晚上有事没？"

乐芽问："还不知道。有什么事？"

陈漾捏了捏她放在一旁的手，软软的，还被养出了一点肉，捏起来很舒服。

他说："嗯，有个慈善晚会。"

乐芽一下就懂了，想起张秋跟自己说的事，估计是同一个慈善晚会。

她问："女伴吗？"

陈漾"嗯"了一声，修长的手指在方向盘上掠过。

乐芽歪了歪头，提醒道："差点忘了你也要去慈善晚会，女伴这事可能不行。"

陈漾将车停下，然后探过身子，伸手把玩着她落在脸颊边的一小缕头发问："为什么？"

他幽深的双眸看着她。

乐芽抿着嘴唇，憋了半晌没说话。最后在他凑过来的时候才开口："因为我要和我爸爸一起去。"

陈漾的手还撑在她的身侧，动作一顿，整颗心一下就凉了。

他的眼角跳了跳，深吸一口气，盯着她咬牙切齿道："还是陪你爸爸重要。"

这种时候陈漾可不敢和乐易健抢人。

他知道乐易健也会去，这要是把乐芽给抢了过来，然后在晚会上碰到，自己怕是要掉层皮，还有可能会被未来的岳父大人扣分。

乐芽忍不住笑出声。

陈漾伸手揉了揉她的头发，却被她推开。

乐芽止住笑，眨巴着眼睛说："我本来想和你说的，没想到你自己先提了这事，我就玩了一下嘛！"

陈漾伸手捏住她的下巴，狠狠地吻了上去。

乐芽没反应过来，整个人被压在副驾驶座上，气都喘不过来了。

直到她被放开，眼里还漾着一股桃红。

陈漾的声音有点哑："再玩？"

乐芽含着水光的眸子盯着他，憋着气，软声讨好道："不玩了、不玩了。"

她哪敢再玩啊。

陈漾没说话，伸手在下巴上揉了揉，暗示性很浓，漆黑的双眸中带着侵略的光芒。

看到她脖子上的创可贴，他问："怎么回事？"

提到这事，乐芽还有点羞耻，解释道："被蚊子咬了，同事以为这是……"

剩下的话戛然而止。

陈漾一开始还没听懂，之后就反应过来了，这和上周赵明日以为他被虫子咬了是一个道理。

只不过乐芽这次是真的被蚊子咬了。

他感觉有点燥热，修长的手指从乐芽的脸侧移到耳朵，再划过洁白的颈项，小巧柔软的耳垂被他拈在指间把玩。

乐芽敏感地抖了一下，她一向不太能接受别人碰自己的耳朵，更别提陈漾这样的挑逗了，完全无法招架。

见他不肯罢休，乐芽急忙冒出个主意来，软着嗓音叫道："哥哥……"

陈漾愣在当场，刚才的动作也跟着停下，两个人的呼吸也交缠在了一起，车内的空气好像突然变得稀薄起来。

陈漾暗哑着嗓音："你再叫一遍。"

乐芽红着耳朵摇了摇头。

陈漾才不会这么轻易放过她，贴近她的嘴边，一字一字地威胁道："乖，再叫一声。"

乐芽张了张嘴，声音小小的。

陈漾有点期待，凑近一点听。

然后他就听到乐芽不好意思地说："我饿了。"

陈漾："……"

第十一章

未来全是你

1

女朋友饿了怎么办？当然是带她去吃饭了。

陈漾被撩拨得不行，偏偏还不能做什么，看着她无辜的眼神，只能认命地带她去吃饭。

一路车水马龙。

陈漾越想越憋屈，“哎”了一声后问：“我发现我现在是不是变佛系了？”

要是搁在以前，肯定是要给她点颜色看看的。能在自己面前这么叫哥哥，不给点厉害看看那是不行的。

可现在清心寡欲，什么都得禁，还不能硬来，陈漾觉得自己简直可以去出家了。

乐芽睁着眼睛说瞎话：“没有。”

陈漾冷笑。

乐芽抿着嘴唇笑，心里挺开心的。

她和陈漾的关系现在很稳定，刚出国的时候陈漾还是以前的样子，后来就逐渐变得沉稳了。

她亲眼看着他从梦中的少年到如今的青年，从一无所有到现在功成名就，所有的一切都摆在她的面前。

这样的男人，有谁会不喜欢。

乐芽清楚地知道乐易健的态度，虽然表面上不怎么开心，但其实对陈漾是赏识的。只是以他的立场，现在还处在考察中。

他们今天去的是一家西餐厅。

乐芽在国外时经常自己做饭，她从以前的什么都不会，到现在的什么美食都能涉猎一点。

她每次做饭，隔壁公寓的人都会凑过来，一群女生对于中国菜特别好奇。

她们吃饭时还非要看中国的美食节目。

乐芽每次都会陪着她们一起看，从《舌尖上的中国》到《风味人间》，看得津津有味，只可惜还没看完就回国了。

陈漾和乐芽坐的桌子依旧靠窗。

这种位子一般都要提前订位，有时候还不一定订得到，比如排在他们后面的两个人就没有订到。

西餐厅里多得是情侣，高颜值的他们依旧引起不少人的注目。有认识陈漾的很快就想了起来，他居然真的有未婚妻。

看陈漾熟练地给未婚妻切牛排，再加上各种体贴的小动作，怕是已经把这未婚妻给宠到天上去了。

不少人都暗暗琢磨这未婚妻得有多厉害。

一顿饭吃完天都黑了，乐芽抿了口水润润唇，又去洗手间漱口加补妆，然后才回来。

陈漾此时已经把账结了，坐在那里等她。

乐芽走过去伸手碰了碰桌子，说："走啦。"

她率先转过身。

西餐厅里的灯光不是特别亮，却也能看清。

陈漾的目光一沉，落在她的裙子上，有一小块不明显的血迹。

他直接将外套脱下，大步上前把乐芽带到自己怀里，然后再把衣服围在她的腰上。

乐芽一脸茫然："怎么了？"

陈漾言简意赅："你来那个了。"

乐芽的脸瞬间红了，低头就想看。最后只碰到了他的外套，被系得紧紧的。

她往椅子上瞄了一眼，没什么痕迹。

"我都忘记时间了……"乐芽嘀咕了一句，催促道，"那赶紧回去吧。"

陈漾点了点头，带她离开的时候看到不远处有一家便利店，说："你在车上等我。"

乐芽还没来得及说什么，他就走开了。脱下外套后的身材一览无余，路边经过的女人都往他那边看。

她突然有种"这个男人是自己的"的感觉。

陈漾进了那家便利店。

他在里面逛了几分钟，才在角落的货架上看见卫生巾，然后对着琳琅满目的品牌愣了神。

在商界无所不能的陈漾不知道女朋友生理期用的是什么牌子的卫生巾。

陈漾呆了几秒，直接百度。

可搜索出来的答案个个都不一样，还有直接说去问女朋友的。

他干脆关了手机，选了一个粉色包装的。

付款时，收银员多看了他两眼，感慨现在的男生可真有心，还知道疼女朋友。

陈漾拎着黑袋子出了门。

正要回去时，他突然想到了什么，脚步又一转，进了另一家服装店。

店铺富丽堂皇，里面的店员看到陈漾，几乎是眼前一亮，立刻迎了上来，并娇声道："先生，您需要什么？"

在奢侈品店做店员的好处就是能遇到不少有钱的男人，但基本都是有伴的。

今天这个高大帅气的男人几乎是每个女生的梦中情人。

她能轻易辨认出他身上衣服以及手表的牌子，要是自己被他看上，那可就一辈子吃喝不愁了。

店员的心怦怦直跳，推荐道："先生，男装在这边。您的尺码是多少？我这边可以为您推荐……"

她话才说了一半就被打断："女装区。"

店员一愣，怀疑地道："先生，您是问女装？"

陈漾点点头，"嗯"了一声。

店员的眼中流露出失望，心想：这么好看的男人一个人过来，居然也是有女朋友的？

她带着陈漾去了女装区，看着他眼睛一眨不眨地选了不少，原本的失望变成羡慕。

不过她们都是有职业素养的，依旧面带笑容推荐道："不知道您的女朋友是穿什么尺码的？"

这可问倒陈漾了，他愣在原地想了想，选了偏小一点的，估摸着应该差不多，毕竟他也全靠目测。

店员也没想到这么简单的问题他居然还要想。

她憋住笑："先生，您想好了吗？"

陈漾听她的语气不对，冷声报了三个数字。

店员飞快地应道："好的，这边的都是这个尺码，您看要什么风格和类型的？"

陈漾又想了想。

店员这次是真没绷住，心想：这位先生是不是还没追上人家，不然怎么连这个都不知道？

陈漾完全是根据自己的喜好来的，选了几件估摸着差不多了，反正以后可以再买。

"刷卡吗？"

陈漾直接把卡递过去，店员不敢怠慢，连忙接过去。

她忍不住夸奖道：“先生这么有心，您的女朋友看到这些衣服一定会很开心的。”

陈漾随口应道：“嗯。”

据他所知，女孩嘛，都喜欢买衣服。

乐芽应该也不例外。

天色渐晚，晚间夜风微凉。

乐芽坐在车里等了半天也没见陈漾出来，干脆玩起了手机，就看到谢轻语和苏慧正在群里八卦。

苏慧：“月牙呢？@乐芽，晚上在干啥？也不冒泡。”

谢轻语：“人家在和亲亲男朋友约会呢，小别胜新婚，干柴遇烈火，如胶似漆。哎呀，烧起来了！”

乐芽正在看消息，没想到话题就扯到自己身上了。

尤其这是什么比喻，明明很正常的句子，这么组合在一起，把她看得面红耳赤。

乐芽回道：“别瞎说，我生理期呢。”

谢轻语：“哎哟，陈漾好可怜。”

苏慧：“陈漾：我觉得我很委屈。”

谢轻语：“干吗戳破？哈哈哈——陈漾怕是怎么也没想到你会来‘大姨妈’吧？哈哈哈！”

乐芽正要回复，车窗就被敲响了。

陈漾弯着腰，沉声道：“出来。”

夏天天热，他的额角有微微的汗。

乐芽乖乖地推开门出去，也不知道是不是因为刚才她们的调侃，只觉得哪哪都挺难为情。

陈漾将袋子递给她，低声道：“把衣服换了。”

乐芽有点蒙，然后才反应过来：“什么？这里哪有换衣服的地方啊……”

她没想到陈漾刚刚是去帮她买衣服和卫生巾了，感觉又羞又暖。

被乐芽这么一提醒，陈漾才回过神来。

他突然笑了笑，眼里带着股邪气，贴近她说：“那就在车里换好了。”

乐芽差点把袋子砸到他的脸上。

陈漾勾起嘴角：“怎么着，那你是想在外面换？”

乐芽说：“陈漾，你是不是脑子坏了？”

她吐槽了一句，拎着袋子就上了车后座，没等陈漾进去又摁下车窗：“我不换。”

陈漾说：“刚才是逗你的。”

乐芽纠结了一小会儿，红着脸说：“那你不准看里面。”

“看不到。”陈漾指了指车窗，“想什么呢？会被挡住的，我什么也看不到。”

乐芽心想也是。

她手中拿着好几个袋子，一打开发现全是裙子，还是淡色系的，并且都是她以前穿过的牌子。

乐芽抽出来看了两眼，最后选了一条青色的收腰裙，是小礼服的样式。

她看了一眼车窗，见陈漾眼睛盯着前方才放下心来，不然总觉得会被看到。

乐芽脱掉被弄脏的裙子，然后把小礼服的标签给扯了。

她的动作一大，就撞到了副驾驶座的椅背，还有点疼。

陈漾听到动静，着急地问：“怎么了？”

乐芽忙说：“没事。”

陈漾的眼神往前方扫过，不经意间落在了后视镜上。

那面小小的镜子照出了一条细白的胳膊，手腕弯曲，裙子从中滑过，又透出来。

明明只是胳膊，陈漾却目光一亮。

他收了收心神，强迫自己移开视线，感觉夏天真是太热了，他回去要洗凉水澡。

唉，陈漾在心里默默叹了一口气。

乐芽将脏衣服叠好放进纸袋里，理了理乱掉的头发，然后才推开门出去，有点忐忑不安。

陈漾靠在车尾处，手里把玩着一个打火机。

听到动静，他侧头看过来。

陈漾选衣服时没想那么多，但看到乐芽穿上很合身很好看，觉得自己的选择真是太妙了。

乐芽感觉有点不对劲，裙子腰两边各有一块镂空的菱形，对称的，刚好贴在那里。

她犹豫道：“我重新去换一件。”

陈漾说：“不用换。”

乐芽询问道：“真的？”

陈漾盯着她，点点头，赞美道：“很好看，不必换。”

他走过去，低下头看她，巴掌大的精致小脸就好像在引诱人亲下去，别犹豫。

陈漾自问自制力挺好的，可到了她这里就全没了。

他的喉结动了动，问：“穿着感觉怎么样？有没有什么不舒服的地方？”

乐芽摇了摇头：“挺好的，我以前在这家店买过衣服，你居然没有买死亡色。”

陈漾无知地问："死亡色是什么颜色？"

可算是遇到他不知道的事了，乐芽给他举了一个例子："比如死亡芭比粉。"

陈漾还真想象不出来这到底是个什么颜色。

女生的颜色太多了，什么口红也是各种色号，他游戏里设计的颜色大多都是设计师们选的。

乐芽有点想笑："你是不是不知道？"

陈漾没说话，视线从她的腰间扫过。

旁边正巧有几个路人经过，其中有两个男人看向这边。

他微微皱眉，又拿起了后座上的外套，重新给她系上。

对于乐芽的体型来说，他的外套几乎可以给她当裙子穿。

这么一系，都到膝盖下面去了。

乐芽伸手要去解开，不满地道："我不是都已经换了衣服了，还系上干什么？"

陈漾又将外套往上提了提，显得心满意足。

看她还想动手，他声音低沉地道："不许脱。"

乐芽还想挣扎，声音软软地道："可是很热啊！"

陈漾说："撒娇也没用。"

虽然他听着心痒痒了，但他得忍住，毕竟他是个有自制力的人。

乐芽："……"

她什么时候撒娇了？陈漾一天到晚就会给她戴帽子，明明都是他自己在瞎想。

听她冷哼一声表示不满，陈漾反而觉得她特别可爱。

他的眼睛里带了点笑意，打开车门，轻声道："进去吧，我送你回去，今晚早点睡。"

乐芽坐进去，不想搭理他。

她趴在车窗上往外看，看到了路边几个年轻人还在盯着这里看。

好像刚才就是他们从这边经过。

乐芽灵光一闪，伸手拽了拽他的衣服，笑眯眯地问："陈漾，你刚刚是吃醋了吗？"

这么一动，陈漾看到她漂亮锁骨处露出的一小片雪白的肌肤，晃得他眼睛发光。

她现在怕不是在引诱他吧？

见衣服没拽动，乐芽干脆伸手钩了一下他的皮带："问你话呢，怎么不说话？"

皮带被扯动，陈漾的感觉十分清晰。

乐芽一无所知，甚至还伸手戳了戳他。

因为坐在车里，不太方便，所以这一戳直接就戳到了他的小腹，有硬邦邦的腹肌，手感很好。

陈漾勾了勾嘴角，眯起眼睛。

乐芽直觉不对，下意识地就要收回手去。

陈漾直接抓住她没来得及收回去的手，弯下腰，故意说道：“刚刚你的手放哪儿呢？”

2

乐芽前一秒还在想陈漾的腹肌有多少块，下一秒就被他吓到了。

见他的表情不太对，乐芽使劲抽回自己的手，辩解道：“我没放哪儿。”

“你确定？”陈漾扬了尾音。

乐芽见怎么说都没用，干脆又使出撒手锏，声音软软地道：“哥哥，我困了。”

她还配合地打了个呵欠。

陈漾舔了舔后槽牙，心里又气又想笑。她是刚刚尝到甜头了，所以现在又开始这样说话了？

陈漾看着眼睛眯成月牙的乐芽说：“满意了，嗯？”

乐芽赶紧转移话题：“快点开车，我要回家，回去迟了当心我爸爸骂你。”

陈漾：“……”

乐易健就是块砖头，哪里好用往哪里搬。

乐芽现在已经习惯随时把她爸拉出来当靠山了，偏偏陈漾此时此刻还不能怎么着，毕竟怎么说都是未来岳父。

“慈善晚会需不需要准备什么？”乐芽询问道，“若是要准备什么，我现在就要开始准备了。”

陈漾说：“不用准备。”

慈善晚会只是个筹款的晚会而已，重点是在当晚的拍卖，到时候只要有钱拍下就行。

之后的宴会就是吃喝聊天，对于他们来说，则是谈工作应酬的时间。

乐芽点点头：“好吧。”

她是第一次参加，怕丢了乐易健的脸，到时候自己会不好意思。

现在距离周五还有四天时间，她可以好好规划一下。

乐芽决定回去之后就去选礼服，说到礼服，现在她身上穿的就正是小礼服。

她穿着正合适，于是好奇地问：“对了，你今天买衣服的时候是怎么知道我穿多大的？”

陈漾勾起嘴角：“你猜？”

乐芽想了想：“你偷看我的衣服尺码了？”

陈漾哑然失笑：“你一天到晚都在想些什么？我什么时候有机会看你的衣服尺码了？”

“那你也不可能知道啊！”乐芽撇了撇嘴，“我衣服的尺码都是不一样的。”

因为每个牌子的标准不同。

陈漾瞥了她一眼，悠悠地道："你不知道店员可以直接根据客户报三围来确定尺码的吗？"

对哦，乐芽刚想点头，猛然想起三围才是重点，扭过头看他："你变态啊！"

陈漾："我又怎么了？"

乐芽的耳朵发红："你不变态你又是怎么知道的？"

正好前方遇上红灯，陈漾停下车，扭过头看她，懒洋洋地道："因为我是个男人。"

这回答，牛头不对马嘴的。

乐芽刚想吐槽，猛然反应过来这句话和三围的联系，再看陈漾此时的眼神，果然散发着强烈的荷尔蒙气息。

她赶忙将外套掀起来遮住上半身。

陈漾调侃道："迟了。"

乐芽："……"

到小区已是半小时后。

鉴于刚刚的事，乐芽愣是一路上都没和陈漾说话，她感觉说什么都会想到那件事。

乐芽咬了咬牙。

她家那栋房子周边绿化挺好的，也没其他的遮挡物，这么一路开过去，刚好看到家门口有个人正在来回徘徊，鬼鬼祟祟的。

乐芽一下子就警惕起来，盯着那边看。

陈漾还没注意到，下车替她打开车门。

汽车的声音不大不小，门口的人被吸引，她眼睛蓦地一亮，飞快地走过来。

乐芽站在车边，看到了对方一张虚伪的脸。

她还没来得及说话，对方就叫道："乐芽！"

陈漾正背对着方媛，听到这个熟悉的声音，猛地转过身去看，随即脸一沉。

方媛跑过来要扒住乐芽。

乐芽直接被陈漾拉开，撞到他的怀里，躲开了方媛。

方媛差点一下子摔倒在地上，稳住后才不依不饶地叫道："我不离婚！"

晚上小区里很安静，"我不离婚"这四个字显得有点尖锐。

陈漾皱着眉，捂住乐芽的耳朵。

纵使如此，乐芽还是听得一清二楚，她的听力现在已经恢复正常了。

"离婚"这个词她是第一次听见，难道是爸爸提出要离婚？

乐芽不知道乐易健的这个决定，她之前一直没有询问过，更没想到还会和方媛再见面。她以为方媛出来后会想尽一切方法和陈明武在一起，直接把原本的生活抛弃。

结果现在她又这样说。

乐芽碰了碰陈漾的手："你松开吧。"

陈漾低着头看她："真想？"

乐芽点点头，从他的怀里退出去，转身面对方媛，这才看清她现在的模样。

她比从前苍老了许多，脸上皱纹与疲惫交织，如同五十多岁的老人，可她明明才四十多岁。

乐芽不知道发生了什么，心里无波无澜。对她来说，方媛缺席了她近十年的人生，就像个陌生人一样。

方媛对着她笑了笑，显得有点谄媚。

乐芽问："为什么不离婚？"

闻言，方媛立刻露出悲伤的表情："乐芽，我是你的妈妈啊，我怎么会离婚呢？"

乐芽才不相信。

陈漾低声在她耳边说了几句话。

听他说完，乐芽总算明白为什么方媛又突然觉得乐家好了。

因为她忍受不了陈明武如今的样子，一开始还能以爱情来欺骗自己，可后来柴米油盐的生活让矛盾无所遁形。她不仅享受不到感情生活，每天还得照顾陈明武，而不是和陈明武谈风花雪月。

陈漾曾经去看过一次，他对于陈明武的责任就是每个月给一笔赡养费。对于普通人来说，那笔钱也够用好几个月了。

但陈明武得负担两个人的花销，而方媛从娘家拿得多了，乐芽的外婆就颇有微词。再加上其他子女的挑拨，给她的钱也就越来越少。

到后来，两个人就得自己想办法省钱。

一旦生活的重心从花钱过渡到省钱上以后，生活标准就会跟着降低，矛盾也就会显现出来。

陈明武这双腿他先是怪在乐易健的身上，然后又怪在了方媛身上。

方媛记忆中那个和她一起逛街的温柔初恋变成了阴鸷偏执的神经病，每时每刻都在折磨她。

她终于受不了了，从那里逃脱了。

乐易健已经不想再操心这些了，当初确诊她的精神状况不对后，把她送去精神病院也是为了她的病情能够得到有效控制。

严格来说，当时她甚至还是骗婚。

他当初和方媛结婚时，方家对于方媛有精神病史的事情从未提及过，方媛自己也没说过。

直到她婚内出轨，他才发现有些不对劲。

他唯一庆幸的就是女儿一切正常。

乐易健担心她影响乐芽太多，于是干脆提出离婚。

方媛本想回到乐家好好享受一下生活，再继续当她的阔太太。她从未想过乐易健会做出这样的决定，所以才会一直在门外徘徊。

乐易健不堪骚扰，直接换了一栋别墅，没想到还是被她找了过来，保安有时都怕她精神病发作。

这条路上只有他们三个人。

方媛理了理头发，笑着说："乐芽，妈妈现在回来不好吗？我还记得你小时候很可爱呢。"

乐芽动了动嘴唇，没说话。

陈漾牵住她的手："如果不想听可以离开。"

乐芽摇摇头，直视方媛，听见自己用讽刺的声音说道："你不觉得你说这样的话很虚伪吗？"

一个母亲，连亲生女儿的生日都会记错。

乐芽不觉得她会记得自己小时候的事情，恐怕她以前都只是在回忆和陈明武一起的美好时光吧。

方媛瞪大眼睛："你怎么可以这么说妈妈呢？"

她仿佛一个弱柳扶风的女子。

乐芽只觉得堵心，她揪了揪陈漾的衬衣，小声道："我不想听了，你送我回去吧。"

乐芽乖巧的模样和之前的张牙舞爪截然相反。

陈漾心疼得不行，应声道："好。"

眼看他们要离开，方媛有些站不住了，伸手就要过来抓乐芽，却被陈漾给挥开。

他冷声道："因为您是长辈，所以我不想动手，您快走吧。"

方媛记得陈漾。

这个记忆里总是沉默地看着她和陈明武的小男孩，那时的他没有现在这么吓人。

方媛的脸白了白，最后眼睁睁地看着两个人离开。

陈漾握住乐芽的手，将她带离了疯疯癫癫的方媛身边，看着她进了门才放下心来。

他正要转身，乐芽叫住他："陈漾。"

陈漾有些疑惑："嗯？"

乐芽重新回到门口，腰上系的外套垂在下方遮住了大腿，黑色的外套和雪白的小腿形成鲜明的对比。

她一走动，小腿就若隐若现。

陈漾若无其事地上移视线，看向乐芽。

乐芽站在他面前，脸蛋红扑扑的。她招了招手，不满地道："你好高啊，你弯一下腰。"

陈漾："……"

行吧，他听话。

等他和自己差不多平视时，乐芽才伸手捧住他的脸，亲了一下他的嘴唇："晚安。"

她的声音又小又娇气。

在陈漾还没反应过来的时候，乐芽就顶着发红的小脸一路小跑了进去，衣服跟着一晃一晃的。

陈漾保持着弯腰的动作，半晌才直起身子。

他用手指的指腹在嘴唇上摩挲，刚刚那柔软的触感不是错觉，他还看到了乐芽颤动的睫毛。

怎么说呢？能得到乐芽的一个吻他就很满足了。

陈漾无声地笑了笑，转身走向自己的车。

他看到方媛站在不远处盯着，眼神又沉了沉。

回到家的乐芽并不知道陈漾因为这么简单的一个晚安吻就回味了半天，毕竟他们已经吻过不止一次。

直到进了家门，乐芽才把后背贴在门上。

她摸了摸自己的胸口，心跳得好快，仿佛快要蹦出来一样。

她刚刚真是冲动，但她又想让陈漾知道自己现在的想法。

她想告诉他，那件事她现在已经完全放下，她不会再受什么影响，方媛的存在已经干扰不到他们了。

手机突然在口袋里不停地振动。

乐芽深吸一口气打开，还以为是陈漾发来的消息，没想到却是谢轻语发来的："@乐芽，你上热搜了，宝贝。"

3

这个消息是刚刚发的。

乐芽刚恢复好心情，看到这个一时间有点蒙，回复道："我和热搜有什么关系？"

难道是被人扒出来她是陈漾的女朋友？

这么一想似乎还挺正常的，她和陈漾这几天天天都出去，再加上之前他说的话，被拍的话也很正常。

谢轻语："你自己去看会更清楚。"

她说的也是。

乐芽连鞋都没来得及换，就在玄关登录了微博。

她直接去了热搜榜。一溜烟看下去既没发现她的名字，也没发现陈漾的名字，更没发现和 MOON 有关的消息。

乐芽有点蒙，难道是自己错过了？

她干脆从第一条顺着往下点，几乎把这两天的新闻全给看完了，还补了一些没吃到的"瓜"。

一直看到第十五条，乐芽才终于发现了。

这条热搜的标题是"初恋脸"，她一开始还以为是什么其他八卦，没想到点进去后竟然看到了自己的脸。

营销号是个有百万粉丝的博主，发了一张粉丝投稿，是一张直播间的截图。

除了她以外，还可以很清楚地看到桌上的饭菜以及蒋美露出的半条胳膊。

乐芽想起那天她偷拍自己的事。

那天在饭桌上，她就注意到蒋美故意把镜头往自己这边偏了偏。她当时不知道有没有被拍到，只警告了一番就直接走了。

没想到还真被她拍到了。

蒋美直播间里的评论和微博评论类似，却也有不同的地方，微博的硝烟更重——

"这是哪家新人又要出道了吗？"

"妹子好可爱，就是低头吃饭也不看过来，最后看过来还是一脸生气的表情，好可爱。"

"是我初恋了。"

"想让她笑一下，这是不是被偷拍了啊，不然为什么看起来不太高兴的样子？"

"有人指路微博吗？"

指路当然是没有的。

乐芽自己的微博从来都不放自拍，唯一的一张照片还是陈漾去国外找她玩时拍的，还打了码，所以没人知道她是谁。

这么一想，乐芽也就放心了。她本来就不想当明星，所以没必要去蹭这个突然起来的热度。

并且她对蒋美也不是很喜欢。

乐芽在群里说：“她上次吃饭想拍我就被我制止了，没想到还是被她拍到了。”

谢轻语：“你那个同事今晚说会直播，我准备过去看看到底是个什么样的人。”

苏慧：“是不是那个催吐的？”

谢轻语一听居然有这么大的八卦，瞬间就起了兴致，缠着苏慧让她说说到底是怎么一回事。

苏慧干脆把自己上次在乐氏公司看到的全给说了出来，顺便还说了一下蒋美对乐芽的态度。

听完以后，谢轻语止不住地想笑，在群里说：“哈哈哈——她可能没想到你就这么火了？”

毕竟现在颜值高的女孩特别容易引人注意。

蒋美最初的目的无法得知，但她肯定没想到最终的结果是被营销号拿来利用了。

没等几秒，谢轻语又发消息过来：“你的同事开直播了，我要去看了。”

微博投稿的截图没有截掉直播间的名字和其他信息，一眼就能看到。

乐芽也下载了那个直播软件。

蒋美今天开直播的时候看到有好几千人在线时还有点蒙，以她的流量平时最多也就一两千人，还是在一个好的推荐位上。

今天怎么会有这么多人？

她以为是自己火了，眉开眼笑地将桌上堆满的菜推到镜头前一一介绍。

介绍完后，她顺便看了一眼直播间的弹幕。

这一看可就把她给气坏了。

几乎全是同一个问题——

“微博来的，主播你那个初恋脸的小姐姐今天没有出镜吗？有联系方式吗？”

蒋美压根就不知道问的是谁。

但弹幕一多，她也就拼凑出了一些信息，然后找了个借口去看了微博，找到了那个热搜。

她原本只是想让粉丝 diss（贬低）一下乐芽而已，怎么反而让乐芽这么大出风头？

偏偏直播时她还不能乱说。

蒋美迅速收拾好心情和表情，露出一个笑容说：“既然大家都这么关心，那我就解释一下。她是我的同事，刚进公司，那天不小心被拍到了。她不怎么喜欢被拍，可能是有什么原因吧。

“这么说起来，对了，她的男朋友也上过热搜呢。

“不讨论这个了……我在什么公司？这当然是秘密，这是不能说的隐私……不过我做什么的倒是可以说，是珠宝行业。”

谢轻语：“@乐芽，我怎么觉得她说那段话是故意的呢，提你男朋友干什么？”

虽然她男朋友的确上过热搜。

苏慧：“别搭理她，让她自己娱乐去吧。”

乐芽心里没什么感觉，蒋美之前还以为她是小三，她都懒得解释，为这样的人不开心不值得。

她转眼就将这件事抛到了脑后。

等乐芽洗完澡出来再去看微博的时候，热搜已经掉下去了，速度快得惊人。

热搜的事告一段落。

周三的时候，乐芽刚到公司就被张秋叫进了办公室。

张秋拿出几张纸说：“这个设计已经通过了，准备做下一季的主打，你觉得怎么样？”

乐芽惊讶地道：“这么快？”

张秋微微一笑，并没有说什么。

快的原因无非两个：一来乐芽是老板的女儿，不过也要看看有没有天赋；二来是这个设计的确很新颖。

现在公司设计部的人员最少都工作一两年了，风格逐渐统一，甚至还出现过设计风格相似的情况。而刚刚从国外回来的乐芽就不同了，她完全按照自己的设计来，更多的是依靠最原始的灵感，而不是机械化的设计。

时隔几天，乐芽再看自己的设计，又有不同的感觉。

她露出一个笑说：“可以，我看能不能设计出一套，我现在觉得套装挺好的。”

张秋眼睛一亮：“好。”

乐芽从办公室出来后，刚好碰见王可菲捧着咖啡杯站在门口。

她好奇地道：“张经理找你什么事啊？”

乐芽说：“下一季主打产品的事。”

王可菲点点头：“上个星期，就你没来的时候她还在发火，我们交上去的都被否了。”

她觉得自己画图都画傻了。

王可菲进公司半年时，精心构思的一套设计被当成那一季的主打，她还拿了奖金，只是后来就没机会了。

王可菲感慨了两声，和乐芽一起回了座位。

半小时后，张秋出来宣布了这一消息。她没说是谁设计的，但最近办公室里的几个人都在为了设计主题而绞尽脑汁。

没过多久大家就想到了乐芽身上。

张秋未免设计稿被泄露，并没有给他们看图，但这并不妨碍大家发散思维。

每个人的想法都不一样。

蒋美最尴尬，她大半个月都在为了这个设计准备。

因为以前都没有拔得头筹过，所以她这次绞尽脑汁设计好了一套关于“七夕节”的主题，谁知刚准备交过去，就突然得知下季的主题已定。

她直接将设计图锁在了抽屉里。

看乐芽一副云淡风轻的模样，她更觉得心里憋得慌。

中午吃饭的时候，蒋美没有和王可菲她们坐同一桌，而是自己一个人找了张桌子坐。

王可菲说：“不知道她是怎么了。”

黄雅说：“可能是心情不好。对了，乐芽，我前天在热搜上看见你了，就是在蒋美直播时拍到的。”

她们都还记得那天的事。

乐芽舀了一口汤，喝下后心满意足地眯了眯眼，然后才说：“热搜都过去了。”

王可菲被她的动作可爱到了。

怎么连喝汤都这么可爱，她都快要动心了，真想拿勺子一口一口地喂她喝。

乐芽不知道她有这么变态的想法。

王可菲在那次热搜之后搜了很多乐芽的消息，倒还真让她发现了不少东西，比如乐芽的高中学校。她在贴吧几乎逛了一夜，导致第二天顶着一对黑眼圈来上班，直到现在才恢复过来。

她也是第一次发现原来贴吧里的内容竟然这么好看。

她愣是挖出了好久以前的帖子，发现乐芽上高中时还是学校的风云人物。

一中以前关于陈漾的帖子都没删，王可菲仔细数了数，他和乐芽认识还挺久的。

她咽下一口饭，问：“乐芽，你和你的男朋友谈了很久吧，是不是快要结婚了？”

闻言，乐芽一顿，想了想：“结婚应该还早吧。”

毕竟年龄都不大，并且陈漾还处在事业上升期。虽然未婚妻是被他说出来了，但实际上他俩没订婚，估计还要一段时间。

王可菲说：“我还以为你们快了。”

乐芽浅浅一笑说：“我也不知道，万一他求婚了呢，可能就会早了吧。”

提起这个，她的耳朵都红了。

王可菲被乐芽萌得心都在颤抖。

少年的痞气是少女们最喜欢的，她看陈漾现在意气风发的样子可看不出来他以前是那种性格，竟然还被乐芽投喂营养奶粉？

真是有点搞笑。

王可菲成功地脑补了剧情，陈穷人为了迎娶“白富美”，努力致富，然后功成名就，这是多么励志的剧情啊！但他怎么到现在还没求婚呢，真是太没有眼力见了，也不怕这么个小可爱被别人偷偷拐跑吗？

王可菲这还是第一次为别人着急。

蒋美说别扒信息，网友可不会听。

几乎是在一夜之间，乐芽的信息就被人起底了。

倒也没什么其他有用的信息，只是她之前就读的学校被扒了出来，还包括学校以前发过的获奖照片。

本来还以为是哪家娱乐公司的新人，可现在网友们一看，呵，这还是个美人学霸。

最引人注目的大概是国外几个设计大奖的获奖视频截图，这几个奖在设计行业非常有名，微博上不乏设计专业的人去科普。

可能因为热搜被撤，只有一些关注的人还会去搜这些事，大多数人都是看过就忘了。

蒋美就属于不关注的一类人。

她今天中午照样直播，上次热搜虽然没给她带来多大的流量，却也让她吃到了甜头。毕竟一下子涌进来那么多人，她也拿到了一个推荐位。

所以这次蒋美做足了准备，她先将餐盘放好，再固定好手机——她选的这个角度刚好能拍到斜后方那桌——然后才开了直播。

果不其然，很快就有人注意到了斜后方的乐芽：“那个小姐姐是你的同事吗？”

蒋美说：“是。”

没过多久，观看人数便开始上涨。

看着弹幕的那些问题，蒋美一边吃，一边把今天发生的事情给说出去：“刚来就拿到了下季主打，所以还是很厉害的。”

她长叹一口气：“我就不行了。”

几秒后，蒋美心想：估计这么一说，弹幕里应该都是安慰她继续努力的，或者是说乐芽有后台的。

可她抬头一看，差点把筷子给咬断。要不是确定眼睛没花，她都快以为自己看的是假弹幕了——

“哇，日常崇拜，这么说很快就能看到小姐姐设计的珠宝上市了吗？”

“你们公司好有眼光啊，什么时候出来了能不能透露一下？我也要去买。”

“国外那么多奖都拿了，也不差这么一个。”

“是啊，真厉害。”

“主播不要伤心，这次你输是很正常的，等你以后输习惯了就好了。”

4

输习惯了就好了。

这句话让蒋美一晚上都没睡着，还做了个噩梦。每次在她出现的时候，乐芽都会举块“输”的牌子给她。

惊醒的时候天已经亮了，她先深吸一口气，洗漱过后就飞快地赶往公司，她决定还是要把自己的设计交上去。

坐地铁出站后，她就看到乐芽从一辆出租车上下来。

有那么一个有钱的男朋友还坐出租车？

蒋美下意识地冒出这么一个想法，跟在乐芽后面进了办公大楼，然后从另一部电梯上了楼。

她注意到乐芽背的包好像挺贵的。

女人对于名牌的嗅觉很敏锐，蒋美直接偷拍了一张去网上搜图。果不其然，她很快就找到了答案——是一款限量包。

蒋美的眼睛都红了，这个包得花上她一整年的工资才能买得起，可乐芽就这么随意地背着。

对于她的眼神，乐芽没什么感觉。她发现谢轻语之前说得挺对的，让蒋美自己一个人跳去，她只冷眼旁观就好。

真是说曹操，曹操就到。

谢轻语打来电话：“乐芽啊！”

听出她的语气有点不对，乐芽忙问：“怎么了？”

“我落了东西在房里，现在也不能回去，只能拜托你啦。”谢轻语说。

乐芽说：“我没钥匙啊。”

“密码的，不用钥匙。”

“我在上班呢，苏慧不在吗？”

谢轻语说：“苏慧正在外面和苏城约会，我也不好打扰他们，就只能拜托你啦！”

乐芽无奈地道：“好吧。”

她去跟张秋请了个假，直接拎上包就打算走。

临走的时候，她突然想到蒋美，就往那边看了一眼，果然发现蒋美正在看自己这边。

有什么好看的，乐芽真是不懂她的思维。

谢轻语住的地方是公寓，乐芽一路上去，进房后在谢轻语说的地方找到了落下的东西。

临走时，她的头磕在了茶几上。

乐芽“嘶”了一声，摸了摸额头，感觉有点疼，坐在原地待了一分钟才缓过神来。

她才刚站起来，视线就落在了茶几上的文件上。

文件上写着计划书，后面是MOON的公司商标，时间落款是今天下午。

这都中午了，怎么还放在这里？

乐芽嘀咕了一下，打电话给谢轻语：“你的教案我找到了。”

谢轻语激动地道：“爱你，快来吧！”

“对了，你们的桌上有一份计划书，是梁千的吗？”乐芽问，“我看到是MOON的。”

谢轻语一开始还没想起来，后来大叫道：“计划书？梁千不是带去公司了吗？他们今天要交的。”

乐芽说：“没有，在桌上。”

谢轻语说：“那我问问他。”

没一会儿，她再度打来电话：“是忘了带上，他待会儿准备回去拿。”

乐芽说：“我顺便带过去吧。”

反正她假也请了，正好去那边看看。

谢轻语说：“好。”

一中离谢轻语住的地方不是特别远，乐芽到的时候谢轻语刚好下了一节课，正在喝水。看到乐芽，她赶忙出来拿东西。

乐芽从一中离开的时候，里面的上课铃刚好响起。

她回国后还是第一次来这里，感觉和以前没什么变化，只是教学楼看着更旧了。

乐芽站在高三的教学楼下看了几分钟，然后才出了校门。

这次依旧是那个前台妹子。

乐芽走过去的时候，她正在记录着什么。

看到她，前台妹子忙说：“请问是找陈总吗？”

乐芽本来想让工作人员把文件送上去的，后来想想怕计划被盗，还是自己送上去好。

于是她点头道："嗯。"

按正常流程找陈漾都是要预约的，但她肯定不用。

前台直接说："那您直接上去就行了，陈总正在楼上。"

乐芽上次来过，知道该怎么走。

这次和之前不一样，可能是新游戏成功上线，办公室里的员工们都喜笑颜开的。游戏行业大多都是靠热情的，尤其是像MOON这样的创业公司，更是如此。

乐芽能看出这个公司朝气蓬勃，它才刚刚起步，下一步肯定会迈得更远。

而这一切，都是陈漾的功劳。

乐芽胡思乱想着从工作区经过，来到了陈漾的办公室。只是里面没有人，她轻轻一推门就开了。

她把文件放到桌上，还没转身就听见了开门的声音。

本以为会是陈漾，没想到却是他的秘书。

秘书是听了前台的话才上来的，连忙露出一个笑容："乐小姐。"

他虽然不负责陈总的私人生活，却也清楚陈总每天会有什么行程，毕竟有的还是他安排的。

每天去接女朋友上下班，还要约会，这大概是热恋期才会有的行为吧。

可明明陈总都已经恋爱六年了。

乐芽指了指桌面："我是来送文件的。"

秘书瞥了桌上一眼，说："梁总他们正在开会，我会把这份文件送过去的。"

乐芽浅笑道："麻烦了。"

秘书轻声道："会议估计还要过半小时才能结束，所以您可以在这里等一等。"

乐芽点头："好吧。"

秘书去倒了杯茶进来，然后将门轻轻关上。

陈漾的办公室里实在没什么好玩的，乐芽坐在里面才待了几分钟就无聊得紧，索性趴在桌上发呆。

这么一趴，她就睡着了。

陈漾推门进来的时候，就看到了桌上的脑袋。

乐芽就趴在他工作的地方睡着了，半边脸埋在自己的胳膊里，睫毛长长的，眼睛紧紧地闭着。

办公室里开着空调，冷气直冒。

陈漾盯了半晌才回过神来，他自己在办公室里还有一个小休息间，平时不用都快忘了。

他轻手轻脚地将乐芽拦腰抱起，走进了里面的休息间，将她放在柔软的床上。

乐芽皱了皱眉，缩成一团，陈漾坐在床边，抬手把她脸颊的碎发捋到脑后，她白皙的肌肤上甚至能看到细细的血管。

她嫣红的嘴唇微微合着，陈漾的手从她耳边挪到嘴唇上，指腹碰了碰。就在他准备收回来时，被乐芽含住了指尖。

他整个人一僵。

乐芽睡得熟，睡梦中的动作也是无意的。

什么叫自作自受，陈漾现在就是。

每次都被撩拨得不行，可偏偏撩的那个人一点感觉都没有，他觉得自己都快成苦行僧了，怎么现在越来越胆小了。

陈漾的手指轻轻地动了动，碰到她的牙齿又停下来，眼皮跟着一跳一跳的。

半晌，他才抽回自己的手。

休息间的帘子拉着，唯有一点点暗色的灯光。

陈漾俯身弯腰，轻轻地亲了她一下。

临起身时，他又停在了她的锁骨处，轻轻地咬了一下。

乐芽皱眉“嗯”了一声。

陈漾这才起身，心满意足地给她搭上薄被，再一身轻松地出了休息间。

秘书刚好进来，看到他这眉眼带笑的模样，心里嘀咕着是不是遇到什么喜事了。

当然，他肯定是不敢问的。

秘书说：“这是乐小姐之前送过来的文件，只是乐小姐现在不知道去哪儿了。”

陈漾“嗯”了一声。

未免秘书乱想，他又说：“她睡着了，没事。”

秘书习惯性地点头，下一秒就被这个信息震惊了。

他偷偷摸摸地看了一眼休息间的门，已经脑补了无数小剧场。

自己在这儿好像是个明晃晃的电灯泡？

乐芽在休息间睡得天昏地暗，等醒过来时发现自己在一个不认识的地方，还以为自己被绑架了。坐在床上缓了缓，她才意识到是在哪儿。

乐芽爬下床，对着一旁的镜子整理了一下衣服和头发，然后就愣住了。

她摸了摸锁骨的地方，有个红印子。

休息间的门被打开。

陈漾正在看文件，听到动静，手上的动作一顿，转过头问：“睡醒了？”

乐芽一言不发地坐到对面的沙发上，两只手放在膝盖上，一本正经的。

陈漾觉得不太对劲："怎么了？"

到底是娇小姐起床气犯了，还是换了一张床后认床，觉没睡够？

乐芽脸上的绯红又重新爬回脸上，她小声地问："陈漾，你是不是做了什么？"

陈漾："我做什么了？"

乐芽见他不承认，气得耳朵发热，质问道："你是不是咬我了？"

陈漾的视线下意识地转到她的锁骨处，衣服根本挡不住，有一处指甲盖大小的红印子，清晰可见。

陈漾一愣，他看了一眼手腕，手表显示时间已经是下午一点多，这都两个多小时过去了，红印居然还在。

她果真是个娇小姐。

乐芽看他不说话："你是不是无话可说了？"

良久，陈漾才挑了挑眉，开口道："我没咬你，那是吻痕，不是咬的。"

5

陈漾这话说得理直气壮。

乐芽被他堵得半天没话说，想骂人但话到嘴边就只有"变态"两个字了。

骂了还不如不骂。

见她害羞得不行，陈漾放下文件，低笑出声，然后承诺："我下次小心一点。"

乐芽瞪大眼睛："你还想有下次？"

陈漾拿手摸了摸下巴："下次是下次的事。"

以后她就是他的妻子了，到时候可以再另外谈判。

乐芽被他的强词夺理气笑，却又不知该如何反驳他，不过就算反驳了估计也没什么用。

她认识的陈漾就不是个讲道理的人。

乐芽想了半天才终于想到一件事，说："还有未婚妻的事，我可没答应。"

那次发布会上的事她都忘了和他算账，什么都没有就说是未婚妻，她还没同意呢。

陈漾垂眸看她，对视了足足十几秒才说："不答应也不行，反正你这辈子都是我的，就别想其他的了。"

乐芽咬牙："我爸还没同意呢。"

陈漾捏了捏她的鼻尖，声音软软的："要不我们现在就去你家，看看你爸会不会同意？"

乐芽冷哼了一声。

陈漾从座位上起来，在她的面前蹲下，和她平视，一字一字道："乐芽，我等了你这么多年，你要是敢离开我，你会后悔的。”

这话就像是什么恶魔的宣言，乐芽的睫毛颤抖了一下。

此时此刻的陈漾是可怕的，每一个字都想烙到她的身体里，让所有人知道，只有他才可以拥有她。

“怎么不说话了？”陈漾碰了碰她放在膝盖上的手，“嗯？”

乐芽小声说：“你别威胁我。”

陈漾笑了笑：“这不是威胁。”

他吻上去，一开始只是浅尝辄止，到后来就沉醉其中，仿佛要将她融入自己的骨血里。

一直到几分钟后，乐芽才被松开。她被陈漾吻得呼吸不过来，眉眼间都带着媚意，让人看了就心生欲望。

陈漾的目光沉了沉。

乐芽说：“你下次可不可以征求一下我的意见？”

他总是这样，总喜欢突然的亲亲，在她还没反应过来时。

话音刚落，她的肚子叫了一声。

她有点尴尬，脸一下就红了，拿起包就准备离开。

陈漾问：“你要去哪儿？”

乐芽说：“回去吃饭。”

陈漾拽住她，看着她微微散乱的头发，明显是被亲多了的模样，这么出去不是直接让人看到？

这可不行。

他说：“等等。”

乐芽以为他说的“等等”是等他一下下，结果没想到一等就等了十几分钟。

陈漾让秘书带了点零食过来。

乐芽吃的时候还有点不明白，她看陈漾都有时间投喂自己零食，却平白无故地不让她出去吃饭，完全不知道是为了什么。

陈漾只以为她还在生气，安抚着开口道：“想吃什么？”

乐芽说：“你们公司没吃的吗？”

陈漾瞥了她一眼：“你想去食堂吃？”

乐芽道：“就去那里吧。”

将近下午两点，餐厅里人不多。

MOON 的伙食比起乐氏的更好一点，纵然是下午，里面也飘着饭菜的香味。

陈漾带乐芽去了后厨，厨师刚好在准备下午茶和甜点，看到他们立刻露出笑容。

“吃这个吗？

“这个要不要？”

陈漾没让乐芽碰餐盘，而是伸手直接拿了两个，一边询问一边往里面加东西。

乐芽刚才的确很饿，可能是因为饿过头了，现在一点兴趣都没有，他问什么就要什么。

等坐到位子上时，她有些后悔了。

倔强的乐芽看到餐盘里的菜时，实在是下不去嘴，因为那些都是她平时讨厌吃的菜。她刚才没注意，看都没看就说是自己喜欢的，现在可好，轮到吃的时候要受罪了。

尤其是看到陈漾餐盘里有自己爱吃的东西时。

乐芽默默地咽了口口水，心里只想哭，反省自己刚刚为什么要走神。

她拿着筷子在菜里戳，半晌都没动，最后夹了角落里唯一吃的一样，总算好了点。

陈漾目光沉沉地看着她。

这么久才吃了几口而已，所有食物加起来都没有一巴掌多，连小鸟的胃都比她大。

陈漾问：“不想吃？”

“吃。”乐芽嘴硬，又吃了一口，连腮帮子嚼动的速度都变得非常慢。

其实菜的味道也还行，就是她不是特别喜欢。

陈漾抿紧嘴唇，直接夺过她手中的筷子。

乐芽还没反应过来，那个餐盘就被推到一旁，她一双眼睛看着他，明明白白地透着茫然。

她问：“你干吗？”

陈漾受不了了，抽出一旁的纸巾摊开在手心，放在她的嘴边：“吐出来。”

他直接起身，站在她身侧，右手放在她的后背上，另一只手依旧放在她嘴边，沉声道：“吐出来。”

乐芽感觉他在生气，没敢开口。

陈漾弯腰在她耳边哄道：“乖，吐了。”

这温柔的语气就好像在耳边念着情话一样，乐芽将嘴里的东西吐了出来，然后看着他扔到垃圾桶里。

他直接拉住她的手：“出去吃吧。”

乐芽低头看了一眼桌上的东西，问：“那这里的不是浪费了吗？我可以吃的。”

“不会浪费的。”陈漾说，“会喂给附近的流浪猫、流浪狗的。”

公司附近有不少流浪小动物，他经常看到一些女职员偷偷喂它们。

听他这么说，乐芽才算是放下心来，手被紧紧地握在他的掌心里，连心跳都能感觉到。

陈漾带乐芽去了她以前经常去的一家店，等菜都上来了她才发现他点的全是自己爱吃的。

乐芽这才知道其实他早就知道自己喜欢吃什么，之前就是故意看她乱点一通。

陈漾说：“非逼着自己吃。”

乐芽抿紧嘴唇道：“没有逼。”

陈漾抬头看她，说：“别以为我不知道，不喜欢吃没必要勉强自己。”

乐芽捧着茶杯：“我就是没仔细看。”

没仔细看的后果就是要自己承担，她还准备慢吞吞地吃完呢。

陈漾舔了舔后槽牙，被气笑，又舍不得对她生气：“行吧。”

谁让他亲得过分了，可他现在一看到她就想亲。

歇了大半天才吃到饭，乐芽是真饿了，比平常多吃了三分之一。

她摸了摸自己的肚子，感觉鼓鼓的，美食当前，心情也变好了。

陈漾觉得她还是挺好哄的。

吃完饭，乐芽又被陈漾带回了办公室。

快到公司的时候，她小声道：“你把外套给我。”

陈漾：“干什么？”

乐芽的耳朵发红：“你自己做的好事！”

陈漾半晌才懂她说的是什么，眯了眯眼，把外套脱给她，看着她欲盖弥彰地套在自己身上。

他无声地勾了勾嘴角。

乐芽从宽大的外套里露出的手揪着领口，袖口滑在皓白的手腕下，有种莫名的诱人。

一进办公室，他就忍不住了。

乐芽才脱下外套就被他圈住，她央求道：“别这样，陈漾。”

陈漾：“我想吻你了，行不行？”

他这次倒是记得征求意见了。

陈漾的手指在她的下巴处捏了捏，没用力，但总觉得下一刻就能将她捏死在手里。

乐芽忍不住推开他的手。

没等她说话，陈漾直接就亲了上去，将她压在沙发上。炙热的呼吸覆下来，乐芽被他紧紧地圈在怀里。

她的下巴被抬起，嘴唇被他狠狠地掠夺。

乐芽完全说不出话来，即使说出来也全是破碎的声音。

陈漾的手指松开她的下巴，往腰上动了动。

幸好她今天穿的是连衣裙，他退而求其次地选择了后颈，密密麻麻的吻落下来。

乐芽揪紧了他的领带。

身下是绵软的沙发，身上是坚硬的胸膛，她眼睛一睁开就能看到陈漾眼里的疯狂。

陈漾目光从她的锁骨上掠过，之前的红痕已经消退了下去，现在只有离得近才能看到一点点痕迹。

然后他就看到了她额头上的小包。

陈漾问："怎么肿了？"

他伸手轻轻地摸上去。

乐芽自己也伸手去摸，两个人的手刚好碰到一起，她的手眨眼间就被抓住："不小心磕到了。"

都过去几小时了，她都快忘了这件事，也不知道怎么就肿了。

陈漾没继续问，直接叫秘书带东西上来，三言两语就吩咐好了一切。

秘书还以为是什么活动太激烈了，所以才导致出了事，心惊胆战地找了好些药，甚至还有止血药。

等进了办公室以后他才发现一切都挺正常的，老板挺正常的，老板的未婚妻也挺正常的。

除了老板的领带歪了，衬衣也有点皱之外。

秘书一脸茫然，退出去关门的一瞬间，他看到一向不可一世的老板蹲在乐芽的脚边说："低头，我给你擦药。"

其实就肿了个小包而已。

乐芽不知道陈漾为什么会这么紧张，搞得就像是她破了相或是没救了一样。

但她再怎么反抗也没用，陈漾一向都很强势。

秘书还以为是自己眼花了。

一直到下了楼，秘书才反应过来，下意识地"啊"了一声，才明白自己看到的是多么可怕的画面。

他迅速在公司八卦群里发："老板他……"

才发了三个字出去，平时没人冒泡的群瞬间就活跃了起来。

"老板他今天又被偷拍了吗？这可不行。"

"你今天又被老板帅到了？"

"老板他发火了吗？你就受着嘛，骂骂也就习惯了，谁让我们做得不好呢。"

"我也想被老板骂，要不我们俩换个岗位，你愿不愿意呀亲爱的秘书先生？"

秘书："……"

你们这群精神病人。

他决定等一会儿再发。

其实跟了陈漾这么些年，长得好看又有资本的老板谁不想攀，秘书还真没见有哪个女人近过他的身。

真想不到他也会有现在这样宠溺的一面。

一直到群里沉寂下去，秘书才小心机地往群里发："老板他刚刚亲自给未婚妻上药，对了，老板的领带歪了。"

"为什么歪了？"

"上哪里的药？"

"陈总竟然这么禽兽！"

6

并不知道自己被当成禽兽的陈漾安安分分地在乐芽的额头上贴了个创可贴。

只不过这是个很普通的创可贴，不像上高中时，乐芽给他贴的那种卡通"少女心"的创可贴。

创可贴贴在额头上还有点傻里傻气的。

乐芽摸了摸额头，有点想笑："其实真没什么事，你别把我当成瓷娃娃了。"

不过是磕了一下而已。

陈漾不和她掰扯这个，坐在她旁边问："待会儿是回去上班，还是去哪里？"

乐芽说："我请假啦！"

陈漾勾起嘴角一笑："那你就在这里玩，傍晚带你出去吃饭。"

乐芽乖乖地点了头。

陈漾有台平板电脑放在这里，里面包含了公司研发的手游，他宠溺道："都可以玩。"

乐芽一个个戳进去玩了一会儿，有益智游戏，还有单纯的闯关游戏，剩下的就是联网竞技了。

这么一待就待到了傍晚，夕阳的余晖从落地窗洒进来。

乐芽抱着平板电脑又看了一部爱情电影，她一边在沙发上看得"少女心"爆棚，一边还和谢轻语聊天。

谢轻语这两天都在发愁。

她发了一段话过来询问："同事准备结婚，你说我包多大的红包比较好？"

乐芽回道："不熟的话意思一下就可以了。"

谢轻语："你不知道，就我们这年纪，这个学期有八个老师结婚、生孩子，都邀请了我。"

谢轻语："可我和他们压根就不熟啊！"

谢轻语不缺这点红包钱，她只是不想当冤大头，平白无故给别人钱花。

乐芽："那就不去好了。"

说起来都没几个人邀请过她，也不知道是不是曾经的同学都还是单身，或是谈恋爱没到结婚的地步。

保不准她是第一个也不一定。

想到这里，乐芽偷偷瞄了一眼陈漾，觉得自己想太多了，毕竟面前的这位都没这个想法。

她幽幽地叹了口气。

想了半天，乐芽干脆去逛商城，蒋美上午看的网站让她突然来了兴致。

她在网站上搜了一下自己常买的几个品牌，购买了几个包包。

以前她都是在实体店买，这还是第一次在网上买包包。

果然购物使人快乐，乐芽的心情快速变好。

不知过了多久，秘书突然敲了敲门，从外面走进来："陈总，文导演来了，正在会议室。"

陈漾头也没抬："嗯。"

文导演是新锐导演，这次是为了新电影的题材来的。他的这部电影是游戏题材，所以准备让 MOON 投资。

大概一分钟过后，陈漾才处理好手头的事情，然后说："你在这里待着？"

乐芽点头道："好啊。"

陈漾想了想："你还是和我一起去吧。"

秘书工作几年了，自然明白他的意思，赶忙说："对对对，乐小姐，我还有事情要做！"

他干脆利落地把文件放在桌上，脚底抹油直接跑了。

乐芽伸了伸手，又收回来："他就这么走了，你待会儿可怎么办啊？没秘书还是不行吧？"

陈漾看着她："不是还有你吗？"

乐芽说："我没做过这些。"

别提秘书的工作了，就是会议记录她都很少做。她的工作一向就是画图，其他的都是别人帮她做。

陈漾说："过去看看就行了。"

乐芽只好跟在他的身后进去，好在这次只来了文导演一个人，也不算是正式讨论，她不用记录什么。

她还是第一次看到工作时的陈漾，如同一个帝王，将一切尽收眼底。

乐芽情不自禁地看着他。

讨论到一半时，秘书突然进来在他耳边说了什么，陈漾的面色有点凝重，说："文导演，今天就到这里结束吧。"

文导演愣怔道："哦，好。"

会面时间太紧迫了，他先前打好的腹稿完全没用上。

乐芽跟着陈漾出去了。

文导演在后面叫住她："请等一下。"

乐芽下意识地停下来："怎么了？"

文导演在娱乐圈见过不少女人，从来没见过乐芽这种气质这么好、清纯动人又带一股小风情的，她完全可以当女主角了。

他认真地想了一下，就准备邀请她："不知道你有没有意向往娱乐圈发展？"

乐芽一愣，说："没有。"

文导演有点失望，但还是竭力劝道："做明星赚的钱比当秘书要多很多，你难道不想赚钱吗？"

乐芽说："不想。"

文导演："……"

这个世界上居然还有不想赚钱的人。

他还没来得及准备下一轮的邀请，之前大步走在前面的陈漾就转过身来："文导演想挖人？"

文导演感觉后背一凉。

他咬着牙道："没有，陈总误会了。"

回到办公室后，乐芽忍不住笑出声来。

陈漾说："你想当明星吗？"

乐芽摇头道："不想。"

陈漾这才心满意足。

反正他是不想让乐芽去当明星的，在聚光灯下，所有人都会看到她。

她应该被自己给藏起来。

半小时后。

看陈漾正聚精会神地工作，乐芽也不准备打扰他，轻手轻脚地推门出去。

不远处，秘书正在和文导演说话。

看到她，文导演又开始孜孜不倦地挖人了。

他苦口婆心地劝道："真的，你的形象很适合大荧幕，如果你愿意，我最新的电影可以邀请你当女主角。"

乐芽惊讶地道："谢谢，不用了。"

"在这里待久了最后受伤的会是你。"文导演换了个方向，"一旦自己有钱了，想干什么都可以。"

乐芽眨了眨眼："我是很有钱啊！"

文导演没好气地道："你难道有 MOON 有钱吗？"

乐芽认真地想了想："没有。"

"这不就对了。"文导演露出一个笑，"虽然进娱乐圈也未必能比 MOON 有钱，但能让你只比它差一点点。"

秘书在一旁听得目瞪口呆，这个导演是不是想挖人想疯了，什么话都敢说。

乐芽觉得他的思维很跳跃，开玩笑说："陈总有钱我就有钱。"

文导演："秘书小姐你……"

乐芽礼貌地道："我姓乐。"

文导演尴尬地笑了，这个秘书是不是太会吹牛了："乐秘书，虽然陈总还没结婚，但是……"

你一个秘书难道还能上位不成？

身后突然传来开门声，随后响起陈漾阴沉沉的声音："你们在说什么？"

乐芽被吓了一跳，再联想到自己刚才说的话，还有陈漾之前公开的信息，她干脆就说："在说你是我的男朋友。"

陈漾挑了挑眉，目光落在她的眼睛上，否认道："不是男朋友，是未婚夫。"

乐芽瞪他一眼。

一旁被无视的文导演迷迷糊糊地开口："等等，陈总刚才说的是什么？"

秘书好心提醒道："未婚夫。"

乐芽被带回办公室后，陈漾低下头在她的脸颊边蹭来蹭去，沉声道："我才离开一会儿，你就被人盯上了。"

一门之隔的外面，脚步声渐行渐远。

乐芽软声道："他就是想让我当明星而已，我已经拒绝了，你别一天到晚瞎脑补。"

陈漾："……"

他的手指在她的嘴唇上摩擦，她嘴唇有点痒："你刚刚和他在说什么，再说一遍。"

乐芽没好气地道："不是都说过了吗？"

陈漾：“我想再听一遍。”

乐芽觉得他什么都喜欢让她再说一遍，自己就跟复读机似的，说了一遍又一遍，他也不嫌烦。

男人就在她的面前，漆黑的双眼就这样一眨不眨地盯着她看。

乐芽想起今天在电影里看到的情节，忽然来了兴致，伸手抱住陈漾的腰，贴在他的身上。

陈漾下意识地绷紧身体。

乐芽踮着脚凑到他耳边，嘴唇碰到他的耳朵，声音软软地说：“我说你是我的男朋友。”

陈漾还没反应过来。

才几秒，乐芽的脚踮累了，身子靠在他身上，自顾自地改变了说法：“不对，是未婚夫。”

7

亲口承认和对方认为完全是两回事。

乐芽其实还没想过结婚的事情，但不可否认，上次谢轻语提到这件事时她突然有点想结婚了。

父辈的婚姻问题好像并没有影响到她。

她从来没想过陈漾会像她母亲那样对她，她依旧对结婚有着无限憧憬。甚至在说出“未婚夫”这三个字时，她心里有种非常奇妙的感觉。

是那种……陈漾属于她的感觉。

乐芽发现自己还挺想结婚的，但陈漾都没求婚，要她自己开口，这也太……太难为情了。

她纠结了几秒，有点害羞，站稳后便将手从他的腰间收回来，小声说：“我刚说的你都没听见。”

没听见？

陈漾的目光一沉，乐芽的手还没收回去，他就直接将她搂入怀中，头发上的清香飘到鼻尖。

“男朋友”这三个字说出来的时候他就已经很开心了，最后“未婚夫”三个字更是让他感到无比喜悦。

乐芽红着脸，热到像要爆炸，埋在他的胸膛轻声说：“你都听到了还不放开……”

一句话还没说完，陈漾就揉了揉她的耳垂。

“不放。”

乐芽从他怀里出来，仰着头看他，一不小心撞上他的下巴，额头又磕了一下，不过一点也不疼。

陈漾反倒是抬了抬下巴，“哼”了一声，含混不清地道：“你撞坏了我的下巴。”

乐芽听他说话不清不楚的，还真以为他撞疼了，忧心忡忡地伸手过去碰了碰。

她问：“要不要去医院看看？”

她又轻轻地揉了揉，然后就看见陈漾的喉结滚动了一下。

她鬼使神差地摸上去，感觉硬硬的，是一种奇怪的触觉。

她感觉自己这个动作好像不太好，又赶紧放下来，打算从他旁边走开。

陈漾将要从他胳膊下走开的乐芽给拽回来，乐芽一时不察，摔进他的怀里。

他快速地道：“没人告诉你不能碰这里吗？”

话音刚落，他就将乐芽的下巴轻轻捏起，然后吻了上去，只是这次是轻柔的吻。

和之前的强势不同，如春风拂面，缠绵缱绻。

乐芽一开始还没反应过来，睁着一双大眼，而后才伸手揪住他腰间的衣服，再闭上眼。

良久，陈漾的吻转移到嘴角。

门外突然响起敲门声，秘书的声音随后响起：“老板，文导演已经离开了。”

陈漾“嗯”了一声。

秘书等了半天也没见他开门，在心里嘀咕了两声，也不知道里面发生了什么。

乐芽催促道：“说不定他有什么急事。”

陈漾碰了碰她的嘴唇，然后才打开门。

看到门打开了一条缝，秘书十分激动，正要凑近了看，就发现被陈漾挡住了。

陈漾面无表情地道：“还有什么事吗？”

秘书默默地咽口水：“没什么事了。”

趁着老板还没生气，他赶紧脚底抹油准备跑路：“我这就去办公室看看。”

乐芽听到动静，伸头出去看，只看到秘书进入电梯里的背影。

陈漾把她带进来，然后关上门。

乐芽想起上次在车里戳他的腹肌，其实手感还挺好。

她经常在微博上看到一些相关的照片，那些都是健身达人。

也不知道陈漾是怎么保养的。

她偷偷摸摸地伸手捏了一下，然后又眯了眯眼，做贼似的把手收回来，没想到被手的主人发现了。

陈漾捏住她的手，低声在她的头顶说：“动来动去的，你是不是忘了这是在哪里？”

这里面可是有张床的。

乐芽顺着他的话，脑海里突然冒出这么一句，脸“噌”的一下就红了，没好气地甩开他的手。

她义正词严地道：“你的工作处理完了吗？”

见陈漾不说话，她又认真地道："下次我不来找你了，不然会耽误你工作。"

陈漾此时已经坐回自己的位子上了。

闻言，他瞥了一眼说："你知道为什么很多老总即使有美人相伴也能认真工作吗？"

乐芽问："为什么？"

陈漾说："因为该做的都做了。"

乐芽一下子反应过来，送给他一声冷哼。

陈漾将电脑关上："下班了。"

乐芽狐疑地看过去："真的下班了？"

陈漾笑了笑："真的。"

两个人出去的时候，乐芽看到有些人正在收拾自己的东西，然后三三两两地出去。

他们看到这俩人，纷纷投来目光。

乐芽虽然之前已经来过一次，但这次被所有人看到她站在陈漾身边，还是有点不适应。

陈漾则直接牵着她的手出了公司。

从国外回来后，乐芽就住回了家里。

因为慈善晚会近在眼前，乐易健给乐芽准备了一件礼服。

乐芽早上起床的时候，张姨正好把盒子拿进来。

张姨说："说是品牌方直接送过来的。"

乐易健的眼光十年如一日，今天的礼服也是清纯的风格，只是比乐芽平时的小礼服要精美一点。

乐芽试了试。

张姨在一旁夸道："小姐穿什么都好看。"

"谢谢。"乐芽微微一笑。

因为是周五，下午还要上班。

一下午大家都在讨论这个晚会的事情，毕竟上次蒋美已经透露了这次去的人是乐芽。

乐芽下午坐在座位上的时候，就已经有好几个女生过来打听她晚上穿什么，她都不知道该怎么回，就只是一个慈善晚会而已，不知道她们为什么这么上心。

乐芽最后统一回复："当然是穿礼服了。"

有人想往深里问也问不出什么，毕竟礼服还真的是挺多款式的。

王可菲也被别人打听了，不过她哪里知道乐芽会穿什么，只知道乐芽穿的肯定是高定。

休息时，乐芽去茶水间接水。

“今晚慈善晚会有直播，我还真想看看她到底会穿什么呢，好好奇。”一个不熟的女声说。

“这个直播是在网上，都是没加滤镜的吧，乐芽这么好看，肯定很上镜。”

乐芽没想到她们居然在夸自己。

“她是真的好看，老板带出去也养眼，我怀疑肯定也有这个原因在，不然你看怎么每次就只带张经理。”

蒋美的声音突兀地响起：“应该是有关系吧，不过从今晚的直播就可以看出来了。”

她真想看看乐芽到底是小情人还是什么人。

听到这里，乐芽端着空杯子走进去，从蒋美的面前经过，接了大半杯水。

临走的时候，她又停了下来。

蒋美的心提了起来。

但乐芽只是淡淡地道：“是有关系啊。”

这个公司都是她家的，关系可深了。

她离开后，蒋美半晌才回过神来，旁边的女生轻声说：“被听到了……”

蒋美说：“她不是亲口承认了吗？”

“有关系很正常啊，现在哪个公司没几个有关系的人，反正乐芽不去也轮不到我。”

“其实我也是这么想的。”

两个女生细细碎碎地说着话从茶水间离开，留下蒋美一个人待在里面。

下午三点时，乐芽接了个电话。

是一个不认识的女人打过来的，她说：“乐小姐，您好，我是负责您今晚晚会造型的造型师……”

对方说了很多，大意就是乐芽今天参加晚会的造型就由她的工作室负责，一切都已经安排好了。

乐芽听过他们工作室的名字，在全国也是数一数二的，大牌明星都须要预约，更多时候还预约不到。

她犹豫地道：“我似乎没请你们。”

女人温柔地一笑，给出答案：“是陈先生。”

怕乐芽不知道是哪个陈先生，她急忙又补充道：“就是乐小姐您的未婚夫。”

乐芽：“……”

陈漾真是时刻记得宣传他是她的未婚夫的这个事实，她觉得他有点可爱。

乐芽和张秋说了一声便直接离开了公司。

她以前也做过造型，如果她十八岁生日那次不是在国外，乐易健肯定会为她准备一个隆重盛大的成人礼。

说起来还真是有点遗憾呢。

不过那次的生日也让她很难忘，乐芽觉得自己很幸运，能遇到那么好的朋友，还有陈漾。

到达目的地以后，乐芽先是换衣服。

造型师说："应陈先生的要求，我们为您准备了一件新的礼服。"

乐芽顺着她的视线看过去，发现是一件黑色礼服。

在众多宴会中，黑色礼服一直是经典百搭款，永远不会过时。即使在平时的生活中，小黑裙也一直流行。

乐芽很少穿长裙，可这件礼服却是长的。

她往四周看了一眼，发现还有不少其他的礼服，都是低调奢华的类型。

造型师适时地说："这些都是陈先生选的。"

乐芽张了张嘴。

都说什么"直男"审美，幸好陈漾没给她选个死亡芭比粉，不然到时候她可就纠结了。

晚上八点，晚会准时开始。

入场前有一些采访，乐氏作为本土企业，乐易健自然是在被采访之列。

如果是一般的女伴，那肯定是不会站在一旁的。

但乐芽不同，她陪着乐易健站在一起。

去的时候，媒体记者正在采访一位知名企业家，然后镜头逐渐转到了另一边。

因为这不是正式采访，问的问题也都是和公司或是今晚晚会相关的。

乐易健知无不言，旁边的乐芽则安静地听着。

记者采访过几年的晚会，知道乐易健每年都是带公司的经理过去，大家也都认识了。

就这几分钟时间，他无数次瞥向乐芽。

等最后一个问题结束，记者终于忍不住问："听说乐先生的女儿之前在国外留学，现在是已经回来了吗？"

"是啊。"乐易健"呵呵"一笑，拍了拍乐芽的手，"怎么，我们俩看着不像父女吗？"

记者当然说像了。

他按捺不住好奇心，随后又问道："乐小姐这么漂亮，不知道有没有男朋友？"

乐易健心里不爽，哪有人当着父亲的面问女儿恋爱情况的，这个记者怎么一点眼力见都没有。

最重要的是，他可不想这么早就把女儿给嫁出去。

不过乐易健嘴上还是说：“有。”

乐芽眨眨眼，悄悄在一旁补充道：“是未婚夫。”

第十二章

我的小月牙

1

虽然乐芽不是采访的重点，但记者还是把这个消息给重点记录了下来，然后才离开。

毕竟要是未婚夫的话，那肯定是青年才俊，不管怎样，今天的头条新闻可有素材了，记者表示很满意。

房间里还有其他人在，待记者离开后，乐易健才压低声音说：“什么未婚夫？”

他怎么从来都没听过？

陈漾什么时候和乐芽订婚了他都不知道？

乐易健突然感受到电视剧里那种“儿女都已经私订终身了，父母还被蒙在鼓里”的郁闷。

乐芽轻声说：“反正以后都会是的。”

乐易健：“那也是以后。”

他越想越觉得不得劲，要怪肯定是怪不到女儿身上，他心里琢磨着肯定是陈漾教唆的。

既然陈漾都这么想了，那名分得赶紧定下来才行，他可不想听到什么闲言碎语。

乐芽没敢再刺激他，便顺着他的话，乖巧地点头：“嗯嗯。”

晚会快要开始了，乐易健也没在这儿多留，和乐芽一起从红毯上走过去，来到了正厅。

每个人都是有座位的，乐芽坐下来后看了看四周，陈漾就在她隔壁的隔壁那一桌，身边坐的是梁千和赵明日。

见他盯着自己看，乐芽露出一个笑容。

耳边传来一声咳嗽。

乐芽赶紧转过头来，心虚地对着乐易健笑了笑。

没过多久，所有人都到齐了，晚会也正好开始，漂亮的女主持人上台说话。

无非是一些官方套话，慈善晚会没什么别的目的，就是为了筹款捐钱。

一场小型的拍卖会，有名家泼墨挥毫的书法字画，也有奢侈品牌的珠宝首饰，台下的人只要不是没钱，就都会意思一下。

乐易健也拍了一幅字。

最后一件拍卖品是一套首饰，乐芽刚看到就感觉眼前一亮，对乐易健说："这个好看。"

乐易健说："是啊。"

从事珠宝行业的人几乎都知道这一套首饰，很有名，喜欢收藏的人绝对不会错过。

几年前曾被国外的收藏家买走，不知什么时候又流回了国内。

乐易健问："你想要吗？"

乐芽摇摇头。

乐易健见她没想要的意思，只随意地举了两下牌，然后就没再出价了。

乐芽手托下巴看着价格一路升高，不少富豪老板在出价，旁边的女伴个个眼睛发亮。

其实这一类拍品卖的并不是首饰本身，而是它们背后的历史与故事，一旦广为流传，就会有高价，古往今来都是如此。

价格抬到一千两百万的时候，几乎快要定锤了。

乐芽看了一眼出价的人，是一个瘦高个儿，正和旁边的女伴说着话，表情轻浮。

正在这时，台上的主持人惊喜地叫道："两千万！三号桌的陈先生出价两千万！还有没有……"

所有人的视线又都转移到三号桌的人身上。

乐芽一脸茫然地跟着看过去，发现那边坐着的几个人里只有陈漾姓陈。

刚好陈漾也在看这边，两个人对视上。他勾了勾嘴角，乐芽抿了抿嘴唇。

乐易健在一旁说："那小子可真有钱。"

乐芽听着好玩，好心提醒道："爸爸，你也有钱。"

乐易健语气酸酸地道："你心里真的是这么想的吗？你们的想法肯定都是他好帅、他真棒……"

乐芽没想到他竟然会有这种想法，差点笑出声来，眼也不眨，强忍住笑道："是啊。"

乐易健："……"

这套首饰最终到了陈漾的手上，谁也不像他这样，一下子就把价格抬高了八百万。

不少人都在心里想，做游戏可真赚钱。

拍卖会结束后就是晚宴。

乐易健和熟悉的合作伙伴去聊天了，乐芽干脆自己一个人逛，在长桌边看看有没有什么好吃的。

桌上的东西大多都是甜品、水果，更多的是香槟与葡萄酒。

边上有一杯颜色很好看的酒，乐芽的目光落在上面，十分好奇这是什么酒。

她正盯着看的时候，耳边有个柔和的女声提醒道："这个不知道是谁放的，最好别喝。"

她侧过头去看，对方虽然长得有点妖艳，眼神却很正经，笑起来的时候甚至还有点可爱。

乐芽问：“为什么不能喝？”

“因为里面可能有东西。”林千露回答道，“谁也不敢保证它是干净的。”

她见过太多这样的把戏，甚至自己都差点中过招，所以每次来这种晚会都会留个心眼。

她本来不想出声的，但看乐芽一直盯着，就忍不住提醒了一句。

乐芽说：“谢谢。”

虽然那杯酒不见得一定有问题，但善意的提醒总是好的。

两个人就在长桌边聊起天来。

乐芽不喜欢喝酒，也不知道该喝什么，最后只要了一杯白开水，抿了几口。

她才刚放下杯子，就看见了陈漾的身影。

似乎是发生了什么，他直奔休息室而去，脸色阴沉，梁千跟在他后面说着什么。

乐芽想了想，准备跟过去。毕竟她在宴会上也不认识什么人，没什么可以说话的地方，更何况，她还想问问他有没有听见自己接受采访时说的话。

乐芽的耳朵红了。

林千露见她看着不远处的背影，小声说：“你不会是看中了那个男人吧？那你没机会了。”

她以为乐芽也是个小明星、小网红。

乐芽转过头看她：“为什么呀？”

“我有几个姐妹和你想的一样，但都没办法近他的身。”林千露小声透露，“而且前段时间他已经公开说自己有未婚妻了，所以你没机会了。”

虽然圈里不乏还想凑上去的人。

乐芽若有所思地点点头。

陈漾受欢迎是正常的，和在场的其他男人相比，他长得格外好看，现在又坐拥一家游戏公司，潜力无穷。

乐芽眨了眨眼：“我知道了。”

林千露以为她被说得退缩了，却没想到下一秒就看到她走向那边的休息室。

休息室是只有特定的人才可以进去。

林千露忙跟上去，劝阻道：“你别胡来，万一被打了怎么办？”

乐芽诧异地道：“他还打人啊？”

林千露说：“我瞎说的，但万一呢？”

乐芽有点哭笑不得。

林千露又继续补充道：“你看他长得特别凶，指不定就会骂你什么的，他们这种人都看不起我们这样的人。”

乐芽想了想陈漾的脸，好像不笑的时候是有点凶。

乐芽拍了拍林千露的手：“没事的。”

她敲了敲门。

见里面没动静，她又出声：“陈漾？陈总？”

门忽然被打开，乐芽还没做好准备就被拉了进去。

她回头的时候看到林千露惊恐的眼神。

休息室里有淡淡的香水味。

陈漾仅穿一件白衬衫，上方的两粒扣子还没有扣上，露出精瘦的锁骨和胸膛。

他问：“你怎么过来了？”

乐芽赶紧移开视线说：“我刚刚看到你进来，就想过来看看，你的衣服怎么了？”

陈漾说：“不小心沾上酒了。”

事实上是一个女人借着酒劲，想要靠近他。他一眼就看出这种拙劣的把戏，直接让梁千重新送了衣服过来。

乐芽坐在沙发上，碰了碰西装，果然闻到了一股酒味，就在前面，湿了一小片。

“你也不小心点。”

陈漾没解释什么。

他眼中的乐芽很美，这件礼服是他亲手挑选的，陈漾半眯着眼：“你真美。”

乐芽的耳朵动了动：“谢谢夸奖。”

陈漾低声笑了一下。

可能乐芽自己都不知道，她红着耳朵，眸中水意盎然，像一颗鲜艳欲滴的水蜜桃，最为诱人。

乐芽坐在他对面，突然想起什么，说：“我刚进来的时候，别人说你很凶，会骂我，还会打我。”

陈漾：“……”

他不懂这是从哪儿得出的结论。

陈漾说：“我不家暴。”

乐芽一愣，立刻反驳道：“家暴？你想得美。”

陈漾挑了挑眉，没再说什么，他慢条斯理地将扣子扣上，他修长的手指透出一丝性感。

乐芽看着看着就移不开眼了。

“乐芽。”

冷不丁听到他喊了一声，乐芽忙回神。

陈漾的手上搭着一条领带，垂眸看着她，低声道："可不可以帮我系领带？"

乐芽道："我不会……不会……"

陈漾说："没事。"

乐芽纠结了一会儿，然后才慢吞吞地走过去，还不忘打补丁："我要是没系好你可不能怪我。"

她从来没学过这个，以前不知道在哪里看过步骤，后来时间一长也就忘了，现在完全想不起来。

陈漾站在屋子中央，微微勾起嘴角。

乐芽伸手从他的掌心接过领带，质地丝滑，摸起来很舒服，上次她拽的不是这条。

她胡思乱想着，差点把领带给攥皱了。

陈漾低头提醒道："你离得那么远？"

看到他眼里的戏谑，乐芽"哼"了一声，又往前多走了一步，站在他的面前。

两个人的身高差距更明显了。

乐芽一直知道陈漾比自己高很多，平时也没怎么注意，但这种时候就必须微微仰着头才行了。

陈漾一敛眉，就看到她被灯光照到的眼睛，璀璨夺目，仿佛里面盛满璀璨星河，真美。

优雅的脖颈就在他眼前，仿佛伸手一折就会断，睫毛在轻轻地颤动，可爱极了。

陈漾看她举起手有点累，于是半弯下腰。

乐芽这才感觉舒服了一点，将领带从他的脖子后面绕过去，整个人也跟着贴近许多。

她甚至能感觉到陈漾的呼吸就在自己耳边。

乐芽本就不太会系领带，这么一刺激就更不会了，只能凭着猜想一点点地绕着系。

系领带，这可比她们女生在衣服上系蝴蝶结要麻烦多了。

乐芽在心里嘀咕，早知道有这么一天，她在家就拿乐易健的领带试手好了，也不至于现在这么丢脸。

她磕磕绊绊地系好，看着不忍直视的领带，然后心虚地收回手："好了……"

一种没完成的羞耻感瞬间漫上脸颊。

陈漾的目光从她的脸上移开，落到胸前的领带上，有一瞬间的愣神，而后就笑了。

乐芽本来就心虚，觉得他的这个笑是在嘲讽自己。

她生气地说："不准笑。"

陈漾恢复淡定的表情："好，不笑。"

乐芽感觉羞愤，干脆转过身就走。

"这么系了就准备跑路了？"陈漾拉住她说，"就不说点什么了？"

乐芽："是你让我系的。"
早就说了不会，她睁着漂亮的大眼睛，里面还隐隐透出对他的行为不满的控诉。
陈漾没说话。
乐芽以为他生气了，想了想，眼巴巴地看着他："我不是故意的，你自己重新系吧。"
其实这样看真的挺丑的。
陈漾垂眸圈住她的手，低沉的声音在不大不小的休息室内响起："我教你。"
乐芽蒙了一下："还是不要了吧……"
看到陈漾危险的眼神，她赶紧改变了主意，柔声道："好吧，你教我，我学。"
陈漾把皱巴巴的领带给解开。
他的动作迅速，乐芽根本就没看清楚，却又不好意思让他再重复一遍，只能硬着头皮上。
陈漾的眼里带着笑意，看她一脸纠结的表情觉得特别有趣，心软成一片。
他抓住乐芽的手，一步一步带着她从第一步学到最后，乐芽的手被他的掌心覆盖。
每次触碰，她的心都会跟着一紧。
这一次很完美。
看着成品，乐芽终于松了口气。
陈漾看到她骄傲的小眼神，忽然低头亲了亲她。
乐芽看到眼前有阴影落下来，等她反应过来时，陈漾已经站直了。
乐芽退后一步，舔了舔嘴唇，不经意间看到陈漾瞬间变得幽深的眼神，心猛地一跳。
她赶紧说："我要走啦。"
说完，她也没等陈漾开口，直接小跑到门边，打开门就出去了。
独留陈漾一个人在休息间无声地笑。

梁千新拿着一件衣服过来，敲了敲门后进去。
看到里面坐着的陈漾时，他说："那个女人已经被主办方打发走了。"
陈漾"嗯"了一声。
他抬起头接衣服的时候，梁千看到了他的脸，愣怔了一下，然后心里"咯噔"一声。
这是怎么弄的？
梁千心里隐隐有一种不好的猜想。
看梁千的表情怪异，陈漾一边整理衣服一边问："有什么话就说。"
梁千终于忍不住指了指他的嘴唇，咽了口口水："你嘴上有口红印……"
陈漾抽出纸巾，将口红印抹去，心想：大概是之前亲乐芽时蹭到的。
梁千看他神色不变，越发觉得忐忑，出声责怪道："漾哥，不是我说，你这样对得起乐芽吗？”

陈漾扭过头来看他；“你说什么？”

2

陈漾的语气有点奇怪。

梁千和他认识这么久，一听就知道不对劲。虽然他没有生气的意思，但就是危险。

梁千觉得自己可能要被“灭口”了。

陈漾手上还捏着那张纸巾，珊瑚红的口红印落在上面，被洁白的背景衬得更清晰。

他想起刚刚乐芽的嘴唇。

梁千偷偷瞄了他一眼。

那句话说完之后他又觉得不太可能，毕竟乐芽也在这个晚会上，怎么眨眼间陈漾就偷吃？

这不符合他的性格啊！

梁千回过味来，后退一步，傻笑了两声说：“我的意思是……乐芽的口红被你蹭没了，被人看出来可怎么办？”

陈漾冷笑了一声。

梁千只是过来送衣服的，现在又闹了这么个乌龙，不敢再停留，赶紧转移话题道：“刚刚那个女人的身份我已经查清楚了，是个小明星，没什么名气。”

陈漾漫不经心地“嗯”了一声。

他将纸巾四四方方地叠好，随手放进口袋里，把梁千都给看蒙了。

梁千也不敢过多地评价：“要不要给她点颜色看看？”

陈漾说：“不用。”

没必要关注对方，他不想浪费时间。

梁千点头道：“好吧。”

陈漾将西装穿上，从刚刚的倦怠模样变成了精英范，每一个地方都在吸引人的目光。

看到他这样，梁千低头看了看自己，觉得谢轻语没嫌弃自己已经很好了。

毕竟有这么个大帅哥做对比。

一想起这个梁千就想叹气，等他回过神来，陈漾已经离开了休息间。

陈漾刚走出去，就看到了不远处的乐芽。

他只看了一眼，刚好乐芽也抬起了头。看到他，她微微抿紧嘴唇笑了笑，让人心神一荡。

晚会其实没什么意思。

乐芽在这边几乎没有朋友，毕竟都好几年没回国了，顶多认识一两个人，也聊不起来。

反而是之前开口提醒的林千露，乐芽和她居然在角落里的长桌边聊起了天。

林千露很好奇乐芽是怎么安然无恙出来的。

她八卦道："我刚刚打听到那个陈总为什么去休息间，其实是有个小明星想'套路'他，泼了酒蹭过去擦，结果被直接请出了晚会现场。"

林千露也有认识的小姐妹在这里，她们最爱八卦了，栩栩如生地给她模拟了当时的画面。

乐芽"啊"了一声："这么可怕的吗？"

她都有点心疼陈漾了。

林千露拿起一旁的杯子，里面的酒已经被她喝干了。

她做了个动作："就是这样的。"

她作势往乐芽身上靠去。

这个套路她们见得太多了，借着身体的接触更进一步，如果男人有意思就会直接捧场。

只是陈漾比较冷血。

乐芽被她逗得笑起来："看懂了。"

"她们花样很多的。"林千露放下杯子，用叉子叉了一小块甜品送到嘴里，"你和陈总什么关系？"

她还不知道乐芽是谁。

乐芽眨着眼说："你猜？"

林千露想了想，突然冒出一个想法，说："你不会就是他的那个未婚妻吧？"

不然怎么可能安然无恙地出来。

她这么一想，越来越觉得她这个猜测很可能是真的。

刚才休息室的门打开的时候，陈漾还看了这边一眼。既然不会看她，那就只可能是在看乐芽。

林千露的八卦之心熊熊燃烧起来。

两个人正聊着，她的脚边突然落了件东西。

由于地上铺了地毯，声音不是很明显。

林千露的小腿被砸到，小声地惊呼了一下。

她转过身，还没看到是什么东西，就听见不远处有人笑道："那边不是有两个女人吗？让她们送过来不就行了，不用亲自过去拿。"

"喂？"突然，有人开口叫道。

乐芽正发呆，听到声音后转过身来，就看到斜对面好几个年轻男人正盯着这边。

对面的瘦高个已经带上一抹笑，还以为她就是被人带过来的普通女伴，说："把地上的东西捡了送过来。"

这边人不多，灯光昏暗，几个公子哥聚在一起，饶有兴致地看向这边。

乐芽旁边的人是林千露。

林千露其实是个小明星，不过是十八线的，这次能来也是陪着一个富二代过来的。

这个富二代喜欢交女朋友，而她长得漂亮，所以现在对她的态度还算不错。

富二代刚刚和别人应酬去了，所以她才独自一个人待在这边。

林千露根本不敢和这些有钱人发生矛盾。

她赶紧看了一眼，这才发现自己的脚边有个打火机，刚刚就是这个砸到了她的小腿。

林千露想了想，弯腰捡起来。

瘦高个重复道："让你旁边的人送过来。"

他本想让她旁边的乐芽捡的，但看到林千露已经拿在手里了，语气也就淡了点。

旁边的几个男人纷纷笑起来。

林千露看了乐芽一眼，小声说道："我去送吧。"

乐芽皱了皱眉，听着那些人的话感觉不太舒服。

她从林千露手里拿过那个打火机，打火机看起来很贵重。

说到底，乐芽还是第一次遇见这种事情。她以前很少去参加宴会，只在电视剧里看到过这种事情，没想到这种看人下菜，不尊重人的情况居然真的存在。

明明是请人帮忙，结果却是这种轻视人的态度。

乐芽说："自己来拿。"

林千露也不知该不该听乐芽的，但不可否认，当她听到乐芽这么说话后，心里觉得有点暗爽。

对方听到乐芽的话，竟然都笑了起来。

乐芽看了他们一眼："你们不过来吗？"

瘦高个舔了舔嘴唇，目光落在她身上，露出笑容说："你送过来。"

闻言，乐芽微微一笑。

对面的几个男人都以为乐芽这是妥协了。

这个姑娘他们其实一早就注意到了，长得清纯又漂亮，和那种艳俗的女人不同，是那种很纯净的漂亮。

乐芽虽然很少和这些人打交道，却能看懂他们不怀好意的调戏眼神，心里只觉得想吐。

她的视线瞥到旁边的高脚杯，里面盛了满满一杯酒。

乐芽直接将打火机扔进了酒杯里。

她才不会送过去呢，如果是给陈漾送还差不多。

林千露没想到乐芽会这么做，吃惊之余又有点担忧："他们……他们不会对你做什么吧？"

乐芽说："不会的。"

她在拍卖会的时候见过那个瘦高个，好像是一家新公司老板的儿子，所以才敢这么猖狂。不过论财力，还比不上自己家。

虽然乐芽不怎么喜欢用这种标准去衡量一个人，但在这种情况下，乐家的富有就是她的有力后盾。

打火机一掉进酒杯就被淹没了。

对面几个男人都看蒙了，第一反应就是冲上来，林千露赶紧把乐芽拉到一旁。

有个男人低声斥责道："你知不知道你扔的是谁的打火机？你现在过去道歉还来得及。"

乐芽说："谁啊？"

林千露都不敢说话了，身子瑟瑟发抖。

乐芽感觉这画面有点像以前谢轻语看的言情小说，里面的角色都是这样的，连台词都没什么变化。

她一点也不觉得自己做错了什么，顶多是不该把打火机扔到酒杯里去，只是她刚刚被他们的眼神气到了。

张文博刚想出声，身旁就有人走了过来。

乐易健问："发生什么事了？"

乐易健一看到有人在这边和乐芽说话就赶紧走过来，这几个男的他都认识，风评不怎么样。

张文博立刻添油加醋："乐总，没什么，就一件小事。刚刚这位小姐扔了李哥的打火机，我正在训她。"

乐易健一听就炸了："什么？"

张文博以为他是在附和自己的行为，连忙对乐芽说："还不向李哥道歉！"

乐易健骂道："道个屁歉！"

乐芽看他黑了脸，乖巧地叫道："爸爸。"

张文博刚被乐易健骂蒙，一听乐芽的称呼，回过神来就准备跑路。

乐易健眼明手快地拦住他："你刚刚说什么？"

张文博欲哭无泪："我什么都没说……"

乐芽出声道："他们想让我送打火机过去，我就把打火机扔酒杯里了，他就骂我。"

乐易健一听："你敢骂我的女儿？"

张文博死命地摇头，他家境也就一般般，这次也是跟着人混进来的，一直在旁边帮腔做事，哪里敢得罪乐氏。

乐易健脾气虽然好，但一扯到女儿的事就没那么好商量，乐芽也不想再多说什么。

这种人就得受点教训。

角落里的事情没引起多少人的注意。

乐易健后来又被一位叔叔叫走了，临走时还说乐芽做得好，千万要硬气起来。

林千露在旁边看完全程，心跳加速。

她由衷地感慨道："你爸爸对你可真好。"

乐芽"嗯"了一声："对啊。"

"不过看你爸爸这样子，以后想娶你的人可不容易。"林千露补充道，"哎，你是陈总的未婚妻吗？"

话题又绕回来了。

乐芽想了想，应道："应该是。"

毕竟还没有订婚，只是口头上的，估计晚会结束回去后爸爸就会盯着陈漾，都没准备好就想当未婚夫那是不可能的。

听她这么说，林千露哭笑不得地说："什么叫应该是，你就是啊！"

乐芽笑了笑，显得有些娇羞。

正说着话，身后突然出现一个男人，捧着盒子站在她面前："是乐芽乐小姐吗？"

乐芽点头："是我。"

男人将盒子递给她，并低声说了几个字。

林千露在一旁也听到了，诧异地看过去。

乐芽接过盒子，打开后看到里面果然是那套首饰。

之前拍卖会，她们是坐在下面看的视频和照片，远没有看实物来得惊艳。

林千露自告奋勇："我帮你戴上吧。"

乐芽这次来都没戴什么首饰，她从这里虽然看不到陈漾在哪儿，却也挺想戴上这套首饰给他欣赏的，于是点头道："好。"

林千露在娱乐圈里接触过很多美女，天然的、"人造"的，皮肤好的、身材无敌的，被所有媒体称赞的那些女明星她都见过，却都比不上眼前这位。

她看着都觉得心动，甚至想在脖颈上留下个印记。

林千露觉得自己的想法好变态，这明明是男人才会有的想法，赶紧晃了晃脑袋。

她说："陈总可真大方。"

项链垂到锁骨处，引人遐想。

乐芽碰了碰："拿了也是要回礼的。"

她可不信陈漾什么都不要。

林千露看到她的脸越来越红，忍不住好奇地问："你是不是热啊？"

会场里开了冷气，她穿着礼服现在都感觉有点冷。乐芽和她穿的差不多，没想到竟然还热。

乐芽有点窘，心想：自己可能有点躁动。

乐芽可不好意思和她说自己刚刚那些乱七八糟的想法，赶紧转移了话题。

她们在这边没注意时间，一直磨磨蹭蹭的，晚会都快结束了，两个人才反应过来。

乐易健还在应酬，乐芽干脆自己去找陈漾，准备和他一起离开。

她也没出声，一直跟到他后面才戳了戳他。

陈漾转过身，垂眸看她。

乐芽都没来得及说什么，就被他搂着腰抱起来一点，脚尖点在了他的皮鞋上。

一个炙热的吻落了下来。

下一刻，从黑暗里闪过一抹光。

3

原本这边是宴会场一侧的小道，因为很多宾客都已离场，灯光渐暗，这抹闪光就更显突兀了。

陈漾直接背过身，将还没反应过来的乐芽挡在身后，目光直直地看向光源。

这边没有什么阻挡物，藏身之处很容易找到。

乐芽问："怎么了？"

她没看到刚才的情况，想伸头出去，又被陈漾用手挡住，说："有人偷拍。"

陈漾低声道："你背过去，我去看看。"

乐芽还没说话，她就看到从宴会厅里跑出来一个人，是梁千，他正在整理头发："怎么了？"

陈漾指了指前方。

多年同窗默契十足，梁千很快就懂了，直接跑向那边，就看到一个狗仔正打算跑。

他自然是跑不过梁千的。

梁千直接抓住对方，把他手里的相机一把夺了过来，对方挣扎时把自己的衣服都给脱掉了。

梁千又摁住狗仔的手："偷拍？"

对方嘴硬地道："没有！"

陈漾走到他的身侧，拿过相机，不出意外，最上面的一张照片正是刚刚偷拍的。

而且角度把握得很好，刚好是他将乐芽抱起来的时候，他和乐芽的侧脸看得清清楚楚。

陈漾虽然想公开他们的关系，却也不想以这种方式。

梁千只是瞄了一眼就移开了视线，说实话，他也不知道有什么好偷拍的。他们又不是娱乐明星，完全就不是大众关注的新闻焦点啊！

乐芽在后面只听到他们似乎在说什么，陈漾低着头，把声音压得很低，情绪不是特别好。

狗仔的脸色也很难看。

她没有过去，而是等在原地。

没过多久，狗仔主动接过相机，准备将里面的照片删了。没等他摁下删除键，就听见陈漾又说了一句话。

他一脸蒙地抬头，然后同意了。

毕竟自己现在在人家手里，再说陈漾的要求也不算过分，就是少了几张照片而已。

可乐芽看着就觉得有些不对劲。

等狗仔离开后，梁千才和陈漾一起走过来。

陈漾勾了勾嘴角："走吧。"

他牵起乐芽的手。

乐芽狐疑地问："你们刚刚到底说什么了？"

梁千在一旁哈哈大笑："不告诉你。"

乐芽看了他一眼，心想：他这样怕是要被谢轻语打一顿才行。

梁千说完也感觉不太对，干脆傻傻地一笑，脚底抹油直接跑了。

去地下停车场的时候，乐芽又问了一遍："刚刚是不是把照片删除了？"

陈漾"嗯"了一声。

停车场有点黑，乐芽穿的是长裙，不知踩到了什么，脚步一个踉跄直接往前栽倒。

陈漾眼明手快地将她拉住。

乐芽连忙回攥住他的手，惊呼道："吓死我了……都怪你选的长裙。"

本来乐易健给她选的是及膝裙来着。

对此嗔怪陈漾不以为意，看到她脚下的高跟鞋，心神一动，直接将她拦腰抱了起来。

乐芽"啊"了一声。

她下意识地伸手环住陈漾的脖子，就这么被抱着往车的方向走去。

好像记忆里唯一一次公主抱是高考后回学校那次，陈漾还说了很神经质的话，一直到现在她都印象深刻。

这么一想，她就有些控制不住地脸红了。

陈漾垂眸见她害羞起来，低低地笑出声：“你又想到哪里去了？”

乐芽否认道：“才没有呢！”

结果因为心虚，她说出来的话都没有力气，反而娇娇软软的，配合着今天的打扮，感觉美不胜收。

乐芽见他一直盯着自己看，耳朵动了动，提醒道：“你看路啊。”

陈漾挑了挑眉。

司机一早就等在车里，见陈总抱着女朋友过来，眼睛一瞪，随后便假装什么也没看见。

陈漾平时不用司机，聘请了也只是偶尔才用，但今天这样的晚会还是需要的。

他将乐芽放到后座上。

乐芽刚才差点扭到脚踝，现在虽然没受伤，也还是有点疼，于是用手揉了揉。

陈漾垂眸，抿着嘴唇弯下腰，将她的高跟鞋脱了，一只手托着她的脚，一只手轻轻地按摩脚踝。

乐芽反射性地要缩回来，却被他控制住，他修长的手指在脚踝上打圈按压，令人酥麻不已。

她小声道：“不疼的。”

陈漾头也没抬：“红了。”

乐芽自己倒是没看见哪里红了，心想：他的眼神也太好了吧，车里这么黑还能看得见。

前面的司机径直看着前方，两耳不闻窗外事。

不知陈漾突然按到了哪里，乐芽惊呼出声，又赶紧捂住自己的嘴。

陈漾瞥了她一眼，看到她瞪过来的眼神。

乐芽的脸颊微红，动了动脚。

她实在是没想过陈漾会有这样的动作，一个平时心高气傲的人，此刻却在给她按摩脚踝。

陈漾闷声道：“别乱动。”

乐芽一下子顿住。

车里安静了好半天她才转移话题道：“今天那个偷拍的，后来怎么样了？”

她记得他们在那边待了好几分钟。

陈漾帮她重新把鞋穿上，然后说：“他拍了几张照片，都删除了。”

乐芽“哦”了一声。

没等她说什么，陈漾就把话题一转：“不过照片已经传到我这里了。”

乐芽有点不敢相信：“你居然还留着？”

陈漾靠近她说："因为那个时候的你很美。"

他的呼吸落在她的脸上，十分温热。

乐芽忍不住推了推他："说话正经点。"

陈漾笑："我说的是实话。"

两个人在后面说话，前面的司机其实能听到一大半，真心觉得这对小情侣的感情太好了。

就是陈总总喜欢逗小姑娘，总要把人逗得满脸通红。

司机忍不住看向后视镜，却对上了陈漾淡淡的眼神。他的心一紧，赶紧转移视线，不敢再看。

慈善晚会结束时已临近深夜。

它是一项公益活动，有很多企业家参加，被营销号和官方一推，就上了热搜。

晚会前的采访视频也被媒体公布了出来，虽然采访的时间很长，但其实每个人只有差不多几十秒的剪辑。

乐易健和乐芽这边的采访不知道为什么被放在了最后，导致很多人看到后面都只记得他们，最后关于情感的问题也没有被剪掉。

网友们虽然记忆力不好，但对于这张两天前才看到的脸却都还记得，正是那个"初恋脸"直播截图的当事人。

因为后来并没有再关注这件事，所以现在在慈善晚会里看到她都十分惊讶，还以为她出道了。

等看到最后的采访，大家才了然。

"上次我就觉得她的气质太好了，完全不像个普通人，原来还是'白富美'！"

"为什么可爱的女孩都有男朋友了啊？！"

"不是男朋友，是未婚夫呢。"

"只有我注意到这姑娘说未婚夫的时候爸爸的眼神吗……哈哈哈——还有记者问男朋友的时候！"

"我也注意到了，哈哈哈——爸爸肯定很心塞！"

"我只想知道她的未婚夫是谁，是帅哥还是普通人，要是普通人我就会好心塞啊！"

"……"

自从看过慈善晚会的直播后，蒋美就一直没缓过神来，再想到自己之前说过的话，整日担惊受怕。

被自己嘲讽过的乐芽是公司老总的女儿，之前王可菲说的时候她还嘲笑这个想法太幼稚。

结果，被现实啪啪啪打脸。

晚会是周五举办的，第二天是周六不用上班，蒋美却在忐忑中度过，愣是把自己给折腾病了。

等周一上班时，她的气色很差。

她去得迟，听到王可菲和黄雅正在讨论："我就说乐芽肯定是'白富美'吧。"

"我关注的是她和她的未婚夫好配啊，可是晚会直播没有看见俩人同框，遗憾。"

两个人正说着，就看到了蒋美。

王可菲还是第一次看到这么憔悴的蒋美，差点都没认出来，和平时差距太大了。

蒋美一言不发地坐到自己的位子上。

王可菲想起她之前各种趾高气扬，就觉得这画面挺讽刺的。

她看向屏幕上的新闻，干脆念道："本市著名企业家乐易健女儿惊艳亮相，坦言已有未婚……"

虽然还没上班，但人都差不多到齐了。

蒋美本身在家就看了新闻，现在听她这么一念，动嘴皮子道："能不能不要吵人？"

王可菲说："还没上班你管我。"

其他人都只默默地看戏，不说话。

蒋美以前在办公室里得罪过不少人，但因为身份差不多就没人真开骂。

这次算是碰到铁板了。

毕竟谁也没有想过乐芽会是公司老总的女儿，之前再怎么想也都只想过是亲戚或者小情人。

蒋美可算是把不该得罪的给得罪了。

乐芽来公司的时候是踩着点的。

她一进办公室，所有人的视线就都转过去，直勾勾地盯着她一路走到座位上，没人出声。

乐芽疑惑地看着他们："怎么了？"

整个办公室的人齐齐摇头。

乐芽随便一想就能知道，肯定是慈善晚会的新闻被他们看到了，所以他们才这么惊讶。

她倒也没想隐瞒，主要是没人过来问，总不能自己主动去说是乐易健的女儿吧，那也太"戏精"了。

乐芽也不觉得有什么，好在办公室的同事很快就投入到了工作中，没再关注她。

只有蒋美惴惴不安。

乐芽从茶水间回来的时候看到她脸色苍白，黑眼圈都快成大熊猫了，只觉得可怕。

王可菲见她盯着蒋美，小声地告诉她：“因为慈善晚会的事情，她受打击了。”

乐芽轻声道：“我也没吓她呀。”

她抿了口水，眨着大眼睛。

王可菲被她的大眼睛可爱到，连忙说：“你当然没有，她是自己吓自己，你别理她。”

乐芽乖巧地道：“好吧。”

一上午的时间，她每次看过去，蒋美都要心虚地收回自己的目光。

中午时，张秋出现了，说：“蒋美，你来一下。”

办公室里所有人齐刷刷地看过去。

蒋美就知道自己肯定会被对付，临走时终于忍不住剜了乐芽一眼，含着一丝怨毒。

乐芽一脸无辜的表情，她不知道自己哪里又得罪了蒋美。

办公室里议论纷纷，都不知道是什么事。

因为平时除了画图也没什么其他工作，王可菲就喜欢没事时刷微博，今天就全在搜和乐芽有关的新闻。

没想到她还真找到了新的八卦。

她小声地问：“看到没？”

旁边的黄雅以为是什么新东西，凑过去看，也跟着惊呼出声，下意识地看了一眼对面的乐芽。

察觉到她的视线，乐芽疑惑地道：“怎么了？”

黄雅犹豫了一下，还是决定说出来：“那个……你的好多照片都被曝了出来，有你在国外的照片，还有昨天晚上你……”

王可菲直接补充道：“昨晚你戴的首饰，有营销号说是别人拍了送给你的，然后还有营销号猜测你们的情感经历，什么一见钟情。”

她真的要被营销号的脑补给笑死。

乐芽“啊”了一声，也不懂这是个什么情况。

王可菲说完就把微博链接给她发过去，乐芽直接点开。

第一眼看到的是配图，是在晚会中被拍到的。

那时她正和林千露站在一起，照片精准地拍到了她脖子上的项链、耳环，照片旁边是对这些首饰的介绍。

等看完整篇文章，连她都不得不佩服这个博主，竟然脑补出陈漾在一次商业合作中对她一见钟情，然后花两千万拍首饰送给她，只为博她一笑。

乐芽：“……”

这脑补的剧情还不如梁千平时的脑补呢。

4

对面的王可菲刚好去交设计图，回来时看到乐芽这副模样，好奇地道：“乐芽，你看起来好像心情挺好的？”

乐芽大大方方地承认：“是啊。”

刚刚从张秋办公室出来的蒋美恰好听到两人的对话，下意识地就以为她们是得知了自己被炒的事情。

她咬着嘴唇想要嘲讽乐芽，但最后还是忍住了。

张秋和她说的时候只提了她最近的设计不怎么样，但蒋美可不这么认为，她一直觉得自己的设计很美。

蒋美觉得肯定是因为乐芽的原因。

她一言不发地收拾着自己的东西，关闭电脑前看到右下角的新闻推送，差点一口气没喘过来，怎么关个电脑都能看到这些新闻。

每次看到这些，她都会想到自己之前当着乐芽的面说“不要插足人家”，到头来难堪的居然是自己。

本来是可以等到今天结束再离开公司的，但蒋美已经完全待不下去了，每时每刻都在受煎熬。

她一整理好东西就直接离开了公司。

办公室里的人都看着她，嘴里倒是说了几句客气话，但明眼人都看得出他们压根就不想和她打交道。

乐芽自认问心无愧。

张秋把蒋美最近的设计图都拿给她看了，毫无灵气不说，风格还越来越像某位知名设计师，甚至还有抄袭的地方。

乐氏是绝不允许这样的情况存在的，到时候背负上抄袭这个可怕骂名的只会是公司。

所以辞了她才是最好的选择。

当天晚上蒋美又进行了直播，只不过这次专心当自己的大胃王吃播，其他什么都不敢再提。

谢轻语照例去看了，然后在群里说：“终于不再cue（提到）我们月牙了，看来学乖了。”

被这样的人盯着可是很烦的。

乐芽说：“她已经离开公司了。”

谢轻语说："离开正常，她的心思一看就不在工作上，连我都能看出来。"

乐芽笑了笑，没有说话。

经历了慈善晚会一事后，公司又恢复了原样。

乐芽在设计部上班，闲言碎语少了不少，去茶水间的时候也不怎么能听到大家八卦了。

她不知道为什么大家都喜欢在茶水间聊天。

大家不知不觉中就被慈善晚会的结果震惊到了。乐芽还是老板的亲生女儿，再加上她的设计图没过多久后就被大家看到了，设计理念确实新颖独特 ，很有艺术感。

如果只超过一点可能会嫉妒，但超过太多就只能仰望了。

同事们闲暇的时候查过乐芽以前公开在网络上的一些设计图，就连人家上学没多久设计出的图都比他们现在设计的要好看。

这种人哪里能嫉妒得起来。

乐芽在办公室的生活如鱼得水，本身她在这里就是历练，最后公司还是会交到她的手里，大家也都没有什么异议。

没过多久，乐易健出面让陈漾和乐芽订了婚，也没有通知多少人，但该来的人都来了。

订婚宴对于他们来说只是一个仪式，而真正的重点是订婚宴后的婚礼。

第二天，乐芽刚吃完早餐就被陈漾带出门了。

"我们现在去哪儿？"乐芽看着窗外的车水马龙。

"民政局。"陈漾非常直接地说。

虽然隐隐有猜到，但乐芽还是心跳加快，忍不住开始期待，以至于拍照的时候差点走神。

领完证后，乐芽也开始准备婚礼需要的东西。

说起来有点遗憾的是，陈漾还没向她求婚。

直到一个星期后。

一整天的时间里，乐芽收到了十几份礼物。

第一份是一盒包装精美的糖。

当时乐芽刚和王可菲从公司下面的咖啡馆出来，就看到一个人等在公司外，一看到她就迎了上去："请问是乐芽乐女士吗？"

乐芽看了他一眼："是我。"

对方松了口气，先将一个盒子递过去，然后又将手上的笔给她，说："请签收。"

乐芽不认识这个人，盒子上既没写是什么东西，又没贴什么快递标签，她接过来看了一眼，看到上面的标志，是一个很出名的糖果牌子。

乐芽想了想说：“我好像没有买你们家的东西，你们是不是送错了？还是核对一下吧。”

王可菲在一旁猜测道：“不是你买的？那可能是谁送的吧，你老公送的？”

乐芽和陈漾领完证后，带了一些喜糖分给同事，所以他们都知道乐芽结婚了。

还没等乐芽回答，送盒子的人就飞快地点头：“对对对，是一位先生预订的。”

王可菲说：“我说对了吧。”

乐芽估摸着是陈漾送的，有点不懂他自己为什么不在她下班的时候送，非要让别人送过来。

她签收之后就带着盒子回了办公室，拆开后里面是一盒精致的糖果，这个系列是新出的，被命名为“挚爱”。

乐芽拿了一些打算分给其他人。

其他人一听王可菲说起，直接拒绝：“你老公送你的糖我们可不能吃。”

黄雅也说：“还是你自己吃吧，这可是送给你吃的。”

谁敢吃大佬的糖啊！

乐芽给了半天也没人要，只好自己收着了。

糖果的味道分好几种，囊括了所有她喜欢的口味。

她实在没想通陈漾为什么会突然给自己买糖。

这个没想通的想法一直持续到她收到另一份礼物，乐芽下楼去签收的时候简直惊呆了。

一只小兔子竖着耳朵趴在纸箱里，里面还有一根胡萝卜。

兔子正呼呼大睡，可爱极了。

乐芽问：“这也是一位先生订的？”

对方说：“是的。”

乐芽又问：“你们确定吗？姓陈？”

对方点头：“是的。”

乐芽确定之后才敢签上自己的名字，然后抱着纸箱回到楼上。

在这期间兔子还翻了个身，枕着自己的萝卜又睡了。

楼上办公室的同事们看到都咽了口口水：“这次怎么变兔子了，你要养兔子吗？”

乐芽将箱子放在桌上，伸手碰了碰兔子耳朵，声音软软糯糯地道：“当然啦！”

这么可爱的兔子她一定要养得白白胖胖的。

王可菲偷偷拍了一张图上网搜了一下，然后就被这兔子的价格震惊到，心想：果然不是普通的兔子，买不起啊买不起。

兔子超级懒，这一下午的时间基本都在睡觉。乐芽不知道这只兔子叫什么名字，她查了一些兔子的习惯，然后上网买了好多东西，还发了图到微博上，俨然已经成了一个初级宠物博主。

粉丝们自然是大吹特吹，吹的时候还给她科普了一些养兔子的注意事项。

乐芽拿小本本一一记下，然后看着一点也不上心的兔子，默默叹了口气。

兔子放在公司不是一回事，所以她就让家里来人给带了回去，顺便还让张姨找一个会养兔子的人，自己不在家时可以照顾一下。

在兔子之后，她又收到了很多东西，全是乐芽没想过的，各种礼物几乎接连不断。

办公室里的所有人一开始还十分激动，到后来都是一脸淡定，下面的保安一开口就知道："啊，又有礼物到了。"

女生们最喜欢拆盒子了。

看着乐芽一个接一个地拆了十几个盒子，堆满了周围的空地，羡慕之余又觉得十分好玩。

乐芽一开始还没准备问陈漾，到后来东西多了，她终于忍不住拍照片发给陈漾，然后问："你怎么突然买这么多东西？"

陈漾："你会知道的。"

乐芽半晌也没想到是什么原因，冷哼了一声。

她只觉得陈漾肯定是在谋划什么，要不然就是突然发病了，恨不得昭告全天下他在送她礼物。

乐芽嘴上不说，心里却觉得挺甜的。

一共收了十几份礼物，乐芽让家里人都带了回去。

下班了，陈漾的车依旧停在下面，每天按时来接她下班几乎成了他的一项工作，任风吹雨打，雷打不动，就连公司门口的保安都认识他了。

乐芽坐进车里，然后又问了一遍礼物的事情："你送我的东西太多了，办公室放不下，我都送回家里了。"

陈漾偏过头来看她："带你去一个地方。"

乐芽十分好奇："去哪儿？"

陈漾这次没说，只是笑了笑。

乐芽一开始以为他要带自己去吃晚饭，直到路越来越偏，几乎快到郊区了。

她都看困了，干脆窝在座位上睡觉。

睡着的她很安静，睫毛一颤一颤的，嫣红的唇瓣闭合着，光泽水润，鲜艳欲滴。

再次醒来时，乐芽发现陈漾正盯着自己看。

她的脸红了红，不好意思地伸了个懒腰，然后看向周围："这是哪里啊？都是树。"

乐芽从没来过这样的地方。

刚刚从公司出来还是黄昏，现在天已经黑了。月亮挂在空中，还能看到闪烁的星星。

陈漾握住她的手："带你去看好看的。"

他拿出一个眼罩给她戴上。

纵然是夏季，这里的风却有点凉。

乐芽穿着裙子，感觉挺凉爽的。

她的眼睛被遮住，她的手被陈漾牵着，所有的感官都汇聚到了一处，她下意识地紧张起来。

才刚从车上下去，她就被拦腰抱了起来。

乐芽惊呼了一声，紧紧地搂住陈漾的脖子，一点也不敢放松，生怕一不小心就这么摔下去，虽然知道他会抱紧自己。

走了没多久，乐芽感觉陈漾踏上了什么。

她听到了陈漾和一个男人的说话声，但声音太小，她听不清他们说了什么。

然后乐芽就被放了下来。

等了大概几分钟后，是陡然升起的失重感，风从四面八方而来，吹在她的身上。

乐芽隐约感觉到了什么。

果不其然，下一刻她的眼罩就被取下，映入眼帘的是半空的风景。

她正站在热气球上，周围是亮起的小夜灯。

乐芽问："坐热气球看日出吗？"

说起来，她在国外都没坐过，只是在微博上看过图片。尤其是土耳其的热气球婚礼，被摄影师拍得很漂亮。

也不对，现在是晚上，哪里来的什么日出。

那就是看夜景了。

听到她的话，陈漾笑了声，黑沉的眼睛盯着她看："马上就能看到了。"

乐芽有点紧张。

她抓住陈漾的衣角，后退一步就撞进了他怀里。

陈漾捏住她的下巴吻了上去。

乐芽被吻得晕头转向，把刚才的那些想法直接抛到脑后，都不知道自己现在在想什么。

热气球逐渐上升，从山上来到了城市上方，下面是由无数灯光汇聚而成的夜景，美轮美奂。而城市的另一侧是海洋，海浪拍打着礁石。

陈漾伸手蒙住她的眼睛，在她的耳边说："乐芽，看了以后你这辈子都不能忘记，也别想忘记。"

他的声音哑哑的。

乐芽轻轻“嗯”了一声，她的睫毛颤了颤，从他的掌心划过，感觉有点痒。

陈漾这才松开手，低声道：“看。”

乐芽的手抓住陈漾的手腕，深吸一口气才敢往下看。

那一刻，整座城市的夜景灯光都在变化。一半是在海里，一半是在城里。

灯光闪闪烁烁，从城市蔓延到海洋中。暖黄色的，如同黑夜里的星光，组成她的名字，最后猝不及防地撞进她的眼睛里。

乐芽的唇瓣微启，看呆了。

烟花乍然从下方升起，在她面前的夜空中绽放，一朵接着一朵，几乎看不过来。

陈漾环住她，在她的头顶低声道：“送给你的礼物，还差最后一份。”

乐芽这才突然想起什么。那款在她十八岁时收到的小游戏，被她命名为《十八岁》，游戏里的她曾经点开过十八份礼物。

就在今天下午，都一一成功地收到了。

从最开始的一盒糖、一只兔子、一束气球……到现在的满屏烟花，只是顺序不同而已。

十七份，还差最后一份。

当初游戏里的最后一个盒子被她打开后，跳出来的是两个牵在一起比心的小人，那现在又会变成什么呢？

乐芽的心跳得飞快，四周漆黑的夜空中，烟花的声音逐渐落幕，感觉心都快要跳出胸腔。

直到听见陈漾的声音——

“嫁给我，乐芽。”

5

好像在那一瞬间，连时间都静止了。

就好像是身处棉花上，所有的一切都不太真实，微微偏头的时候还能看到万家灯火，为她而亮。

乐芽不知道陈漾是怎么做到的，但要有这样的结果，必然不是嘴上说两句就能成功。

远处萤火闪烁。

乐芽耳边的风声逐渐模糊，刚刚陈漾的那句话却在一点一点变得清晰。

突然，她面前出现一枚戒指。

这枚戒指上没什么花里胡哨的东西，非常大方简洁，却依旧遮不住璀璨的钻石在夜空中反射出耀眼的光。

陈漾用灿若星辰的一双眸子看着她。

乐芽从震撼中回过神来，目光重新落在戒指上，然后忍不住勾起嘴唇，再伸出手。

她轻声说："不给我戴上吗？"

那娇娇软软的声音一如既往。

陈漾低下头，将戒指套到她的手指上，尺寸完美契合，闪耀的钻石点缀着白皙的手指，她的手放在他的手心里，漂亮又优雅。

从此以后，要放一辈子。

乐芽被他抓着手一直没松开，刚刚的惊喜过去，脸忍不住就红了，整个身体都在发热。

她声音软糯地道："还不松开？"

陈漾说："松开做什么？"

他低头，贴上她的嘴唇，轻轻地吻住。背景是漫天星光，他们在半空中热吻，像一场浪漫的爱情电影。

良久，陈漾才放过她，捧着她的脸，和她紧紧贴在一起，低声说："我等这一天等很久了。"

从小时候，一直到今天，他终于在她的生命中烙上了自己的名字，他不禁得意地眯了眯眼。

乐芽没说话，轻轻地舔了舔嘴唇。

陈漾的目光幽深。

乐芽一下子就察觉到了，赶紧说："你不带我去吃东西吗？我饿了。"

陈漾笑了笑："好。"

每到关键时刻她总是要吃，他都不知道该说什么好。不过今晚的确是他的错，没吃晚饭就带她过来了。

乐芽说："我要把这个拍下来。"

陈漾将自己的手机递给她："拍吧。"

乐芽本来想让他解锁的，却没想到自己的手刚碰到就解开了，上面的解锁指纹早已储备了她的。

她完全不知道她这个指纹是什么时候录入的。

虽然只是一件小事，可乐芽的心却被幸福感充盈，她拿起手机"唰唰"地对着下面拍了好几张图，最后还来了一张全景图。

乐芽将手机还给他，然后说："回去之后你记得发给我啊，一定要原图。"

陈漾依言道："好。"

又在空中飘了很久，热气球才回到来时的地方。

陈漾俯身将她抱起来："带你去吃饭。"

乐芽窝在他怀里，听着这个声音，手环住他的身子，埋头在他的胸前说："陈漾，我很喜欢。”

很喜欢今晚。

不管是一开始的礼物，还是那个十八岁的惊喜，她都很惊喜。

她看到他在用心，这是比其他所有东西更让她惊喜的。

陈漾勾了勾嘴角：“我也喜欢。”

乐芽听完耳朵尖红了红，然后才想起这个对话似曾相识，在她十八岁的生日那天也曾上演过。

那个游戏，他们都喜欢。

餐厅早已定好，这次只有他们两个人。

乐芽才刚坐下就接到了乐易健打来的电话，看到屏幕上的名字，她下意识地看了陈漾一眼。

陈漾淡定地道：“没事。”

虽然乐芽爸爸口头上总是看不惯陈漾，但不可否认，在陈漾和乐芽交往的时候，他从没刁难过。甚至在陈漾刚创业时，他还私下帮助过陈漾一次。

那一次如果不是其他人跟陈漾说，他根本不会去查，也不会知道是乐易健帮了自己。

乐芽接通电话：“爸爸？”

乐易健本来火急火燎，听到这个声音就冷静下来，柔声问道：“月牙啊，你现在在哪儿呢？”

“我正准备吃饭。”乐芽说，“怎么了？”

乐易健连忙说：“没事，没事，吃饭要紧，不要饿着了，爸爸这就挂了，你好好吃饭。”

临挂断前，他又补充道：“月牙，你要注意安全，如果能回家还是回家吧。”

乐芽都还没反应过来，电话就挂断了。

她捏着手机显得有点无奈，刚才乐易健说话的语气转来转去，分明是想问什么。

只不过他到底没问出来。

最后一句话乐芽听着有点莫名其妙，没弄懂是什么意思。她摇了摇头说：“你快把照片传给我吧。”

陈漾自然没让她久等。

乐芽收到照片后一张一张看下去，发现完全不用修，她选了那张最有意境的全景图，用了模糊处理，然后才发到自己的微博上。

他们吃的是西餐，陈漾将东西都处理好了才放到她的面前。一顿饭吃下来，乐芽几乎只要张嘴就行，偏偏她想拒绝还不行。

吃到最后一口的时候，陈漾问："吃完了吗？"
乐芽差点被呛住："你急什么呀？"
陈漾直勾勾地看着她："我等不及了。"
乐芽被他这露骨的眼神看得脸颊发热，不知道该说什么好，干脆低下头吃饭。
出餐厅时，乐芽问："送我回家吗？"
陈漾说："不是，还有一个地方。"

半个小时后，他们才到达目的地。
一栋别墅在她面前缓缓出现，屋里还亮着暖黄色的灯，勾勒出房子精美的轮廓。
乐芽惊叹道："好看。"
陈漾将钥匙放在她的手心，微凉的手指和她交缠："去吧，亲手打开它。"
乐芽应声："好。"
她穿着连衣裙从大门走进去，像一个误闯森林的精灵，天真又美丽。
陈漾跟在她后面，目光从未移开。
乐芽到达门口，然后推开门。
里面亮着灯，轻奢装修，看起来温馨而简洁，这种风格是她最喜欢的。
乐芽转过身，正撞上陈漾，干脆抱住他："很漂亮，你是不是早就准备了？"
陈漾点头："是。"
他从很久以前就开始准备了，一直到今天，这栋房子终于被女主人打开了。
乐芽的嘴角勾起来，在房子里走来走去，然后顺着楼梯上去，推开一间房门。
不远处就是海，怪不得她刚刚好像闻到了淡淡的咸腥味。
落地窗的白色纱帘被风吹得飘了起来。
乐芽走到床边，坐在上面，害羞地道："陈漾，这是我们以后住的地方吗？"
陈漾倚着门框："你现在就可以住。"
乐芽躺下去，忽然想到乐易健之前提醒她今晚回家的事，好像明白了什么。
她差点要跳起来，却被陈漾翻身压住，密密麻麻的吻落下。
半晌，陈漾才离开，声音有点哑，幽深的眸子盯着她："有没有什么想说的？"
乐芽心里乱糟糟的，因为她完全没有准备好。
她张了张嘴，小声道："想……吃王记的小笼包。"
陈漾："……"
他差点被气笑。
他伸手捏了捏她的鼻子，闷声道："好，你等等，马上就给你吃。"

乐芽有点不好意思，又有点心虚。

她以为陈漾会让自己手下人去买，却没想到他整理了一番衣服，叮嘱两句后就开车离开了。

他要亲自去买。

乐芽看着陈漾开车离开，心情很复杂。

想了半天，她“噔噔噔”跑回房间里，然后打开手机，飞快地点开百度，开始疯狂地搜索。

乐芽不敢问谢轻语和苏慧，但自己上网什么也没搜到。

乐芽着急得很，只能在群里冒泡：“那个……你们有‘资源’吗？”

一晚上都没人冒泡的群里一下子就出来人了，谢轻语首先发问：“教学资源我有啊，你要什么的？”

乐芽心里一喜，刚要问，就看到她又回复：“期中考试的，还是期末考试的？”

乐芽：“……”

她才不要什么初中的学习资料呢。

苏慧：“@谢轻语，不要逗月牙了。”

谢轻语：“哈哈哈——我只是表示很震惊，就想玩一玩而已。怎么，月牙你要‘资源’干什么？”

乐芽正打算回复，又有消息跳出来。

苏慧：“这还用说，陈总的手笔，我看看啊，新闻怎么说的——全城灯火只为一人点亮。”

谢轻语：“啧啧啧——有钱。”

乐芽被她们调侃得不知道说什么好，只能重新发问：“哎呀，你们别说了，到底有没有啊？”

谢轻语此刻正在床上窝着，看到这句话，忍不住笑出声来：“有有有。”

作为一个自高中起就不安分的少女，她能没有这些？

就算她没有，她也能从梁千的电脑里挖出来。毕竟她自己找不到“资源”，就只能从梁千身上下手，他们男生在这方面仿佛拥有天生的能力。

梁千此时还在浴室里洗澡，她躺在这里都能听见他的歌声。

她下了床，打开了电脑。

挑挑选选几分钟，她最后选了一部含蓄唯美风的电影。

谢轻语：“传了，快下载。”

苏慧：“厉害厉害，我可是没看过的纯洁少女。”

谢轻语：“得了吧，你都亲身实践过了。是不是啊，我们的绝美少妇慧。”

苏慧心想：自己怎么就成少妇了呢？

乐芽哪还有心情和她们调侃，眼明手快地将文件下载，看到进度条不断变长，只觉得心跳加速。

她真的好紧张。

谢轻语："@乐芽，那个买了没？"

乐芽反应过来她的意思，红着脸回复："我不知道，我什么也没问。"

谢轻语："你这样不行啊，你把地址给我，我给你点个急送，十几分钟就能到了。"

苏慧："别怕别怕，我现在就让苏城找人送过去，十分钟必到。"

乐芽不知道该不该说出地址，最后拒绝了她们："我自己也可以买的。"

谢轻语："可以的，我的小宝贝。"

趁着陈漾还没回来，乐芽去查了查，快递员可以直接送过来，只是她也不知道该买哪种型号。

乐芽干脆一溜烟全选了，这么多种，总有一种能派上用场吧。

下完订单后，她用被子蒙住头，感觉好羞耻啊。

不知过了多久，手机突然振动了一下，乐芽立刻露出头，发现电影下载完成了。

她刚想点开看，就听到了开门的声音。

乐芽一下子关了手机，从床上起来，就看到陈漾拎着纸袋走了进来。

他脱了外套，身材一览无余。

陈漾没注意到她的表情，打开盒子，馥郁的小笼包香味立刻弥漫整个房间。

他偏头："不来吃？"

陈漾看向床边，眼睛被头顶的灯光照射，映出点点星光，令人移不开眼。

乐芽连忙点头："来啦。"

本来只是一时搪塞的用语，现在闻到这种味道，竟然真的有点想吃，明明才吃过西餐没多久。

王记的小笼包在这边非常有名，她几乎从小吃到大，味道十年如一日，老顾客很多。

乐芽几乎一口一个，非常满足，她脸颊鼓鼓的，像极了过冬时的松鼠。

陈漾伸手过去捏一把。

他才刚捏上，乐芽就"嗯"了一声，含混不清地控诉："你别打扰我啊……"

陈漾低声笑了。

他看着她小口小口地吃着包子，竟然连自己都被吊起了胃口，怀疑"这包子真有那么好吃？"

正在这时，门铃声响起。

乐芽陡然停下手上的动作，瞪大眼睛，似乎想到了什么，就要起来去开门。

她还没穿鞋。

陈漾直接按住她，然后起身大步朝着门口走去。

乐芽心急如焚："我要去拿。"

她觉得应该是自己买的东西到了，但要是让陈漾去拿，岂不全被他看到了？

陈漾的视线下移，看到她的脚趾动来动去，有些可爱："我去。"

只是拿个东西而已。

6

乐芽眼睁睁看着陈漾的身影消失在门后。

她咬了一口嘴里的小笼包，半晌都不知道该怎么办。恰好包子已吃到最后一个，她捂着嘴跑到窗边。

从这里能看到陈漾去了院门口，然后接过了一个男生手里的箱子，签了名字再往回走。

乐芽连呼吸都急促起来，这是不是被他发现了？

她赶忙到群里求助："@谢轻语，@苏慧，怎么办？拿东西的是陈漾，是要被发现了吗？"

谢轻语正和梁千一起看电影，感觉手机在振动，打开一看，差点没笑出声来。

梁千凑过来问："什么人？"

谢轻语才不会让他看："看你的电影去。"

梁千委委屈屈地看电影，余光却一直往她那边瞟。

谢轻语在群里回复："@乐芽，你紧张什么？反正最后都是要赤膊相见的，早晚都能看到。"

无非是早和晚而已。

苏慧也冒了出来："哎呀，你还要说话吗？难道不是陈漾一看到就不用言语来表达了，身体力行啊！"

乐芽此时羞得不行。

她完全想象不出陈漾打开箱子，然后看到一整箱全是避孕套的画面。

那也太羞耻了。

陈漾抱着箱子的时候还在想这里面是什么东西这么轻，可箱子上没写名字，他也不知道里面装了些啥。

等他回到房间时，乐芽早已不见人影。

陈漾放下箱子，转了转身子，视线最终定格在了浴室里："乐芽？"

乐芽急急忙忙应了一声："我待会儿就出去。"

陈漾听出她的声音有些不对劲，觉得有点好笑，干脆坐在床边等着她出来。

在洗手间里磨蹭了半天后，乐芽才做好心理准备，慢吞吞地出来，脸都红透了。

陈漾挑眉看她："你买了什么？"

乐芽急中生智："卫生巾。"

陈漾："……"

乐芽越想越觉得自己这个回答真机智，陈漾肯定不会打开箱子看是不是真的。

她小声道："我来……那个了。"

陈漾思索了一下："我记得日期不是今天。"

乐芽说："提前了嘛。"

陈漾又说："可你好像前段时间才刚来过。"

乐芽已经忘了前段时间的事了，那时她生理期突然来了，还是陈漾拿外套帮她遮住的，确实就在不久前。

好了，现在自己打脸了。

陈漾见她低头不说话，走过去将她按坐在床上，认真地问："你到底买了什么？"

乐芽不敢抬头："就是很普通……很普通的东西。"

陈漾眯了眯眼："那我去打开看看。"

乐芽连忙拽住他的手，可怜巴巴地摇着头："我自己的东西，你不要看。"

陈漾心想乐芽是不是忘了他们已经领证了，又点了点她手指上的戒指，提醒道："现在可能是我们两个人的东西了。"

乐芽羞愤难忍。

看陈漾朝着箱子走去，她真的想象不出来那个画面，磕磕绊绊地出声道："就是很普通的……避……避孕套啊……"

乐芽说完整个人都像是熟透了。

陈漾差点以为是自己听错了，第一次迟疑地问："什么东西？避孕套？"

乐芽没开口，怯怯地点了点头。

陈漾被她的这个操作弄得想笑，最后真的笑出了声。

他笑起来的时候喉结滚动，带着一丝磁性，又有点性感。

陈漾侧过身舔了舔嘴唇，向着床边的乐芽走过去，双手捧起她的脸，凑近了道："你是等不及了吗？"

乐芽的脸烫得厉害，摇头否认道："没有、没有。"

陈漾说："别急着否认。"

乐芽欲哭无泪。

听陈漾话里话外的意思，明明他之前都没那个想法的，现在却被她提醒了。

乐芽好生气。

最后她是被陈漾抱进浴室的，洗完澡后，乐芽看了一眼镜子，镜子里的女人依旧有点懵懂。

乐芽裹紧了浴袍，检查了两遍才放下心来，顺便还把腰带勒得紧紧的。

她这才鼓起勇气打开门。

站在桌前的陈漾转过身，目光落在她的身上，然后定格在被勒紧的腰间，真是温香软玉，盈盈一握。

她知不知道这个样子更勾人？

陈漾有点无奈。

乐芽直接跑到床边，钻进被窝里，然后躺好："我要睡觉了，晚安。"

陈漾勾起嘴角："那可由不得你。"

乐芽干脆用被子蒙住头，假装没有听见他的话，自欺欺人地当一只鹌鹑。

陈漾没再逗她，而是进了浴室。

听着里面传来阵阵水声，乐芽张着嘴喘气，想把刚刚那部电影给看了。

摸手机的时候，她往桌子上看了一眼。

箱子已经被拆开了，里面的东西还被拿了出来。

虽然从外表看不出来，她却清楚地知道那是什么。

乐芽无声地"啊"了一声。

她想起下载的那部电影，赶忙准备临时抱佛脚，急匆匆地找到保存的地方，然后点开。为了更好地观看，她还戴上了耳机。

正在她认真地观看时，浴室门打开了。

陈漾穿着浴袍出来，看到被窝里鼓起一块，以为乐芽还在害羞中纠结。

他走过去把被子掀开一条缝。

这么一打开，就刚好看到屏幕上的画面，他的眼睛顿时眯起来："你在看什么？"

乐芽没想到他这么快就出来了，下意识地就要关手机，却不小心拽掉了耳机。

某些喘息声顿时就从手机里传出来，在安静的房间里响起。

陈漾："……"

他真没想到乐芽居然在看这个。

乐芽手忙脚乱地关掉手机，用被子裹住自己，只露出一双眼睛："我什么也没看！"

她只是想学习一下而已。

乐芽窘迫得不行。

陈漾被她逗笑，碰了碰她的头发："你要学习什么？你不必学习。"

乐芽睁大眼睛，一本正经地道："可是我……我连亲都不知道怎么亲……"

每次她都被陈漾吻得晕头转向。

陈漾漆黑的双眸看着她，似乎想要将她嵌入自己的身体里，哑声道："你不用学。"

他爱死了她这天真又性感的模样。

乐芽还在分辨他说的这句话的真假，被子就被直接扯了下去，铺天盖地的吻袭上来。

她姣好的身体在灯光下显得格外清晰，浴袍滚开了一点，陈漾的目光变得格外炙热。这就是他日思夜想，在无数个夜里念念不忘，甚至还为此彻夜不眠的人。

乐芽羞得眼睛周围都红了起来，在灯光下显得越发艳丽妖娆，她在迷茫之中还不忘伸手遮住他的眼睛。

她从唇齿中溢出声音："不……不许你看……"

陈漾拉开她的手，吻在她的眼角处。

乐芽闭上眼，睫毛轻轻颤动，仿佛一只蝴蝶振翅欲飞。

他轻声说："你真美。"

简直令人沉迷。

陈漾的手滑到她的腰窝，头埋在她的颈项一侧，嘴唇贴在她的耳垂处，轻声道："乐芽，我真的喜欢你。"

好喜欢，好喜欢。

清晨，初阳从海平面上升起。

纱帘随风飘扬，外面的日光随之洒进来，落在地板上，一路延伸到床边。

乐芽迷蒙地睁开眼，枕头一侧已没了人。

她猛地从床上坐起来，被子顺势滑了下去。

她还没来得及动手捡起被子，门就打开了。

陈漾的视线一顿，白皙的肌肤在他眼前浮现。

视线焦灼，乐芽瞬间清醒，她钻进被子里，羞得都不想出去了。

陈漾深呼吸一口，半晌才冷静下来。

昨晚上她在他的怀里娇声低喘的模样清晰地刻在他的脑海里，现在全被勾了起来。

乐芽在被窝里使劲捏自己的耳朵，昨晚陈漾一直在她耳边又舔又亲的，她完全受不了，浑身酥麻发软。

直到被子被陈漾掀开："饿不饿？"

乐芽睁着眼睛看他："饿。"

陈漾捏了捏她的鼻子说："都已经中午了，你可真能睡。"

乐芽控诉道："还不是因为你。"

说完她就反应过来，连忙捂住自己的嘴，摇了摇头，假装刚刚什么都没说。

陈漾眯了眯眼："舒服吗？"

为了防止陈漾又来偷偷亲她，乐芽这次学乖了，再也不肯回答了。

等她起床吃完早饭已经十二点了，其实也不算早饭，都可以算是午饭了。

早饭是陈漾自己做的，一切都是按照她的口味来的，乐芽的胃口完全得到了满足。

下午乐芽又窝回了床上。

陈漾也没去公司，就和她窝在床上看电影。

窗外是海浪、日光、鸟鸣，清静又美好。

傍晚时，乐芽一觉睡醒了。

陈漾不知去了哪里，她迷迷糊糊地摸出手机，发现谢轻语打了几个电话过来，乐易健也打了电话。

乐芽先给乐易健回电话，响了好久都没有接，她估计他是在公司里。

于是便给谢轻语回电话，不过对方也没接，很可能是在上课。

乐芽一脸蒙，然后登录微信。

一打开，群里就提示有消息，点进去一看将近五百条，从昨晚一直到二十分钟前。

乐芽一路看下去，然后找到了重点。

谢轻语和苏慧在聊微博的事，还 @ 乐芽了。但她当时在睡觉，压根就没注意。

乐芽于是去了微博。

她打开微博时手机差点崩溃，无数条消息占据了视线，各种 @、评论、点赞、私信都已经爆表。

她压根不知道发生了什么。

她先点开了评论——

"从热搜来的，原来你就是全城灯火小姐姐，这是什么绝美的神仙爱情？"

"虽然打了码，但图片和热搜的确是一样的，再看博主的名字，同音。我信了，信了！"

"我又一次相信爱情了！"

"我就问什么时候结婚！我想看你们原地结婚！"

乐芽惊得手机都差点没拿稳。

评论上万，她完全看不过来，最终看了一个网友整理的帖子，才终于弄清楚了事情的经过。

昨晚的烟花和灯火被很多路人拍到了，然后又被投稿给了微博“大V”，因此上了热搜，直到现在还挂在热搜第一。

本来没人知道她这个微博就是乐芽本人的。

但有另外的营销号突然扒了她和陈漾的事情，然后热心网友就查到了她的微博号。

最后各路网友全都来了她这里。

至于MOON的官博，好像也炸了。

大多数网友其实相信了之前营销号所说的，陈漾对乐芽一见钟情，然后花两千万为博她一笑的脑洞。

昨晚，当全城灯火上热搜时，网友们纷纷感叹这大手笔，羡慕那个叫“乐芽”的女人。

然后就有人转了慈善晚会的采访视频，网友们都觉得这就是本人，又觉得她和陈漾真是天作之合。

直到另一个热搜浮上来。

该博主整理了几张长图：“这是我一晚上没睡整理出来的，我去翻了乐氏千金乐芽的履历，发现了她就读的高中，然后又进贴吧搜了搜，你们看我发现了什么。”

“请问这是什么？竟然能够发生在我们一中！”

“刚刚在学校高三围墙那边抱妹子的是陈漾吗？”

…………

一连七八个链接发了出来。

然后该博主猜测道：“综上所述，我怀疑全城灯火事件就是陈漾在求婚。”

网友们都爱“吃瓜”，纷纷抱着“吃瓜”的心跳进去，然后流着泪、红着脸出来。

一个比一个骚，比不过，比不过啊。

网友们都很激动，找不到陈漾的微博，就干脆跑到MOON的官博下询问是不是真的。

官博一直没发声。

不过这个微博的博主到底是不是乐芽，还是一个疑问。

之前《十八岁》游戏采访的那一段视频又被网友们拿出来重新观看，只觉得早有痕迹。

这也太幸福了。

乐芽微博的关注数为0，以前还有人的，但后来都一个个取消了，省得多事。

@乐芽的数量还在增加，乐芽点都点不过来，只能任由它去，过几分钟再统一点掉。

点到后来，她的瞌睡都来了。

乐芽想着不如干脆公开算了，反正已经成了所有人都知道的秘密，想藏也藏不住了。

她将自己之前拍的照片和十八份礼物一起整理好，然后放上微博，只写了三个字——

“十八岁”。

几乎是在同时——

备受瞩目的MOON官博终于有了动静，发了今天的第一条微博：“恭喜老板抱得美人归。”并@了陈漾和乐芽的微博账号。

全网沸腾了。

热闹了一天，终于在此刻到达顶点。各家媒体纷纷出动，都想拿到陈漾与乐芽这对神仙眷侣的独家采访。

在今天之前，他们还在猜测陈漾的未婚妻是谁、结婚对象是谁，今天就知道早有人被他宠入骨髓了。

只不过是在两人自己的世界里恩爱罢了。

网友们这才知道陈漾的微博，这个账号几年前就注册了，没有发过一条微博，仅仅只关注了乐芽一个人。

所以他们还是回到MOON的官博下咋咋呼呼——

“我就是一中的啊，啊啊啊！陈漾是我们一中的传奇！乐芽是我们一中的小可爱！学长学姐祝你们白头偕老，啊啊啊！”

“十八份礼物也太浪漫了，我要泪崩，以后我的男朋友向我求婚我会嫌弃怎么办？”

“对不起，我只想问什么时候结婚。”

“连公司名字都是未婚妻的名字，这要不是爱到骨子里谁信呀。”

“我就问一句，结婚的时候能不能直播一下，让我瞻仰一下，呜呜呜——”

没过多久，有路人发图了。

就在刚刚，MOON旗下的所有游戏都在放烟花，所有在乐芽发博的同时在游戏中买东西的玩家都免单。

那个传说中的《十八岁》第一次放出了视频。

从第一份礼物，一直到最后。

就在网友们还处在震惊状态的时候，那个始终没动静的微博终于发了第一条微博——“我的月亮。”并@了乐芽。

乐芽睁开眼时，迎接她的是一个吻。

陈漾弯着腰，和她的手十指相扣，戒指在闪着光。

从童年时的第一眼到现在拥入怀中，他终于将天上的月亮带到了自己的世界里。

从今以后，她会是他的妻子，而他是她的丈夫。

陈漾与她耳鬓厮磨，重复说道：“我好喜欢你。”

乐芽有些羞赧，不胜其烦："哎呀，我都听了好多遍了，再不放开我就咬你了。"

陈漾附在她的耳边说："还有一句话。"

乐芽不知道他又在卖什么关子，狐疑地看他一眼。

他好像刚从公司回来，连衣服都没换。

她心软道："你说，我听着。"

不知道他要说什么。

陈漾亲了她一口："我爱你。"

番外

小星星

自从微博上有人放出陈漾和乐芽的相爱过程后，有网友们开始“嗑起了 CP（配对）”。

MOON 的官博时常会放出陈漾参加活动的图片，偶尔乐芽来公司，两个人一起被拍下，然后再放出来。

所以粉丝每天在官博下面“嗑 CP”嗑得不亦乐乎。

陈漾这位年轻的老总，长得英俊帅气，原本是很容易传花边新闻的。但他非常专一，就连助理张营也是男性。

只是陈漾和乐芽并不是娱乐圈的，所以“糖”很少。直到举行婚礼那天，媒体发的图片才让网友们瞠目结舌。

婚礼现场是在国外的一座小岛上，风景优美，身后便能看到海岸线。

四周布置得极为漂亮，绿草茵茵，鲜花簇簇，新娘乐芽更是令所有人黯然失色。

“呜呜呜——如果我一生能有一场这样的婚礼，就死而无憾了！”

“这是我吃过最甜的一个 CP 了，啊啊啊！”

“婚纱好漂亮，比某些明星铺张浪费还很丑的婚礼实在好看太多了！”

“陈总今天是不是笑了？”

“娶到喜欢的人能不开心吗？”

婚礼并未声张，但因为要提前开始准备，所以很多媒体闻风而来。

最后陈漾选了几家风评好的媒体入场。

事后，婚礼现场的视频和图片在微博热搜上足足挂了两天。

乐芽婚后的生活并没有什么不同。

她和陈漾认识这么久，按照苏慧的调侃，早已步入老夫老妻的节奏，结婚只是身份的转变而已。

乐芽每周三天会在乐氏上班，剩下的四天全由自己支配。

于是她要么去 MOON，要么就和闺密们聚会。

这天，她是中午去的 MOON。

她早已不是第一次来了，公司里的每个人都认识她，她打完招呼后就直接去了陈漾的办公室。

乐芽笑着喊："张助。"

张营刚从办公室出来："老板娘好。"

现在乐芽已经能面不改色地接受这个称呼了。

"老板正在里面。"张营笑了笑。

乐芽抿着嘴唇笑着点了点头，推门进了办公室。

陈漾正坐在办公桌旁处理公司的事务，工作时的他看起来一本正经，眉峰偶尔微皱，若是胆子小的女生恐怕会被吓到。

想当初自己也是很怕他的。

乐芽想起以前的事，不由得笑了起来。

"什么事这么开心？"陈漾抬起头，表情终于松动了几分。

"现在不告诉你。"乐芽软软地出声。

陈漾哂笑："好，那我等着你告诉我。"

乐芽本以为陈漾会打破砂锅问到底，这么一退让倒是让她有点憋不住，想了想，话到嘴边还是没说出来。

这是一个惊喜，不能现在说。

中午吃完饭后，陈漾终于开始询问，乐芽从包里拿出一样东西递给他，耳根红了一片："你自己看。"

陈漾虽然没见过验孕棒，却也大概能猜到是什么。

愣了足足十几秒后，他的眼中迸发出绚丽的光芒。

他站起来，小心翼翼地拉住乐芽的手："走。"

乐芽有些茫然："去哪儿？"

陈漾的脸绷得很紧，说："去医院。"

仅凭一支验孕棒他不放心，他要双重保险。

作为陈漾的助理，张营在公司的地位不低。

上一任秘书因为家里出事辞了职，他应聘进来已经有半年时间，所有事情都摸得很准。

像他们这个年轻的游戏公司，女性员工挺多的，她们都很年轻，二十来岁的小姑娘们大多是非常八卦的，最爱讨论的就是陈总和夫人的事情。

张营偶尔也会透露两句。

比如夫人今天在老板办公室里待了很久。

比如老板今天被夫人夸了，心情很不错。

虽然都只是很小的事情，但总能被女员工们发现，继而像是看偶像剧一般，闲暇时聚在一起讨论，兴奋得脸都红了。

这几天陈总的心情似乎非常好，员工们偶尔问起，张营也不知道原因，只猜测可能是老板娘说了什么甜蜜的话。

直到有一天，张营被叫去办公室。

陈漾说："今天下午我不在公司。"

张营说："知道了。"

老板一离开，他便开始收拾桌面的文件，收拾到一半时，文件夹里面夹着的一张纸突然滑落出来，上面是行云流水的钢笔字，如同备忘录，列出了很多条，全是与怀孕相关的。

张营一惊，差点没拿稳。

他赶紧把纸放到一旁，整理好文件然后关上办公室的门，心里还在想着刚才的事。

到楼下时，一个员工经过，询问道："张助理，你怎么魂不守舍的？"

张营回过神来："是吗？没事，刚刚在想事。"

回到自己的座位上时，这件事还不能从脑海里抛开，甚至还多了一个合理的猜测——

难道是老板娘怀孕了？

乐芽的确是怀孕了。

她怀孕的事情很快就被乐父知道了，当天他就来了乐芽和陈漾的豪宅，并让人从家里带来了好些贵重的补品。

因为身边没有有经验的老一辈女性，乐父让张姨过来照顾乐芽，毕竟乐芽从小到大都是被张姨带着的。

乐芽第一次怀孕，很多事情都不懂，每天得空便在专门的网站上查询孕妈妈的经验问答，内心十分忐忑。

毕竟有人说生孩子会遭罪，还有人说身材会走形，人也会变丑。

其他的什么公婆矛盾乐芽倒是一点也不担心，反正她只和陈漾在一起生活。

几个月一晃就过去了，乐芽的肚子已经隆起。

张姨每日都会做一些孕妇爱吃的东西，她看向乐芽的眼神中满是慈爱，当年战战兢兢的小丫头如今也要当母亲了。

陈漾回家的次数越来越多，每天上班的时间越来越迟，下了班也回得越来越早。

怀孕后期，乐芽的腿开始抽筋，心情也跟着反反复复，时常对陈漾吹胡子瞪眼睛，有时候连张姨都看不下去。

陈漾也不说，每每都应了，晚上替她按摩，乐芽难受掉泪的时候他也会跟着心疼。

就这样仔细地陪伴着，一直到了生产那天。

乐芽的身材娇小，肚子隆起的模样有些突兀，但旁人却能从她身上看到一丝母性的光辉，有种成熟女性的美。

陈漾早就安排好了一切，所以乐芽的生产很顺利。

医生出来报喜，是个女儿。

孩子刚生出来皱巴巴的，被抱到已经醒来的乐芽身边时，她有点震惊，她还是第一次见到刚出生的孩子。

不过她非常开心，握住孩子的小手，心里被母爱充斥着。看着小小的孩子躺在自己身边，她当初的疼痛完全消失殆尽。

乐芽抬起头问："名字取了吗？"

陈漾一眨不眨地看着她说："等过两天再取。"

这是他和乐芽的女儿，当然得两个人一起合计着取名了。

原本定好的名字现在也觉得哪哪都不好，应该再想想。

乐芽抿着嘴唇，嘴角勾起："先取个小名吧。"

陈漾还真没想过取小名。

"你没想吗？"乐芽一双水汪汪的大眼睛看着他。

他脑海中灵光一闪："叫小星星。"

乐芽愣了一下，皱眉道："好土哦。"

陈漾伸手刮了刮她的鼻尖，柔声道："我觉得很好听，我的小星星，多好听啊！"

似乎是为了附和他的话，孩子突然动了一下。

陈漾眼里带着无限的温柔，又念了一遍小名，让乐芽都生不出反对的意见来，听多了也觉得挺好听的。

陈漾的生命前半段拥有了月亮，后半段拥有了星辰，星星和月亮，从此，一起在他的生命中闪耀。